그리스 비극의 이해

그리스 비극의 이해

천병희 지음

문예출판사

차례

머리말

아리스토텔레스(Aristoteles)는 『시학 *Peri poietikes*』(라틴명 *Poetica*)에서 비극과 서사시를 비교하며 비극은 음악과 장경(場景)을 갖고 있고 짧은 시간에 보다 압축된 효과를 산출할 수 있으며 보다 긴밀한 통일성을 유지하고 있다는 이유 등으로 서사시보다 더 우수한 예술 형식이라고 말한 바 있다.

호메로스(Homeros)의 양대 서사시 『일리아스 *Ilias*』와 『오뒷세이아 *Odysseia*』가 고대 그리스의 언어, 문학 및 조형미술과 그리스인들의 자의식 형성에 지대한 영향을 주었고 그런 의미에서 호메로스야말로 그리스 문학, 나아가 서양 문학의 아버지라는 데 대하여 이의를 제기하기는 어렵다. 그러나 그리스 비극은 호메로스의 양대 서사시를 우주 또는 자연보다는 인간 자신을 탐구의 대상으로 삼는 시대정신에 따라 끊임없이 재해석하려던 진지하고도 치열한 노력의 결실이었다는 점에서 그리스 문학, 아니 세계 문학의 금자탑이라고 해도 지나친 말이 아닐 것이다. 그리스 비극은 인간에 대한 깊이 있는 성찰과 지칠 줄 모르는 탐구정신에 힘입어 고대 그리스에서는 시와 노래와 춤과 웅변술을, 그리고 고급예술과 대중예술을 한데 묶은 종합예술로서 전 국민적 사랑을 받았으며, 오늘날에도 여전히 공연되고 읽힐 뿐 아니라 많은 예술 작품들에 소재와 영감을 제공해주고 있다.

그런데도 우리 나라에는 아직 그리스 비극에 대한 체계적이고 포괄적인 안내서가 없어 안타까워하던 중, 필자가 그 동안 발표했던 논문들을 다시 손질하고 이에 새 글들을 한데 묶어 이렇게 감히 한 권의 책으로 내놓게 되었다. 부족한 점이 많기는 하지만 아쉬운 대로 그리스 비극의 길라잡이가 될 수 있지 않을까 하는 마음과 일단 누군가는 시작해야 한다는 생각에서였다.

이 책에서는 그리스 비극의 기원에 관한 설명에 이어 3대 비극 작가들의 생애에 관한 자료들과 현존하는 비극 31편 및 사튀로스 극 1편에 대한 해설이 제공될 것이다. 주요 주제들과 모티프들을 따로 묶어 설명하지 않고 그때 그때 개별 작품들의 해설에 포함시키는 방법을 택한 것은 작품의 주제와 모티프에 대한 이해는 그 자체가 목적이 아니라 작품 이해의 테두리 내에서라야 더 의미 있는 작업이라고 생각했기 때문이다. 개별 작품들의 이해를 위해서는 그 작품의 줄거리가 제시되는데, 이는 이미 그 작품을 읽은 독자들에게도 기억을 새롭게 해주고 눈여겨보지 않았던 부분에 주목하게 해준다는 점에서 의미가 있다고 생각한다.

마지막으로 3대 비극 작가 이후의 비극들을 살펴보고, 책의 말미에 상세한 참고 문헌을 달았다. 독자들에게 그리스 비극에 대한 이해의 폭을 넓혀주고 그리스 비극들을 읽어보고 싶은 욕구를 조금이라도 일깨울 수 있다면 이 책은 제 몫을 다하는 것이다.

2002년 2월 천병희

그리스 비극의 시작

제1장에서는 그리스 비극의 기원과 3대 비극 작가 이전의 작가들에 관하여 살펴보고자 한다.

1. 그리스 비극의 기원

그리스 비극의 기원을 이해하기 위해서는 먼저 이와 관련된 문제들의 성격과 역사를 이해하지 않고서는 의미 있는 논의 자체가 사실상 불가능할 것으로 생각되어 우선 문제사(問題史)부터 간단히 정리한 다음 남아 있는 자료들을 분석해보기로 한다.

아르카익(archaique) 시대[1]에는 그리스 세계의 동부 지방과 서부

---

1) 그리스 시대는 도기(陶器) 양식에 의하여 다섯 시대로 구분되는데, 그 중 아르카익 시대는 기원전 620년에 시작하여 기원전 480년에 끝난다. 그러나 아르카익 시대란 말은 때로는 더 넓게 쓰여 기원전 750년~480년까지를 지칭하기도 한다. 그리고 고전 시대는 살라미스 (Salamis) 해전에서 그리스 해군이 페르시아(Persia) 함대를 격퇴한 기원전 480년부터 알렉산드로스(Alexandros) 대왕이 타계한 기원전 323년까지를 가리키며, 헬레니즘(Hellenism) 시대

지방의 여러 식민시(植民市)들에서 다방면에 걸친 정신 활동이 활발히 전개된 반면, 정작 그리스 본토는 상대적으로 조용한 편이었다. 그러나 그곳에서는 앗티케(Attike 라틴명 Attica) 비극²⁾의 형식을 완성하고 서양 드라마의 토대를 쌓는 일련의 발전이 이루어졌는데, 그 길고도 복잡한 과정에 관해서는 명확한 자료나 문헌이 거의 없다시피하다. 특히 비극의 기원에 관한 문제들은 알렉산드레이아(Alexandreia) 시대 이후로 학자들 사이에 여전히 가장 난해하고 가장 뜨거운 쟁점의 하나가 되고 있다.

근대 학자들의 견해는 아리스토텔레스의 『시학』에서 갈린다. 원시민족들의 무도(舞蹈)와 종교의식 등에서 출발하는 문화인류학적 경향의 학자들에게는 아리스토텔레스의 진술들은 옳지 못하거나 그다지 중요하지 않았다. 20세기 초에 활발히 전개되던 이러한 경향에 관해 이제는 대체로 다음과 같이 정리된 것으로 볼 수 있다. 문화인류학적 자료들은 드라마의 토대 또는 하부구조라고 할 수 있는 것들에 대해서는 나름대로 의미 있는 것이라 할 수 있다. 무엇보다도 드라마적 연희(演戱)의 일차적 전제인 변화 또는 변신의 수단으로서의 가면(假面)이나, 인간이 초자연적 힘들을 모방하는 과정에서 자신의 내면에서 이러한 힘들을 느낀다고 믿게 만드는 신들림 현상 등이 여기에 속할 것이다. 그런 것들은 드라마의 기원을 이해하는 데 매우 중요한 것들이

는 기원전 323년부터 옥타비아누스(Octavianus, 후일의 Augustus)가 악티움(Actium) 해전에서 안토니우스(Antonius)와 클레오파트라(Cleopatra)의 연합 함대를 이겨 그리스 세계를 완전히 로마에 병합한 기원전 31년까지를 말한다. 헬레니즘 시대는 문화와 경제의 중심지가 이집트에 새로 건설된 도시인 알렉산드레이아(Alexandreia, 라틴명 Alexandria)였던 까닭에 흔히 알렉산드레이아 시대라고도 불린다.

2) 그리스 비극은 아테나이(Athenai)를 수도(首都)로 하는 앗티케 지방에서만 공연되었기 때문에, 또는 그곳에서 공연된 비극들만 남아 있기 때문에 앗티케 비극이라고 불린다.

기는 하나 여러 장소와 여러 민족들에게서 발견되는 것들이기도 하다. 따라서 이러한 전사(前史)는 그리스에서 아니 그리스에서만 비극 예술이 완성되고, 내용상의 변화들에도 불구하고 그 형식이 정립되는 일련의 발전 과정과는 구분되어야 할 것이다.

그리하여 이러한 발전의 특징들을 규명하기에 앞서 우리는 먼저 아리스토텔레스를 따를 것이냐, 아니면 그의 『시학』의 진술들을 거부할 것이냐를 결정해야 한다. 아리스토텔레스는 그의 『시학』 제4장(1449a)에서 비극의 기원에 관하여 다음과 같이 진술하고 있다.

아무튼 비극은 처음에 즉흥적인 것으로부터 발생했다. 희극도 마찬가지였다. 비극은 디튀람보스의 선창자(先唱者)로부터 유래했고, 희극은 아직도 많은 도시에 관습으로 남아 있는 남근찬가(男根讚歌)의 선창자로부터 유래했다. 그 뒤 비극은 그때까지 알려져 있던 여러 가지 요소들을 계속해서 개량함으로써 점진적으로 발전했다. 그리고 많은 변화를 거쳐 본연의 형식을 갖추게 된 뒤에야 비로소 비극의 발전은 정지되었다.

배우의 수를 한 명에서 두 명으로 늘리기는 아이스퀼로스가 처음인데, 그는 또 코로스(choros)의 역할을 줄이고 대화가 드라마의 중심이 되게 했다. 소포클레스는 배우의 수를 세 명으로 늘리고 무대 배경을 도입했다. 비극은 이때 그 길이가 길어졌다. 비극은 사튀로스(satyros) 극으로부터 탈피함으로써 짧은 스토리와 우스꽝스런 조사(措辭)를 버리고 위엄을 갖추게 되었는데, 이는 다 나중에 일어난 일이다. 그리고 그 운율도 장단격(長短格)에서 단장격(短長格)으로 바뀌었다. 처음에 장단격 사절운율(trochaikos tetrametros)이 사용되었던 것은 당시의 비극에 사튀로스 극의 요소와 무용적 요소가 많았기 때문이다. 그러나 대화가 도입되자, 자연스레 이에 적합한 운율을 발견하게 되었다. 왜냐하면 단장격 운율은 대화에 가장 적합한 운율이기 때문이다. 그 증거로 우리는 대화할 때 대개 단장격 운율을 사용하는 데 비해 육절운율(hexametron)을 사용하는 경우는 드물며, 그것은 보통 어조를 이탈했을 경우에 한한다는 사실을 들 수 있다. 그 밖에 또 한 가지 변화는 삽화(揷話)의 수가 많아졌다는 점이다. 그 밖에 또 여러 가지 장식물과 그것이 첨가되게 된 경위를 일일이 설명한다는 것은 너무나 방대한 일이므로, 이미 설명한 것으로 해두자.

이 단락은 비극의 기원에 관한 가장 구체적인 진술이지만 그 신빙성에 관해서는 앞서 말했듯이 상반된 주장이 제기되었다. 닐슨(M. P. Nilsson), 피카드-케임브리지(A. W. Pickard-Cambridge), 머리(G. Murray), 엘즈(G. F. Else), 파쳐(H. Patzer) 같은 문화인류학적 해결 방법을 모색하는 학자들은 아리스토텔레스의 진술들을 그다지 신빙성이 없는 것으로 보았다. 한편 빌라모비츠-묄렌도르프(U. V. Wilamowitz-Moellendorf), 크란츠(W. Kranz), 폴렌츠(M. Pohlenz), 레스키(A. Lesky) 같은 학자들은 문화인류학적 자료들이 나름대로 가치 있는 것들이지만 그리스 비극이라는 역사상 그 유례를 볼 수 없는 일회적이고 특수한 현상을 설명하는 데는 사실상 별로 도움이 되지 않으며, 아리스토텔레스는 비극의 발전 과정들을 우리보다 시간적으로 훨씬 가까이서 접할 수 있었으며, 그의 『정치학 *Politika*』(라틴명 *Politica*)에서 볼 수 있듯 그의 작업 방식은 방대한 자료들에 대한 면밀한 사전 검토를 전제로 한다는 이유 등으로 그의 진술들을 신빙성이 있는 것으로 평가하고 있다. 그의 『시학』은 강의용으로 저술된 까닭에 내용이 간결하고 단편적인 면이 없지 않다. 그러나 훨씬 방대한 지식을 전제로 하고 있다는 것은, 무엇보다도 앞서 인용한 단락 가운데 "그 밖에 여러 가지 장식물과 그것이 첨가되게 된 경위를 일일이 설명한다는 것은 방대한 일이므로……"란 구절이 분명히 말해주고 있다. 그리고 그가 희극의 기원에 관한 자신의 지식이 불충분함을 강조하고 있는 구절(제5장 1449a 37)도 이를 뒷받침해주고 있다.

아리스토텔레스의 진술들이 사실이냐, 아니면 가설이냐 하는 문제와 관련하여 한점 의혹도 없는 증거를 제시한다는 것은 사실상 불가능한 일이며, 따라서 이 경우 검증되지 않은 견해를 고집하는 것보다는 우리 지식의 한계를 겸허하게 시인하는 편이 학문의 정신에 더 부합할 것이다. 그러나 그렇다 하더라도 문화인류학적 해결 시도들이 그리스 비극의 하부구조에 관해 유익한 정보를 제공해주기는 하지만 그리스 비극 자체의 발전 과정을 설명하기에는 역부족이란 사실이 드러난 이상, 비록 아리스토텔레스의 진술들이 단편적이고 일견 서로 맞지 않는 듯한 부분들이 있는 것이 사실이고 따라서 아무도 이의를 제기할 수 없을 만큼 만족스런 연구 성과를 기대하기란 어려운 일이지만, 고전문헌학의 현단계에서 그리스 비극의 발전 과정을 밝히는 데 있어 그의 진술들을 비켜 가거나 무시하고서는 논의의 출발 자체가 어렵다 해도 지나친 말이 아닐 것이다. 그러므로 그리스 비극의 기원을 밝히자면 우리는 먼저 그의 진술들을 면밀히 검토해보아야 한다.

앞서 인용한 『시학』의 단락에서 아리스토텔레스는 드라마는 즉흥적인 것으로부터 발전했고, 그 중에서 비극은 디튀람보스[3)의 선창자

---

3) 디튀람보스(dithyrambos)는 주신(酒神) 디오뉘소스(Dionysos)에게 바치는 합창서정시로서 처음에 도리스인(Dorieis)들이 주로 거주하는 펠로폰네소스(Peloponnesos) 반도에서 개발되었으나, 참주 페이시스트라토스(Peisistratos)와 그의 아들들이 통치하던 기원전 6세기의 아테

로부터 유래했다고 말하고 있다. 디튀람보스는 그 어원도 의미도 확실치 않으나, 원래 주신 디오뉘소스(Dionysos)를 찬미하는 노래였다는 것만은 확실하다. 시인 아르킬로코스[4](Archilochos, 기원전 7세기 중엽의 그리스 서정시인)는 자신은 술에 취하면 디오뉘소스 신의 아름다운 노래인 디튀람보스를 선창할 수 있다고 자랑하는데(77D. 참조), 아리스토텔레스는 선창자와 합창가무단(코로스)의 이러한 대립에서 대화적·드라마적 요소가 발전한 것으로 보고 있다. 그러나 디튀람보스는 많은 변화를 겪게 되는데, 예컨대 박퀼리데스(Bakchylides)[5]의 디튀람보스들은 비(非)디오뉘소스적 주제들을 다루고 있고 대화적 요소를 많이 보여주고 있어 아리스토텔레스의 진술들을 뒷받침해주고 있는 듯하지만, 당시의 비극에 영향을 주었다기보다 오히려 영향을 받았다고 보는 편이 사실에 더 가깝다.

그러나 아리스토텔레스는 비극의 또 다른 뿌리를 진술하고 있다. 왜냐하면 앞서 인용한 『시학』의 단락에서 그는 비극이 사튀로스 극[6]

나이에서 디오뉘소스제(祭)의 일부가 되고 난 뒤부터 완숙 단계에 들어간다. 최초의 디튀람보스 경연은 기원전 509년 아테나이에서 개최되었고, 최초의 우승자는 칼키스(Chalkis) 출신의 힙포도코스(Hippodokos)였다고 한다. 그 뒤부터 기원전 470년경까지 시모니데스(Simonides), 핀다로스(Pindaros), 박퀼리데스(Bakchylides) 같은 이름난 시인들이 디튀람보스를 썼는데, 지금 남아 있는 그들의 단편들은 그 주제에 있어 디오뉘소스 신이나 디오뉘소스적 정신과 그다지 밀접한 연관성을 보이지 않는다.

4) 아르킬로코스는 그리스의 파로스(Paros) 섬 출신 시인으로 기원전 7세기 중엽에 활동했던 것으로 추정된다. 그는 여러 가지 형식의 시를 썼으나, 그의 시들은 현재 후기 작가들에 의한 인용과 파피루스 단편들을 통하여 남아 있을 뿐이다.

5) 박퀼리데스는 그리스의 서정시인으로 기원전 6세기 말 케오스(Keos) 섬에서 태어나 5세기 중엽에 타계한 것으로 추정된다. 그의 시들은 후기 작가들에 의한 인용의 형태로 남아 있었으나 19세기 말 그의 15편의 승리의 송시(epinikion)와 6편의 디튀람보스가 들어 있는 파피루스 두루마리가 발견되었다. 그는 시인 시모니데스의 조카로 핀다로스의 경쟁자였다.

6) 사튀로스 극은 형식에 있어서는 비극과 유사하지만, 소재에 있어서는 신화나 전설 가운데 그로테스크한 부분을 택하거나 또는 신화나 전설을 그로테스크하게 다루는 것이 특징이다.

으로부터 발전했다고 말하고 있기 때문이다. 아리스토텔레스의 이러한 진술은 많은 학자들에 의하여 단호히 반박되었는데, 그들은 그 논거로 무엇보다도 사튀로스 극의 창안자는 플레이우스(Phleious)[7] 출신의 프라티나스(Pratinas)[8]이며, 그는 그리스 비극의 창안자라고 일컬어지기도 하는 테스피스(Thespis) 이후에 활동했다는 『수다 사전 *Souda*』(라틴명 *Suda*)[9]의 기록을 내세우고 있다. 그러나 『시학』에서 언급되고 있는 사튀로스 극이란 완숙한 단계에 이른 사튀로스 극이 아니라 아직도 우스꽝스런 티를 벗지 못한 전단계들을 의미하는 것으로 보면 별 문제가 없을 것이다. 말하자면 이 전단계들은 비극이 발전하는 과정에 배제 또는 흡수되다가 자칫 망각될 뻔했으나[10] 프라티나스의 개혁에

이 드라마는 코로스가 주신 디오뉘소스의 종자(從者)들인 반인반수(半人半獸)의 사튀로스들로 분장했기 때문에 사튀로스 극이라고 불렸다. 사튀로스 극은 고전 시대에는 경연에 참가한 3명의 비극 작가들이 각각 무대에 올리게 되는 4부작 가운데 비극 3부작에 이어 제4부를 이루었으나, 후기에는 비극 경연 전체를 통틀어 단 1편만이 공연되었다고 한다. 플레이우스(Phleious) 출신의 프라티나스(Pratinas)가 사튀로스 극을 창안했다고 전해지고 있는데, 이 말은 그가 처음으로 사튀로스 극을 디오뉘소스제에 소개했다는 뜻일 거라고 보는 이들도 있다. 3대 비극 작가들은 모두 사튀로스 극을 썼으나 지금 온전하게 남아 있는 것은 에우리피데스의 『퀴클롭스』 1편뿐이다.

7) 플레이우스는 펠로폰네소스 반도의 북동 지방에 있는 도시이다.

8) 프라티나스는 기원전 5세기 초의 플레이우스 출신 시인으로 최초로 사튀로스 극을 썼다고 한다. 그는 그 밖에 비극과 디튀람보스도 썼다고 한다.

9) 『수다 사전』은 기원후 10세기 말에 편찬된 그리스 문학의 백과사전으로서 거기에는 그리스 문학과 역사에 관한 귀중한 자료들이 들어 있다.

10) 다른 디오뉘소스제에서 개최된 비극 경연에 관해서는 자세한 기록이 남아 있지 않아 정확히 알 수 없다. 그러나 오늘날 3월 말에 시작되는 대(大)디오뉘소스제는 닷새 동안 계속되는데, 희극은 매일 오후에 1편씩 모두 5편이 공연되고, 디튀람보스는 처음 이틀의 오전에, 그리고 비극과 사튀로스 극은 나중 사흘의 오전에 일출과 더불어 공연된다. 비극의 경우 여러 명의 경연 참가 신청자들 중에서 3명이 선발되어 코로스를 배정받는다. 국가가 선발하여 그 비용을 부담하는 주연 배우는 3명으로 제비뽑기에 의하여 각 시인에게 배정된다. 코로스를 선발하여 그들의 의상 및 훈련 등에 드는 적잖은 비용은 국가가 지정하는 부유한 시민이 부담했는데, 그가 바로 코레고스(choregos)이다. 각 시인은 비극 3부작에 이어 사튀

힘입어 결국 4부작(tetralogia)에서 비극 3부작(trilogia) 다음의 마지막 자리를 차지하게 되었다고 볼 수 있다.

그 밖에도 우리는 비극과 사튀로스 극이 장르상으로나 발생학적으로나 밀접한 관계가 있었다는 사실에 유의해야 할 것이다. 그리스 문학에서는 개별 장르들이 엄격히 구분되는데, 희극과 비극의 경우 플라톤(Platon)[11]의 『향연 *Symphosion*』의 마지막 대화(223d)에 나오는, 같은 시인이 비극과 희극에 다 능해야 한다는 소크라테스(Sokrates)[12]의 요구가 이를 반증해주고 있다. 그러나 그것은 어디까지나 이론적 요구라고 할 수 있는 반면, 사튀로스 극을 쓰는 일은 초기부터 비극 시인의 주요 업무 중 하나였다.

하지만 비극이 디튀람보스로부터 발전했다는 진술과 사튀로스 극으로부터 발전했다는 진술이 어떻게 결합될 수 있을 것인가? 많지는 않지만 다행히 약간의 문헌들이 이를 뒷받침해줄 수 있을 것으로 생각된다. 헤로도토스(Herodotos)[13]에 따르면(『역사 *Histories apodexis*』 I, 23

로스 극 1편을 무대에 올렸는데, 이 4편을 묶어서 4부작이라고 한다. 경연의 심판관은 모두 5명으로 각 부족들이 선발한 명단 중에서 제비뽑기하는데 이들은 관중의 박수나 야유 등에 많은 영향을 받았다. 우승한 시인은 담쟁이 덩굴로 엮은 관을 상으로 받았으며, 기원전 5세기 중엽부터는 주연 배우들 중에서 최우수 배우도 상을 받았다. 배우들과 코로스는 모두 남자가 맡았다.

11) 플라톤(라틴명 Plato, 기원전 427년~347년)은 아테나이 출신의 그리스 철학자로 철학적 관념론의 창시자이자 그리스의 가장 뛰어난 산문 작가의 한 사람이다. 플라톤은 25편 정도의 철학적 대화편(對話篇)과, 법정에서의 소크라테스의 변론(辯論)을 재현한『변명 *Apologia Sokratous*』을 50년 이상의 기간을 두고 발표했는데, 이것들은 현재 모두 남아 있다. 그 밖에 그의 서간(書簡) 13편이 남아 있다.

12) 소크라테스(기원전 469년~399년)는 아테나이 출신의 그리스 철학자로 저술 활동은 하지 않았으나 그의 학설은 플라톤 및 크세노폰(Xenophon)의 저서들과 아이스키네스(Aischines) 와 안티스테네스(Antisthenes) 같은 그의 제자들의 단편(斷片)들을 통하여 부분적으로 재구성될 수 있다.

13) 헤로도토스(기원전 490년경~425년경)는 소아시아 카리아(Karia) 지방의 수도인 할리카르낫소스(Halikarnassos)에서 태어난 그리스 역사가로 페르시아 전쟁의 배경과 의미를 분석한

참조), 사람들이 알기로는 아리온(Arion)[14]이 처음으로 디튀람보스를 쓰고 제목을 붙이고 코린토스(Korinthos)[15]에서 공연했다고 한다. 『수다 사전』('아리온' 항 참조)은 한걸음 더 나아가, 아리온을 비극적 선율(tragikos tropos)의 창안자라 부르며 그가 처음으로 코로스를 세우고 디튀람보스를 노래하고 코로스가 노래한 것에다 제목을 붙이고 운율로 말하는 사튀로스들을 도입했다고 전하고 있다.

아리온이 디튀람보스의 창안자란 말은 그가 오래 된 디튀람보스를 합창서정시로 승화시켰다는 뜻으로 보는 것이 사실에 가까울 것이다. 이런 일이 참주(僭主) 페리안드로스(Periandros)[16]가 통치하던 코린토스에서 일어났다는 것은 다른 지역의 참주들이 귀족 계급에 대항하기 위해 민중의 지원을 얻어낼 양으로 민중 속에 깊이 뿌리내리고 있던 디오뉘소스 숭배를 장려했다는 역사적 사실과도 잘 부합한다. 아리온이 코로스의 노래들에 제목을 붙였다는 것은 이 노래들이 서사적 내용을 갖고 있었음을 말해주며, 이는 나중에 박퀼리데스가 쓴 디튀람보스의 특징 중 하나이기도 하다. 그러나 지금 비극의 기원에 관심이 있는 우리에게 가장 중요한 것은, 아리온이 그렇게 하나의 예술 형식으로 승화한 디튀람보스들을 다름 아닌 사튀로스들로 하여금 공연하

『역사 *Histories apodexis*』('연구보고'란 뜻)의 저자이다. 그는 후일 키케로(Cicero) 등에 의하여 '역사의 아버지'라고 불렸다.

14) 아리온은 기원전 7세기경의 그리스 시인으로 레스보스(Lesbos) 섬에서 태어나 생애의 대부분을 코린토스(Korinthos)의 참주 페리안드로스(Periandros)의 궁전에서 보냈다고 한다. 그의 시들은 현재 남아 있는 것이 없다.

15) 코린토스는 북부 그리스와 펠로폰네소스 반도를 이어주는 이스트모스(Isthmos, '지협'이란 뜻)에 있는 고대 그리스의 가장 중요한 도시들 가운데 하나로 동쪽으로는 에게 해를, 서쪽으로는 이오니아 해를 끼고 있는 전략적·상업적 요충지이다.

16) 페리안드로스는 기원전 625년~585년에 코린토스를 통치한 참주로서 코린토스를 번영과 명성의 절정에 올려놓았을 뿐만 아니라 문예(文藝)의 보호자이기도 했다.

게 했다는 점이다. 여기서 비극의 기원에 관한 『시학』의 이중적 진술은 그 역사적 토대를 획득하게 되는 것이다.

아리온은 그런 의미에서 비극의 발전 과정에 창조적 역할을 한 인물들 가운데 한 명임이 확실하고, 그런 의미에서 자신들이 비극을 창안했다는 펠로폰네소스(Peloponnesos)인들의 주장[17]이 전혀 근거 없는 것이라고는 할 수 없을 것이다.

여러 민족들에게서 볼 수 있는 다산(多産) 정령들의 사촌 격이라고 할 수 있는 사튀로스들이 비극의 초기 역사와 밀접한 관계가 있는 것이 확실한 만큼, 비극(tragoidia)이란 낱말을 '염소들의 노래 tragon oide' 즉 '염소 같은 사튀로스들의 노래'로 보려는 해석은 설득력이 있어 보인다. 그러나 염려스러운 것은 사튀로스들 또는 실레노스(Silenos)[18]들이 기원전 5세기의 도기(陶器)들에서는 말의 머리와 꼬리를 갖고 있고, 조형미술품에 나오는 염소의 꼬리와 귀를 가진 사튀로스들은 헬레니즘 시대의 발상으로서 판(Pan)[19] 신의 영향을 받은 것으로 보인다는 점이다. 하지만 그들은 결코 말이라고 불린 적이 없으며, 염소와는 비교되어도 말과 비교된 적은 없다. 그리고 그들이 입고 있는 남근이 부착된 털북숭이 허리옷과 긴 수염도 말이 아니라 염소의 속성이다. 사튀로스들은 단순히 염소들도 아니고 단순히 말들도 아닌

---

17) cf. Aristoteles, *Poetica*, 1448a 29.

18) 실레노스(라틴명 Silenus)는 그리스 신화에서 야생동물의 정령을 대표하는 반인반수(半人半獸)의 괴물로서 기원전 6세기 초의 앗티케 도기들에서는 말의 귀에 가끔은 말의 다리와 꼬리를 가진 모습으로 그려지곤 했다. 고전 시대에는 이들이 흔히 사튀로스들과 혼동되기도 했으나, 대체로 사튀로스들은 젊은데 반해 실레노스들은 노인들로서 그만큼 지혜로운 자들로 생각된다. 실레노스는 가끔 디오뉘소스 신의 가정교사로, 또는 음악을 연주하거나 술에 취해 디오뉘소스 일행과 함께하고 있는 모습으로 그려지곤 했다.

19) 판 신은 그리스 신화에서 목자(牧者)와 가축 떼의 보호자로서 사람의 상반신과 팔에 염소의 다리와 귀, 뿔을 가지고 있는 것으로 생각된다.

짐승들[20]로서 바로 그 수성(獸性)과 색욕(色慾) 때문에 염소들과 비교되었던 것이며, 여기서 더 정확한 동물학적 규정은 별 의미가 없는 것으로 생각된다.

그 밖에 아르카익 시대의 수많은 도기들에서 춤추고 있는 큰 엉덩이의 배불뚝이들을 진짜 사튀로스들로 보는 견해도 없지 않으나,[21] 이들 역시 다산 정령들로서 사튀로스들과 유사점이 많기는 하지만 사튀로스들이라고 부를 수 있는 근거가 전혀 없어 일반적으로 희극의 초기 역사와 관련이 있는 것으로 생각되고 있다.

헬레니즘 시대의 학자들은 프라티나스를 진정한 의미에서 사튀로스 극의 창안자로 보았던 만큼 당연히 비극을 '염소들의 노래'로 이해할 수 없었을 것이다. 원래 농촌적·원시적인 것에 관심이 많았던 그들은 비극을 앗티케 지방의 농촌 풍속에서 유래한 것으로 보았고, 그렇게 봄으로써 서로 자기들이 드라마를 창안해냈다고 주장하는 펠로폰네소스인들과 앗티케인들의 다툼에서 후자의 손을 들어주었던 것이다. 그들은 비극을 '제물로 바친 염소를 둘러싸고 부르는 노래' 또는 '상(賞)으로 내놓은 염소를 얻기 위하여 다투어 부르는 노래'로 이해했다. 이러한 헬레니즘적 해석의 여운을 우리는 로마의 시인 호라티우스(Horatius)[22]의 『시학 Ars poetica』(220행 참조)에서 느낄 수 있다. 그들은 사튀로스 극이 당연히 비극보다 나중에 생겨난 것으로 여겼다.

디튀람보스와 사튀로스 극은 디오뉘소스 숭배와 밀접한 관계가

---

20) 에우리페데스의 『퀴클롭스』 624행과 소포클레스의 『추적자들』 141행 및 215행 참조.
21) cf. H. Herter, *Vom dionysischen Tanz zum komischen Spiel*. Iserlohn 1947.
22) 호라티우스(Quintus Horatius Flaccus, 기원전 65년~8년)는 로마의 시인으로 그가 발표한 시들은 모두 남아 있다. 그의 시들은 잘 손질된 형식과 함축적인 내용에 힘입어 그의 생전에 이미 가장 많이 인용되었고, 그가 쓴 『시학』은 18세기까지도 작시(作詩)를 위한 완벽한 안내서로 평가받았다.

있다. 그러나 비극도 외적인 특징에 있어 디오뉘소스적 기원을 부인한 적이 없다. 비극은 언제나 디오뉘소스제에서 공연되었는데, 기원전 5세기에는 대(大) 또는 도시의 디오뉘소스제에서 엘라페볼리온(Ela-phebolion) 달의 11~13일(오늘날의 3월 말~4월 초)에 공연되었다. 이 축제는 디오뉘소스 엘레우테레우스(Eleuthereus)의 입상(立像)을 앗티케와 보이오티아(Boiotia)[23]의 국경 마을인 엘레우테라이(Eleutherai)[24]에서 아테나이(Athenai)로 모셔온 것을 기념하기 위하여 참주 페이시스트라토스(Peisistratos)[25]에 의해 도입 또는 확대된 것이다. 이때 그의 입상은 아크로폴리스(akropolis)의 남쪽 사면에 있던 디오뉘소스 신전에 안치되었고, 그곳에 있던 디오뉘소스 극장은 그 뒤 1천 년이나 존속되었다. 가멜리온(Gamelion) 달(오늘날의 1월 말~2월 초)에 열리던 레나이아(Lenaia)제는 범이오니아적[26] 디오뉘소스 축제로서, 거기서는 희극이 공연되었으나 그 뒤 비극이 양산되자 기원전 432년경부터는 국가에서 주관하는 비극 경연이 제한적으로 열렸는데 대디오뉘소스제에서의 4부작 대신 시인마다 사튀로스 극 없이 두 편의 비극만을 공연했다고 한다.

배우들의 복장도 중요한 것들은 디오뉘소스와 관계가 있다. 바닥에 닿는 긴 소매의 겉옷과 반장화인 코토르노스(kothornos)가 그것인

---

23) 보이오티아는 앗티케의 북서 지역과 인접해 있는 그리스의 중동부 지방으로 그 수도는 테바이(Thebai)이다.

24) 엘레우테라이는 키타이론(Kithairon) 산의 남쪽 기슭에 있는 마을로 원래는 보이오티아에 속했으나 기원전 6세기 말 이후로는 앗티케에 소속되었다.

25) 페이시스트라토스(기원전 600년경~527년)는 아테나이의 참주로서 비록 불법적으로 권력을 장악했으나 아테나이를 무역 강국으로 만들고, 도로를 정비하고, 신전을 새로 짓고, 문학과 예술을 장려하는 등 아테나이의 문화 수준을 크게 향상시켰다. 또 그는 기원전 534년에 대디오뉘소스제를 처음 개최하여 그리스 연극이 발전할 수 있는 길을 열어놓았다.

26) 이오니아인들은 그리스의 주요 종족들 중 하나로 주로 앗티케와 메가라(Megara)와 소아시아의 이오니아(Ionia) 지방에 거주했다.

데, 코토르노스는 헬레니즘 시대에는 장딴지까지 올라오는 굽이 높은 투박한 반장화로 변했으나 원래는 디오뉘소스 자신이 신고 다니는 것과 같은 발끝 부분이 위로 젖혀지고 끈으로 매게 되어 있는 밑창이 얇은 부드러운 반장화였다고 한다.

이와 같이 비극은 여러 면에서 디오뉘소스와 관계가 있지만 소재라는 한 가지 점에서는 그렇지 않다. 그 점은 비극은 '디오뉘소스와는 무관하다(ouden pros ton Dionyson)'라는 격언적 표현에 잘 나타나 있다. 그리스와 로마의 학자들도 디오뉘소스적 축제와 비(非)디오뉘소스적 소재 사이의 이러한 모순을 해명해보려고 했으며, 원래 디오뉘소스적인 소재들을 입증하기 위하여 디오뉘소스의 탄생 신화와 뤼쿠르고스(Lykourgos)[27]나 펜테우스(Pentheus)[28] 같은 박해자 신화를 주제로 한 디오뉘소스 드라마들을 증거로 내세우곤 했다. 그러나 이러한 드라마들은 우리가 알 수 있는 한 전체 비극의 극히 일부분에 지나지 않으며, 초기에도 디오뉘소스적 소재들이 많이 쓰인 흔적은 찾을 수 없다.

비극의 내용은 우리가 알 수 있는 한 영웅 전설이고, 영웅 전설은 아주 초기에 비극에 도입된 것으로 추정된다. 그리고 아테나이의 정치가인 클레이스테네스(Kleisthenes)[29]의 외조부인 시퀴온(Sikyon)[30]의 클

---

27) 뤼쿠르고스는 트라케(Thraike) 지방에 거주하던 에도네스족(Edones)의 전설적인 왕으로, 어린 디오뉘소스 신이 유모들과 함께 트라케에서 피난처를 찾았을 때 그들을 박해한 죄로 눈이 멀어 또는 미쳐서 자신의 아들 드뤼아스(Dryas)를 죽였다고 한다. 그 뒤 그는 야생마에게 산 채로 먹혔다고 한다.

28) 펜테우스는 에키온(Echion)과 테바이 왕 카드모스(Kadmos)의 딸 아가우에(Agaue) 사이에서 태어난 아들로 후일 테바이 왕이 되었으나 디오뉘소스 신이 어머니 세멜레(Semele)의 고향인 테바이를 찾아왔을 때 그를 박해한 죄로 이성을 잃은 제 어머니의 손에 찢겨 죽는다. 이 이야기에 관해서는 에우리피데스의 『박코스의 여신도들』 참조.

29) 클레이스테네스는 기원전 525년경 집정관을 지낸 정치가로서 아테나이 민주 정치의 창시

레이스테네스가 행한 제식(祭式) 개혁에 관한 헤로도토스의 진술을 통하여(『역사』 V, 67 참조), 이러한 발전 과정을 일부나마 알 수 있을 것으로 생각된다. 헤로도토스의 진술에 따르면 시퀴온의 장터에는 아르고스(Argos)[31]의 영웅 아드라스토스(Adrastos)[32]의 사당(祠堂)이 하나 있었고, 시퀴온인들은 그의 고난에 찬 운명과 관계가 있는 '비극적 코로스들(tragikoi choroi)'로 그에게 경의를 표했는데, 시퀴온이 아르고스와 교전 상태에 들어가자 클레이스테네스는 아드라스토스 숭배를 중단하려 했으나 델포이(Delphoi)[33]가 이를 선뜻 응낙하지 않자 아드라스토스의 불구대천(不俱戴天)의 원수인 멜라닙포스(Melanippos)[34] 숭배를 테바이(Thebai)에서 시퀴온으로 들여와 제물과 축제는 그에게 주고 코로스들은 디오뉘소스에게 주었다는 것이다.

자이다. 그의 외조부인 클레이스테네스는 시퀴온(Sikyon)의 참주로서(기원전 600년경~570년) 시종일관 반(反)도리스적 · 반(反)아르고스적 정책을 고수했다. 그는 심지어 아르고스인들이 자주 언급된다는 이유로 음유시인들에게 호메로스의 서사시들을 음송하지 못하게 했는가 하면, 아르고스의 영웅 아드라스토스(Adrastos)를 시퀴온에 있던 그의 무덤에서 쫓아낼 정도였다고 한다.

30) 시퀴온은 펠로폰네소스 반도의 북쪽에 있는 도시이다.

31) 아르고스는 펠로폰네소스 반도의 북동 지방에 있는 도시로 바다에서 5킬로미터 정도 떨어져 있다.

32) 아드라스토스는 오이디푸스(Oidipous)의 두 아들 폴뤼네이케스(Polyneikes)와 에테오클레스(Eteokles)가 테바이의 왕권을 다투던 시기에 아르고스의 왕을 지낸 영웅으로서, 후일 자신의 사위가 된 폴뤼네이케스를 왕위에 앉히기 위하여 일곱 장수와 함께 테바이를 치러 갔으나 실패하고 혼자 구사일생으로 도망친다. 그는 후일 다시 일곱 장수의 아들들을 데리고 재차 테바이를 공격하여 함락시키는 데 성공했으나 자신의 아들 아이기알레우스(Aigialeus)만이 공격 도중 유일하게 전사한 것에 상심하여 귀향 도중에 죽는다. 그러자 그의 외손자 디오메데스(Diomedes)가 그의 뒤를 이어 아르고스의 왕이 된다.

33) 델포이는 파르낫소스(Parnassos) 산의 남쪽 사면에 자리잡고 있는 포키스(Phokis) 지방의 도시로 아폴론(Apollon, 라틴명 Apollo)의 신탁소(神託所)로 이름난 곳이다.

34) 멜라닙포스는 테바이의 영웅으로 아드라스토스가 일곱 장수와 함께 테바이를 치러 왔을 때 그 중 한 명인 메키스테우스(Mekistheus)를 죽이고 아드라스토스의 사위이자 디오메데스의 아버지인 튀데우스(Tydeus)에게 중상을 입힌다.

헤로도토스의 진술에도 불구하고 많은 부분들이 여전히 어둠에
싸여 있다. 예컨대, 헤로도토스가 말하는 '비극적 코로스들'이 그가
생존하던 시대의 비극의 코로스를 말하는 것인지, 아니면 '염소들의
코로스'를 말하는 것인지 단정적으로 말하기 어렵다. 그럼에도 불구하
고 여기서 확인할 수 있는 것은 시퀴온에는 옛날부터 코로스들이 영웅
아드라스토스의 운명을 노래하고 비탄하는 축제들이 있었다는 점이
다. 이 노래들의 내용은 테바이를 공격한 일곱 사람에 관한 서사문학
을 통하여 어느 정도 짐작할 수 있을 것이다. 그런 종류의 비탄의 노래
들이 엘리스(Elis)[35]와 크로톤(Kroton)[36]에서는 아킬레우스
(Achilleus)[37]를 위하여, 코린토스에서는 메데이아(Medeia)[38]의 아들들
을 위하여, 트로이젠(Troizen)[39]에서는 힙폴뤼토스(Hippolytos)[40]를 위

---

35) 엘리스는 펠로폰네소스 반도의 북서 지방이다.

36) 크로톤은 남부 이탈리아의 타렌툼(Tarentum) 만(灣)의 서안(西岸)에 있던 고대 그리스의
식민 도시이다.

37) 아킬레우스(라틴명 Achilles)는 텟살리아(Thessalia)의 프티아(Phthia) 왕 펠레우스(Peleus)와
바다의 여신 테티스(Thetis)의 아들로 호메로스의 서사시 『일리아스 Ilias』의 주인공이다. 그
는 트로이아(Troia) 전쟁 때 활약한 그리스 군 중 가장 무용이 뛰어난 젊은 장수로서 적장
헥토르(Hektor)를 죽임으로써 트로이아의 패망을 앞당긴다.

38) 메데이아(라틴명 Medea)는 흑해 동안(東岸)의 콜키스(Kolchis) 왕 아이에테스(Aietes)의 딸로
그리스의 영웅 이아손(Iason)이 아르고 호(號)의 선원들(Argonautai)과 함께 황금 양모피를
구하러 콜키스에 왔을 때 그에게 반해 부모형제와 조국을 배신하고 그가 황금 양모피를 얻
도록 도와준다. 메데이아는 그 뒤 이아손과 결혼하여 슬하에 자식까지 두었으나 이아손에게
배신당하자 그 앙갚음으로 제 자식들을 제 손으로 죽이고 아테나이로 도망친다. 그러나 그
녀의 자식들은 후일 코린토스에서 제사를 받았다고 한다. 에우리피데스의 『메데이아』 참조.

39) 트로이젠은 펠로폰네소스 반도의 북동쪽 아르골리스(Argolis) 지방에 있는 도시로 칼라우
레이아(Kalaureia) 섬 맞은편에 있다.

40) 힙폴뤼토스는 아테나이의 왕 테세우스(Theseus)와 호전적인 여인족(女人族) 아마조네스족
(Amazones)의 여왕 힙폴뤼테(Hippolyte, 일명 Antiope)의 아들로, 계모인 파이드라(Phaidra)의
모함으로 아버지에 의해 집에서 쫓겨나 비참하게 죽는다. 그러나 후일 그는 트로이젠에서
제사를 받게 되는데, 그가 죽는 장면이 연출될 때는 사람들이 그를 위하여 통곡하고 결혼을
앞둔 소녀들은 그에게 머리털을 잘라 바쳤다고 한다. 에우리피데스의 『힙폴뤼토스』 참조.

하여 불려졌음을 우리는 알고 있다.

그런데 시퀴온에서는 이제 영웅 찬미의 일부가 디오뉘소스 숭배에 흡수되었던 것이다. 물론 특수한 지역적 사정도 있었겠지만, 귀족적인 호메로스의 신들이 아니라 계절의 변화 속에서 풍년을 가져다주는 위대한 농민의 신인 디오뉘소스의 찬미를 장려하는 것은 당시 참주들의 종교 정책이었다. 예컨대, 아리온은 참주 페리안드로스가 통치하던 코린토스에서 디튀람보스를 합창서정시로 승화시켰고, 아테나이에서는 참주 페이시스트라토스가 디오뉘소스제에서 비극을 경연하게 했던 것이다. 헤로도토스는 디오뉘소스 찬미에 흡수된 '비극적 코로스들'의 내용에 관해서는 전혀 언급하고 있지 않으나, 문맥상으로 보아 그가 말하고자 하는 것은 아드라스토스 대신 디오뉘소스를 노래했다는 뜻이 아니라, 옛날부터 내려오던 영웅 찬가들이 디오뉘소스 찬미의 일부로 보존되었다는 뜻이라고 생각된다.

앞서 아리온에 의하여 예술 형식으로 승화한 디오뉘소스적 디튀람보스가 영웅 전설에서 소재를 얻었을 것이라고 말한 바 있다. 그렇다면 시퀴온에 관한 헤로도토스의 보고에서 옛 영웅 찬가가 디오뉘소스 찬미에 흡수되는 또 다른 과정을 본 셈이며, 이런 일련의 고찰들을 통하여 비극은 '디오뉘소스와는 무관하다'는 격언적 표현의 역사적 배경을, 바꿔 말해서 영웅 전설이 디오뉘소스적 영역에서 비로소 비극의 본질적 내용이 된 과정과 역사적 배경을 이해할 수 있을 것으로 생각된다.

영웅 찬미를 계기로 해서 영웅 전설이 비극의 내용이 된 것은 영웅 전설을 위해서도, 비극을 위해서도 매우 중요한 의미를 갖는다. 영웅 전설 나아가 신화는 그렇게 하여 서사시의 시대와 합창서정시의 시대를 거쳐 비극의 시대로 진입하였고, 비극 시인들은 끊임없는 해석

시도를 통하여 그것을 종교적·윤리적 문제의 근간으로 삼았기 때문이다. 비극은 또 영웅 전설에서 취재(取材)함으로써 민중의 마음속에 그들 역사의 일부로서 생생하게 살아 있으면서도 동시에 위대한 예술 작품이 필요로 하는 다루어진 대상에 대한 거리를 확보해주는 소재 영역을 획득하게 되었던 것이다.

비극의 발전에 관하여 지금까지 언급한 것은 전적으로 코로스의 노래에 관한 것이다. 다음에는 비극의 양대 구성 요소 가운데 하나인 대화가 비극에 도입된 과정을 고찰해보고자 한다. 코로스와 관련하여 우리가 펠로폰네소스 반도에서 이루어진 전단계들에 주목했다면, 앞으로는 앗티케에서 일어난 일들에 관심을 기울일 것이다. 몇몇 학자들은 비극의 대화 부분이 펠로폰네소스적 유산임을 밝혀보려 했으나[41] 그들의 주장은 근거 없는 것으로 평가되고 있다. 그리고 대화 부분에 나오는 이른바 '알파 임푸룸'(alpha impurum)[42]도 원래의 앗티케 방언에 도리스(Doris) 방언의 옷을 입힌 것으로 밝혀지고 있어 그런 이론은 설득력을 잃어가고 있다.

그보다는 대화가 코로스의 노래에 덧붙여진 것으로 보는 견해가 설득력이 있어 보인다. 테미스티오스(Themistios)[43]에 따르면(『연설』

---

41) cf. E. Bickel, *Geistererscheinung bei Aischylos*, in: Rheinisches Museum(1942), p. 123.

42) '알파 임푸룸'이란 '순수하지 못한 알파'란 뜻으로 그리스어 제1곡용(曲用)에서 ρ가 아닌 다른 자음 뒤의 주격(主格) α는 속격(屬格)과 여격(與格)에서 η로 변하는데, 이때의 α를 '알파 임푸룸'이라고 한다. 펠로폰네소스 지방에서 사용되던 도리스 방언은 이오니아 방언의 일파인 앗티케 방언에 비해 α를 사용하는 경향이 강해 비극에 자주 나오는 α를 모두 도리스 방언에서 유래한 것으로 보려는 견해에 대하여, α를 썼다고 해서 다 도리스 방언은 아니라는 것을 언어학적으로 증명하려는 것이다.

43) 테미스티오스(기원후 317년~388년경)는 소아시아 파플라고니아(Paphlagonia) 출신의 그리스 수사학자로, 그가 쓴 연설은 현재 34편이 남아 있다. 또 그는 아리스토텔레스의 저서들을 해설했는데 그것도 일부가 남아 있다.

26. 316d 참조), 초기 단계에서는 코로스가 혼자서 노래했으나 테스피스(Thespis)[44]가 프롤로고스(prologos)[45]와 변설(辯說, rhesis)[46]을 창안해냈다는 것은 아리스토텔레스의 견해라는 것이다. 테미스티오스의 이러한 견해는 신빙성이 있는 것으로 생각된다. 그는 아리스토텔레스의 저술들에 주석을 달았고, 아리스토텔레스가 비극에 관하여 『시학』에서 말하고 있는 것보다 더 많이 알고 있었다는 것은 『시학』 자체에서도 알 수 있다. 따라서 코로스의 노래는 그것이 발전하는 과정에서 점점 더 복잡한 전설과 신화를 소재로 삼았을 것이고, 그래서 앞으로 일어날 일에 관하여 관객들에게 미리 설명해줄 필요를 느꼈

---

44) 테스피스에 관해서는 다음에 설명이 나온다.

45) 그리스 비극은 보통 a)프롤로고스 b)등장가(登場歌, parodos) c)삽화(epeisodion) d)정립가(停立歌, stasimon) e)엑소도스(exodos)로 이루어진다. 이 중 등장가는 코로스가 그들의 위치인 오르케스트라로 등장하며 부르는 노래이고, 삽화는 코로스의 노래 사이에 삽입된 대화 장면으로서 현존하는 비극들은 3~6개의 삽화를 가지며 이것이 세네카(Seneca)를 거쳐 근대극의 막(幕)으로 발전하였다. 그리고 정립가는 배우와 코로스가 '한 곳에', 즉 오르케스트라에 자리잡고 서서 부르는 노래로서 보통 선행 삽화에 대한 성찰이나 감정을 표현한다. 그러나 정립가는 나중에 차츰 선행 삽화와 무관한 막간가(幕間歌)로 변질되었다. 여기서 '정립'이란 코로스가 한 곳에 꼼짝 않고 서서, 즉 춤도 추지 않고 서서 노래를 불렀다는 뜻이 아니다. 엑소도스는 삽화를 여러 부분으로 나누는 정립가가 끝난 다음의, 즉 마지막 정립가 다음 부분을 말한다. 프롤로고스는 코로스가 오케스트라에 등장하기 이전의 부분으로서 드라마의 주제와 상황을 전개하는 기능을 한다. 아이스퀼로스의 『탄원하는 여인들 Hiketides』이나 에우리피데스의 『레소스 Rhesos』처럼 프롤로고스가 없는 특이한 경우를 제외하곤, 프롤로고스는 아이스퀼로스의 『아가멤논』처럼 한 장면을 포함하거나 또는 아이스퀼로스의 『자비로운 여신들』처럼 여러 장면을 포함할 수도 있다. 또한 아이스퀼로스의 『제주를 바치는 여인들 Eumenides』에서처럼 앞으로 극의 진행에 계속 참여할 인물들이나 아이스퀼로스의 『아가멤논 Agamemnon』에서처럼 전적으로 프롤로고스를 위해 등장하는 인물에 의해 말하여질 수도 있다. 그 화자(話者)는 『결박된 프로메테우스』에서처럼 신이거나 아이스퀼로스의 『제주를 바치는 여인들』에서처럼 사람이다. 프롤로고스는 에우리피데스의 대부분의 비극에서처럼 독백이나 또는 소포클레스의 대부분의 비극에서처럼 대화로 시작될 수 있고, 에우리피데스의 비극에서 흔히 볼 수 있듯이 본래의 드라마에서 분리된 부분 같은 느낌을 주거나 소포클레스의 현존하는 비극들에서처럼 사건의 한가운데로 곧장 인도할 수 있다.

46) 변설이란 등장 인물들의 격식을 갖춘 조리 있는 긴 발언을 말한다.

을 것이다. 그럴 경우 그 설명자는 자연스럽게 코로스장(長)과 말을 주고받게 되었을 것이다. 이렇게 해서 배우가 생겨나게 되었는데, 배우를 가리키는 그리스어 히포크리테스(hypokrites)는 일반적으로 '응답자'란 뜻으로 해석되고 있으나 '설명자'란 뜻으로 보는 이들도 있다.

2. 테스피스

최초의 비극 시인인 테스피스에 관해서는 알려진 것이 많지 않다. 일설에 따르면 테스피스는 아테나이 사람 테몬(Themon)의 아들이라고 한다. 그러나 『수다 사전』에 따르면 테스피스는 앗티케의 이카리아 (Ikaria)[47] 구역 출신이라고 한다. 이런 진술은 비극을 농촌 축제에서 '상으로 내놓은 염소를 얻기 위하여 다투어 부르는 노래'로 해석하는 헬레니즘 시대의 이론을 뒷받침해주는 것으로 생각된다. 디오뉘소스에게서 포도나무를 얻었으나 나중에 술 취한 농부들에게 살해되었다는 이카리오스(Ikarios, 그의 이름에서 이카리아 구역의 이름이 유래했다)의 이야기는 헬레니즘 시대에 실제로 많은 축제의 계기가 된 것으로 알려져 있다. 또한 호라티우스의 『시학』(276행)에 나오는 '테스피스의 수레'라는 격언적 표현도 농촌 축제에서 비롯되었는데, 아마도 디오뉘소스의 배[舟] 모양의 수레나 앗티케 지방에 봄 축제들이 열릴 때 어릿광대들을 태우고 돌아다니던 수레들을 염두에 두었던 것으로 생각된다.

---

47) 이카리아는 아테나이에서 북동쪽으로 16킬로미터 떨어져 있는 펜텔리콘(Pentelikon) 산의 북동 사면에 있던 구역으로 오늘날의 이름은 디오뉘소(Dionyso)이다.

그러나 우리는 테스피스와 관련하여 한 가지 중요한 연대(年代)를 확인할 수 있다. 파로스(Paros) 섬의 대리석판(Marmor Parium)[48](ep. 43)과 『수다 사전』은 테스피스가 대디오뉘소스제에서 처음으로 비극을 공연한 것은 제61올림피아기(기원전 536/35년~533/32년)라고 한다. 참주 페이시스트라토스의 대대적인 개혁의 일환으로 비극이 국가 제전의 중요한 부분이 된 것 역시 바로 이 시기가 아닌가 생각된다.

테스피스의 작품으로는 몇 편의 제목과 약간의 시행(詩行)들이 전해지고 있다. 그러나 소요학파(逍遙學派) 철학자 아리스토크세노스(Aristoxenos)[49]가 (fr.114 W 참조) 헤라클레이데스 폰티코스(Herakleides Pontikos)[50]를 테스피스의 이름으로 비극들을 내놓았다고 비난했던 점으로 미루어 그것들이 테스피스 자신의 것이라고 장담하기는 어려울 것이다.

『수다 사전』에 따르면 테스피스는 처음에 백연(白鉛)으로 화장을 했으나 나중에는 아마포 가면을 창안해냈다고 한다. 그러나 그것은 테스피스가 오래 된 소품인 가면을 처음으로 창안해냈다는 뜻이 아니라 배우들을 위해 가면을 도입함으로써 비극을 개혁했다는 뜻일 것이다.

이른바 '공연자료집(didaskaliai)'[51]에는 아테나이의 양대 축제인

---

48) 파로스 섬의 대리석판이란 에게 해의 파로스(Paros) 섬에서 발견된 대리석판으로 거기에는 기원전 16세기부터 기원전 263년까지의 정치, 군사, 종교, 문학에 관한 주요 사건들이 연대순으로 새겨져 있다.

49) 아리스토크세노스는 기원전 4세기 후반에 활동한 철학자 겸 음악이론가로 아리스토텔레스의 제자였다.

50) 헤라클레이데스 폰티코스(여기서 Pontikos란 흑해 남안의 '폰토스 출신'이란 뜻이다)는 기원전 4세기의 철학자로 플라톤의 제자였다. 그의 관심 분야는 문법, 수사학, 역사, 물리학이었다.

51) '공연자료집(단수 didaskalia는 '가르침'이란 뜻이다)'이란 연극 공연에 관한 공식 기록으로

대디오뉘소스제와 레나이아제의 연극 경연에서 우승한 비극 및 희극 시인들과 배우들의 이름이 첫 번째로 우승한 순서에 따라 기록되어 있다. 그 중 첫 부분이 없어져 확실한 것은 알 수 없지만, 대디오뉘소스제에서 우승한 시인들의 경우 기원전 484년에 처음 우승한 아이스퀼로스에서부터 시작된다. 그 앞에 10행 정도가 없어졌는데 10명 정도의 비극 시인의 이름이 적혀 있었던 것으로 추정된다. 이들 가운데 소수에 관해서만 우리는 약간의 자료를 갖고 있을 뿐이다.

3. 코이릴로스, 프뤼니코스, 프라티나스

아이스퀼로스의 『생애 *Bios*』(라틴명 *Vita*)는(16 참조) 그의 선배들 가운데 테스피스 외에 코이릴로스와 프뤼니코스의 이름을 말하고 있다. 이 가운데 코이릴로스는 완전히 어둠에 싸여 있다 해도 과언이 아니다. 기원후 5세기의 그리스 문법학자 겸 사전 편찬자인 헤쉬키오스(Hesychios)[52]의 진술과 『수다 사전』에 따르면, 코이릴로스는 제64올

서 거기에는 드라마가 공연된 축제의 이름과 연도(年度)와, 등수(等數)에 따라 극작가의 이름과, 각 극작가가 내놓은 드라마들의 이름과, 우승한 드라마의 주역 배우와 코로스의 의상과 훈련 비용을 부담한 부유한 시민인 코레고스(choregos)의 이름이, 그리고 디튀람보스의 경우 우승한 부족(아테나이의 10개 부족이 각각 하나의 코로스를 내놓았다)과 가장 우수한 피리 연주자의 이름이 적혀 있다. 이러한 기록은 흔히 비명(碑銘)의 형태로 남아 있었다. 아리스토텔레스는 기원전 4세기에 이러한 '공연자료집'을 책으로 편찬했으나 지금은 전하는 것이 없고, 그것을 이용했던 헬레니즘 시대의 학자들이 남긴 기록들이 현존하는 드라마들의 필사본들에 포함되어 있어 날짜와 이름에 관하여 귀중한 정보를 제공해 주고 있다.

52) 헤쉬키오스는 기원후 5세기의 알렉산드레이아 출신 그리스 사전 편찬자로서 그의 사전은 보존 상태가 불량한 15세기의 필사본을 통하여 알려져 있는데, 그나마 원전의 축소판이다. 그러나 그의 사전은 그리스의 방언들과 명문(銘文)들을 연구하는 데 큰 도움이 되고 있다.

림피아기(기원전 524/23년~521/20년)에 처음으로 비극 경연에 참가했고, 제70올림피아기(기원전 500/499년~497/96년)에는 경연에서 프라티나스 및 아이스퀼로스와 우승을 다투었다고 한다. 이 경연이 사람들의 기억에 남게 된 것은 이때 관중을 위하여 설치한 목조 좌석들이 무너졌기 때문일 것이다. 코이릴로스는 160편의 비극을 써서 13번 우승했다고 하는데, 그가 160편의 비극을 썼다는 것에 대해서는 많은 사람들이 회의적이다. 현재까지 알려져 있는 유일한 비극 제목인『알로페 *Alope*』에 관해서는 별로 알려진 것이 없다.

폴뤼프라스몬(Polyphrasmon)의 아들 프뤼니코스에 관해서는 좀 더 많이 알려져 있다.『수다 사전』에 따르면 프뤼니코스는 제67 올림피아기(기원전 512/11년~509/08년)에 비극 경연에서 우승했다고 하는데, 그것이 아마도 그의 첫 번째 우승이었을 것이다. 이 사전에는 또 그가 쓴 드라마들이 알파벳순으로 열거되어 있는데 그 소재들은 후일의 비극들을 통하여 우리에게 잘 알려진 것이 많다.『아이귑토스의 아들들 *Aigyptioi*』과『다나오스의 딸들 *Danaides*』은 현재『탄원하는 여인들』만이 남아 있는 아이스퀼로스의 비극 3부작 가운데 다른 두 편과 제목이 같고, 그의『알케스티스 *Alcestis*』는 후일 에우리피데스가 동명의 드라마를 썼을 때 참고했을 것으로 생각된다.

프뤼니코스는 당대의 사건도 드라마의 주제로 삼았다는 기록은 중요한 의미를 갖는다. 헤로도토스에 따르면(『역사』 VI, 21 참조), 프뤼니코스는『밀레토스의 함락 *Miletou halosis*』이란 비극을 무대 위에 올렸다가 거액의 벌금을 물고 이 극의 공연을 금지당했다고 한다. 그것은 같은 이오니아인들인 밀레토스인들이 페르시아(Persia)에 반란을 일으켰다가 무참하게 진압당한 사건을 그가 상기시키는 바람에 아테나이인들이 심한 정신적 고통을 느꼈기 때문일 것이다. 밀레토스는 기원전 494년 가을에 함락되었고, 이 비극은 기원전 492년에 공연되었을 것으로 추정된다. 그렇다면 그것은 테미스토클레스(Themistokles)[53]가 집정관(archon)으로 있던 시기로서, 이 드라마의 생성과 공연에 어떤 형태로든 이 야심만만한 정치가의 입김이 작용했으리라고 생각해도 좋을 것이다. 기원전 476년에 테미스토클레스가 코로스의 분장 및 훈련 비용을 부담하는 코레고스(choregos)가 되었을 때 그의 후원 아래 프뤼니코스가 공연했던 것으로 알려진 비극이, 다름 아닌 테미스토클레스가 주도적인 역할을 한 살라미스 해전의 승리에서 취재한 『포이니케의 여인들 Phoinissai』임이 확실시된다는 점이 더욱 그런 추정을 뒷받침해준다.

아이스퀼로스도 기원전 472년에 『페르시아인들』을 무대 위에 올렸다는 점을 생각할 때, 이 시기의 비극은 당대의 역사에서 취재하여 그것을 형상화하려는 경향이 강했음을 알 수 있다. 그러한 경향은 아테나이인들에게 과거의 실패를 근거로 경고하거나 그들을 위대한 업적을 통해 고무하려는 정치가들의 의도에 기인한다고 보아도 좋을 것이다. 하지만 당시의 그리스인들에게는 신화도 역사의 일부였고, 이 둘의 경계가 오늘날처럼 명확하지 않았다는 점도 염두에 두어야 할 것이다.

플레이우스 출신의 프라티나스가 그의 고향의 도리스적 정신을

---

53) 테미스토클레스(기원전 524년~459년경)는 아테나이의 민주주의 정치가로서 해군 강화의 일환으로 전함의 수를 70척에서 200척으로 늘리도록 아테나이인들을 설득했고, 또 기원전 480년에는 장군으로서 아테나이의 함대가 살라미스(Salamis)의 좁은 해협에서 페르시아 함대와 싸우도록 작전을 세움으로써 이 해전에서 그리스 군이 대승할 수 있도록 해주었다. 그러나 그는 후일 도편추방(陶片追放)되었다가, 그가 페르시아와 손잡고 음모를 꾸미고 있다는 스파르테(Sparte, 라틴명 Sparta)측 주장에 의하여 사형을 선고받고 재산을 몰수당하자 소아시아로 도주하여 그곳에서 페르시아의 태수(太守)를 지내다가 기원전 458년 병사(病死)했다고도 하고, 일설에 따르면 자살했다고도 한다.

바탕으로 사튀로스 극을 개혁했다는 것에 관해서는 앞서 언급한 바 있다. 그의 개혁에 힘입어 조야한 사튀로스 극은 하나의 예술 형식으로 승화했던 것이다. 『수다 사전』에 따르면 그는 32편의 사튀로스 극과 18편의 비극을 썼다고 하는데, 아무튼 그의 경우 사튀로스 극의 수가 비극보다 더 많다는 것은 납득이 간다.

　　지금 남아 있는 프뤼니코스의 시행들은 이오니아적 특징을 보여 준다. 그의 노래들은 부드럽고 감미로운 것으로 알려져 있다. 아리스토파네스(Aristophanes)의 희극에서도 그는 멋쟁이 미남으로 나온다.[54] 그와는 대조적으로 사튀로스들의 친구인 프라티나스는 거칠고 투박하고 박력이 넘친다. 바로 이러한 상반된 경향들의 종합에서 앗티케의 고전주의가 탄생할 수 있었던 것이며, 이오니아식 프리즈(frieze)와 도리스식 기둥들을 가진 파르테논(Parthenon) 신전이야말로 이러한 종합의 완성이라고 할 수 있을 것이다.

54) 아리스토파네스의 『벌』의 220행, 『새』의 750행, 『개구리』의 1298행 참조.

제2장

아이스킬로스

1. 시대적 배경

앗티케의 고전 문화는 페르시아 전쟁과 더불어 꽃피기 시작하고 펠로폰네소스 전쟁과 더불어 꽃이 지기 시작한다. 일종의 내전인 펠로폰네소스 전쟁(기원전 431년~404년)은 아테나이가 그때까지 그리스 세계에서 누리던 우월한 지위에 종지부를 찍고 페리클레스(Perikles) 시대를 가능케 했던 내적인 힘을 점차 소모시켜 아테나이뿐만 아니라 폴리스(Polis) 사회 전체의 쇠퇴를 초래했다. 반면에 페르시아 전쟁(기원전 490년~480년)은 아테나이가 솔론(Solon)의 개혁[1],

---

1) 기원전 8세기 중엽 아테나이에서는 왕권이 크게 제한되고 귀족과두제(貴族寡頭制)가 대신 세워져, 토지 재산이 소수 귀족층에 집중되고 많은 농민들이 빚을 갚지 못해 노예가 되거나 집을 떠나 유랑하게 된다. 그리고 무장(武裝)할 재력이 없는 평민은 정권 참여에서 제외된다. 그러나 7세기경에 사용되기 시작한 화폐의 유통으로 평민 가운데서 부유한 상공업 계층이 대두하였고, 또 한편 전술상의 변화로 인하여 종래의 기병(騎兵) 대신 중무장보병(重武裝步兵)의 중요성이 인정됨으로써 많은 평민들이 이에 참여하게 된다. 그 결과 평민들의 정치적 발언권도 커진다. 이러한 평민들의 요구는 기원전 7세기 초에 제정된 드라콘(Drakon)의 입법(기원전 621년)에 반영된다. 그러나 농민들의 경제적 처지는 개선되지 않았고 도시의 중

아이스킬로스 33

페이시스트라토스의 적극적인 상공 및 문예진흥책,[2] 클레이스테네스의 민주화[3] 등을 통하여 서서히 축적해온 내적인 힘에 분출구를 제공함으로써 그때까지 문화의 불모지나 다름없던 아테나이[4]가 지적·예술적 활동의 중심지가 되고 또 그들 나름의 민주주의를 완성하여 이른바, '그리스 중의 그리스' 또는 '그리스의 학교'가 될 수 있는 결정적인 계기가 되었다.

이 전쟁에 관한 여러 가지 일화나 이야기에 따르면, 마라톤(Marathon) 전투가 있기 전 스파르테(Sparte, 라틴명 *Sparta*)의 도움을 청하러 갔던 아테나이의 사자(使者)가 쓸쓸한 파르테니온(Parthenion) 산을 지나 돌아오고 있을 때 판 신이 나타나 아테나이인들에게 우정과 도움을 약속했는데 그 뒤 판 신은 그 약속을 지켰고 아테나이인들은 그 보답으로 그를 위하여 신전을 지어주었다고 한다(헤로도토스. VI, 105 참조). 또 마라톤 전투 때는 농부의 저고리를 입은 어떤 사내가 군

산층은 민주 정책을 요구한다. 마침내 기원전 6세기 초 솔론의 주도 아래 개혁이 실시된다(기원전 594년). 그는 중산층의 정치 참여를 허용하고 배심원 제도를 채택하는 등 정치적인 개혁과 더불어 경제적으로도 가난한 농민의 채무를 면제해주고 채무노예제(債務奴隷制)를 금지하고 토지 소유의 상한선을 정하는 등 주목할 만한 개혁을 단행한다. 그러나 이러한 개혁도 사회 각 계층의 불만을 해소하지는 못하여 아테나이는 정치적인 안정을 유지하지 못하고 혼란을 거듭하다가 기원전 6세기 중엽 마침내 페이시스트라토스의 독재 정치를 초래하게 된다.

2) 기원전 6세기 중엽 장군의 신분에서 일약 참주가 된 페이시스트라토스의 독재 정치는 일종의 계몽군주정이라고 할 수 있다. 그는 중산층과 농민의 이익을 보호하고 도로와 급수 시설을 개선하고 문예를 진흥하는 등 선정(善政)을 베푼다. 그러나 그의 가장 기억할 만한 업적은 기원전 539년 대디오뉘소스제를 연중행사로서 거행케 했다는 점이다. 이 행사에서 처음으로 비극 경연대회가 개최되었기 때문이다.

3) 참주정(僭主政)의 붕괴에 이은 내란과 혼란을 평민의 지지에 힘입어 수습할 수 있었던 클레이스테네스(전성기 기원전 515년~494년)는 민회(民會)의 권한을 확대하고 도편추방제(陶片追放制, ostrakismos)를 창안하여 독재자의 출현을 막으려 했다.

4) 이 무렵까지도 그리스 문화의 중심지는 소아시아의 이오니아 지방이었으며 아테나이의 주목할 만한 시인이래야 솔론 정도였다.

사들 사이에 나타나 쟁기의 날로 페르시아인들을 베어 눕혔는데, 그 사내는 다름 아닌 고국의 성스러운 대지에서 솟아오른 영웅 에케틀로스(Echetlos)였다고 한다(파우사니아스 Pausanias. 1, 32). 그리고 파멸 직전의 살라미스 해전 때는 데메테르(Demeter) 여신의 비의(秘儀)로 유명한 엘레우시스(Eleusis)로부터 신비스런 불빛이 비쳐 왔으며, 아이기나(Aigina) 섬으로부터 무장한 거인들이 팔을 내밀어 그리스인들의 함대를 보호해주었다고 한다(플루타르코스 Ploutarchos; 테미스토클레스. 15 참조). 강력한 해군을 주장함으로써 이 전쟁을 승리로 이끈 테미스토클레스가 "이 일을 해낸 것은 우리가 아니라 신들과 영웅들이었다"고 한 말은(헤로도토스. VIII, 109) 이 전쟁을 몸소 겪은 당시 그리스인들, 그 중에서도 특히 시인 아이스퀼로스의 감정을 가장 잘 표현해주고 있다.

그리고 이 전쟁 중에 그리스인들 특히 아테나이인들이 보여준 자유 수호의 단호한 결의에서,[5] 완전한 자유가 아니면 완전한 파멸을 원할 뿐 타협을 거부하는 절대의지에서 우리는 다음 수십 년 동안 앗티케의 무대 위를 거닐게 될 비극적 인간상을 미리 내다볼 수 있을 것이다.

이것이 곧 시인 아이스퀼로스를 만들어낸 시대이며, 또 어떤 의미에서는 아이스퀼로스가 만들어낸 시대이기도 하다. 왜냐하면 그리스 정신의 가장 위대한 구현이라 할 수 있는 앗티케의 비극은 아이스퀼로

---

5) 기원전 5세기 말 이오니아 지방에서 밀레토스(Miletos) 시(市)를 중심으로 반(反)페르시아 운동이 일어났을 때(기원전 499년) 아테나이가 뒤에서 이를 후원했다는 이유로 페르시아의 다레이오스(Dareios, 라틴명 Darius) 왕은 그리스 본토에 대한 복수를 항상 염두에 두고 있었다. 그래서 그는 침공에 앞서 그리스 각국에 사자를 보내 '흙과 물'을 바치도록 요구했는데 대부분의 나라들이 페르시아의 위협에 굴복하여 요구에 응했다고 한다.

6) 아테나이인들은 자신들의 도시와 신전이 약탈당하는 등 가장 큰 희생을 치렀으므로 이 위대

스의 천재와 아테나이의 위대한 시대[6]가 만남으로써 비로소 완성되었기 때문이다.[7] 그리고 이런 행복한 만남이 이루어질 수 있었던 것은 아테나이와 아이스퀼로스가 같이 이 전쟁에 참가했고 또 이 전쟁의 역사적 의미에 대하여 같은 견해를 갖고 있었기 때문이다. 아이스퀼로스는 기원전 480년 45세 때 살라미스 해전에 참가하여 조국의 가장 위대했던 순간을 몸소 체험했고 또 10년 전에는 마라톤 전투에서 감격적인 승리를 맛보았다. 그러나 그의 형 퀴네이게로스(Kyneigeros)는 이 전투에서 전사했다.

그의 작품에 관해서는 일언반구도 없는 점으로 미루어 아이스퀼로스 자신이 지은 것으로 생각되는 그의 묘비명[8]에는 오직 그가 마라톤 전투 때 페르시아인들과 싸운 사실만이 언급되고 있는데, 이처럼 시인으로서보다도 마라톤의 전사로서 후세 사람들에게 기억되기를 원했다는 것은 그가 조국의 자유를 수호하기 위한 이 위대한 전쟁에 참가한 것을 평생 동안 얼마나 자랑스럽게 여겼는지를 단적으로 말해주고 있다.

헤로도토스가 쓴『역사』의 앞서 말한 부분에서 테미스토클레스는 계속해서 말하기를, 신들이 그리스인들에게 도움을 준 것은 신들과 자연에 대하여 죄를 짓는 교만한 인간이 혼자서 아시아와 유럽을 지배하기를 원치 않았던 까닭이라고 했다. 이처럼 그리스의 승리를 힘에 대한 정의의 승리로, 굴종에 대한 자유의 승리로, 교만에 대한 자제의 승

한 승리를 자신들의 승리라고 생각했다.

7) 비극이 페르시아 전쟁 이후에 탄생한 것은 아니라 하더라도 현존하는 비극들이 모두 페르시아 전쟁 이후에 쓰여진 점으로 미루어 비극이 비극다워질 수 있었던 것은 페르시아 전쟁의 처절하고도 위대한 경험 때문이었던 것으로 봐야 할 것이다.

8) 그의 묘비명의 내용은 다음과 같다. "여기 이 돌 아래 에우포리온(Euphorion)의 아들, 아테나이의 아이스퀼로스가 잠들도다. 그는 곡식이 풍성한 겔라(Gela)의 들판에서 죽음에 제압되었으나, 그의 힘과 용맹은 마라톤의 숲이 말해줄 것이며, 또한 이를 시험해본 더벅머리의 페르시아인들이 전해주리라."

리로 보았다는 점에서 헤로도토스와 시인 아이스퀼로스의 세계관은 여러 가지 면에서 상통한다고 할 수 있다. 아이스퀼로스의 작품에서도 승리에 대한 도취가 아니라 역사의 흐름 속에서 정의의 실현을 체험한 한 인간의 깊은 감동이 느껴지기 때문이다.

그리고 바로 이러한 신과 인간 사이의 깊은 연관성, 국가와 개인 사이의 의미심장한 연대성 등은 아이스퀼로스 비극의 밑바탕이라고 할 수 있을 것이다. 신과 인간이 공생공영하는 폴리스를 전제로 하지 않고서는 세계 내에서의 신의 의미와 제우스(Zeus) 신앙에 대한 그의 진지하고도 심오한 탐구 역시 불가능했을 것이기 때문이다. 그런 의미에서 아이스퀼로스는 비극의 창조자요 종교적 명상가라고 불려 마땅할 것이다.

2. 생애

아이스퀼로스의 생애와 행적에 관한 자료는 많은 편은 아니나 그런 대로 그에 관하여 가장 본질적인 지식을 제공해준다.

아이스퀼로스는 기원전 525/4년[9] 귀족인 에우포리온(Euphorion)의 아들로 아테나이에서 서북쪽으로 20킬로미터 정도 떨어진 엘레우시스에서 태어났다. 그곳은 여신 데메테르의 비의로 유명한 곳이어서[10] 예나 지금이나 많은 학자들이 그와 이 비의를 연관지어 보려

---

9) 고대 그리스의 연대 표시에서 525/4처럼 두 가지 숫자를 함께 쓰는 것은 당시의 역년(曆年)은 하지(夏至) 뒤 첫 초승달과 더불어, 그러니까 오늘날의 7월에 시작되므로 달을 정확히 모를 경우에는 달리 방법이 없기 때문이다.

10) 고대 그리스에는 크게 두 가지 비의가 있었는데, 그 중 하나가 엘레우시스에서 거행되는 데메테르 여신의 비의이고, 다른 하나는 오르페우스(Orpheus)의 비의다. 이것들은 사후(死

고 부단한 노력을 기울였으나, 아직까지는 이 비의가 그의 정신적 발전에 어떤 영향을 주었다는 증거가 발견되지 않고 있다. 아리스토텔레스의 말과 같이(fr. 15 R.) 습득이 아니라 헌신의 대상인 비의는 세계 내에서의 인간의 위치에 대한 해명을 궁극적인 목적으로 삼는 비극과는 엄격히 구별되는 것이며, 그런 의미에서 그가 한때 이 비의를 모독한 죄로 재판받게 되었으나 그 내용을 알지 못하고 실수를 저질렀다는 이유로 무죄 방면되었다는 이야기는 상당히 신빙성이 있는 것으로 생각된다.

아이스퀼로스는 기원전 499년 24세 때 처음으로 비극 경연에 참가하여 프라티나스 및 코이릴로스와 우승을 다투었는데, 이때 관중을 위하여 설치한 목조 좌석이 무너지는 불상사가 일어난 까닭에 이 경연은 사람들의 기억 속에 남게 된다. 그러나 파로스 섬의 대리석판[11]에 따르면 최초의 우승은 그로부터 오랜 뒤, 그가 40세 되던 기원전 484년에 차지했고 그 뒤로 12번 더 우승했다. 그러니까 그는 모두 13번 우승한 셈이다. 『수다 사전』[12]에 보이는 28이라는 숫자는 그의 사후에 재공연된[13] 횟수까지 포함한 것으로 보인다.

(後)생활과 관련된 일종의 비밀 예배로서 그 교리는 오직 입교자에게만 전수되었다고 한다. 전자(前者)는 원래 가을 파종 후에 풍년을 기원하는 농촌 축제에서 비롯된 것인데, 나중에는 풍년을 보내주는 지하의 신들 및 사후 생활과도 연관을 맺게 되었다고 한다. 그리고 이 비의는 번쩍하는 불빛 속에서 환상(幻像)을 보는 의식에서 절정에 달했다고 하나 그 환상이 어떤 성질의 것인지는 알 길이 없다.

11) 제1장 「그리스 비극의 시작」 주 48) 참조.

12) 제1장 「그리스 비극의 시작」 주 9) 참조.

13) 기원전 5세기의 아테나이에서 비극은 적어도 대디오뉘소스제에서는 1회 공연이 원칙이었고 에우리피데스의 『힙폴뤼토스』처럼 첫 번째 공연에서 우승하지 못한 비극들의 개정판만 재연(再演)이 허용되었다. 다만 아이스퀼로스의 경우에는 그의 사후 누구든지 그의 드라마들을 재연할 수 있도록 하는 법령이 정해졌다. 그러나 기원전 386년부터는 작가에 관계 없이 이전의 비극들을 재연하는 것이 허용되었다.

살라미스 해전이 끝나고 몇 년 뒤에 아이스퀼로스는 쉬라쿠사이(Syrakousai)의 참주 히혜론(Hieron)의 초청을 받고 그곳으로 가서 새로 건설된 식민시(植民市) 아이트네(Aitne, 라틴명 Aetna)를 위하여 축제극을 공연했는데, 그 제목이 『아이트네의 여인들』인지 아니면 『아이트네』인지는 확실치 않다. 그는 또 살라미스 해전과 같은 시기에 히메라(Himera)에서 카르케돈(Karchedon, 라틴명 Carthago)인들을 섬멸한 이 서부 그리스의 패자(霸者)를 위하여 자신의 『페르시아인들』을 재공연한 것으로 보이는데, 이 드라마는 기원전 472년 아테나이에서 그에게 우승의 영광을 안겨준 작품이다.

　　아이스퀼로스는 그 뒤 곧 아테나이로 돌아왔고 기원전 468년의 비극 경연에서는 처음으로 경연에 참가한 28세의 소포클레스에게 우승을 넘겨주지 않으면 안 되었다. 그러나 다음해 그는 테바이 3부작으로 우승했고 기원전 458년에는 그의 가장 위대한 작품이며 현존하는 유일한 비극 3부작인 『오레스테이아』로 13번째이자 마지막으로 우승을 차지했다. 이때 그의 나이 68세였다.

　　그 뒤 그는 다시 아테나이를 떠나 시켈리아(Sikelia, 라틴명 *Sicilia*)의 겔라(Gela)에 가서 살다가 그곳에서 70세를 일기로 456/5년 숨을 거두었다. 그가 왜 그런 고령에 그토록 사랑하고 아끼던 아테나이를 떠났는지는 알 수 없다. 여러 가지 억측이 구구한 가운데 아리스토파네스는 그의 희극 『개구리 *batrachoi*』(라틴명 *Ranae*)의 807행에서 아이스퀼로스가 아테나이를 떠난 것은 관중이 그의 작품을 이해하지 못하는 데 기분이 상했던 까닭이라고 한다. 그러나 그의 마지막 작품으로 보이는 『오레스테이아』에서는 전혀 그런 기미를 찾아볼 수 없으니, 이 역시 하나의 추측이 아닌가 싶다.

　　그의 사후 그의 묘지는 시인들의 경건한 발길이 끊이지 않는 명

소가 되었고, 그의 작품들에 대해서는 그를 추모하는 뜻에서 여러 가지 공연상의 특전이 주어졌다.[14] 이 위대한 비극 시인을 위한 가장 독창적인 기념비는 아리스토파네스의 희극『개구리』에서 찾는 것이 좋을 것이다. 이 작품은 비록 아리스토파네스 특유의 온갖 기괴하고 희화적인 요소들을 다 갖고 있지만 위대한 아이스퀼로스의 상(像)을 뚜렷이 보여주고 있으며 그것은 백 가지 일화보다 더 귀중한 것이다.

아이스퀼로스는 사튀로스 극을 포함하여 모두 90편 정도의 작품을 썼다고 하나 지금 온전하게 남아 있는 것은 비극 7편에 불과하다. 이 7편은 아마도 학교 교재로 사용된 까닭에 살아남을 수 있었던 것으로 생각된다.

3. 공연 연대

아이스퀼로스의 현존하는 비극 7편 가운데『페르시아인들』(기원전 472년)과『테바이를 공격한 7인』(기원전 467년) 및『오레스테이아』3부작(기원전 458년)은 최초 공연 연대를 알 수 있으나『탄원하는 여인들』과『결박된 프로메테우스』는 그것이 처음으로 무대 위에 올려진 연대를 알 수 없다. 그러나 문체상으로나 구성상으로 아이스퀼로스의 다른 작품들과는 상당히 이질적인『결박된 프로메테우스』는 그렇다 하더라도,『탄원하는 여인들』의 경우는 그 작품 구성으로 보아 아르카익 시대[15]의 특징들이 가장 많이 내포되어 있다 하여 그의 현존

---

14) 주 13) 참조.
15) '아르카익(archaique)'이란 개념은 미술사(美術史)에서 빌려온 것이다. 문학과 조형미술이 같은 법칙의 지배를 받는 것도 아니고 또 같은 시기에 같은 단계를 거치는 것은 아니라 하

비극들 가운데 가장 먼저, 그러니까 마라톤 전투(기원전 490년) 이전에 쓰여진 것으로 추정되어왔다. 그러다가 얼마 전에 새로운 파피루스(Oxyrhynchus Papyri, 2256, 3)가 발견됨으로써 그러한 주장은 인정받기 어렵게 됐다. 새로 발견된 파피루스에 따르면『탄원하는 여인들』이 속하는 비극 3부작은 소포클레스의 작품과 동시에 공연되었으며 이 경연에서 우승은 아이스퀼로스에게 돌아간 것으로 되어 있다. 그런데 소포클레스는 기원전 468년에 첫 우승을 차지했고 그것이 또한 그의 첫 공연임이 밝혀졌으므로, 이 해에는『탄원하는 여인들』이 공연되지 않았음이 확실하며 이는 다음해에도 마찬가지다. 그 다음해에는 아이스퀼로스가 테바이 3부작으로 우승했기 때문이다. 따라서『탄원하는 여인들』은 테바이 3부작(기원전 467년) 이후에, 그리고『오레스테이아』3부작 (기원전 458년)이전에 공연된 것으로 보아야 할 것이다.

　　그렇다면 그 연대를 전혀 추정할 수 없는『결박된 프로메테우스』를 제외하고는 아이스퀼로스의 현존 작품 가운데 가장 오래된 것은 기원전 472년에 공연된『페르시아인들』이다. 그가 24세의 나이로 비극 경연에 처음 참가한 기원전 499년 이후부터 50세가 넘어서 쓴 이 작품에 이르는 그의 초기 창작 활동에 관해서는 거의 알려진 것이 없어 뭐라고 말하기가 어려운 실정이다. 그러나 그가 창작 활동을 시작하던

더라도 그들의 발전 과정에서 어떤 공통된 특징이 보일 때 그들의 양식 원리를 공통된 것으로 받아들일 수 있을 것이다. 문학적 아르카익 시대는 대체로 기원전 8세기~6세기를 포괄하지만 아르카익 문체는 기원전 5세기에 들어와서도 눈에 띈다. 문학에 있어서의 아르카익 시대의 보편적인 특징은 헤시오도스(Hesidos)의 작품에 가장 잘 나타나 있다. 호메로스의 작품은 여러 세대에 걸쳐 음송시인(rhapsodos)들에 의하여 손질되고 다듬어졌으므로 아르카익적 요소와 고전적 요소를 동시에 지니고 있다고 할 수 있다. 아르카익 문학의 가장 두드러진 특징은 낡은 생활 습관, 소재와 문체의 다채로움, 사상의 복합성, 사건의 갑작스런 전환, 개별적 형식의 뛰어난 전개와 전체적 형식의 미숙한 처리 등이다.

당시만 해도 배우는 1명밖에 사용할 수 없고 대화보다는 코로스의 역할이 절대적이었던 점으로 미루어 그의 초기 작품들은 매우 단순했을 것으로 생각된다. 아리스토텔레스는 『시학』(1449a 16)에서 아이스퀼로스가 처음으로 배우의 수(數)를 두 명으로 늘리고 코로스의 역할을 줄여 대화가 드라마의 중심이 되게 했다고 말하고 있는데, 아이스퀼로스의 이러한 공로는 연극 공연상의 획기적인 발전을 의미하는 것이다.[16] 1명의 배우만 등장하는 코로스 중심의 비극에서 그리스 비극의 걸작이라 할 『오레스테이아』에 이르는 길은 그야말로 멀고도 힘든 길이었다. 그런 의미에서 길버트 머리(Gilbert Murray)가 아이스퀼로스를 가리켜 '비극의 창조자'라고 한 것은 당연한 일이며, 이런 호칭이야말로 아이스퀼로스의 업적에 가장 잘 어울릴 것이다.

아이스퀼로스의 또 하나의 업적은 『오레스테이아』에서 볼 수 있는 것과 같은 통일된 주제의 3부작, 즉 내용 3부작(die Inhaltstrilogie, the connected trilogy)을 창안해냈다는 점이다. 비극 경연에서는 3명의 작가가 각각 비극 3편(trilogia)과 사튀로스 극 1편으로 된 4부작(tetralogia)을 공연하게 되는데 이때 3편의 비극이 취급하는 주제가 하나의 통일된 전체를 이루면 이것이 곧 내용 3부작인 것이다. 아이스퀼로스의 현존 작품 가운데 맨 먼저 쓰여진 것으로 추정되는 『페르시아인들』이 속하는 3부작을 제외한 그 밖의 모든 3부작이 내용 3부작인 점으로 미루어 『페르시아인들』을 쓰던 시기만 해도 아직 정착되지 못한 이 구성 방법은 아이스퀼로스에 의하여 더욱 발전되었음이 분명하다.

---

16) 제2의 배우가 등장함으로써 비로소 진정한 의미의 대화와 사건이 가능해졌기 때문이다.

4. 『페르시아인들』

기원전 472년 아이스퀼로스는 3편의 비극 『피네우스 *Phineus*』, 『페르시아인들』, 『포트니아이의 글라우코스 *Glaukos Potnieus*』와 1편의 사튀로스[17]극 『불을 붙이는 프로메테우스 *Prometheus Pyrkaieus*』로 구성된 4부작을 무대에 올려 우승을 차지했는데, 이때 코레고스(choregos)는 25세의 페리클레스였다. 이 중 『페르시아인들』만 남고 나머지는 모두 없어져 그 내용을 알 수 없으나 남아 있는 단편들에 따르면 『피네우스』는 눈 먼 노인 피네우스를 하르퓌이아이(Harpyiai)라는 무서운 새들로부터 구해주는 아르고 호 선원들에 관한 전설을, 『포트니아이의 글라우코스』는 인육을 먹고 발광하는 자신의 말들에게 찢겨 죽는 포트니아이(Potniai) 사람 클라우코스의 운명을 주제로 한 것 같다. 사튀로스 극 『불을 붙이는 프로메테우스』는 프로메테우스가 하늘의 불을 땅으로 가져와 첫 불을 붙이는 장면을 그린 것 같다. 이때 신기하게 생각한 사튀로스들이 달려와 처음 보는 불꽃을 끌어안고 입맞추려하자 프로메테우스가 불의 사용법을 가르쳐주며 주의하라고 일렀으나, 고약과 붕대란 말이 나오는 것으로 보아 그의 주의에도 불구하고 결국 화상을 입었던 것으로 생각된다.

신화가 아닌 당대의 역사에서 비극의 소재를 구하는 일은 아이스퀼로스 이전에도 있었다. 예컨대 프뤼니코스는 기원전 493년 『밀레토스의 함락』에서 1년 전에 페르시아인들의 수중에 떨어진 이 도시의 참상을 적나라하게 그려 보였기 때문에 아테나이인들의 노여움을 사 1천 드라크메의 벌금을 물고 극의 재공연을 금지당한 일이 있었다고

---

17) 사튀로스 극에 관해서는 '그리스 비극의 시작' 주 6) 참조.

한다(헤로도토스. VI, 21). 그리고 프뤼니코스가 이미 아이스퀼로스의『페르시아인들』보다 4년 먼저(기원전 476년) 살라미스 해전의 패전이 페르시아 궁정에 불러일으킨 충격을 주제로 하여『포이니케의 여인들』이란 작품을 써 우승을 차지한 바 있었다. 그러나 프뤼니코스가 쓴 이 두 작품의 코로스의 코레고스가 다름 아닌 살라미스 해전을 승리로 이끈 테미스토클레스였다는 사실은 흥미로운 일이 아닐 수 없다. 비극이 당대의 역사에서 소재를 구하는 경향은 시민들에게 경각심을 불러일으키거나 자신의 명성을 영원한 것으로 만들려는 정치가들의 요청에서 비롯된 듯하나 더 이상 발전하지 못하고 이렇게 하나의 삽화로 끝나고 만 것은 유감스런 일이다.

　『페르시아인들』도『포이니케의 여인들』과 마찬가지로 살라미스 해전 패배의 충격을 주제로 하고 있다. 그러나 프뤼니코스가 내시(內侍)의 프롤로고스를 통하여 패전을 미리 말한 것과는 달리 아이스퀼로스는 이 비참한 소식을 드라마 속으로 옮겨놓았는데, 이것은 극의 구성에 있어 큰 진보를 의미한다. 그렇게 해야만 금방이라도 뇌우(雷雨)가 쏟아질 것 같은 긴장감과 불안한 예감 속에서 극을 전개해나갈 수 있는 여유가 주어지는 것이다. 우리는 그 가장 성공적인 예를『아가멤논』에서 볼 수 있다.

　그러나 아이스퀼로스의 작품도 페르시아의 원로들로 구성된 코로스의 등장으로 극이 시작된다든가, 등장가(parodos)[18]의 마지막 부분에서 회의 개최가 제의되었다가 모후(母后) 아톳사(Atossa)의 등장으로 이루어지지 않는다든가, 회의를 개최하자던 '옛 궁전'이 무엇을 뜻하는지 분명치 않은 점 등, 전대(前代)의 좋지 못한 유산에서 완전히

---

18) 등장가에 관해서는 '그리스 비극의 시작' 주 45) 참조.

벗어나지 못한 느낌이다. 이는 아마 먼저 내시를 내보내 원로들을 위하여 좌석을 준비하게 하는 『포이니케의 여인들』의 직접적인 영향이 아닌가 생각된다.

그러나 이러한 사소한 결함에만 집착할 것이 아니라 이 작품이 보여주는 대담하고도 시원시원한 극의 진행과 그에 따른 감정의 고조, 그리고 이 작품 속에 숨어 있는 심오한 사상에 눈길을 돌려야만 이 작품을 올바로 이해할 수 있을 것이다.

먼저 페르시아의 원로들로 구성된 코로스의 등장가에서는 그리스를 공략하러 떠난 페르시아 군대의 막강함과 오랫동안 그들로부터 소식이 없는 데 따른 불안을 느끼게 된다. 이때 모후 아톳사가 등장하여 그녀의 아들 크세르크세스(Xerxes)의 마차에 매이기를 거부한 거만한 여인에 관한 꿈 이야기를 하자 불안은 더욱 고조된다. 이윽고 사자가 등장하여 자세한 전황 보고와 함께 패전의 참상을 알린다.

아이스퀼로스는 살라미스 해전의 가장 훌륭한 기념비라 할 사자의 보고를 통하여 패배한 적에게 추호의 경멸이나 증오를 보이지 않고 민족의 가장 위대했던 순간에 시간을 초월한 영원성을 부여했던 것이다. 그리고 이것은 신의 섭리가 지배하는 세계 내에서 구체적인 역사의 사건이 갖는 참다운 의미를 규명해보려 했던 그의 노력의 결과인 것이다.

코로스의 비탄에 이어 위대한 페르시아 제국의 상징인 다레이오스(Dareios)의 혼백이 나타나 사건의 의미를 밝혀준다. 페르시아 군대의 파멸은 분수를 모르는 히브리스(hybris, 오만)의 결과이며, 이러한 히브리스의 의미는 자연의 질서를 바꾸어 바다를 육지로 만들고 강력한 선교(船橋)의 사슬로 헬레스폰토스(Hellespontos) 해협을 제압하려던 크세르크세스의 오만방자한 행동 속에 가장 잘 나타나 있다는 것이다. 그리고 마지막으로 패전한 크세르크세스 자신이 등장하고 극은 떠들썩한 비탄으로 끝난다.

앞서 말한 히브리스 못지않게 이 작품의 앞 부분(93행)에 나오는 아테(Ate) 역시 아이스퀼로스 비극에서 세계 해석의 기초가 되는 중요한 개념의 하나이다. 그리스인들은 이것을 하나의 통일된 개념으로 느꼈으나 우리는 두 얼굴을 가진 이 개념을 한 단어로 포착하기가 어려울 것이다. 아테는 신들의 입장에서 보면 그들이 인간에게 내리는 운명이며, 인간의 입장에서 보면 처음에 상냥하게 다가와 마음을 호린 다음 결국에는 파멸로 인도하는 미망(迷妄)이다. 그러므로 아테의 엄습을 받은 인간은 크세르크세스처럼 히브리스에 빠져 분수를 모르고 세계의 질서를 어지럽히다가 결국은 자신의 미망의 제물이 되고 마는 것이다.

너무 지나친 욕심은 제우스 신이 반드시 응징한다는 이러한 생각은 아이스퀼로스뿐만 아니라 당시 대부분의 사람들이 품고 있던 생각이다. 그런데 742행에서 다레이오스 왕이 말하는 신은 그와는 전혀 다른 신으로, 인간이 죄악의 길로 들어서도록 협조해준다는 이른바 '협조자로서의 신(daimon sylleptor)'이라는 그의 독창적인 개념은 여기서는 아직 어둠 속에 묻혀 있지만 『오레스테이아』에서는 그 전체적인 의미가 뚜렷이 드러난다.

5. 『테바이를 공격한 7인』

기원전 467년 아이스퀼로스는 테바이 전설권(傳說圈)을 소재로 한 4부작으로 우승을 차지한다. 『라이오스 *Laios*』, 『오이디푸스

Oidipous』,『테바이를 공격한 7인』과 사튀로스 극 『스핑크스 *Sphinx*』로 구성된 이 4부작 가운데 『테바이를 공격한 7인』만이 남아 있고, 다른 작품들은 모두 없어져 현재 전하지 않는다. 그래서 그 자세한 내용은 알 수 없으나 남아 있는 단편들과 『테바이를 공격한 7인』 중에 나오는 코로스의 노래(720~791행)에 따르면 『라이오스』와 『오이디푸스』의 주제도 라이오스 가(家)의 3대째 이어져 내려오는 저주임이 확실한 것 같다.

아이스퀼로스는 저주의 본질을 해석함에 있어 독특한 윤리적 세계관의 일면을 보여주고 있다. 그는 신들이 죄진 자에게 그 당대가 아니더라도 자식이나 자식의 자식 대에 가서 반드시 벌을 내린다는 생각을 더욱 심화시켜, 한번 지은 죄는 대를 이어 사악한 행동 속에서 다시 그 모습을 드러내며 또 그러한 행동에는 반드시 재앙이 따르는 법이라고 생각했던 것이다. 아이스퀼로스의 이러한 생각은 『오레스테이아』에서 그 완전한 모습을 드러내지만 여기서도 이미 매우 뚜렷한 모습을 갖추고 있다.

테바이 왕가를 파멸로 인도한 저 무서운 저주는 라이오스가 지은 죄의 결실이다. 라이오스는 펠롭스(Pelops)의 궁전으로 피신했다가 그의 아들인 미소년 크뤼십포스(Chrysippos)를 동성애의 상대자로 유괴했고, 그러자 펠롭스가 라이오스를 저주했던 것이다. 아폴론 신은 세 번이나 라이오스에게 아들을 낳지 말도록 경고하며 만일 그가 아들을 낳게 되면 그의 도시가 온전하지 못할 것이라고 일러준다. 신의 경고에도 불구하고 라이오스는 아들을 낳아 산에 갖다 버리지만 결국 아들의 손에 죽게 된다. 그리하여 아들은 스핑크스의 수수께끼를 풀고 테바이의 왕이 되어 어머니와 결혼하게 된다. 이것이 우리가 알 수 있는 『라이오스』의 내용의 거의 전부다. 『오이디푸스』에서는 주인공이 자신의 이러한 끔찍한 비행을 알게 되어 스스로 눈을 빼고 두 아들이 자기를 모욕했다는 이유로 "칼로 유산을 나누라"고 저주한다.

그래서 테바이 3부작의 마지막 작품인 『테바이를 공격한 7인』에서는 오이디푸스의 두 아들인 에테오클레스(Eteokles)와 폴뤼네이케스(Polyneikes) 사이에 이미 긴장이 고조되어 있음을 보게 된다. 폴뤼네이케스를 비롯한 일곱 장수들은 테바이 시를 포위하고 있고 에테오클레스는 포위된 이 도시를 적으로부터 지키지 않으면 안 될 처지가 된다. 그는 도시를 수호하고 백성들을 보호해야 할 왕이면서 동시에 폴뤼네이케스와 마찬가지로 파멸을 면할 수 없는 오이디푸스의 저주받은 아들이기도 하다. 이처럼 양립하기 힘든 두 가지 역할을 혼자서 동시에 해내야 한다는 데서 그의 비극이 예견되는 것이다.

이 작품은 에테오클레스의 프롤로고스로 시작되는데 여기서 그는 나라가 위기에 처해 있음을 알리고 시민들에게 각자 직분에 충실할 것을 당부한다. 이때 정찰병이 돌아와 적의 공격이 임박했음을 알린다. 한편 테바이의 처녀들로 구성된 코로스는 피난처를 찾아 도시를 수호하는 신상(神像)들을 모셔놓은 제단을 향해 무질서하게 몰려간다. 그러나 에테오클레스는 그들의 무절제한 비탄을 나무라고 신들에게 조용히 그리고 열렬히 기도 드리도록 명령한다. 이어서 이 작품의 중간 부분에서는 에테오클레스와 다시 돌아온 정찰병 사이에 300행이 넘는 긴 대화가 교환된다. 두 사람이 일곱 번씩 말을 주고받았다고 해서 흔히 '일곱 쌍의 대화'라고 일컬어지는 박진감 넘치는 이 부분에서 정찰병이 테바이의 일곱 성문을 공격하는 적장의 이름과 모습을 일일이 말해주면 에테오클레스는 거기에 맞춰 대안을 제시해준다.

고르기아스(Gorgias)는 이 작품을 가리켜 "상무정신(尚武精神)이 넘친다"고 평했다고 하는데 아리스토파네스에 따르면(『개구리』, 1021

행) 이러한 평은 당시 당연한 것으로 받아들여졌던 것 같다. 그러나 이러한 평은 역시 피상적이라고 해야 할 것이다. 아이스퀼로스는 결코 전쟁을 위한 전쟁을 찬미한 적이 없다. 『아가멤논』에서의 트로이아 전쟁이 그 가장 좋은 예가 될 것이다. 아이스퀼로스는 오직 불의와 침략으로부터 조국의 자유를 수호하려는 전사(戰士)만을 높이 평가했는데 에테오클레스도 이런 종류의 전사인 것이다. 그러나 이것도 에테오클레스의 한 면모에 불과하며 일곱 쌍의 대화 중 마지막 대화에서는 그의 또 다른 면모가 갑자기 무시무시한 모습을 드러내기 시작한다. 정찰병이 마지막 일곱 번째 성문에는 폴뤼네이케스 자신이 버티고 있다고 보고하자 그토록 침착하던 그가 신에게 미움받는 그의 가문의 비참한 운명에 대한 절망적인 탄식을 맨 먼저 내뱉었던 것이다. 그러나 다음 순간 그는 정해진 운명을 피할 길이 없음을 알고 일곱 번째 성문에서는 자신이 적과 맞서기로 결단을 내린다. 그럴 경우 그의 행동은 우선은 조국을 수호하기 위한 전투가 될 것이나, 그것은 또한 동기간의 골육상잔이 되어 누가 이기든 승리자는 형제 살해자가 되고 말 것이다.

이처럼 동일한 행위가 숙명적으로 한순간에 두 얼굴을 가진다는 것이 아이스퀼로스 비극의 특징 가운데 하나이다. 에테오클레스는 결국 자신의 행위가 돌이킬 수 없는 범죄가 되리라는 것을 명백히 알면서도 도저히 피할 수 없는 운명임을 깨닫고 자원하여 그 행위를 자신의 의지 속으로 받아들이는 것이다. 그리고 우리는 가문의 저주라는 외적인 힘과 인간의 의지라는 내적인 힘에 의한 이중적 동기 부여에서, 인간을 죄악으로 인도해주는 '협조자로서의 신'과 다시 한번 만나게 된다. 그러나 이번에는 범죄에 대한 열망이 행위에 대한 명확한 인식과 결합됨으로써 독특한 효과를 산출하고 있다.

이제는 코로스와 에테오클레스의 역할이 뒤바뀌어 코로스는 어머니처럼 부드러운 말로 그의 행동을 제지하려 하고, 에테오클레스는 자신의 뜻을 굽히려 하지 않는다. 경건한 마음으로 제물을 바쳐 신들의 노여움을 풀고 다가오는 재앙을 막으라고 코로스가 권하지만 자신이 신들에게 버림받았음을 아는 에테오클레스는 이를 단호히 거부하고 죽음을 향해 걸어가며 마지막으로 이렇게 말한다.

"신들이 내린 재앙은 피할 길이 없는 법이야."(719행)

이처럼 그는 피할 수 없는 운명을 자신의 의지 속으로 받아들임으로써 극복하는 것이다.

아이스퀼로스의 작품에서 공통적으로 발견되는 구성상의 특징 중 하나는 전반부에서는 드라마 전체의 분위기가 완만하고 폭넓게 전개되다가 후반부에 가서는 사건이 활발하고 신속히 종결을 향하여 내닫는 것인데, 여기서도 코로스의 노래가 끝나자 사자가 짤막하게 테바이의 해방과 두 형제의 전사(戰死)를 알리고 이들의 시신 곁으로 가서 애도할 것을 권한다.

이 작품의 종결부는 안티고네(Antigone)와 이스메네(Ismene)의 등장으로 다시 극적 활기를 띠게 된다. 이들에 이어 앞으로 테바이를 통치하게 될 민회(民會)의 전령이 나타나 국가의 반역자인 폴뤼네이케스의 매장을 금한다. 그러나 안티고네가 이에 반항하고 코로스의 일부도 그녀를 편들며 나라의 처사를 비난한다.

이 종결부의 진위에 관해서는 많은 논란이 있다. 참고로 레스키(A. Lesky) 같은 사람은 다른 사소한 문제는 차치하고 두 형제의 죽음으로 드라마의 갈등은 이미 해소되었는데 아이스퀼로스가 3부작을 새로운 갈등의 제시로 끝맺는다는 것은 생각할 수 없다고 주장한다. 따라서 그는 후세 사람들이 이 작품을 재공연하게 되었을 때 소포클레스의 『안티고네』의 영향을 받아 매장의 모티프를 원래의 드라마에 첨가한 것으로 보아야 한다고 주장하고 있다.

6. 『탄원하는 여인들』

『탄원하는 여인들』은 다나오스(Danaos)의 딸들의 운명을 주제로한 3부작의 첫 번째 작품으로 앞서 이 작품의 연대에 관하여 잠시 언급한 바 있다. 이 비극은 『페르시아인들』과 마찬가지로 코로스의 등장으로 시작된다. 코로스는 낯선 복장을 한 다나오스의 딸들로 구성되어있는데 그들은 사촌 오빠들인 아이귑토스(Aigyptos)의 아들들과의 결혼을 피하여 나일강의 하구에서 바다를 건너 아르고스로 도망쳐 온 것이다. 이곳 아르고스는 그들의 시조(始祖) 할머니인 이오(Io)의 고향으로 그녀가 제우스의 사랑을 받아 암송아지로 변한 곳이다. 그래서극이 시작되면 다나오스의 딸들은 이곳에서 구원을 청하고자 탄원자의 표지인 양털실을 감은 올리브나무 가지를 손에 들고 아르고스 시와해안의 중간에 있는 제단을 향해 걸어가며 자신들의 어려운 처지를 노래하고 제우스 신을 찬미한다.

이 작품은 '제우스'란 말로 시작되는 것이 무엇보다도 인상적이다. 시인 아이스퀼로스에게 있어 제우스는 신들과 인간들의 아버지라는 차원을 넘어서서 정의의 수호자로, 나아가 세계의 궁극적인 의미로까지 승화된 신이며, 그의 신앙의 가장 심오한 표현이라는 점을 고려할 때 거기에는 깊은 상징적 의미가 있는 것으로 생각된다.

코로스의 첫 번째 노래가 끝나면 다나오스가 국왕의 접근을 알리며 딸들에게 신변의 안전을 위하여 제단이 있는 언덕 위로 올라가도록 명령한다. 이윽고 국왕이 호위병들을 거느리고 등장하여 코로스와 긴 대화를 나누게 되고, 그 결과 그들이 아르고스로 와서 구원을 청하게 된 까닭을 알게 된다.

그리하여 국왕 펠라스고스(Pelasgos)의 역할에서 처음으로 비극적 상황이 전개된다. 그들을 받아들이는 것은 아이귑토스의 아들들과의 전쟁을 의미하고, 그들을 물리치는 것은 손님의 권리를 보호해주는 제우스 신을 모독하는 처사가 될 것이다. 그들이 간절히 탄원하면 할수록 국왕은 점점 더 결정하기가 어려워진다. 그래서 국왕이 결정을 내리지 못하고 망설이고 있는데 처녀들은 마침내 신상(神像)들에 목을 매어 자살함으로써 이 도시에 저주가 내리도록 하겠다고 위협한다. 결국 국왕은 처녀들에게 양보한다. 그러나 시민들의 승인을 받아야 하므로 잠깐만 기다리라고 말한다. 여기서 국왕의 결정이 민회의 승인을 받아야 한다는 것은 비극이 신화의 옛 소재를 폴리스적 세계로 옮겨놓은 좋은 예가 될 것이다.

잠시 뒤에 다나오스가 돌아와 아르고스인들이 그들을 받아들이기로 결정했다고 알리자 그들은 감사하는 뜻에서 아르고스를 위하여 축제의 노래를 부른다. 그러나 잠시 뒤 다나오스가 아이귑토스의 아들들이 상륙하는 것을 보고 구원을 청하러 다시 시내로 돌아가자 새로운 혼란이 야기된다. 처녀들은 겁이 나서 제단 쪽으로 몸을 피하고, 그 사이 아이귑토스의 아들들이 보낸 전령이 하인들을 데리고 나타나 그들을 끌고 가려 한다. 그러나 때마침 국왕이 호위병들을 거느리고 나타나 전령을 바닷가로 쫓아버린다.

이제 아무 방해도 받지 않고 아르고스 시내로 들어가게 된 다나오스의 딸들은 그들의 하녀들로 구성된 제2의 코로스와 서로 화답하며 행렬을 지어 무대를 떠난다.

이 작품은 플롯이 단순해 보이는 것과 달리 그 내용은 파악하기가 쉽지 않다. 그것은 아마도 이 작품이 속한 3부작의 나머지 두 작품이 모두 없어져 주제의 전개를 정확히 추적할 수 없다는 이유도 있고, 지금 남아 있는 작품조차 그 내용이 모호한 데가 많기 때문일 것이다.

대체 다나오스의 딸들이 아이귑토스의 아들들의 구혼을 그토록 거부한 까닭은 무엇인가? 고대 그리스의 관습대로라면 아이귑토스의 아들들은 그들의 가장 가까운 친척으로서 맨 먼저 그들에게 구혼할 권리를 갖고 있지 않은가! 국왕도 처음에 이 점에 관해서 묻지만 명확한 답변을 듣지 못한다. 그리고 처녀들이 작품의 첫머리(9행)에서 말하는 자생적 남성 기피(autogenes phyxanoria)란 대체 무슨 뜻인가? 타고난 남성 혐오를 뜻하는 것인가, 아니면 스스로 구혼자들을 피했다는 뜻인가? 그들은 사건이 전개되는 동안 때로는 자신들의 야만적인 구혼자들을 기피하는 듯한 인상을 주는가 하면 때로는 결혼 자체를 혐오하는 듯한 인상을 주기도 한다.

이 작품의 종결부에서 아이스퀼로스는 지금까지 침묵을 지키던 그들의 하녀들로 하여금 갑자기 제2의 코로스를 이루어 노래를 부르게 한다. 이들의 발언이 3부작 전체의 이해를 위하여 그만큼 중요한 실마리가 된다고 생각했기 때문일까? 다나오스의 딸들이 제우스와 순결의 여신 아르테미스(Artemis)를 부르는 것과는 달리 그들의 하녀들은 사랑의 여신 아프로디테(Aphrodite)를 찬미하며 신의 뜻에 따를 것을 권한다. 말하자면 여자의 궁극적 성취는 남자와의 결합에 있는 만큼 아프로디테를 무시하는 것은 히브리스라는 것이다.

우리는 아이스퀼로스가 이 3부작의 나머지 두 작품인 『아이귑토스의 아들들』과 『다나오스의 딸들』에서 이러한 문제들을 어떻게 해결

했으며 사건을 어떻게 전개했는지 거의 알지 못한다. 현재 남아 있는 단편 등을 통하여 우리가 알 수 있는 것은 다음과 같은 것들이다.

두 번째 작품인 『아이귑토스의 아들들』에서는 코로스를 구성하는 이들 구혼자들이 전쟁에 의해서든 아니면 협상에 의해서든 마침내 다나오스의 딸들로부터 결혼 승낙을 얻어내는 데 성공한다. 그리고 이들 처녀들이 첫날밤에 자신들의 남편들을 살해하려는 계획도 이 작품에 포함된 것으로 보인다.

세 번째 작품인 『다나오스의 딸들』은 코로스를 구성하는 이들 처녀들이 자신들의 남편을 살해한 첫날밤이 지난 후 그 다음날 아침에 시작된다. 다나오스의 다른 딸들은 모두 아버지의 명령에 따라 자신들의 남편을 죽였으나 휘페르메스트라(Hypermestra 또는 Hypermnestra)만은 명령을 어기고 남편 륑케우스(Lynkeus)를 살려주었기 때문에 재판을 받게 되고, 이때 여신 아프로디테가 나타나 그녀를 위하여 변론한다. 현재 남아 있는 단편(fr. 44. N)에 따르면 여신은 휘페르메스트라의 행동을 하늘과 땅의 결합에서 볼 수 있는 것과 같은 우주적 사랑의 표현으로 보았던 것 같다. 아프로디테의 이러한 발언은 『탄원하는 여인들』의 종결부와 분명히 깊은 연관성이 있는 것 같다. 그럴 경우 아프로디테가 다나오스의 딸들의 죄를 정화해주고 그들을 다시 결혼으로 인도함으로써 이 3부작의 마지막을 장식했을 가능성도 배제하지 못할 것이다. 다나오스가 자기 딸들에게 남편을 구해주기 위하여 그들을 달리기 경주의 상(賞)으로 내놓았다는 또 다른 전설이 이를 뒷받침해주고 있다. 다나오스의 딸들은 자신들의 남편을 죽인 죄로 저승에 가서 깨진 독에 물을 채우는 벌을 받게 되었다는 이야기는 후기의 전설에 속한다.

비행(非行)과 고통으로 충만한 이 3부작이 서로 대립하는 힘들의 화해와 신적인 질서에 대한 순응으로 끝난다는 것은 주목할 만하다. 『결박된 프로메테우스』가 속하는 3부작과 『오레스테이아』도 서로 대립하는 힘들의 화해로 끝나기 때문이다.

4부작의 마지막을 장식하는 사튀로스 극으로는 다나오스의 딸 아뮈모네(Amymone)가 해신 포세이돈(Poseidon)의 사랑을 받아 나우플리아(Nauplia) 시의 전설적인 건설자인 나우플리오스(Nauplios)의 어머니가 된다는 줄거리의 『아뮈모네』가 무대에 올려져 관객의 기분을 전환시켜주었던 것 같다.

마지막으로 이 작품의 구성에 관하여 몇 가지만 더 언급하기로 한다.

이 작품에서는 사건의 전개가 작품 전체에 걸쳐 고루 배분되어 있지 않고 뒷부분에 집중되어 있다. 뒷부분에 가서야 아이귑토스의 아들들이 상륙하고, 그들의 전령이 나타나 처녀들을 제단 옆에서 끌어내리려 하고, 국왕이 호위병들을 거느리고 와서 처녀들을 구해준다. 이와는 대조적으로 노래와 대화가 완만하고 폭넓게 드라마의 분위기를 전개해나가는 앞부분에는 처녀들의 자살 위협을 제외하고는 별로 극적인 상황이 없다. 이처럼 한쪽에는 서정적인 상황 묘사, 성찰, 기도 등을 배분하고 다른 쪽에는 사건의 전개를 배분하는 기법이 아이스퀼로스의 다른 작품들, 특히 『오레스테이아』의 처음 두 작품에서 그 전형적인 예를 볼 수 있다. 이러한 구성을 아르카익적 구성이라고 부를 수 있다. 왜냐하면 소포클레스의 원숙한 고전적 작품에서는 앞서 말한 두 가지 요소들이 분리되어 있지 않고 완벽한 형태로 융합되어 있기 때문이다.

드라마의 앞부분에서 코로스의 노래가 더 큰 비중을 차지하는 예는 특히 『아가멤논』에서 볼 수 있는데, 이 작품은 『탄원하는 여인들』

을 제외하고는 3부작의 첫 번째 작품이라고 확언할 수 있는 유일한 작품이다. 그러므로 우리는 이 두 작품에서는 앞에서 지적한 바 있는 아이스퀼로스 극의 구성상의 특징 외에도, 그 많은 노래들이 그 작품뿐만 아니라 3부작 전체의 사상적 내용을 설명하고 있다는 점에 유의해야 할 것이다. 더욱이 『탄원하는 여인들』의 경우에는 코로스가 극의 주역임을 생각할 때 이 작품에서 코로스적 요소의 우위는 당연하며, 이 점만을 내세워 이 작품을 초기작으로 보는 것은 경솔한 판단이다.

전설에 따르면 다나오스의 딸들은 50명이었다고 한다. 이것은 디튀람보스의 원형(圓形) 코로스의 구성원 수이며 또 폴룩스(Pollux)[19] (4, 10)에 따르면 비극의 코로스도 원래는 50명의 가수로 구성되었다고 한다. 그러나 과연 아이스퀼로스가 50명의 다나오스의 딸들을 모두 무대 위에 올렸을까? 그렇다면 이들과 제2의 코로스를 구성하는 같은 수의 하녀들과, 처녀들을 끌고 가기 위하여 상륙한 같은 수의 아이스귑토스의 아들들과, 또 비슷한 수의 국왕의 호위병들을 합쳐 모두 200명 정도가 무대 위에 서게 되는 셈인데 이것은 상상하기 어려운 일이다. 그러므로 여기서도 아이스퀼로스의 다른 작품에서 볼 수 있는 바와 같이 코로스의 구성원 수를 12명으로 보는 것이 옳을 것이다.

이 작품의 무대에 관해서는 다른 작품들의 경우보다 더 많은 것을 말할 수 있을 것이다. 아직 뚜렷한 무대 배경은 없고 오르케스트라 (orchestra)에는 사람이 올라갈 수 있는 단(壇) 모양의 단순한 구조물이 있는데, 이것은 여러 신들의 신상을 함께 모셔놓은 공동 제단을 의미

---

19) 폴룩스(Julius Pollux, 전성기 기원후 180년)는 이집트의 나우크라티스(Naukratis) 출신의 그리스 수사학자로서 콤모두스(Commodus) 황제의 스승이었다. 그가 편찬한 『오노마스티콘 Onomastikon』('용어 사전'이란 뜻)은 앗티케어(語)와 전문 용어의 귀중한 보고로서 그리스의 극장과 아테나이의 행정 등에 관해서도 유익한 정보를 제공해주고 있다.

한다. 그리고 이러한 구조물은 테바이의 아크로폴리스가 될 수도 있고 다레이오스 왕의 무덤이 될 수도 있을 것이다.

7. 『결박된 프로메테우스』

이번에는 아이스퀼로스의 『결박된 프로메테우스』에 관하여 살펴보기로 한다. 이러한 순서는 이 토론의 마지막을 그의 최대 걸작인 『오레스테이아』로 장식하고자 함이며 작품이 처음 공연된 연대의 순서와는 무관하다. 앞서 말한 바와 같이 『결박된 프로메테우스』의 최초 공연 연대는 추정이 거의 불가능하다고 해도 과언이 아니기 때문이다.

일찍이 제우스를 도와 그를 권좌에 오르게 했던 프로메테우스는 인간을 동정한 나머지 지상의 인간들에게 하늘에서 불을 훔쳐다준다. 이에 제우스가 이를 응징하고자 세계의 끝에 있는 카우카소스(Kaukasos) 산의 암벽에다 그를 결박하게 한다. 이것이 이 작품의 전제이다.

극이 시작되면 제우스의 명령에 따라 헤파이스토스(Hephaistos) 신이 크라토스(Kratos, 힘)와 비아(Bia, 완력)의 도움을 받아 프로메테우스를 암벽에다 결박한다. 이때 동정심 많은 헤파이스토스와 난폭하고 인정머리 없는 크라토스의 대조적인 성격이 그들이 나누는 대화 속에 잘 나타난다. 프로메테우스는 입 다물고 있다가 그들이 떠난 뒤에야 비로소 입을 열어 자신의 비참하고 억울한 처지를 한탄한다. 이후부터 계속해서 삽화적 성격을 띤 일련의 방문 장면에 의하여 사건이 전개된다. 그것은 아마 이 극의 주역인 프로메테우스가 꼼짝 못하게 묶여 있어 진정한 의미의 사건 전개가 불가능하기 때문일 것이다.

먼저 코로스를 구성하는 오케아노스(Okeanos)의 딸들이 그에 대한 깊은 동정심을 품고 날개 달린 수레를 타고 등장한다. 이어서 오케아노스 자신이 날개 달린 말을 타고 나타나 그에게 양보하라고 타이르지만 그의 호의도 프로메테우스의 고집을 꺾지 못한다. 다음에는 송아지로 변한 이오(Io)가 무대 위에 뛰어든다. 그녀는 제우스의 사랑을 받았던 까닭에 여신 헤라(Hera)의 미움을 사 온 세상을 떠돌아다니다가 여기까지 오게 되었다. 프로메테우스는 그녀의 미래를 예언하던 중 제우스로부터 똑같이 극심한 고통을 당하고 있는 자신과 그녀 사이를 이어줄 인연에 관하여 밝힌다. 즉 나일 강변에서 제우스는 가벼운 접촉을 통하여 그녀에게 본래의 모습을 돌려주고 어머니가 되게 할 것인데 바로 그녀의 피를 이어받은 후손 가운데 한 명인 헤라클레스(Herakles)가 그의 고통을 끝내주게 된다는 것이다. 이오가 떠난 뒤 프로메테우스는 이 같은 극심한 고통 속에서도 제우스에 대하여 우월감을 느낄 수 있는 것은 자신이 제우스에게 일어날 치명적인 어떤 비밀을 알고 있기 때문이라고 코로스에게 밝힌다. 즉 제우스가 맺게 될 어떤 결합에서 — 여신 테티스(Thetis)와의 결합을 말한다 — 더 강력한 아들이 태어나, 마치 제우스가 그의 아버지 크로노스(Kronos)를 쓰러뜨렸듯이, 자신의 아버지 제우스를 쓰러뜨리게 되리라는 것이다. 제우스가 올림포스(Olympos) 산정에서 이 말을 듣고 헤르메스(Hermes)를 내려보내 그 비밀을 알아내도록 하지만 프로메테우스는 헤르메스의 온갖 욕설과 위협에도 굴하지 않고 제우스의 번개에 맞아 심연 속으로 사라진다.

제우스의 가혹한 새 통치에 반항하여 벌받을 줄 알면서도 인간들에게 불을 가져다주는가 하면, 극심한 고통을 당하면서도 타협을 거부하고 남의 불행을 위로할 만큼 자의식이 강하고 동정심 많은 이 위대한 신에 대하여 진심으로 애정과 경의를 금할 수 없으나, 동시에 몇 가지 이유에서 이 작품이 과연 아이스퀼로스의 것인지 의심스럽다는 점도 아울러 지적해두어야 할 것이다.

먼저 그 시어(詩語)가 다른 작품들에 비해 매우 소박하고 일상어에 가깝다는 점이다. 다른 작품들의 경우는 작품의 사상적 내용을 밝히는 것이 코로스의 주된 임무이고 그 노래의 분량도 『오레스테이아』에 이르기까지 증가하는 추세를 보여왔다. 그와는 달리 이 작품에 있어서는 코로스를 구성하는 오케아노스의 딸들이 하는 일이래야 그저 동정심이나 호기심을 갖고 이야기나 들어주는 것이 고작이다. 또 구성상으로 보더라도 제우스와 프로메테우스가 충돌하는 첫부분과 끝부분을 제외하고는 진정한 의미의 극적 사건이 전혀 전개되지 않는다. 이 역시 그의 다른 작품에서는 볼 수 없는 현상이다.

하지만 이 작품이 취급하고 있는 소재의 특수성과 아이스퀼로스에 관한 지식의 제약성 ─ 그의 90편의 작품 가운데 지금은 7편만이 남아 있다 ─ 을 들어 앞서 말한 이유만으로 이 작품이 아이스퀼로스의 작품이 아니라고 결론을 내리는 것은 속단이 아니겠느냐는 신중론을 펴는 이들도 있다.

그렇다면 이 작품의 제우스 상(像)에 관해서는 어떻게 설명할 수 있을 것인가? 이 작품에서 제우스는 얼마 전에 올림포스의 권좌에 오른 가혹하고 의리 없는 폭군이다. 다른 작품에서 보아온 제우스는 이와는 달리 세계의 정의로운 조종자이며 나아가서는 세계의 의미 그 자체가 아니었던가? 대체 이 두 제우스가 어떻게 화해할 수 있을 것인가? 여기서 어떤 화해가 있었다면 3부작의 없어진 부분에서 이루어졌을 것이다. 『오레스테이아』의 종결부는 분명히 아이스퀼로스가 우주 질서를 대립적인 힘의 화해로 보았음을 말해주고 있으며, 프로메테우스 3부작도 제우스와 프로메테우스의 화해로 끝났음을 암시하는 여러 가지 증거들이 있다.

프로메테우스 극들 가운데『불을 붙이는 프로메테우스』는『페르시아인들』이 속하는 4부작의 마지막을 장식하는 사튀로스 극이므로 여기서 제외해도 좋을 것이다. 이제 남은 것은『해방된 프로메테우스 *Prometheus Lyomenos*』와『불의 운반자 프로메테우스 *Prometheus Pyrphoros*』인데, 이 중 전자는 그 제목이 말해주듯이 프로메테우스의 해방을 주제로 하고 있다. 현존하는 단편들에 따르면 티탄(Titan) 신족이 코로스를 이루는 이 작품에서 헤라클레스는 고통에서 프로메테우스를 해방시키기 위하여 그의 간(肝)을 쪼아 먹는 독수리를 쏘아 죽인다. 그리고 후반부에서는 이것이 계기가 되어 제우스와 프로메테우스 사이에 화해가 이루어지는 것으로 추정된다. 끝으로『불의 운반자 프로메테우스』는 그 내용도, 3부작 내에서의 순서도 확실치 않다. 만약 3부작의 첫 번째 작품이라면 프로메테우스가 인간들에게 불을 훔쳐다주는 것을 소재로 했을 것이고, 세 번째 작품이라면 적대적인 힘들을 화해시키고 프로메테우스 찬미를 위하여 종교의식을 제정했을 것으로 추정되고 있다.

8.『오레스테이아』

이제 마지막으로 아이스퀼로스의 최후, 최대 걸작인『오레스테이아』에 관하여 살펴보기로 한다. 기원전 458년 아이스퀼로스는『아가멤논』,『제주를 바치는 여인들』,『자비로운 여신들』로 이루어진 비극 3부작, 이른바『오레스테이아』와 사튀로스 극『프로테우스』를 무대에 올려 마지막으로 13번째로 우승을 차지한다. 이 중『프로테우스』는 없어져 전하지 않으나『오레스테이아』는 다행히 살아 남아 현존하는 유일한 비극 3부작이 되었다.

8-1.『아가멤논』

영국 시인 스윈번(A.C. Swinburne)이 "인간 정신의 최대의 성취"라고 찬양한 바 있고, 또한 괴테(J.W. Goethe)가 1816년 9월 1일 훔볼트(K.W. Humboldt)에게 보낸 편지에서 첫 번째 작품인『아가멤논』에 관하여 "예술품 중의 예술품"이라고 말한 바 있는『오레스테이아』3부작은 이크티노스(Iktinos)와 페이디아스(Pheidias)의 파르테논 신전과 더불어 그리스 정신이 낳은 최대 걸작이며, 그 웅장한 구상과 사상의 심오함에 있어서는 미켈란젤로(Michelangelo)의 벽화 정도가 이에 견줄 수 있을 것이다.

그렇다 하더라도 이 3부작에서 고전적 형식이 이미 완성되었다고 보기는 어려울 것이다. 이 3부작 역시 그의 다른 작품들과 마찬가지로 아르카익적 요소들을 많이 내포하고 있는 것이 사실이기 때문이다. 그러나 이러한 요소들은 완성을 향하여 나아가는 그에게 방해가 되었다기보다는 오히려 그의 작품들 속에 특유의 생동감과 직접성과 깊이를 심어주는 데 기여한 것으로 보인다.

그런 의미에서 그리스 비극이 서정시의 우위에서 대화의 우위로, 무용에서 행위로, 춤추는 가수에서 대사를 외우는 배우로 발전해나가는 전체적인 과정에서 아이스퀼로스만큼 이 양자의 균형을 성공적으로 이룩한 사람은 없다고 해도 과언이 아닐 것이다.

사건의 전개에 있어서는 종전보다 상당히 여유 있는 인상을 준다. 제3의 배우가 아낌없이 사용되고 처음으로 본무대(本舞臺, skene)의 앞벽이 무대 배경을 보여주고 있다. 이러한 벽은 고전기(古典期)를 통하여 언제나 나무로 만든 임시 구조물이었는데 여기서는 아트레우스(Atreus)의 아들들의 궁전을 가리킨다.

그러면 먼저 3부작의 첫 번째 작품인 『아가멤논』부터 살펴보기로 한다.

이 드라마는 먼동이 트기 직전의 새벽에 시작된다. 파수병 1명이 왕비 클뤼타이메스트라(Klytaimestra, 또는 Klytaimnestra)의 지시에 따라 지붕 위에 누워서 트로이아(Troia)의 함락을 알려줄 봉화를 기다리며 자신의 따분한 신세를 한탄한다. 이때 봉화가 오르자 그는 기뻐 날뛴다. 그러나 다음 순간 기쁨은 근심으로 변한다. 왕궁 안에 죄악과 위험이 도사리고 있음을 알기 때문이다. 37행밖에 안 되는 파수병의 이 프롤로고스 속에 이미 작품 전체의 분위기가 잘 나타나 있다. 승전의 기쁨은 자꾸만 불길한 예감 속에서 질식되다가 마침내 이 불길한 예감은 시커먼 먹구름이 되어 하늘을 온통 덮어버린다. 그래서 번쩍이는 번개와 쏟아지는 소나기가 오히려 오랜 고통으로부터의 해방처럼 느껴질 정도다.

파수병의 프롤로고스와 아르고스의 노인들로 구성된 코로스의 등장가(parodos)에 이어 많은 분량의 노래가 나오는 것은 이 노래들이 『아가멤논』뿐만 아니라 3부작 전체의 사상적 내용을 설명해야 하기 때문이다. 그렇게 볼 때에만 세 작품의 행수 배분(1673행, 1076행, 1047행)이 의미를 지니게 될 것이다.

먼저 등장가는 함대가 출발하던 때의 일을 상기시킨다. 그곳 아울리스(Aulis) 항에서 아가멤논은 여신 아르테미스의 노여움을 풀고 순풍을 얻기 위하여 자신의 딸 이피게네이아(Iphigeneia)를 제물로 바치지 않으면 안 되었다. 여기서 인간은 또다시 갈 수 없는 두 길 가운데 어느 한 길을 가지 않으면 안 되는 잔인한 필연의 멍에에 신음하게 된다. 그러나 결단을 내리지 못해 땅에 왕홀(王笏)을 꽂고 눈물을 흘리던 아가멤논도 일단 결단을 내린 뒤에는 아무리 사악한 짓이라도 해낼 각오 아래 딸을 제물로 바치고 함대를 출범시킨다. 여기서 우리는 또다시 인간이 일단 결단을 내리게 되면 그것이 아무리 강요된 것이라 하더라도 자진하여 거기에 순응하는 모습을 보게 된다. 아가멤논의 그러한 행동으로 말미암아 그의 집안을 옭아매고 있던 죄와 벌의 사슬에 또 하나의 고리가 이어지게 되고, 그의 아내의 마음속에는 증오와 복수의 불길이 타오르게 된다.

등장가의 중간 부분에 저 유명한 제우스 찬가가 나오는데 이 찬가는 그의 제우스 신앙에 대한 가장 명백한 증거가 될 것이다. 그리고 이 노래에서만큼 그의 목소리를 직접 들을 수 있는 곳도 많지 않을 것이다. 여기 나오는 제우스의 모습은 비록 호메로스의 제우스의 모습에서 발전한 것이기는 하나 그와는 비교도 안 될 만큼 심화되어 있다.[20] 아이스퀼로스의 제우스는 여러 신들 가운데 한 신이 아니라 신들의 신이며 정의로운 세계 질서의 보증자인 것이다. 비록 제우스가 나아가는 길을 알기 어렵다 해도 그 궁극적인 의미는 알 수 있을 것이며, 아이스퀼로스는 바로 그 의미를 이 찬가에서 노래하고 있는 것이다. 그것은 곧 제우스가 인간을 고난의 길을 통하여 지혜로 인도한다는 것이며, 그러므로 '고난을 통하여 지혜를 얻는다'(pathei mathos)는 말은 그의

---

20) 고대의 시인들 가운데 어느 누구도 종교적 깊이에 있어서는 아이스퀼로스와 비견할 수 없을 것이다. 호메로스와 핀다로스는 오로지 올륌포스의 광명의 신들에게만 눈길을 돌린 까닭에 그에 비해 편협한 인상을 주며 젊은 극작가들은 빈곤한 느낌을 준다. 에우리피데스의 신들은 말할 것도 없고 더 경건한 소포클레스의 신들도 아이스퀼로스의 신들에 비하면 절실한 느낌을 주지 못한다. 아이스퀼로스는 여러 가지 얼굴을 가진 그의 신에게 우리도 그 자신과 똑같이 사로잡히기를 요구하는 것이다.

심오한 종교관의 표어인 셈이다.

그런데 이러한 인식은 그의 또 다른 인식, 즉 '죄 지은 자는 벌받게 마련'이라는 인식과 결합될 때 그 의미가 완성된다. 즉 인간은 행동함으로써 죄를 짓게 되고 죄는 고통스런 벌을 수반하며 고통은 인간을 지혜로 인도한다는 것이다. 이러한 죄와 벌과 지혜의 인과 관계 속에서 우리는 다시 한번 인간이 죄 짓고자 할 때 기꺼이 협조해주는 '협조자로서의 신(daimon sylleptor)'이라는 독특한 개념과 만나게 된다. 아이스퀼로스의 제우스는 고난을 통하여 지혜로 인도하는 신이기 때문이다. 이렇듯 제우스 안에서는 흔히 가문의 저주라는 형태로 나타나는 운명의 강요와 인간의 자유의지 사이의 모순이 지양되므로 제우스는 곧 운명과 동일한 것이다.

코로스의 등장가가 끝나면 클뤼타이메스트라가 등장하여 노인들에게 봉화가 산을 넘고 바다를 건너 아르고스까지 도착한 경위를 장황하게 설명한다. 그러나 노인들은 결코 환성을 올리지 않는다. 첫 번째 정립가(stasimon)에서 그들은 주인의 권리를 짓밟고 남의 아내를 빼앗은 파리스(Paris)에 대한 제우스의 심판을 노래하고, 이어서 한 여인으로 인하여 온 백성이 피를 흘리게 된 트로이아 전쟁에 내려진 저주에 관하여 말한다. 그들의 노래는 온통 불길한 예감으로 가득 차 있다. 이때 전령이 등장하여 왕의 상륙을 알린 다음 고향에 돌아온 것을 기뻐하며 전장에서의 노고를 회상한다. 아이스퀼로스는 불길한 예감으로 답답하기만 한 이 장면에 사건의 내막을 전혀 알지 못하는 단순하고 쾌활한 인간을 등장시킴으로써 극적 효과를 더욱 높인다. 이와 비슷한 예를 우리는 『제주를 바치는 여인들』의 유모에게서 볼 수 있다.

두 번째 정립가는 재앙의 원인인 헬레네(Helene)로부터 출발하여 전체적인 의미 해석으로 나아간다. 여기서 아이스퀼로스는 신의 시기(猜忌)라는 당시의 믿음에 동조할 수 없음을 고백한다. 신이 벌을 내린다면 그것은 신이 인간의 지나친 행복을 시기해서가 아니라 정의의 원칙에 따라 이 세계를 조종하려는 의지 때문이라고 그는 말한다.

이 노래가 끝나면 아가멤논이 마차를 타고 등장한다. 그의 뒤쪽에는 그가 첩으로 데려온 트로이아의 공주 캇산드라(Kassandra)가 웅크리고 앉아 있다. 여기서 『아가멤논』의 앞부분을 덮고 있던 무거운 잿빛 구름은 시커먼 먹구름으로 변한다. 이미 남편을 배신한 클뤼타이메스트라는 냉정하고 소심한 아가멤논에게 음흉하게도 열렬한 환영을 가장하여 결국 남편으로 하여금 자신이 펴놓은 자줏빛 융단을 밟고 궁전 안으로 들어가도록 만드는 데 성공한다. 그리고 그녀는 이 승리에서 잠시 뒤에 궁전 안에서 얻을 것으로 기대하는 더 큰 승리를 미리 맛보며 남편을 따라 궁전 안으로 들어간다.

한편 코로스는 왕의 귀국을 목격했음에도 왠지 불길한 예감을 떨쳐버리지 못한다. 이때 클뤼타이메스트라가 궁전에서 다시 나와 그녀의 또 다른 제물을 집 안으로 유인하려 한다. 그러나 캇산드라는 입을 다물고 꼼짝도 않는다. 침묵이 하나의 표현 수단으로서 이처럼 깊은 의미를 지닌 적도 별로 없을 것이다. 그래서 클뤼타이메스트라가 떠나자 캇산드라가 발작을 일으킨다. 일찍이 그녀에게 아무도 감사하지 않는 예언력을 부여한 바 있는 아폴론이 지금 그녀를 엄습한 것이다. 그래서 그녀는 발작적이고 환상적인 노래와 차분하고 암시적인 대사를 통하여 저주받은 이 가문의 끔찍한 과거를 우리 눈앞에 펼쳐 보인다. 이 집은 한마디로 인간 도살장이다. 마룻바닥은 피로 얼룩지고 한쪽에는 아트레우스가 자신의 아우 튀에스테스(Thyestes)를 접대하기 위하여 살해한 튀에스테스의 아이들이 울고 있다. 그런가 하면 한 무리의 복수의 여신들이 그 안에 도사리고 앉아 술 취한 주정뱅이들처럼 흉측한 노래를 부르고 있다. 이 죄악의 사슬에 이제 또 하나의 고리가 새로 이어지려 한다. 집 안에서 아내가 귀국한 남편을 살해할 준비를 하고 있는 것이다. 캇산드라 자신도 죽음을 피할 길이 없다. 그리하여 그녀는 마지막 순간 생에 대한 애착으로 몸부림치다가 침착하게 죽음을 향하여 궁전 안으로 걸어간다.[21] 이어서 아가멤논의 비명 소리가 들린다. 코로스가 어쩔 줄 몰라 망설이고 있을 때 궁전의 문이 열리며 클뤼타이메스트라가 손에 피투성이가 된 흉기를 들고 그녀의 두 제물 곁에 서 있는 모습이 보인다. 그녀는 아직도 자신의 행동에 도취되어 있고, 자신의 몸에 묻은 핏자국을 곡식을 자라게 해주는 하늘의 비에다 비유한다. 코로스는 길고도 힘겨운 언쟁을 통하여 그녀의 행동이 얼마나 무서운 것인지 알려준다. 그녀는 결코 자신의 행동이 정당하다는 주장을 굽히지 않는다. 그러나 과거에서 미래로 끝없이 이어질 이 가문의 죄와 벌의 사슬에 이제는 자신도 묶이게 되었음을 깨닫고 그녀는 더 이상의 재앙이 일어나지 않도록 이 집의 악령과 계약을 맺으려 한다. 그때 마치 무슨 답변인 양 그녀의 정부(情夫) 아이기스토스(Aigisthos)가 등장한다. 지금까지 뒤에서 그녀를 조종했고 앞으로 주인 행세를 하게 될 이 비열한 악한을 보자 노인들은 격분한다. 클뤼타이메스트라가 말리지 않았더라면 공공연히 싸움이 벌어졌을 것이다. 지칠 대로 지쳐 딴 사람이 되어버린 그녀는 더 이상 피를 보고 싶지가 않았던 것이다. 여장부가 아니라 한낱 평범한 여인으로서 그녀는 아이기스토스와 함께 앞으로 그들 둘이서 지배하게 될 궁전 안으로 사라진다.

---

21) 캇산드라의 죽음은 한마디로 신 앞에서의 인간의 무력함을 말해주고 있다. 그녀의 뛰어난 지혜도 아가멤논의 위대한 행동력도 신이 그들에게서 돌아서는 순간부터는 그들을 파멸에서 구해줄 수 없었던 것이다.

8-2.『제주를 바치는 여인들』

두 번째 작품인『제주를 바치는 여인들』은 그 구성에 있어 첫 번째 작품과 유사점이 많다. 이 작품도『아가멤논』처럼 한 인간이 범행을 통하여 아트레우스 가(家)를 옭아매고 있는 죄와 벌의 사슬 속으로 뛰어들게 되고, 또 일단 뛰어든 뒤에는 좋든 싫든 그러한 인과 관계의 의미를 깨닫지 않을 수 없게 된다. 그리고 여기서도 여러 단계의 준비 과정을 거친 뒤에야 사건이 전개되는 것이다.

오레스테스(Orestes)가 아버지의 무덤가에서 말하는 프롤로고스는 단편밖에 남아 있지 않지만, 객지에서 살다가 이제 갓 성년이 되어 고향으로 돌아온 이 순진 무구한 젊은이의 열렬한 기도는『아가멤논』의 음울한 종결부와 극적인 대조를 이룬다. 기도가 끝나기도 전에 엘렉트라(Elektra)의 인솔 아래 상복을 입은 여인들이 제주(祭酒)를 들고 오는 것이 보이자 오레스테스는 이 행렬의 의미를 자세히 알아보기 위하여 친구 퓔라데스(Pylades)와 함께 몸을 숨긴다. 그런데 그것은 클뤼타이메스트라가 악몽을 꾸고 놀란 나머지 고인(故人)의 무덤으로 화해의 선물을 보내는 광경이었다. 그러나 엘렉트라는 제주를 부으며 어머니를 위하여 기도하지 않고 오레스테스가 돌아와 원수를 갚게 해달라고 기도한다.

이때 그녀는 오레스테스가 애도의 표시로 아버지의 무덤가에 바친 머리털 묶음과 그의 발자국을 발견하고는 오라비가 왔음을 직감한다. 이어서 오레스테스가 앞으로 나와 자신의 신분을 밝히자 엘렉트라는 그를 아버지로, 오라비로, 왕으로 맞이한다. 한편 오레스테스는 자신이 아폴론 신으로부터 아버지의 원수를 갚으라는 추상 같은 명령을 받고 왔음을 말한다. 그리하여 두 남매와 코로스를 구성하는 상복의 여인들은 무덤가에서 서로 화답하며 긴 애탄가(哀歎歌, kommos)를 부른 다음, 오레스테스가 궁전 안으로 들어갈 계획을 세운다.

　여기서 애탄가는 오레스테스의 행동에 대하여 중요한 의미를 지닌다. 물론 오레스테스는 아버지가 받은 모욕과 엘렉트라가 받은 수모의 자초지종을 다 듣고 나서 어머니를 살해하기로 결심한 것은 아니다. 그는 이미 처음 등장할 때부터 그럴 결심을 품고 있었던 것이다. 그런데 동기의 우선 순위에 있어 결정적 변화가 일어난다. 애탄가가 있기 전에는 오레스테스는 자신의 행동의 필연성을 아폴론의 추상 같은 명령으로 설명했다. 그러나 애탄가 내에는 아폴론의 명령에 관해서는 일언반구도 없다. 아버지에 대한 모욕과 엘렉트라가 받은 온갖 수모에 관하여 자세한 이야기를 듣고 나서 "그녀는 죄값을 치러야 해"라고 외치는 순간 오레스테스는 이미 아폴론의 명령은 염두에 두지 않고 있다. 그는 모친 살해의 끔찍한 행동을 스스로 자신의 의지 속에 받아들였으며, 또 자신의 책임 아래 행하기로 결심한 것이다. 여기서 우리는 또다시 신의 의지와 인간의 의지라는 이중적 동기 부여와 만나게 된다. 인간의 행동은 숙명적으로 한순간에 두 얼굴을 가진다는 것이 아이스퀼로스 비극의 특징이라면, 그러한 특징은 여기서 가장 뚜렷이 부각된다. 신의 명령에 복종하여 아버지의 원수를 갚는 오레스테스는 효자 중의 효자이지만 동시에 모친 살해자로서 그의 가문을 옭아매고 있는 죄와 벌의 사슬 속으로 뛰어들게 되는 것이다.

　이 작품에서도 극이 반쯤 진행된 뒤에야 진정한 의미의 사건이 전개된다. 오레스테스는 포키스(Phokis)의 여행자로 가장하여 클뤼타이메스트라 앞에 나아가 그녀의 아들이 객사했음을 알린다. 이어 그녀는 내객(來客)과 그의 동행인 퓔라데스를 집 안으로 들게 하고 아이기스토스를 데려오도록 사람을 보낸다. 이때 오레스테스의 유모가 그 심부름을 맡게 된다. 우리는 여기서 다시 한번 사건의 내막을 알지 못하는 단순하고 순박한 인간이 극도로 긴장된 숨막히는 장면에 뛰어들어 극적 효과를 더욱 높이는 것을 보게 된다.

유모는 오레스테스가 죽었다는 소식을 사실로 믿고 어머니조차 흘리지 않던 눈물을 흘리며 어릴 때 정성을 다해 애써 기르던 일을 회고한다. 이 장면은 그 자체로서도 뛰어나지만 극의 구성과 진행에 있어서도 매우 중요한 의미를 지닌다. 유모는 원래 아이기스토스를 무장한 호위병들과 함께 데려오라는 지시를 받았다. 그러나 사건의 내막을 알고 있는 코로스로부터 오레스테스가 죽지 않았다는 암시를 받고는 결정적인 순간에 그 지시를 바꿔버린다.

코로스의 노래가 끝나면 아이기스토스가 호위병 없이 혼자서 등장하여 오레스테스의 칼에 쓰러진다. 이어서 시종의 고함 소리에 놀라 규방에서 뛰어나온 클뤼타이메스트라는 "죽은 사람이 산 사람을 죽이고 있다"는 말을 듣고 사건의 전말을 일순간에 깨닫는다. 다시 한번 가문의 악령이 그녀 속에서 눈을 뜨게 되어 그녀는 도끼를 가져오라고 부르짖는다. 그러나 때는 이미 늦어 그녀 앞에 오레스테스가 버티고 선다. 그녀는 "애야"라는 말을 연발하며 어떻게든 아들의 마음을 돌려보려고 하나 주어진 운명을 되돌리지는 못한다. 오레스테스는 기어이 어머니를 살해하기 위하여 궁전 안으로 끌고 들어간다.

여기서도 『아가멤논』에서처럼 궁전의 문이 열리며 살인자가 두 제물 곁에 서 있는 것이 보인다. 그리고 『아가멤논』에서 클뤼타이메스트라가 그랬듯이, 여기서 오레스테스는 자신의 행동의 정당성을 주장하려 한다. 그는 태양을 자신의 권리의 증인으로 부르며 아가멤논이 죽을 때 입고 있던 겉옷을 사람들에게 내보인다. 그러나 그의 온갖 변명도 소용없다는 듯 공포의 검은 그림자가 그의 의식을 덮치기 시작한다. 어머니의 혼백이 부른 복수의 여신들의 끔찍한 모습이 그의 눈앞에 떠오르자 그는 정신을 잃고 무대에서 뛰어나간다.

오레스테스의 정신착란으로 끝나는 이 작품의 종결부는 아이스퀼로스의 극에서 가장 박진감이 넘치는 장면 가운데 하나이다.

8-3.『자비로운 여신들』

세 번째 작품인『자비로운 여신들』의 프롤로고스는 이와는 대조적으로 델포이의 평화로운 아침으로 시작된다. 아폴론 신의 예언을 전하는 무녀가 경건한 기도를 올리며 신전에 들어서다가 질겁을 하고 뛰어나온다. 이어서 신전의 전면 중앙에 나 있는 문이 열리며 그녀가 본 무서운 광경이 눈앞에 드러난다. 거기 신성한 대지의 배꼽 옆에 오레스테스가 피투성이가 된 칼과 올리브 가지를 손에 들고 앉아 있고 그의 주위에는 그를 뒤쫓는 복수의 여신들(Erinyes) 무리가 잠들어 있다. 아폴론 신이 그에게 다가가 구원을 약속한다. 헤르메스가 그를 아테나이에 있는 아테네 여신의 신상 곁으로 인도하게 될 것이고, 그는 그곳에서 사건을 해결해줄 재판관을 만나게 된다는 것이다. 그리하여 오레스테스가 헤르메스의 인도 아래 아테나이로 떠난 뒤 광명의 신인 아폴론은 밤의 딸들을 자신의 신전에서 내쫓는다.

오레스테스가 아테나이로 떠나는 대목은 아이스퀼로스가 전설을 임의로 변형한 것이다. 전설에 따르면 모친 살해를 명령한 아폴론이 델포이에서 혼자 힘으로 오레스테스의 죄를 정화해주었다고 한다. 그러나 심오한 종교 사상가인 그에게는 인간의 피를 동물의 피로 정화한다든가, 신이 준 활로 복수의 여신들을 막는다는 식의 외적인 해결 방법으로는 철저히 파괴된 아트레우스 가의 질서와 정의를 회복하는 것이 불가능해 보였던 것 같다. 이 작품에서 무대가 둘이라는 사실은 곧 아폴론의 정화에 또 하나의 더 위대한 정화가 추가된다는 것을 상징적으로 말해주는 것이다.

　이어서 무대는 아테나이의 아크로폴리스 위에 있는 팔라스 아테네(Pallas Athene)의 신전으로 바뀐다. 오레스테스가 들어와 여신 아테네의 신상을 붙잡는다. 복수의 여신들도 그를 발견하고는 쫓아 들어와 그를 에워싸고 윤무(輪舞)를 추며 '속박의 노래(hymnos desmios)'를 부른다. 이윽고 윤무의 율동이 완만해지자 복수의 여신들은 제우스의 위대한 세계 구도 안에 자신들도 명예로운 자리를 차지하고 있음을 알린다. 말하자면 결코 잊어버리는 일이 없는 그들 밤의 딸들은 한번 흘린 피에 대해서는 무슨 일이 있어도 반드시 속죄해야 한다는 사실을 사람들에게 일깨워주는 역할을 한다는 것이다. 이런 점은 잠시 뒤에 (698f.) 광명의 여신인 아테네도 인정한다.

　　무서운 것이라고 해서 모두 나라 밖으로 내던지지 않도록 하라!
　　두려울 것이 아무것도 없다면 누가 정의로운 사람으로 남겠는가?

　코로스의 노래에 이어 여신 아테네가 아크로폴리스로 돌아와 자신의 신상 옆에서 벌어지고 있는 기이한 광경을 보고 사건의 진상을 캐묻는다. 여기서 아테네의 처지는 『탄원하는 여인들』에서의 국왕의 처지와 비슷하다. 구원을 청하는 자도 박해자도 쫓아낼 수가 없기 때문이다. 그러나 아테네 여신은 묘안을 생각해내어 앞으로도 늘 살인 사건을 재판하게 될 법정을 창설할 의도로 가장 훌륭한 시민들을 데리러 간다.

　다음 장면은 아레스의 언덕(Areios pagos, 라틴명 Areopagus)에서 전개되는 것으로 봐야 할 것이다. 그러나 아레스의 언덕은 아크로폴리스 언덕의 연속이므로 무대의 변경을 알릴 필요도, 알릴 수도 없을 것이다. 여신 아테네의 인도 아래 배심원으로 뽑힌 노인들이 입장하고 이어서 아폴론 자신이 들어와 법정에 서서 오레스테스를 위하여 변론한다. 그런데 코로스장의 논고와 아폴론의 변론은 그 뒤에 숨어 있는 더 큰 규모의 갈등을 느끼게 해준다. 제우스의 아들인 아폴론은 일종의 부계 사회인 젊은 신들의 세계를 위하여 변론한다. 따라서 그에게는 아가멤논의 죽음이 모친 살해 행위보다 더 중죄(重罪)에 해당된다. 한편 복수의 여신들은 어머니가 모든 것을 의미하던 구(舊)세계를 대변한다.

　양편의 진술이 모두 끝나자 아테네는 최초의 판결에 들어가기 앞서 지금 창설된 이 법정이 '아레스의 언덕'이라는 이름 아래 피의 복수를 대신할 정의의 보루로서 앞으로도 늘 살인 사건을 재판하게 될 것임을 알린다.[22] 이어 투표가 진행되고 어머니 없이 제우스의 머리에서 태어난 아테네는 오레스테스를 위하여 표를 던진다. 개표 결과 양편의 득표 수가 똑같았으나, 표가 가부동수(可否同數)일 경우 피고는 무죄라고 여신 아테네가 개표에 들어가기 전에 미리 선언해두었던 것이다.

　아이스퀼로스는 이 재판 장면을 통해 정의의 보루로서의 국가의 위엄을 크게 선양한 것이 사실이지만 아울러 인간이 내리는 판결의 한계성도 보여주었다. 무엇보다도 표가 가부동수라는 사실이 『오레스테이아』의 갈등은 인간의 지혜로는 해결할 수 없다는 것을 말해준다. 오

---

22) 이 극이 공연되기 4년 전에 에피알테스(Ephialtes)는 페르시아 전쟁 이후 점증하는 민주화 요구에 부응하기 위하여 새로운 입법을 통해 오래 된 귀족원(貴族院)인 '아레스의 언덕(Areios pagos)'의 모든 실권을 박탈하고 살인 사건에 대한 재판권과 성물(聖物)의 관리권만을 남겨둔다. 아이스퀼로스는 이러한 개혁을 찬반의 의사 표시 없이 그대로 그의 작품 속에 받아들이고 있다. 그러나 696행 이하에서 보면 이러한 개혁의 정신을 매우 불안한 눈으로 보았던 것으로 생각된다.

레스테스가 구원받고 죄와 벌의 사슬에서 해방될 수 있었던 것은 신의 은총 때문인 것이다.

오레스테스는 감사의 눈물을 흘리며 자기를 구원해준 아테나이에 영원한 우정을 맹세한다. 앞으로 아르고스의 창(槍)이 앗티케 땅을 향하는 일은 결코 없을 것이라고 그는 약속한다.[23]

이제는 신의 세계에서 화해를 성립시키는 일만 남아 있다. 재판에 진 복수의 여신들은 격분하여 아테나이에 재앙을 내리겠다고 위협한다. 그러나 긴 언쟁 끝에 여신 아테네는 우아하고 명쾌하고 분별 있고 경건한 앗티케 정신의 온갖 매력을 유감 없이 발휘하여 마침내 그들의 마음을 돌리는 데 성공한다.

죽음의 영역이면서 동시에 돋아나는 생명의 영역이기도 한 지하의 힘들은 또한 복(福)을 가져다주는 능력도 갖고 있는 것이다. 그러므로 복수의 여신들은 이제 아테나이 근교의 지하에 자신들의 성소(聖所)를 갖고 자비로운 여신들로서 아낌없이 복을 가져다줄 것이다. 이 작품의 종결부에서는 이들 자비로운 여신들을 새로 마련된 그들의 처소로 안내하기 위한 횃불 행렬이 시작된다. 아테네 여신을 수행하는 여인들뿐만 아니라 배우들과 배심원들과 관중들이 모두 참가하는 이 축제 행렬은 아테네의 인솔하에 노래를 부르며 극장 밖으로 나가 온 시가를 누빈다. 이제 신의 세계에서도 갈등은 원만히 해결된 것이다.

먼동이 트기 직전의 새벽에 저주와 죄악으로 가득 찬 뮈케네(Mykene) 왕가에서 시작되어 민주적 신뢰와 정의가 지배하는 아테나

---

23) 아이스퀼로스의 작품은 당시 아테나이의 정치적 현실에 부정적인 영향을 주지 않았을 것으로 생각된다. 그는 『탄원하는 여인들』에서 당시 아테나이와 동맹 관계에 있던 아르고스에 시의적절한 찬사를 보내는가 하면, 또한 『오레스테이아』에서 극의 무대를 뮈케네(Mykene)에서 아르고스로 옮겨놓고는 무죄 방면된 오레스테스로 하여금 그를 구원해준 아테나이에 아르고스의 영원한 우정과 동맹을 서약케 했다.

이에서 축제의 횃불 행렬로 끝나는 이 3부작의 상징적 의미는 암흑 뒤의 광명이다. 이 작품은 전체가 암흑에서 광명으로, 격정에서 자제로, 야만에서 문명으로 나아가는 하나의 긴 행렬이며, 그 한걸음 한걸음이 우리를 광명에 더 가까이 인도하는 것이다. 그리고 선(善)을 추구하려는 이러한 끝없는 투쟁 정신도 궁극적으로는 세계의 정의로운 조종자로서의 제우스에 대한 믿음에 뿌리박고 있는 것이다.

9. 사튀로스 극 『프로테우스』

『오레스테이아』와 같이 공연된 사튀로스 극 『프로테우스』는 현재 남아 있지 않아 그 자세한 내용을 알 수 없으나 현존하는 단편들에 따르면 아가멤논의 아우 메넬라오스(Menelaos)가 트로이아 전쟁을 마치고 귀국하던 도중 폭풍을 만나 이집트에 표류했을 때 그곳에서 겪은 이야기를 소재로 삼은 것 같다. 그리스 함대를 덮친 폭풍에 관해서는 『아가멤논』에서 이미 전령이 보고한 바 있고, 메넬라오스가 이집트에서 겪은 모험에 관해서는 『오뒷세이아』 제4권이 재미있게 이야기해주고 있다. 그런데 여기에다 스테시코로스(Stesichoros)가 독창적인 주제를 하나 덧붙인다. 일설에 따르면 스테시코로스는 어떤 노래에서 헬레네(Helene)를 모욕한 죄로 눈이 멀었다고 한다. 그래서 그는 '취소하는 노래(palinodia)'를 지었는데 그것은 다음과 같이 시작된다.

내가 노래한 것은 사실과 다릅니다. 그대는 훌륭한 갑판을 가진 배에 오른 적도 없고 트로이아 성에 도착한 적도 없었습니다.

말하자면 파리스가 납치한 것은 환영에 불과하고 진짜 헬레네는 헤라의 명령에 따라 헤르메스가 이집트로 옮겨놓았는데 그곳에서 그녀는 트로이아에서 귀향하다 표류한 남편 메넬라오스(Menelaos)와 만나게 된다는 것이다. 아이스퀼로스는 이 주제를 택한 것 같다. 그리하여 이집트에 표류하게 된 메넬라오스는 자유자재로 변신하는 바다 노인 프로테우스를 간신히 붙들어 그에게서 아가멤논의 피살과 오레스테스의 복수 등 그 사이에 있었던 일들과 또 앞으로 닥칠 일들에 관하여 듣게 된다. 노인은 또 그에게 고향으로 돌아갈 수 있는 길을 가르쳐주며 트로이아의 헬레네는 환영이고 헬레네 자신은 이집트에 와 있다는 사실도 일러준다. 그리하여 메넬라오스는 그곳에서 진짜 헬레네를 만나 근심을 떨쳐버리고 고향으로 돌아가기 위하여 그의 배가 있는 곳으로 달려간다. 이상이 『프로테우스』에 관하여 우리가 알 수 있는 또는 추리할 수 있는 것의 전부이다.

제3장

소포클레스

1. 생애

    그리스 3대 비극 작가의 한 사람인 소포클레스는 기원전 497/6년 아테나이 근교 콜로노스(Kolonos)에서 부유한 무기 제조업자 소필로스(Sophilos)의 아들로 태어났다.

    아이스퀼로스(기원전 525/4년~456년)가 전사(戰士)로서 참전했던 것을 자신의 묘비명에 새기게 할 만큼 자랑스럽게 여겼던 기원전 490년의 마라톤 전투 때 소포클레스는 예닐곱 살밖에 안 된 어린아이였으나 10년 뒤 살라미스 해전에서 그리스 동맹군이 승리했을 때는 그는 소년 합창단의 선창자(先唱者)로서 이 승리를 신에게 감사드리는 찬신가(paian)를 선창한다.

    소포클레스가 활동하던 기원전 5세기, 그 중에서도 특히 살라미스 해전이 끝난 뒤에도 아직 그리스 반도에 남아 있던 페르시아 육군이 완전히 패퇴한 기원전 479년부터, 결국 그리스를 쇠퇴하게 한 펠로폰네소스 전쟁이 발발한 기원전 431년까지의 이른바 '50년기(紀)', 이른바 '펜테콘타에티아(pentekontaetia)'는 아테나이뿐만 아니라 그리스 문화의 최전성기였다. 바로 이 시기에 3대 비극 작가들의 비극들과 아리스토파네스(기원전 450년경~385년경)의 대부분의 희극들이 대 디오뉘소스제와 그 밖의 각종 제전에서 공연되고 헤로도토스(기원전 480년경~425년경)의 『역사』가 쓰여지고, 폴뤼그노토스(Polygnotos, 기원전 480년~440년 사이에 활동)의 그림들이 '채색주랑(彩色柱廊, Stoa Poikile)'의 벽면에 그려지고, 조각가 페이디아스(Pheidias)의 감독 아래 이크티노스(Iktinos)와 칼리크라테스(Kallikrates)에 의하여 아직도 서양의 가장 아름다운 건축물로 남아 있는 파르테논 신전이 세워지는 등 아테나이 시가 아름다운 예술품들로 장식되고, 정치적으로는 살라미스 해전의 승리에 결정적으로 기여한 도시 빈민층의 득세로 페리클레스의 주도 아래 민주주의가 꽃피었기 때문이다. 서양 역사상 문화적 창의력이 이처럼 왕성하던 시기는 전무후무하며, 아마도 철학의 칸트(Kant), 피히테(Fichte), 셸링(Schelling), 헤겔(Hegel), 음악의 모차르트(Mozart), 베토벤(Beethoven), 슈베르트(Schubert), 문학의 괴테(Goethe), 실러(Schiller), 횔덜린(Hölderlin), 클라이스트(Kleist), 노발리스(Novalis), 티크(Tieck) 등을 배출한 1800년을 전후한 50년 간의 독일 문화 정도가 이에 비견할 만하지만 그러나 당시 독일의 정치적 상황은 유럽에서 가장 후진적이었음을 잊어서는 안 될 것이다.

살라미스에서 승리한 뒤 델로스(Delos) 해상 동맹(기원전 478/7년)의 맹주가 된 아테나이는 절망적인 상황에서도 흔들리지 않는 의연함과 침착성, 검소한 생활 태도와 신 앞에서의 겸손함 같은 마라톤의 정신을 차츰 망각하고, 믿어지지 않는 기적 같은 승리와 해상 동맹의 맹주로서의 권력에 도취한 나머지 도시 국가에서 제국으로 발전하면서 그 지위가 동맹에서 종속으로 전락한 다른 도시 국가들의 반발과 생존의 위협을 느끼게 된 스파르테의 질시로 인하여 마침내 펠로폰네소스 전쟁(기원전 431년~404년)을 겪게 되어 27년 동안 전란에 시달리다가 스파르테에게 패배함으로써 그 찬란한 문화도 서서히 막을 내리게 된다.

그러나 만년에 아이스퀼로스가 시켈리아로, 에우리피데스(기원전 485/4년 또는 480년~406년)가 마케도니아(Makedonia)로 가서 그곳에서 세상을 떠난 것과는 달리 외국의 초청도 거절하고 평생을 아테나이에서 살았을 만큼 '가장 아테나이를 사랑하는 사람(philathenaiotatos)'[1]이었던 소포클레스는 다행히도 아테나이의 파국 직전인 기원전 406/5년에 세상을 떠난다.

기원전 406/5년 초에 에우리피데스가 죽었다는 소식이 아테나이에 전해지자 대디오뉘소스제에서 경연이 시작되기 하루 또는 이틀 전에 경연에 참가할 시인들과 배우들과 코로스들과 코로스의 분장 및 훈련 비용을 부담하는 코레고스(choregos)[2]를 미리 선보이는 행사인 프로아곤(proagon)에서 소포클레스가 에우리피데스의 죽음을 슬퍼하여 코로스로 하여금 관(冠)을 벗고 상복을 입게 했다는 기록이 전해진다. 기원전 405년의 레나이아(Lenaia)제[3]에서 공연된 아리스토파네스의 희극 『개구리』에서 소포클레스는 이미 이 세상 사람이 아닌 것으로 미루어 그의 사망 연대는 기원전 406년 가을에서 405년 초 사이일 것으

---

1) 『생애 *Bios*』(라틴명 *Vita*) 10 참조. 소포클레스의 생애에 관한 기록들의 주요 출전들로는 여러 가지 필사본으로 남아 있는 『생애』와 10세기에 비잔틴에서 발간된 일종의 백과사전인 『수다 사전』 등이 있다. 이 중 소포클레스 전기의 축소판으로 짤막짤막한 단락들로 되어 있는 『생애』의 주요 출전들은 아리스토크세노스(Aristoxenos), 사튀로스(Satyros), 이스트로스(Istros)의 기록들이다.

2) 사튀로스 극에 관해서는 제1장 「그리스 비극의 시작」 주 6) 참조.

3) 레나이아제는 1월에서 2월 사이에 앗티케 지방에서 행해지던 디오뉘소스제의 하나로서 여기서는 주로 희극 경연이 벌어졌다.

로 추정된다.

역사적으로 중요한 사건들을 동시에 일어난 것으로 기술하려는 경향이 강한 고대 그리스인들은 3대 비극 작가들을 살라미스 해전과 관련지어 아이스퀼로스는 전사로서 몸소 이 전투에 참가했고, 소포클레스는 소년 합창단의 선창자로서 이 전투의 승리를 감사드리는 찬신가를 주도했으며, 에우리피데스는 전투가 있던 바로 그 날 태어났다는 일화를 남기고 있는데, 에우리피데스에 관한 부분은 다소 신빙성이 약하기는 하나 세 비극 작가의 작품을 이해하는 데 중요한 단서를 제공한다고 할 수 있다.

도저히 믿어지지 않는 이 기적 같은 승리에서 페르시아인들의 히브리스를 응징하는 신들의 위대한 힘과 교육적 의지를 몸소 겪었던 아이스퀼로스가 평생 동안 자신의 드라마에서 신들의 위대함을 찬미하고 신들의 섭리에 관하여 사색했다면, 다른 세대로부터 이 승리를 전해 들었을 뿐인 에우리피데스는 소피스트(sophistes)들의 상대주의에도 영향을 받아 모든 정신적 유산에 대하여 비판적으로 수용하려는 태도를 취했다. 그러나 아테나이의 욱일승천(旭日昇天)과 서산낙일(西山落日)을 다 겪은 소포클레스는 아이스퀼로스 못지않게 신들의 힘과 위대함을 인식하고 신을 공경하는 경건한 생활을 하지만 그에게 있어 신은 인간으로서는 알 수 없는 수수께끼 같은 존재였다. 아이스퀼로스가 시종일관 신들의 위대함을 보여주려 했다면, 소포클레스는 인간 존재의 한계성을 보여주려 했다고 말할 수 있다. 신에 대하여 불가지론적 입장을 취하는 소포클레스의 종교성은 따라서 델포이 신전의 문 위에 새겨져 있었다는 '너 자신을 알라'는 금언에 더 가깝다고 할 수 있을 것이다. 그리고 신에 대한 이러한 상이한 태도는 아이스퀼로스의 비극에서는 신이 주역(主役)이지만 소포클레스의 비극에서는 인간 자신이 주역이

되는 것과도 밀접한 관계가 있는 것이다.

열다섯 살쯤 된 소년으로서 살라미스의 승리를 감사드리는 찬신가를 선창했다는 기록에서 우리는 소포클레스가 상당한 음악적 재능과 뛰어난 용모의 소유자였음을 짐작할 수 있다. 실제로 그는, 아이스퀼로스가 그의 창작 활동의 초기에 그랬듯이, 비극 작가가 곧 배우로서 활동하던 당시의 관습에 따라 무사(Mousa) 여신들에게 노래 시합을 자청했다가 져서 그 벌로 장님이 되고 만 트라케(Thraike)의 전설적인 시인 겸 가인인 타뮈리스(Thamyris)의 이야기를 소재로 한 초기 작품『타뮈리스』에서 키타라(kithara)⁴⁾를 들고 등장했는데, 키타라를 들고 있는 소포클레스의 모습은 나중에 폴뤼그노토스에 의하여 '채색주랑'에 그려졌다고 한다.⁵⁾ 그리고 그는『오뒷세이아』 제6권에 나오는 나우시카아(Nausikaa) 공주의 이야기를 소재로 한 작품『나우시카아』에서는 공놀이로 관객들을 매료시켰다고 한다. 그러나 그 뒤 그는 목소리가 너무 작아 배우로서의 활동은 포기했다고 전해진다.⁶⁾

소포클레스는 람프로스(Lampros)에게 음악을 배웠는데 람프로스의 음악은 핀다로스(Pindaros)의 송시(頌詩)들처럼 진지하고 절도가 있어, 에우리피데스에게 영향을 주었다고 하는 티모테오스(Timotheos)의 음악처럼 거칠고 사실적이지는 않았다고 한다.⁷⁾

비극의 작시(作詩)에 있어 그의 스승은 아이스퀼로스였다고 한다. 물론 두 시인 사이에 개인적인 친분이 없지 않았지만, 이 말은 소포클레스가 처음에 아이스퀼로스에게서 많은 영향을 받았다는 뜻으로 보

---

4) 고대 그리스의 대중적 발현악기인 뤼라(lyra)와 키타라는 둘 다 길이가 같은 7현으로 만들어졌으나, 후자가 더 크고 소리가 잘 울렸다고 한다.

5)『생애』 5 참조.

6)『생애』 4 참조.

7) cf. Ploutarchos, *De musica*(음악에 관하여) 31. 1142b

아도 좋을 것이다.

소포클레스 스스로도 자신은 먼저 아이스퀼로스의 화려함(onkos)에서 벗어난 후 자신의 엄격함과 기교성을 극복하고 나서야 마지막으로 등장 인물의 성격에 맞는 최선의 문체에 도달할 수 있었다고 말하고 있다.[8)]

소포클레스는 그의 나이 서른이 안 된 기원전 468년에 3명의 비극 작가가 참가하는 대디오뉘소스제의 비극 경연에서 『트리프톨레모스 *Triptolemos*』가 포함된 그의 첫 4부작으로써 아이스퀼로스를 누르고 우승한 뒤로 대디오뉘소스제의 비극 경연에서만도 모두 18번 우승한다. 아이스퀼로스가 13번, 에우리피데스가 그의 사후에 있은 1번을 포함하여 5번 우승한 것과 비교하면 아테나이에서 그의 인기가 어느 정도였는지 짐작할 수 있을 것이다. 그리고 그는 비극 경연에서 3등을 한 적은 한 번도 없었다고 한다.[9)] 그러므로 기원전 415년처럼 우승한 시인과 2등한 시인의 이름이 밝혀진 해에는 그가 비극 경연에 참가하지 않은 것으로 보아야 할 것이다.

소포클레스는 모두 123편의 작품을 썼다고 하나 그 중 114편의 작품명이 알려져 있고, 온전한 상태로 남아 있는 것은 후기 작품들인 비극 7편뿐이다.

그러나 1911년 발견된 파피루스(papyrus)에 의하여 우리는 그의 초기 작품에 속하는 사튀로스 극 『추적자들』을 이에 추가하게 되었는데, 이 작품은 온전하지는 않지만 그 줄거리를 충분히 알 수 있을 만큼 보존 상태가 양호하다.

소포클레스는 드라마 외에도 비가(elegeia)들과 찬신가들 그리고

---

8) cf. Ploutarchos, *De profectu in virtute*(미덕의 향상에 관하여) 7. 79b
9) 『생애』 8 참조.

『코로스에 관하여 *Peri chorou*』라는 산문을 썼다고 하는데, 자신은 이상적인 인간을 그리고 에우리피데스는 있는 그대로의 인간을 그린다는 그의 발언[10]과, 앞서 말한 바 있는 그의 문체의 3단계에 관한 언급과, 그의 공적의 하나로 일컬어지고 있는 코로스의 수를 12명에서 15명으로 늘리는 문제에 관한 그의 견해 등의 출전이 바로 이 책이었을 것으로 생각된다.

소포클레스는 대체로 전통을 존중하는 편이지만 비극의 개혁을 위하여 여러 가지 노력을 기울인 결과, 마치 아이스퀼로스가 제2의 배우를 추가함으로써 그리스 비극의 창시자가 되었듯이 그는 제3의 배우를 추가함으로써 그리스 비극의 완성자가 되었다. 그 밖에도 그는 무대의 배경화를 도입했다고 한다.[11] 그는 또한 비극 3부작에서 3부작 모두가 하나의 소재를 다루는 '내용 3부작'이라는 아이스퀼로스의 기법을 버리고 개개의 비극이 그 자체로서 완결성을 갖도록 했는데, 이는 인간 운명의 주역을 신이 아닌 인간으로 보는 그의 인생관과도 깊은 관계가 있다.

소포클레스는 당대의 여러 저명 인사들과 접촉했는데 이는 당시 아테나이 시의 규모나 그 자신의 인기도로 보아 매우 당연한 일이었다. 그는 페리클레스(Perikles)와 함께 관직에 있었고, 55세의 나이에 역사가 헤로도토스에게 비가를 한 편 지어 바쳤다고 하며, 소크라테스는 이 노(老)시인에게서 애욕(愛慾)으로부터 해방된 것이 얼마나 다행인지 모르겠다는 말을 들었다고 주장하고 있다.[12]

소포클레스는 아이스퀼로스나 에우리피데스에 비해 정치 문제에 관

---

10) cf. Aristoteles, *Poetica*, 1460b.

11) cf. ibid. 1449a.

12) cf. Platon, *Politeia* 1. 329b.

하여 언급하는 일이 드물지만 실제로는 이 두 시인과는 달리 아테나이의 높은 관직에 자주 취임했고 오직 공무를 위해서만 아테나이를 떠났을 뿐 외국의 여러 왕들이 하는 초청에는 일절 응하지 않았다고 한다.[13]

아테나이에 대한 동맹국들의 분담금이 재편되던 중요한 시기인 기원전 443/2년에 소포클레스는 델로스 동맹의 재무관(財務官, helleno-tamias)에 취임했고 , 그 뒤 사모스(Samos)의 반란을 진압하기 위한 전쟁(기원전 441년~439년)에서는 페리클레스와 함께 10인의 장군(strategos) 중 한 사람으로 선출되었다.『안티고네』의 '기초 지식(hypo-thesis)'[14]에 따르면 바로 이 드라마 때문에 아테나이인들은 그를 장군으로 선출했다고 한다.

기원전 440년 여름 페리클레스가 트라기아(Tragia)에서 사모스인들을 격퇴하는 동안 소포클레스는 원군을 청하기 위하여 함대의 일부를 이끌고 키오스(Chios)와 레스보스(Lesbos)로 갔다가 키오스 출신의 시인 이온(Ion)과 함께 저녁식사를 하게 되는데, 이온은 이때 소포클레스가 식사 시중을 들던 한 미소년에게서 아주 세련되고 재치 있게 입술을 빼앗았다는 소포클레스의 일상 매너를 엿볼 수 있게 해주는 일화와 함께 소포클레스에 관하여 "정치적인 문제에 있어서는 그는 현명하지도 능동적이지도 않았고 선량한 아테나이인들 가운데 한 사람이었을 뿐이었다"라는 인물평을 남기고 있다. 이온의 이 말은 바로 그 대목에 나오는 "페리클레스는 나를 좋은 시인이지만 나쁜 장군이라고 부른다"는 소포클레스 자신의 진술과도 일치한다.[15] 그럼에도 아테나

---

13) 『생애』 10 참조.

14) '기초 지식'이란 후일 학자들이 덧붙인 것으로 드라마의 경우 작가가 소재를 형상화한 방법 외에도 같은 소재를 다룬 다른 위대한 극작가의 이름, 사건이 전개되는 장소, 코로스의 구성원, 프롤로고스의 화자(話者), 경연에 참가한 다른 극작가들의 이름과 작품명, 경연에서의 등수 및 작품에 대한 평가 등을 기록하고 있다.

이인들은 그 뒤 곧 아나이아(Anaia)인들과의 전쟁(기원전 428년)에서 그를 다시 장군으로 선출했으며,[16] 실제로 에우리피데스가 현존하는 『힙폴뤼토스』로써 경연에서 우승하던 그 해에 소포클레스는 경연에 참가하지 않았다.

그 뒤 기원전 413년 시켈리아 원정에서 아테나이의 대함대가 전멸하여 아테나이의 국정이 크게 동요되기 시작했을 때 소포클레스는 10인의 국가최고위원(probouloi)의 한 사람으로 선출되었는데[17] 이는 아마도 이러한 국가적 위기에서 민심의 동요를 막기 위하여 그의 국민적 신망과 권위가 필요했기 때문일 것이다.

소포클레스는 국가의 종교와도 깊은 관계를 맺게 된다. 펠로폰네소스 전쟁 초기, 아테나이에 흑사병이 만연하자 아테나이인들은 의신(醫神) 아스클레피오스(Asklepios)를 에피다우로스(Epidauros)에서 맞아들였다(기원전 420년). 이때 작은 의신인 할론(Halon)의 사제였던 그는[18] 아스클레피오스를 공적인 성역이 완성될 때까지 자신의 사저(私邸)에 모시면서 찬신가를 지어 바쳤으며, 이 경건한 봉사에 대한 보답으로 그는 사후에 덱시온(Dexion)이라는 이름으로 복을 가져다주는 영웅으로서 공경받았다고 한다.

그 자신도 행복하거니와 남에게도 행복을 가져다주는 사람, 아테나이인들은 소포클레스를 바로 그런 사람으로 보았고 우리 눈에도 그는 그렇게 비치는 것이다.

소포클레스에 관한 일화 중에는 소송에 관한 일화가 특히 유명하

---

15) cf. Ion von Chios, *Die Reste seiner Werke*, hrsg. A. v. Blumenthal, Stuttgart/ Berlin 1939. Davon besonders Epidemias Fr. 8.
16) 『생애』 9 참조.
17) cf. Aristoteles, *Rhetorica*, 3. 1419a.
18) 『생애』 11 참조.

다. 그는 아내 니코스트라테(Nikostrate)에게서 나중에 비극 작가로 활동한 이오폰(Iophon)이라는 아들을 낳았고, 그 외에도 시퀴온(Sikyon) 여인 테오리스(Theoris)에게서 아리스톤(Ariston)이라는 아들을 낳았다. 다시 아리스톤이 조부와 이름이 같은 소포클레스를 낳으니, 이 손자는 비극 작가로서 이름을 날렸으며 조부의 작품들도 자주 공연하곤 했다. 소포클레스가 이름이 같은 손자만 편애하고 자신은 돌봐주지 않는다며 아들 이오폰에 의해 정신병자로 고발되자, 노시인은 재판관들 앞에서 자신의 작품 『콜로노스의 오이디푸스』의 일부를 암송함으로써 자신이 정신병자가 아님을 입증했다는 이 일화는 어떤 희극 작가의 기발한 발상일 뿐 신빙성이 없다는 것이 일반적인 견해이다.

아테나이가 펠로폰네소스 전쟁에서 스파르테에게 패배하기 2년 전인 기원전 406년 가을에서 405년 초 사이에 소포클레스는 90세의 고령으로 세상을 떠났는데 그의 사망 원인에 대해서는, 포도를 먹다가 포도알에 질식해서, 『안티고네』의 긴 단락을 쉬지 않고 큰 소리로 읽다가 과로해서, 또는 자신의 어떤 작품이 우승한 것을 기뻐하다가 죽었다는 등 여러 가지 일화가 전해지고 있다. 그의 장례 때에는 스파르테 장군 뤼산드로스(Lysandros)가 꿈에서 두 번이나 디오뉘소스 신의 경고를 받고 그의 장례 행렬이 교외에 있는 가족 묘지로 나갈 수 있도록 아테나이 시에 대한 포위를 일부 풀어 길을 내주었다고 한다.

2. 『아이아스』

하나의 드라마가 외형상 두 부분으로 나뉘는 이른바 '양분 구성 (die Diptychonkomposition, the diptychform)'이 소포클레스 초기 드라마들의 공통점이다. 『아이아스』는 양분 구성말고도 삼일치의 법칙을 어기고 장면 전환이 일어나고, 공연 도중 무대가 완전히 비는 것과 같은(814행) 공연 기법상 미숙한 점이 드러나고, 아이스퀼로스가 쓰던 어휘들이 아직도 많이 발견된다는 이유에서 소포클레스의 현존하는 7편의 비극 가운데 가장 오래 된 것으로서, 기원전 442년 전후에 공연된 것으로 추정되는 『안티고네』보다 훨씬 앞서는 것으로 생각된다.

이 드라마는 기원전 450년대까지 거슬러올라간다고 보는 것이 오늘날의 일반적인 견해이다.

이 드라마의 소재가 된 무구재판(武具裁判)은 서사시권(敍事詩圈, epikos kyklos)[19]의 『아이티오피스 *Aithiopis*』와 『소(小)일리아스 *Ilias*

---

[19] 서사시권이란 호메로스와 헤시오도스의 것을 제외한 다른 서사시들에 대한 총칭이다. 이 서사시들은 현재 남아 있지 않아 기원후 2세기의 작가 프로클로스(Proklos)의 산문 요약본을 통하여 그 내용을 알 수밖에 없는데, 호메로스의 양대 서사시의 내용을 보완하여 하늘(Ouranos)과 대지(Gaia)의 결합에서부터 오뒷세우스의 사후(死後) 그의 가족들이 정착할 때까지를 그리고 있다. 그 중 기원전 8세기 퀴프로스(Kypros)의 스타시노스(Stasinos) 작(作)이라는 『퀴프리아 *Kypria*』는 아킬레우스의 양친의 결혼과 파리스의 심판, 헬레네의 납치와 아울리스 항(港)에서의 사건 등을 그리고 있고, 기원전 8세기 밀레토스(Miletos)의 아르크티노스(Arktinos) 작이라는 『아이티오피스』는 『일리아스』에 이어 아마조네스족(Amazones)의 여왕 펜테실레이아(Penthesileia)와 아이티오피아(Aithiopia)인들의 왕 멤논(Memnon)에 대한 아킬레우스의 승리와 파리스와 아폴론에 의한 그의 죽음 및 장례와 그의 사후 그의 무구를 둘러싼 재판까지를 그리고 있다. 기원전 7세기 레스케스(Lesches) 작이라는 『소일리아스』는 목마의 트로이아 입성까지를, 기원전 8세기 아르크티노스(Arktinos) 작이라는 『일리온의 함락 *Iliou persis*』(라틴명 *Iliupersis*)은 트로이아의 함락에서 그리스 군의 출범까지를, 호메로스 또는 트로이젠(Troizen)의 하기아스(Hagias) 작이라는 기원전 7세기의 『귀향들 *Nostoi*』은 오뒷세우스 외의 다른 그리스인들의 귀향을 그리고 있다. 이들 트로이아 전설권에 속하는 서사시권 서사시들 외에 테바이를 둘러싼 전투들과 아르고(Argo) 호 선원들(Argonautai)의 항해와 헤라클레스에 관한 서사시들도 서사시권에 포함된다. 테바이 전설권 서사시들 중 『오이디포데이아 *Oidipodeia*』는 괴물 스핑크스의 퇴치과 근친상간을, 호메로스 작으로 잘못 알려진 기원전 8세기의 『테바이스 *Thebais*』는 두 아들에 대한 오이디푸스의 저주와 두 아들이 결투에서 서로 죽임으로써 이 저주가 실현되고 테바이를 공격한 7인의 계획이 수포로 돌아가는 과정을, 역시 호메로스 작으로 잘못 알려진 기

mikra』(라틴명 *Ilias parva*)에 나오며 아이스퀼로스에 의해서도 작품화된 바 있는데 그 줄거리는 다음과 같다.

아킬레우스가 전사한 뒤 불의 신 헤파이스토스(Hephaistos)가 손수 만들어준 그의 무구를 차지하려고 아킬레우스 다음으로 용력(勇力)이 뛰어난 아이아스(Aias)와 지략이 뛰어난 오뒷세우스 사이에 치열한 다툼이 벌어진다. 그리스 군이 자신의 기대와는 달리 오뒷세우스에게 그 소유권을 인정하자 아이아스는 밤에 칼을 빼들고 그리스 장군들을 습격한다. 그러나 이때 아테네 여신이 그를 미치게 하자 그는 가축 떼를 그리스 장군들로 착각하고 닥치는 대로 도륙한다. 적을 무찌른 줄 알고 막사로 돌아와 크게 기뻐하고 있는 아이아스를 보고 아테네가 다시 제정신으로 돌아오게 하자 그는 죽음 외에는 달리 해결책이 없음을 알고 해변으로 나가 칼로 자살한다.

그럼 먼저 소포클레스가 이 소재를 어떻게 형상화하고 있는지 살펴보기로 한다.

이 드라마의 결정적 사건은 극이 시작되기 전에 이미 일어난다. 오뒷세우스가 어떤 수상한 자국을 좇아 아이아스의 막사 앞으로 왔을 때 그의 수호신인 아테네 여신의 음성이 그에게 사건의 전말을 알려준다. 여신은 아이아스가 자신의 칼로 그리스의 장군들이 아닌 가축 떼를 향해 휘두른 것은 모두 자기가 일으킨 일이라며, 오뒷세우스가 적대자의 파멸을 직접 보고 기뻐하도록 미친 아이아스를 막사 앞으로 불러낸다. 아이아스가 물러간 뒤 아테네 여신은 신의 입장에서 이 사

원전 7세기의 『후예들 *Epigonoi*』은 테바이 공격에 실패한 7인의 아들들이 10년 후 결국 테바이를 함락하는 과정을 그리고 있다. 헤라클레스에 관한 서사시권 서사시로는, 호메로스 또는 사모스의 크레오퓔오스(Kreophylos) 작이라는 『오이칼리아의 함락 *Oichalias halosis*』이 유명한데 오이칼리아의 함락과 이올레(Iole)의 납치를 그린 이 서사시는 소포클레스의 『트라키스의 여인들 *Thrachiniai*』의 소재가 되고 있다.

건의 의미를 명료하게 해석해준다(127ff.). 신의 힘 앞에서 인간의 위대함 따위는 무(無)와 같은 것이다. 인간의 위대함 따위는 하루아침에 치솟을 수도 있고 떨어질 수도 있다. 인간은 모름지기 자신을 알고 신 앞에서 겸손해야 한다. 이런 말로 여신은 이 드라마의 프롤로고스를 끝맺는다.

여기서 우리는 소포클레스 이해를 위한 한 가지 중요한 문제와 마주치게 된다. 아이스퀼로스는 인간사란 죄와 벌의 끊임없는 반복이고 인간은 오직 고난을 통하여 지혜에 이른다고 했는데, 소포클레스의 아이아스도 지은 죄에 대하여 벌 받은 것으로 보아야 할 것인가? 아닌 게아니라 아이아스는 미치기 전에 이미 살육의 계획을 세웠고, 사자의 보고(762ff.)에서 아이아스가 신들, 특히 아테네의 미움을 사게 된 것은 트로이아로 출정하면서 신들의 도움 없이도 혼자서 승리를 쟁취할 수 있다고 호언했던 그의 히브리스 때문이라는 예언자 칼카스(Kalchas)의 진술이 나온다. 그러나 외면적 가치와 내면적 가치가 아직 구분되지 않던 호메로스 시대에는 무구재판의 판결은 아이아스에게 곧 완전한 파멸을 의미할 수도 있었을 것이다. 말하자면 아이아스로서는 그런 판결을 받고도 그리스 군들 사이에서 계속해서 살아간다는 것은 한마디로 불가능했을 것이다. 그리고 칼카스가 말한 히브리스가 『아가멤논』에서의 캇산드라의 발언처럼 작품의 궁극적 의미를 밝혀준다고 보는 것은 지나친 확대 해석일 것이다. 무엇보다도 아테네 여신 자신이 이렇게 말하고 있지 않는가!

그대는 일찍이 그자보다도 더 사려 깊고, 또 행동함에 있어
시의(時宜)를 얻는 데 더 유능한 사람을 본 적이 있는가?(119행)

죄와 벌의 모티프는 소포클레스의 드라마에서 중심 주제라기보다는 아이스퀼로스의 영향의 잔재라고 보는 것이 더 사실에 가까울 것이다. 후기 드라마일수록 그런 경향이 강하게 나타나는데 오이디푸스의 경우가 좋은 예가 될 것이다. 오이디푸스의 비극은 죄가 아니라 과실에서 비롯된 것이며, 특히 『콜로노스의 오이디푸스』에서 오이디푸스는 이 점을 매우 강하게 의식하고 있고 자기는 행한 자가 아니라 당한 자라고 거듭 말하고 있다.

죄의 모티프에 대한 소포클레스의 태도는 아이스퀼로스의 그것과는 다르다. 또 소포클레스의 작품 세계는 신들로 가득 차 있고, 만사가 신들에게서 비롯된다. 그 단적인 예로 『트라키스의 여인들』의 마지막 행은 다음과 같다.

그 모든 것이 제우스 아닌 것은 하나도 없다.

아이스퀼로스도 『오레스테이아』 3부작의 끝머리에서 제우스와 운명은 일체라고 말하고 있다. 인간은 일단 죄를 지으면 그 자신이 아니라도 그 후손들이 반드시 벌 받게 마련이고, 그러한 고통스런 과정을 통하여 좋든 싫든 지혜에 도달하게 되는데, 바로 이것이 제우스의 은총이라는 죄와 벌의 변증법이 아이스퀼로스 작품 세계의 중심 주제인 것이다. 그에 반해 소포클레스는 결코 인간사 뒤에 숨어 있는 궁극적 의미를 추구하려 하지 않는다. 존재하고 발생하는 모든 것은 신에게서 비롯되지만 제우스와 다른 모든 신들의 활동의 궁극적 의미는 인간에게는 하나의 수수께끼라는 것이다. 소포클레스는 신의 섭리의 비밀을 알아내려는 주제넘은 행동도, 인간에게 가해지는 운명의 타격에 반항하는 것도 옳지 않으며, 오직 자신의 한계와 분수를 아는 지혜롭고 건

강한 마음만이 신들의 사랑을 받는다고 주장한다.

『아이아스』의 프롤로고스가 소포클레스의 드라마 중에서도 가장 인상적인 장면의 하나가 된 것은 무엇보다도 오뒷세우스의 태도 때문이다. 프롤로고스에서 아테네는 인간에게 친절한 원조자도 잔인한 파괴자도 될 수 있는 호메로스적 신들의 특징을 모두 갖추고 있다. 여신은 인간의 무력함에 대한 엄중한 경고에 앞서 오뒷세우스에게 추락한 적대자의 참상을 보여주겠다며 "자신의 적들에 대한 웃음보다 더 달콤한 웃음이 어디 있겠는가(79행)"라고 말한다. 그러나 오뒷세우스는 의외의 반응을 보인다. 그는 환성을 올리며 기뻐하기는커녕 추락한 적대자에게 깊은 동정을 느끼며 그의 운명에서 자신의 운명을 본다. 그래서 이 장면은 드라마의 후반부에서 아이아스의 장례(葬禮)를 둘러싸고 아이아스의 이복 동생 테우크로스(Teukros)와 아트레우스의 두 아들 메넬라오스와 아가멤논 사이에 분쟁이 벌어질 때 이 문제를 인간적으로 해결하는 오뒷세우스의 고결한 모습의 선취(先取)라고 할 수 있을 것이다.

이어서 아이아스가 고향 살라미스에서 데려온 선원들로 구성된 코로스가 소문을 좇아 등장한다. 코로스는 아이아스가 전쟁에서 얻은 아내이자 하녀인 테크멧사(Tekmessa)에게서 사건의 전말을 들어 알게 되고, 광증(狂症)에서 끔찍한 현실로 다시 돌아온 아이아스는 자신에게는 죽음 외에 다른 길이 없다고 말한다. 테크멧사가 만류하지만 그의 결심은 그의 본성(physis)에 깊이 뿌리박고 있어 그가 마음을 돌릴 가능성은 없어 보인다. 코로스도 설득하기를 포기한다.

이때 아이아스가 다시 막사에서 나와 마음이 바뀐 양, 자신은 처자를 버리지 않을 것이며, 바닷가에 가서 목욕재계하고 신들과 화해할 것이며, 가축 떼를 도륙하는 데 썼던 헥토르(Hektor)에게서 선물로 받은 재앙의 칼은 사람이 다니지 않는 곳에 숨겨둘 것이며, 세상 만사는 변하게 마련이니 자기도 마음을 바꿔 아트레우스의 아들들과 화해하겠다고 말한다.

아이아스의 이 '거짓말'은 무엇보다도 공연 기법상의 필요에서 이해되어야 할 것이다. 주위 사람들에게 오해의 여지 없이 자살에 대한 확고한 결의를 밝힌 그로서는 그 결의를 실천하기 위해서라도 그들로부터 벗어나야 했을 것이고, 또 벗어나기 위해서는 이런 거짓말이 불가피했을 것이다. 그리고 한 꺼풀만 벗기고 보면 이 '거짓말'은 아이러니로 가득 차 있다. 신들과 화해하되 그것은 죽음을 통한 화해이고, 칼을 숨기되 그것은 자신의 몸 안에 숨기는 것을 의미하는 등 많은 것이 그의 자살을 암시하기 때문이다. 이 '거짓말'은 아이아스가 현실에 대한 자신의 비극적인 관계를 아이러니라는 수단을 통해 극명하게 인식하는 독백이기도 하다. 코로스는 이 '거짓말'을 믿고 아이아스가 떠난 뒤 환성을 울린다. 코로스로 하여금 파국 직전에 안도의 노래를 부르게 하는 이러한 기법은 '비극의 확대(parekstasis tragica)'라고 불리는데, 소포클레스가 즐겨 쓰는 기법의 하나이다. 이 같은 비극적 아이러니는 인간의 생각과 현실 사이에는 큰 차이가 있을 수 있음을 보여주며, 이어지는 파국의 깊이를 더해주는 기능을 한다.

이때 테우크로스가 보낸 사자가 등장하여 오늘 중으로 아이아스가 아테네 여신의 미움을 사서 파멸하게 될 것이라는 칼카스의 예언을 전한다. 그래서 테크멧사는 코로스와 함께 급히 아이아스를 찾아 나선다. 장면이 바뀌면 쓸쓸한 바닷가에 아이아스가 등장하여 죽음의 독백을 읊으며, 제우스 신에게는 자기 시신을 동생 테우크로스가 맨 먼저 발견하게 해줄 것을, 헤르메스 신에게는 자기 혼백을 저승(Hades)으로 잘 인도해줄 것을, 그리고 복수의 여신들에게는 아트레우스의 아들들에게 복수해줄 것을 간청한다. 이 드라마의 가장 감동적인 장면 중 하나인 이 독백의 끝머리에서 그는 빛과 샘물과 강물과 고향 땅과, 나아가 지금까지 머물던 트로이아의 들판에도 작별 인사를 한 다음 칼끝을 위로 하여 세워놓은 그 재앙의 칼 위에 쓰러져 죽는다.

이 드라마는 모두 1420행이고 아이아스의 독백은 865행으로 끝난다. 이 드라마는 말하자면 아이아스의 죽음을 중심으로 전반부와 후반부로 나뉘는 '양분 구성'을 보여주는데 후반부에서는 죽은 아이아스의 매장 문제를 둘러싸고 테우크로스와 아트레우스의 아들들 사이에 분쟁이 벌어진다. 이때 오뒷세우스가 등장하여 이 드라마의 프롤로고스에서 보여준 고결하고 절도 있는 인간성을 다시 한번 보여주며, 아트레우스의 아들들을 설득하여 아이아스가 매장될 수 있도록 해준다.

그리하여 아이아스의 죽음은 그의 행동으로 무너졌던 세계의 질서를 원상으로 돌려놓았을 뿐만 아니라 그의 명예도 회복시켜주었던 것이다. 아이아스가 죽은 뒤에도 소포클레스가 이 드라마를 무리하게 늘이고 있다는 견해에 대해서는 전반부가 자살에 이르는 내림세라면 후반부는 명예 회복에 이르는 오름세로서 이 양자가 합쳐져 하나의 긴장감 넘치는 조화를 이루어낸다고 말할 수 있을 것이다. 그러나 이러한 구성 형식은 처음부터 끝까지 주인공을 중심으로 사건이 전개되는 『오이디푸스 왕』이나 『엘렉트라』의 그것과는 확실히 다른 것이다.

3. 『안티고네』

소포클레스의 현존하는 비극들의 최초 공연 연대에 관하여 확실히 말할 수 있는 것은 『아이아스』, 『안티고네』, 『트라키스의 여인들』

이렇게 세 작품은 전기에, 『엘렉트라』, 『필록테테스』, 『콜로노스의 오이디푸스』의 세 작품은 후기에, 그리고 『오이디푸스 왕』은 그 중간에 속한다는 것 정도이다.

가장 말하기 어려운 것은 『안티고네』와 『트라키스의 여인들』 가운데 어느 것이 먼저냐 하는 것인데, 이 두 작품은 거의 비슷한 시기에 나왔지만 『안티고네』가 먼저라는 것이 오늘날 대부분의 학자들의 일치된 견해이다.

『안티고네』의 소재의 출전은 확실치 않다. 서사시권에 속하는 『테바이스 *Thebais*』는, 폴뤼네이케스의 시신이 화장된다는 점에서 이 드라마의 출전으로 보기는 어려울 것이다. 그렇다고 하더라도 이 드라마의 줄거리는 작가의 창작물이라기보다는 테바이 지방의 지역 전설의 하나로 보는 것이 진실에 더 가까울 것이다.

아이아스가 그 본성에 따라 하나의 길을 선택할 수밖에 없었듯이, 안티고네도 본성에 따라 하나의 길을 갈 수밖에 없었다. 『안티고네』의 줄거리는, 아이스퀼로스의 『테바이를 공격한 7인』의 무시무시한 포위가 풀리고 오이디푸스의 두 아들 에테오클레스와 폴뤼네이케스가 일대일의 결투에서 함께 전사함으로써 이 저주받은 가문의 남계(男系) 혈통이 끊어진 뒤부터 시작된다.

그리하여 이 도시의 새 통치자가 된 크레온(Kreon)은 에테오클레스는 조국의 수호자로서 전사했으니 후히 장사지내되, 폴뤼네이케스는 조국을 공격하다가 죽었으니 그 시신을 매장하지 말고 개와 새의 밥이 되게 하라는 엄명을 내린다. 그러나 그의 이러한 명령은 상도(常道)를 벗어난 것으로서, 『아이아스』에서 오뒷세우스가 옹호한 바 있는, 사자(死者)의 묻힐 권리와 최소한의 명예를 보호해주려는 신(神)의 명령에 배치되는 일종의 횡포이다. 그런 의미에서 안티고네가 조금도 주저함 없이 오라비를 매장하겠다는 확고한 의지를 갖고 무대에 등장하는 것은 놀라운 일이 아니다. 안티고네의 이처럼 결연한 태도는, 언니와 달리 크레온의 금령(禁令)을 변호하며 이에 순응하려는 이스메네와의 대립을 통하여 더욱 부각된다. 『엘렉트라』의 엘렉트라와 크뤼소테미스(Chrysothemis) 자매 사이에서 또다시 되풀이되는 이러한 동기 간의 대립에서 우리는 소포클레스의 비극에 등장하는 주인공들의 '절대 의지'와 '절대 고독'을 엿볼 수 있을 것이다.

크레온의 아들이자 안티고네의 약혼자인 하이몬(Haimon)이 이 드라마의 전반부에는 전혀 등장하지 않고 드라마 전체를 통틀어 안티고네가 하이몬과 함께 하는 장면이 전혀 없는 것은, 에우리피데스의 비극에서와는 달리 소포클레스의 비극에서는 개인적인 애정(eros)을 위한 공간이 존재하지 않는 까닭도 있지만, 이 역시 '절대 고독'의 측면에서 보아야 할 것이다.

자매 간의 대립에 이어 테바이의 노인들로 구성된 코로스가 등장하여 도시를 해방해준 데 대하여 신에게 감사와 찬미의 노래를 바치고 나면 크레온이 시종들을 거느리고 등장하여 국가지상주의의 장광설을 늘어놓는다. 이어서 폴뤼네이케스의 시신을 지키던 파수병들 가운데 1명이 달려와서 누군가가 왕의 금령을 어기고 사자의 혼백이 저승에서 평화를 누리도록 그 시신을 흙더미로 덮어놓았다고 알린다. 이에 크레온이 크게 화를 내면서 만약 범인을 잡지 못하면 엄벌에 처하겠다고 으름장을 놓으며 모반과 매수의 의혹이 짙다고 말한다. 크레온에게 그 사실을 보고한 파수병은 신분과 사고 수준은 낮으나 입심 좋은 사내로서 보기 드물게 실감나게 그려졌으며, 그 파수병은 일단 목숨을 건진 것을 천만다행으로 여기며 무대를 떠난다.

이어서 인간의 위험천만한 위대성에 대한 저 유명한 노래(332~

373행)가 나온다. 이 노래는 지금도 드라마 내의 특정 부분과 관련지어 해석하려는 시도가 끊이지 않는데 역시 작가 자신의 고백으로 보는 편이 옳을 것이다. 말하자면 이 노래는 앗티케 비극 작가들이 디오뉘소스 극장의 오르케스트라에서 당시의 아테나이인들을 향하여 던지던 경고나 간청의 하나인 것이다. 이 드라마가 공연된 것으로 추정되는 기원전 442년경에는 이미 모든 생활 영역에서 신성시되고 보편 타당한 것으로 받아들여졌던 종래의 규범들과 전통들이 이성(理性)에 의하여 새로이 그 타당성을 검증받아야만 했다. 이성만이 낡은 것의 심판관이요, 새 시대의 주춧돌이 되어야 한다는 소피스트들의 이러한 주장이 걷잡을 수 없이 확산되던 시대였다. 또한 아테나이가 계속해서 오만하고도 위태로운 도약을 시도함으로써 이러한 사태가 대체 어디까지 발전할 것인지 불안하기 짝이 없던 시대이기도 했다.

바로 이러한 시대를 향하여 소포클레스는 자연 속에서 끊임없이 자기 영역을 확대해나가는 인간의 무시무시한 능력에 대한 자신의 노래를 불렀던 것이다. 그러나 정복 의지는 경탄과 더불어 불안을 불러일으키게 마련이다.

이 노래의 마지막 연은 신들에 대한 믿음과 신들에 의하여 세워진 규범들조차도 비판의 대상으로 삼았던 소피스트들에 대한 강력한 항의로 생각된다. 이 노래가 기원전 5세기의 아테나이인들을 넘어선, 인간 자체에 대한 경고인가 하는 물음에 관해서는 졸역(拙譯)을 통해서나마 작가 자신이 대답하게 하는 편이 더 좋은 방법일 것이다.

무시무시한 것이 많다 해도
인간보다 더 무시무시한 것은 없다네.
그는 사나운 겨울 남풍(南風) 속에서도

잿빛 바다를 건너며
내리덮치는 파도 아래로 길을 연다네.
그리고 신들 가운데
가장 성스러우며 다함이 없고
지칠 줄 모르는 대지(大地)를
그는 말[馬]의 후손[20]으로 갈아엎으며 해마다
앞으로 갔다가 뒤로 돌아서는 쟁기로 괴롭힌다네.

그리고 마음이 가벼운 새의 부족들과
야수의 종족들과
심해 속의 바다 족속들을
엮은 그물의 코 안으로 꾀어들여
사로잡아 간다네, 재치가 뛰어난 인간은.
그는 산 속을 헤매는 야수들을
책략으로 제압하고,
텁수룩한 갈기의 말을 길들여
그 목에 멍에를 얹는가 하면
지칠 줄 모르는 산(山)소를 길들인다네.

또한 말[言]과 바람처럼 날랜 생각과 도시에 질서를
부여하는 마음씨를 그는 독학(獨學)으로 배웠다네,
그리고 맑은 하늘 아래 노숙하기가 싫어지자
서리와 폭우의 화살들을 피하는 방법도.

---

20) 노새.

그가 대비할 수 없는 것은 아무것도 없다네.
아무 대비 없이 그가 미래사를 맞는 일은
결코 없다네, 다만 죽음 앞에서 도망치는
수단만 손에 넣지 못했을 뿐.
그러나 그는 좌절시키는 질병으로부터
도망치는 방법은 궁리해냈다네.

발명의 재능에 있어
바라던 것 이상으로 영리한 그는
때로는 악(惡)의 길을 가고
때로는 선(善)의 길을 간다네.
그가 국법과, 신들께 맹세한 정의를 존중한다면
그의 도시는 융성할 것이나,
무모함 때문에 불미스러운 것과 함께 하는 자는
도시를 갖지 못하는 법.
그런 짓을 하는 자는 결코 나의 화롯가에 앉지 말 것이며,
나와 같은 생각을 갖지 말지니라.

다시 파수병이, 이번에는 안티고네를 데리고 등장한다. 안티고네
는 또다시 매장하려다가 붙잡혔던 것이다. 왜 안티고네가 폴뤼네이케
스의 시신을 두 번씩이나 매장하려고 했느냐는 물음에 대해서는 여러
가지 해석이 제시되었으나, 연극 기법상의 필요라는 측면에서 해석하
는 편이 더 설득력을 지니는 것으로 생각된다. 즉 첫 번째 파수병 장면
에서 누군가가 파수병들에게 들키지 않고 시신을 매장하고 도주한 것
에 크레온이 잔뜩 화가 나 있던 터에 안티고네가 또다시 매장을 시도

하다가 붙잡힘으로써 이 두 적대자 사이의 대결은 그만큼 첨예화될 수 있는 것이다.

안티고네에 대한 사형 선고로 끝나는 이 대결 장면은 역시 '양분 구성'을 가진 이 드라마의 전반부 절정을 이루는데 여기서 안티고네는 자기가 무엇을 위하여 죽음을 각오하고 싸우는 것인지 말한다. 그것은 신들의 위대한 불문율로서, 그 앞에서는 인간의 법이나 명령 따위는 효력을 상실하고 마는 것이다(454ff.). 윤리적 규범을 어기면서까지 자기를 주장하고 관철하려는 국가지상주의에 대한 이러한 항의는 확실히 기원전 5세기의 아테나이에만 적용되는 것은 아닐 것이다. 이 대결 장면에는 그 밖에도 안티고네의 또 하나의 고백이 포함되어 있다.

나는 서로 미워하기 위해서가 아니라 서로 사랑하기 위해서 태어났어요(523행).

이 말은 폴뤼네이케스에 대한 그녀의 입장 표명일 뿐만 아니라 그녀의 본성에 대한 고백이기도 하다. 증오에도 한계가 있다는 이러한 생각은 『아이아스』에서 오뒷세우스가 이미 말한 바 있다(1347행).

안티고네의 명령 불복종보다도 자신만만한 신념에 더 화가 난 크레온은 그녀가 꺾일 수는 있어도 굽힐 수는 없음을 알고 그녀를 옹호하려는 이스메네(Ismene)와 함께 그녀에게 사형을 선고하게 되고, 그의 이러한 격분은 곧 그가 패배자임을 말해준다.

안티고네와 이스메네가 함께 궁전 안으로 끌려가자 그제야 비로소 하이몬이 개입한다. 그러나 하이몬이 아무리 간청하고 애원하고 테바이 백성들의 여론에 호소해도 폭군의 의지는 요지부동이다. 결국 안티고네는 생매장되기 위하여 끌려간다. 이때 그녀는 코로스와의 대화를 통해 결혼도 할 수 없게 된 자신의 신세를 한탄한다. 안티고네도 이 스메네나 다른 여인들처럼 여자로서의 소망을 지닌 한낱 여인에 불과했던 것이다. 말하자면 목숨을 걸고 오라비를 매장한 그녀의 확신에 찬 결연한 행동은 결코 융통성 없는 어떤 교리나 국가 권력에 대항하려는 영웅심에서 비롯된 것이 아니었으며, 여기서 안티고네라는 인물은 인간적으로 타당성을 획득하게 된다. 그리고 우리는 그녀의 자기 희생이 얼마나 큰 것인지 알게 되는 것이다.

헤겔(Hegel)이 이 드라마에서 국가의 요구와 가정의 요구라는 두 가지 정당한 요구의 객관적인 갈등을 보려고 한[21] 이후로 이와 유사한 해석이 끊임없이 시도되고 있다. 그러나 크레온이 이 드라마의 후반부에서 자신의 과실에 대하여 가혹한 벌을 받는다는 점에서 이러한 해석은 지속되기 어려울 것이다. 안티고네가 그녀의 말처럼 국가도 못 말리는 신의 불문율을 위하여 투쟁한 것은 사실이지만, 크레온의 행동은 국가적 요구에 부응한 것이었다기보다는 그 자신은 물론 국가에도 전혀 도움이 안 되는 히브리스요 횡포였던 것이다. 그런 의미에서 『안티고네』는 고전적 '저항극(抵抗劇)'이라고 할 수 있을 것이다.

안티고네가 끌려가자마자 예언자 테이레시아스(Teiresias)가 등장하여 크레온이 시신의 매장을 금함으로써 자신과 국가에 얼마나 무거운 죄와 오명을 씌웠는지 알려준다. 그러나 크레온은 신의 뜻을 대변하는 예언자의 말을 듣고도 전혀 양보하려 하지 않는다. 그 자신의 운명에 가해질 타격에 관하여 말해주자 그제서야 크레온은 마음을 바꿔 코로스가 권하는 순서와는 달리 먼저 시신을 매장한 다음 안티고네를 풀어주라고 한다. 그런데 이렇게 순서를 바꾼 것이 나중에 돌이킬 수

---

21) cf. Hegel, *Ästhetik*, hrsg. von F. Bassenge 1955 Berlin. Bd.II p. 564f. 3. Teil, 3. Abschn., 3. Kapitel, die dramatische Poesie.

없는 파국의 원인이 된다.

이어서 코로스는 희망에 들뜬 나머지 어서 구원과 축제의 기쁨을 가져다달라며 박코스(Bakchos) 신을 부른다. 코로스로 하여금 파국 직전에 안도의 노래를 부르게 하는 이러한 '비극의 확대'의 기능에 관해서 우리는 이미『아이아스』를 통해 알고 있다. 과연 바로 다음에 사자가 등장하여 끔찍한 일이 벌어졌음을 알린다. 안티고네는 이미 그녀가 갇혔던 석굴(石窟)에서 목매어 죽고, 하이몬은 죽은 약혼녀 옆에서 자살했다는 것이다. 이 소식을 듣고 왕비 에우뤼디케(Eurydike)도『트라키스의 여인들』의 데이아네이라(Deianeira)처럼 말 한마디 없이 궁전 안으로 퇴장하여 거기서 자살한다. 크레온은 혼자 살아남지만 정신적 생존의 조건이 완전히 파괴된 마당에 육체적 생존이 무슨 의미가 있겠는가!

그리하여 신의 영원한 불문율은 그것을 지키려다 목숨을 바친 안티고네의 자기 희생에 의해서도, 그것에 대항하려고 한 크레온의 파멸에 의해서도 다시 한번 확인된다.

『안티고네』역시『아이아스』처럼 '양분 구성'을 갖고 있다고 할 수 있다. 전반부에서는 안티고네가, 후반부에서는 크레온이 전면에 등장하기 때문이다. 그리고 이 두 등장 인물 가운데 어느 한쪽만을 주역으로 보려는 어떠한 시도도 설득력이 없다는 점에서『안티고네』는 '두 주인공 극'이라고 보아야 할 것이다.

4. 『트라키스의 여인들』

이 드라마의 최초 공연 연대에 관해서는『안티고네』의 그것과 관

런하여 이미 설명한 바 있다. 이 드라마의 소재는 서사시권에 속하는
『오이칼리아의 함락』과 헤시오도스의 『여인들의 목록 *Gynaikon
Katalogos*』 등에서 얻어진 것으로 보이나, 이런 요소들이 언제 누구에
의하여 하나의 이야기로 결합되었는지는 확실치 않다.

　이 드라마의 주제는, 인간의 의지는 인간이 알 수 없는 운명의 힘
에 의해서 정반대의 결과를 가져올 수도 있다는 것이다. 이 드라마의
프롤로고스는 소포클레스의 현존 비극들 가운데 유일하게 독백으로
시작되는데, 헤라클라스의 아내 데이아네이라의 이 독백에서 우리는
어느 정도 이 드라마의 전사(前史)와 상황을 알 수 있다.

　그 상황이란, 괴물 같은 하신(河神) 아켈로오스(Acheloios)가 데이
아네이라에게 구혼했을 때 그 무시무시한 구혼으로부터 헤라클레스가
그녀를 구해주었던 것과, 헤라클레스가 에우보이아(Euboia) 섬의 오
이칼리아 왕 에우뤼토스(Eurytos)에게 모욕당한 분풀이로 그의 아들
이피토스(Iphitos)를 살해한 뒤 15개월 동안 알 수 없는 먼 곳에 머물고
있다는 것과, 그래서 데이아네이라는 트라키스(Trachis)의 친지집에
머물며 남편의 소식이 오기만을 애타게 기다리고 있다는 것 등이다.
이런 상황에서 데이아네이라는 헤라클레스를 찾아보도록 아들 휠로스
(Hyllos)를 내보내는데, 휠로스는 길을 떠나기 앞서 헤라클레스가 이
피토스를 살해한 죄로 제우스의 명령에 따라 뤼디아(Lydia)의 여왕 옴
팔레(Omphale) 밑에서 오랫동안 종살이를 했으며, 지금은 이를 복수
하기 위하여 그 원인 제공자인 에우뤼토스의 도시 오이칼리아를 치려
고 그리로 갔음을 알려준다.

　이 말을 듣자 데이아네이라는 헤라클레스가 떠날 때 남기고 간 신
탁이 문득 생각난다. 그 신탁은 에우보이아가 헤라클레스에게 파멸이
냐, 행복이냐를 결정하는 운명의 땅이 되리라는 것이었다. 그래서 그

녀는 더욱 초조하고 불안해진다.

이때 트라키스의 소녀들로 구성된 코로스가 등장하여 데이아네이라를 위로하지만 그녀는 남편 걱정에서 벗어날 수가 없다. 그러한 그녀에게 헤라클레스의 전령인 리카스(Lichas)보다 한 발 앞서 도착한 사자가 헤라클레스는 오이칼리아를 함락하고 지금 트라키스로 돌아오는 중이라고 길보(吉報)를 전한다. 곧 이어 리카스가 포로로 잡힌 여인들을 이끌고 등장하는데 그 속에는 젊고 아리따운 오이칼리아의 공주 이올레(Iole)도 포함되어 있다. 리카스는 데이아네이라에게 그 동안 있었던 일을 장황하게 보고하면서도 정작 그녀에게 있어 가장 중요한 일, 즉 젊고 아리따운 이올레는 남편의 첩으로서 중년(中年)인 그녀와 함께 살게 되리라는 것은 말하지 않는다. 이때 먼저 도착한 사자가 나타나, 헤라클레스가 오이칼리아를 함락한 것은 뤼디아에서의 수모 때문이 아니라 에우뤼토스가 '은밀한 잠자리(360행)'를 위하여 딸 이올레를 내주려고 하지 않았기 때문이라고 사실대로 고한다.

데이아네이라는 이 말을 듣고 처음에는 큰 충격을 받지만 곧 마음을 진정하고 리카스 앞에서 일절 내색하지 않는다. 오히려 그녀는 리카스에게, 헤라클레스가 그렇게 한 것은 사랑에 압도되었기 때문이며 자기는 남편의 뜻에 기꺼이 따르겠다고 말한다. 그러나 그녀는 코로스의 여인들 앞에서는 남편의 그러한 행동은 견딜 수 없는 고통이라며 비록 연약한 여인의 몸이지만 자신에게는 그것을 막아줄 한 가지 수단이 있다고 말한다. 즉 삯을 받고 강을 건네주던 반인반마의 켄타우로스(Kentauros)인 넷소스(Nessos)가 그녀를 팔에 안고 강을 건네주던 중 그녀를 폭행하려다가 헤라클레스의 독시(毒矢)를 맞고 죽으면서 앞으로 혹시 헤라클레스의 애정이 흔들릴 때면 확실한 미약(媚藥)이 될 것이라며 자신의 피를 받아두라고 했다는 것이다.

그리하여 데이아네이라는 그 피를 바른 옷을 사랑하는 남편을 위한 승리의 선물로서 리카스 편에 부친다. 그녀는 그것이 사술(邪術)이라고는 전혀 생각하지 않았을 뿐만 아니라 사술 같은 것을 쓰는 자는 가증스럽다고 말한다(582행). 이어서 소포클레스 비극의 특징 중 하나인 '비극의 확대'가 시작되고 코로스는 파국 직전에 안도의 노래를 부른다. 노래가 끝나자마자 데이아네이라가 몹시 당황한 모습으로 등장하여, 넷소스의 피를 옷에 바르는 데 사용한 양털 뭉치가 햇빛을 보자 금방 피거품이 되어 부글부글 끓어오르다가 녹아 없어지더라고 말한다. 『아이아스』에서 가증스런 적이었던 헥토르에게서 선물로 받은 칼이 아이아스에게 파멸의 도구가 되었듯이, 이 드라마에서도 가증스런 넷소스의 선물은 결국 그것을 받은 데이아네이라에게 파멸을 안겨다 주었던 것이다.

어느새 휠로스가 돌아와 아버지를 미칠 듯한 고통 속에서 죽게 했다며 어머니를 저주한다. 『안티고네』의 에우뤼디케처럼, 데이아네이라는 한마디 말도 없이 집 안으로 퇴장하고, 나중에 유모의 보고를 통하여 우리는 그녀가 자살했음을 알게 된다.

이어서 헤라클레스가 잠든 채 들것에 실려 등장한다. 그러나 곧 그는 새로운 고통의 발작에 벌떡 일어난다. 힘과 참을성을 겸비한 이상적인 도리스(Doris) 남성의 화신인 그는 참을 수 없는 고통 속에서 비참하게 몸부림친다. 인간으로서 감당하기 어려운 온갖 고역을 이겨낸 그의 영웅적 생애에 마지막으로 남은 것이라고는 데이아네이라에 대한 야만적인 복수심뿐이다. 그러나 데이아네이라가 넷소스의 피로 본의 아니게 그에게 죽음을 가져다주었다는 말을 듣는 순간 그는 "죽은 자가 그를 죽이리라"는 신탁이 이리하여 마침내 실현되었음을 알고 모든 것을 운명으로 받아들인다.

이 드라마에 나오는 헤라클레스는 전혀 호감이 가지 않는 난폭한 무법자인데도 우리가 그를 참을 수 있는 것은 자신의 운명에 대한 이러한 겸허한 자세와 이 지상의 악을 퇴치하는 데 앞장섰던 그의 12위업의 후광 때문일 것이다.

숨을 거두기 전에 헤라클레스는 아들 휠로스에게 오이테(Oite) 산 위에 화장용 장작더미를 쌓을 것과 이올레를 아내로 삼을 것을 명령한다. 휠로스는 그 중 두 번째 명령에는 따를 수 없다고 반항하다가 결국 아버지의 뜻에 따른다. 헤라클레스를 화장터로 인도해줄 행렬이 무대를 떠나는 가운데 휠로스는 고통을 참다 못해, 아버지들이라고 불리면서도 수치스럽게 이런 일이 일어나게 했다며, 소포클레스의 현존 비극에서는 그 유례를 찾아볼 수 없는 격렬한 말로 신들에게 반항한다.

그러나 휠로스의 이러한 절규도 "그 모든 것이 제우스 아닌 것은 하나도 없다"는 이 드라마의 마지막 행에 나오는 코로스장의 말에 의해 지양되고 만다.

이 드라마는 앞선 두 드라마와 마찬가지로 '양분 구성'을 보이고 있으나, 데이아네이라의 부분에 비해 헤라클레스의 부분이 훨씬 짧다. 그러나 데이아네이라의 비극은 그녀의 자살에 대한 보고로 사실상 끝나고, 헤라클레스의 장면들을 하나의 부록(附錄)이라 본다면 그것은 잘못이다. 이 드라마에 있어서도 전후 두 부분의 내면적 통일은 의심의 여지가 없다. 사랑하는 여인의 비극적 과실은 헤라클레스의 엄청난 고통 속에서 비로소 완전한 실체를 드러내기 때문이다.

이 드라마도 '두 주인공 극'이라고 할 수 있다. 그러나 이 드라마에서는 두 주인공의 태도가 『안티고네』에서의 그것과는 다르다. 『안티고네』에서는 두 주인공이 행동하고 투쟁하며 대결하지만, 이 드라마에서는 헤라클레스가 데이아네이라의 본의 아닌 과실의 희생자이기 때문이다.

소포클레스의 현존하는 비극들 가운데 이 드라마만이 에우리피데스의 비극에서 흔히 볼 수 있는 독백성 프롤로고스로 시작된다는 점에서 이 드라마는 에우리피데스의 영향을 많이 받은 것으로 여겨져왔다. 그러나 이미 오래 전에 이 드라마의 프롤로고스는 에우리피데스의 그것과는 유사점보다 차이점이 더 많다는 것이 밝혀졌다.[22] 무엇보다도 에우리피데스의 프롤로고스는 후속 부분들과의 관계가 느슨한 데 반해, 소포클레스의 프롤로고스는 전체적 구조와 불가분의 관계가 있다는 점이 지적되었다. 그리고 데이아네이라의 미약은 에우리피데스의 『힙폴뤼토스』나 『메데이아』에서 볼 수 있는 '음모'와는 본질적으로 다른 것이다.

헤라클레스를 다시 그녀에게로 이끌어주리라 믿었던 바로 그 미약이 그와 그녀 자신을 파멸로 이끄는데, 이렇듯 인간의 피상적인 지식과 맹목적인 믿음은 신들이 정해놓은 운명 앞에서 좌초하고 만다는 점에서 이 드라마는 『메데이아』나 『힙폴뤼토스』보다는 『오이디푸스』에 훨씬 더 가깝다고 할 수 있을 것이다.

5. 『오이디푸스 왕』

『오이디푸스 왕』은 최초의 공연 연대순으로 보아 소포클레스의 현존하는 비극들 중 한가운데에 위치하며 예술성에 있어서도 가장 뛰어난 작품으로 생각된다.

---

22) cf. Gordon M. Kirkwood, *Annähernde Datierung der Trachinierinnen*, in: *Sophokles, Wege der Forschung* 95, Darmstadt 1967. p. 184.

이 드라마의 정확한 공연 연대는 알 수 없지만, 기원전 425년에 공연된 바 있는 아리스토파네스의 『아카르나이 주민들 *Acharnes*』(27행)에서 이 드라마의 629행이 패러디(parody)의 대상이 되고 있다는 점에서 그 하한선을 기원전 425년으로 보아야 할 것이다. 반면에 그 상한선은 프롤로고스에서 묘사되고 있는 역병이 펠로폰네소스 전쟁 초기인 기원전 429년 아테나이에서 창궐하던 흑사병의 반영일 수 있다는 점에서 기원전 420년대 전반부로 보아도 좋을 것이다.

이 드라마의 소재에 관하여 말하자면 테바이 전설권에 속하는 서사시권 서사시들의 내용이 별로 알려진 것이 없어 이 서사시들과 이 드라마의 관계에 대해 확실한 말을 할 수는 없으나, 그 중요한 줄거리는 이 드라마 이전에 이미 주어져 있었던 것으로 생각된다. 핀다로스는 『올륌피아 송시 *Olympionikai*』(2.38)에서 라이오스(Laios)에게 주어진 신탁과 숙명적인 부자 상봉에 관하여 말한 바 있고, 아이스퀼로스의 『테바이를 공격한 7인』(783행)에서도 오이디푸스가 제 손으로 제 눈을 멀게 했다는 말이 나오기 때문이다.

이 드라마의 결정적인 사건들, 즉 오이디푸스가 아버지 라이오스를 살해하고 어머니 이오카스테(Iokaste)와 결혼하는 사건 등은 극이 시작되기 여러 해 전에 일어났던 일이므로 이 드라마는 일종의 분석극(das analytische Drama)이다. 말하자면 이 드라마는 오이디푸스가 어떻게 스스로 저지른 행위들의 과정과 의미를 깨닫게 되며, 나아가 이러한 절망적 상황에 어떻게 대응하는가를 보여줄 따름이다.

극이 시작되면 역병에 고통받는 테바이 백성들이 오이디푸스에게 그 옛날 스핑크스(Sphinx)의 수수께끼를 풀어 테바이를 구해준 일을 상기시키면서 이번에도 역병의 고통에서 구해달라고 애원한다. 오이디푸스는 인자하고도 유능한 통치자답게 "내 가엾은 아들들이여"라고 부르며 기꺼이 도와주겠다고 대답한다.

이 장면을, 스스로 장님이 된 오이디푸스가 자신을 추방해달라고 애걸하는 이 드라마의 마지막 장면과 비교해보면 오이디푸스가 겪은 불행의 깊이가 어느 정도인지 짐작할 수 있을 것이다. 오이디푸스는, 모두들 고통받고 있겠지만 자기만큼 고통받는 사람은 없을 것이라며 역병에서 벗어날 수 있는 방법을 아폴론 신께 물어보도록 처남 크레온을 이미 델포이로 보냈다고 말한다. 바로 그때 크레온이 돌아와 가청(可聽) 거리에 들어오자 오이디푸스가 지체없이 그를 부르는데, 여기서도 오이디푸스의 조급한 성격의 일면이 드러난다.

신이 원하는 것은 라이오스의 살해자를 처벌하는 것이라고 크레온이 보고하자, 오이디푸스는 범인을 찾는 일에 적극적으로 나서겠다고 말한다(132~150행). 그리고 이 대사의 첫머리에서 그는 아폴론 신께서 고인(故人)을 위하여 적절히 염려해주셨다고 말하는데, 그의 이런 칭찬의 말은 "친구들이여, (나를 친 것은) 아폴론 아폴론 바로 그분이시오"라는 그의 절규(1329행)와 좋은 대조를 이룬다.

그리고 여기서(122행) 벌써 라이오스를 살해한 범인이 한 명이냐 아니면 여러 명이냐 하는 문제가 제기되는데 이것은 나중에 매우 중요한 의미를 갖게 된다.

테바이의 노인들로 구성된 코로스가 그들의 위치인 오르케스트라에 등장하면서 아테네, 아르테미스, 아폴론과 박코스 신에게 기도 드리고 나면, 오이디푸스가 등장하여 시민들에게 범인을 찾는 일에 협조해달라는 요청을 한다. 범인이 자수할 경우 아무 피해 없이 나라를 떠나게 될 것이고, 외국에서 온 범인을 신고하는 자에게는 상(賞)을 내릴 것이나, 알고도 침묵하는 자는 결코 평화를 누리지 못할 것이라고 말한다. 코로스장이 자기로서는 별로 도움을 줄 수 없으니 예언자 테이레시아스에게 물어보는 것이 좋겠다고 하자, 오이디푸스는 그렇지 않아도 크레온의 권고에 따라 — 이것은 나중에 가서 중요한 의미를 갖게 된다 — 예언자를 부르러 보냈다고 한다.

이 드라마가 보여주는 오이디푸스와 테이레시아스의 박진감 넘치는 대결 장면은 흔히 『안티고네』의 크레온과 테이레시아스의 대결 장면과 비교되기도 한다. 이 두 장면은 결국 무서운 진실 또는 재앙이 예고된다는 점에서는 같으나, 거기에 이르는 방법이 『안티고네』에서는 직선적이지만 이 드라마에서는 우여곡절을 겪는다.

처음에 예언자가 진실을 말하기를 거절하자 성급한 오이디푸스는 당장 화를 내며 테이레시아스야말로 이 범행을 모의했다고 비난한다. 그러자 예언자도 참다못해 결국 다름 아닌 오이디푸스 자신이 친부를 살해하고 친모와 결혼하여 나라를 더럽힌 바로 그 범인이라고 말해버린다. 이런 결정적인 비밀을 극의 앞부분에서 드러내고 나면 그 후의 극적 긴장의 유지 또는 고조가 쉽지 않다는 점에서 극작가로서는 적잖은 모험일 수 있다. 하지만 그러한 비밀 폭로는 하도 엄청나서 도무지 믿어지지가 않고, 따라서 오이디푸스가 그것을 일고의 가치도 없는 것으로 여기는 것은 오히려 당연한 일이다.

성급한 오이디푸스는 이 모든 것이 왕권을 노리는 크레온의 음모이고 눈먼 예언자는 그 하수인에 불과하다고 속단한다. 다름 아닌 크레온이 예언자를 불러오도록 권고하지 않았던가! 스스로 현명하다고 믿는 오이디푸스는, 예언자가 침묵했을 때 스핑크스의 수수께끼를 푼 것은 바로 그 자신이었다며 자기 판단이 옳다고 믿는다. 이에 자존심이 상한 예언자도 오이디푸스에게 비참한 몰락을 예언한다. 그리고 예언자가 오이디푸스에게 그를 낳은 양친에 관하여 말하자, 오이디푸스는 그것에 관하여 더 자세히 알고 싶어하지만 예언자는 모호한 말만

남기고 퇴장한다.

이어서 오이디푸스가 자기를 의심한다는 말을 전해 들은 크레온이 달려와 장황하게 변명을 늘어놓지만 이번에도 오이디푸스는 성급하게 그에게 사형을 선고한다. 그때 마침 왕비 이오카스테가 나타나 일단 두 사람의 말다툼을 말리게 되고, 오이디푸스도 코로스의 간청에 못 이겨 크레온을 용서한다. 이오카스테는 오이디푸스가 라이오스의 살해자라는 예언자의 말이 말다툼의 원인이 되었다는 것을 알게 되자 예언술이란 믿을 것이 못 된다며 남편을 안심시키려 한다. 델포이의 신탁은, 라이오스가 아들의 손에 죽을 것이라고 예언했지만, 라이오스는 삼거리에서 도둑들에게 맞아 죽었고 라이오스의 아들은 갓난아이 적에 산 속에 내다버리지 않았던가!

안심시키려던 그녀의 의도와는 반대로 오이디푸스는 '삼거리'란 말을 듣자 몹시 불안해한다. 오이디푸스는 라이오스가 살해된 장소와 시간, 그리고 라이오스의 용모와 일행에 관하여 묻고 나서 자기도 어떤 삼거리에서 사람을 죽인 일이 있다고 말한다. 그는 코린토스에 있을 적에 술자리에서 우연히 자기가 그곳 왕인 폴뤼보스(Polybos)의 친자가 아니라는 말을 듣고 몰래 델포이로 갔더니, 자기는 아버지를 죽이고 어머니와 결혼하게 되리라는 신탁이 내리기에 코린토스를 피해 객지를 떠돌다가 바로 그 삼거리에 이르러 시비 끝에 한 노인과 그 수행원들을 지팡이로 때려 죽였다는 것이었다. 안절부절 못하는 그에게 코로스장이 한 가지 해법을 말해준다. 그때 그 삼거리에서 구사일생으로 도망쳐 온 한 하인이 오이디푸스가 이곳의 왕이 된 직후 도시에서 멀리 떨어진 곳에서 자청해서 목자(牧者) 생활을 하고 있는데, 만일 라이오스가 도둑들에게 살해되었다는 그의 진술이 사실이라면 아직도 희망이 있으니 그를 불러 심문해보라는 것이었다.

이어서 코로스는 신탁에 대한 이오카스테의 회의에 경고라도 하듯 안티고네가 그것을 위하여 목숨을 바쳤던 신들의 영원한 불문율을 다시 한번 찬미한다. 그러나 이 경건한 노래는 이오카스테를 넘어서서 당시의 아테나이인들 모두에게 주는 시인의 경고로 보는 것이 옳을 것이다.

잠시 뒤에 기대와는 달리 앞서 말한 그 목자 대신 뜻밖에 코린토스의 사자가 등장하여 코린토스 왕 폴뤼보스가 자연사했음을 알린다. 먼저 이 소식을 들은 이오카스테가 시녀를 보내 오이디푸스를 불러오게 하자 그도 이 소식을 듣고는 델포이의 신탁을 조롱하는 말을 한다. 그러면서 그는 어머니와 결혼하게 되리라는 신탁의 나머지 부분이 두렵다고 말한다. 그러자 그를 안심시키려고 코린토스의 사자가 왕비 메로페(Merope)는 사실 그의 어머니가 아니라고 말하게 되는데, 이번에도 안심시키려고 한 말이 그 의도와는 정반대의 결과를 가져다준다. 질문과 대답이 오가는 가운데 코린토스의 사자는 자기가 옛날에 키타이론(Kithairon) 산에서 목자 생활을 하던 중 발목에 구멍이 뚫린 젖먹이였던 오이디푸스를 라이오스의 한 가신(家臣)에게서 받아 폴뤼보스에게 선물로 바쳤다고 말한다. 오이디푸스가 그 가신에 관하여 묻자 코로스장이 그 가신은 잠시 전에 부르러 보낸 바로 그 목자와 동일인일 것이라며, 이 일이라면 누구보다도 이오카스테가 잘 알고 있을 것이라고 말한다. 이미 사건의 전말을 알게 된 이오카스테는 제발 더 이상 캐묻지 말아달라고 애원하지만, 자신의 출생의 비밀을 끝까지 밝혀내기로 결심한 오이디푸스에게 그러한 애원이 아무 소용 없음을 알게 되자 비명을 지르며 궁전 안으로 퇴장한다.

역시 사건의 전말을 아직 알지 못하는 코로스는 여기서 오이디푸스에게 그를 낳아준 것은 아마도 어떤 신, 이를테면 판, 아폴론, 헤르메스 또는 박코스일 것이라며 파국 직전의 안도 또는 환희의 노래를 부른다.

이러한 '비극의 확대'가 끝나면 기다리던 그 목자가 도착한다. 그러나 목자가 처음에 테이레시아스처럼 진실을 말하기를 회피하자 오이디푸스는 그에게서도 진실을 억지로 빼앗다시피 한다. 이제야 모든 것을 알게 된 오이디푸스는 "오오 빛이여, 내가 너를 보는 것도 지금이 마지막이 되기를(1183행)" 하고 외치며 궁전 안으로 뛰어들어간다. 코로스가 오이디푸스의 예를 통하여 인간 행복의 무상함을 탄식하고 나면 사자가 등장하여 궁전 안에서 일어난 일들을 보고한다. 이오카스테는 스스로 목매달아 죽고, 오이디푸스는 그녀의 시신 곁에서 그녀의 옷에 꽂혀 있던 브로치로 제 눈을 멀게 했다는 것이다.

이어서 오이디푸스 자신이, 드라마가 시작됐을 때만 해도 남을 도와주려는 인자하고 유능한 왕의 모습을 보여주었던 바로 그 장소에 더없이 비참한 모습으로 등장하여 자기를 이 나라에서 추방해줄 것과 자식들 특히 딸들과 작별 인사를 할 수 있게 해달라고 애원한다. 아들들에 대한 뭔가 소원한 그의 태도는 후일에 있을 아들들과의 불화를 암시해주는 것으로 생각된다.

『안티고네』에서 볼 수 있는 폭군과는 전혀 다른 온건하고 절도 있는 인물인 크레온은 그의 간청의 첫째 부분에 대해서는 먼저 델포이의 신탁에 물어보아야겠으니 기다려달라고 대답하고, 둘째 부분에 대해서는 기꺼이 승낙한다. 이어지는 혈육 간의 고통과 애정으로 가득 찬 감동적인 상봉 장면은 다른 비극 작가들에게서는 볼 수 없지만 『엘렉트라』와 『콜로노스의 오이디푸스』에서 다시 한번 연출된다. 마지막으로 코로스가 수수께끼를 풀어 권세가 당당하던 오이디푸스의 파멸이야말로 인간 행복의 무상함을 보여주는 좋은 본보기라고 경고한다.

이 드라마도 인간의 의지와 신이 내린 운명의 대립이라는 소포클레스적 주제를 보여준다. 그리고 피할 수 없는 이러한 대립은 오이디푸스가 처음에 라이오스의 살해범을 저주하며 라이오스가 마치 그의 친부인 양(264행) 복수를 위하여 싸우겠다고 호언한다든가, 이오카스테와 코린토스의 사자가 그를 안심시키려고 한 말이 도리어 그를 파멸로 인도하는 것과 같은 비극적 아이러니에 의하여 더욱 효과적으로 표현되고 있다.

흔히들 이 드라마를 운명극이라고 하는데 그런 명칭은 이 드라마의 내용에는 부합되지 않는다. 신들이 오이디푸스에게 내린 운명이 더없이 가혹하고 그런 운명과 싸운다는 것은 처음부터 가망 없는 일로 보이지만, 그럼에도 불구하고 오이디푸스는 조금도 동요함 없이 적극적이고 능동적으로 자신의 운명과 끝까지 대결하고 또 그것을 받아들임으로써 극복한다. 바로 여기에 오이디푸스뿐만 아니라 아이아스, 안티고네, 엘렉트라 같은 소포클레스적 인간들의 위대함이 있는 것이다. 순응하고 회피하고 진실 앞에서 마지막 순간까지 눈을 감으려는 이오카스테, 테크멧사, 이스메네, 크뤼소테미스 등과는 달리 그들은 마지막 순간에 지금까지 들춰낸 무서운 진실을 외면하기만 해도 파멸을 면할 수 있었음에도 불구하고 결연히 생존보다는 명예를, 외면적 가치보다는 내면적 가치를, 그리고 정신적 죽음보다는 육체의 죽음을 택한다. 바로 이러한 절대 의지, 비타협성, 운명애(運命愛)에 의하여 그들은 비극의 주인공이 될 수 있는 것이다. 마지막 진실이 밝혀지기 전에 목자와 오이디푸스가 주고받는 다음의 대화(1169f.)가 그 좋은 예가 될 것이다.

아아 이제야말로 무서운 것을 말하지 않을 수 없게 되었구나.

그리고 나는 그것을 듣지 않을 수 없고, 그래도 기어이 들어야 겠다.

그런 의미에서, 인간이 일단 죄를 지으면 그 행위자가 아니라도 그 후손들이 반드시 신의 응징을 받게 마련이고 그 과정에서 인간은 좋든 싫든 고통을 통하여 지혜에 도달하게 된다는 것이 중심 주제인 아이스퀼로스의 비극에서는 신이 드라마의 주역(主役)이고 인간은 신의 의지가 실현되는 장(場)에 불과하다면, 소포클레스의 비극에서는 자신의 운명과 자발적이고 적극적으로 대결하는 인간 자신이 드라마의 주역이라고 할 수 있을 것이다.

이렇듯 신보다는 인간을, 가문보다는 개인을 드라마의 중심으로 보는 견해는 드라마 형식에도 반영되어 아이스퀼로스의 경우 3부작 전체가 하나의 사건을 다루는 이른바 '내용 3부작'의 형식을 취하는데 반해, 소포클레스의 거의 모든 3부작은 거기에 속하는 개별 드라마들이 하나의 독립된 작품으로 존재한다. 그리고 아이스퀼로스가 배우의 수를 1명에서 2명으로 늘려 대화가 드라마의 중심이 되게 한 것을 소포클레스가 다시 배우의 수를 2명에서 3명으로 늘린 것도, 인간이 주역인 드라마에서는 좀더 폭넓은 인간 관계를 통하여 다양한 시각에서 주인공의 성격과 의도와 행위를 조명할 필요를 느꼈기 때문일 것이다.

오이디푸스의 파멸이 그가 지은 죄 때문이라고 말하는 사람은 오늘날에는 아무도 없는 것 같다. 이제 오이디푸스를 파멸케 한 '과실(hamartia)' [23]이 도덕과는 무관한 단순한 과실이라는 데 대하여 이의를 제기하는 사람은 없을 것이다.[24]

---

23) cf. Aristoteles, *Poetica* 1453a.
24) cf. K. v. Fritz, *Antike und moderne Tragödie*, Berlin 1962.

이 드라마가 그 플롯을 단순히 듣기만 해도 공포와 연민의 감정을 불러일으킬 만큼[25] 시종일관 관객 또는 독자를 사로잡는 걸작이 된 데에는 키타이론 산에서 갓난 오이디푸스를 주고받은 두 목자들이 나중에 한 명은 라이오스가 살해될 때 구사일생으로 도망쳐 온 바로 그 하인으로서, 다른 한 명은 코린토스의 사자로서 오이디푸스 앞에서 다시 만나게 되는 것과 같은 압축 효과도 적잖은 몫을 했을 것으로 생각된다.

6. 『엘렉트라』

오늘날 『엘렉트라』가 소포클레스의 후기 작품에 속한다는 데 대하여 이의를 제기하는 사람은 없는 것 같다. 확실치는 않지만 이 드라마의 최초 공연 연대는 대략 기원전 410년대일 것으로 생각되며, 에우리피데스의 『엘렉트라』와 이 드라마의 관계는 아직도 확실히 밝혀지지 않고 있다.

극이 시작되면 오레스테스와 퓔라데스가 한 노복(老僕)과 함께 뮈케네 궁전 앞에 도착한다. 때마침 떠오르는 아침 햇살은, 탄탈로스(Tantalos) 이후로 그 아들 펠롭스(Pelops), 그 아들 아트레우스와 튀에스테스(Thyestes), 그리고 아트레우스의 아들 아가멤논으로 이어지며 대대로 저주받았던 이 가문에 새로운 서광이 비칠 것임을 암시한다. 오레스테스는, 트로이아 전쟁에서 귀국하자마자 어머니 클뤼타이메스트라와 튀에스테스의 아들이자 그녀의 간부(姦夫)인 아이기스토스

---

25) cf. Aristoteles, op. cit., 1453b.

(Aegisthos)에 의하여 살해된 아버지 아가멤논의 원수를 갚되 반드시 계략을 쓰도록 하라는 아폴론 신의 지시가 있었음을 알린 후, 두 사람에게 자신의 계획을 말한다. 그것은 노복이 먼저 궁전 안으로 들어가 정탐하며 오레스테스가 델포이의 퓌토(Pytho) 경기에서 전차 경주를 하던 중 전차에서 떨어져 비명횡사했다고 전하면 그 자신은 신의 지시에 따라 먼저 아버지의 무덤에 제물과 자신의 머리털을 바친 다음 덤불 속에 숨겨둔 청동 단지를 들고 들어가 바로 그 안에 오레스테스의 유골이 들어 있다고 말하겠다는 것이다. 여기서 오레스테스는 자신의 복수 행위를 명성을 가져다주는 정당한 행위라고 말하는데 이러한 오레스테스라면 복수를 결행함에 있어, 역시 같은 소재를 다루고 있는 아이스퀼로스의 『제주를 바치는 여인들』에서처럼 신의 무서운 위협 같은 것은 필요하지 않을 것이다.

이어서 오레스테스의 누이이자 이 드라마의 주역인 엘렉트라가 비탄에 싸인 채 등장하고 그녀의 성격과 그녀가 처한 상황이 제시된다.

그녀의 상황은 끝없는 불행, 살해당한 아버지에 대한 잊을 수 없는 기억, 사나운 복수심, 오라비에 대한 희망으로 요약될 수 있을 것이다.

등장가(121~250행)에서 뮈케네의 여인들로 구성된 코로스가 오레스테스의 생존과 제우스의 정의를 상기시키며 엘렉트라를 위로하고 난 후 그녀의 과도한 증오심은 통치자들을 더욱더 적(敵)으로 만들 것이라고 경고하자, 엘렉트라는 자신의 격정이 과도함을 모르는 바 아니나 그것은 자신이 당한 과도한 불행에 대한 당연한 대응이라고 말한다.

제1삽화(251~471행)의 첫 부분에서 엘렉트라는 코로스장에게 간부 아이기스토스는 아버지의 왕권을 차지하고 있고, 어머니는 그와 잠자리를 같이하며 아버지를 살해한 날을 축하할 만큼 인면수심(人面

獸心)의 흉악한 여인이 된 마당에 어떻게 격정적이지 않을 수 있겠느냐며, 아무리 위대하고 의로운 사람들이라도 과도한 불의와 불행을 당하고 파괴된 질서 속에서 사악한 자들에게 둘러싸이게 되면 절제와 경건을 버리고 결국 그들 자신도 예외 없이 사악해질 수밖에 없다고 말한다.

코로스장과의 대화가 계속되는 가운데 아이기스토스는 지금 출타 중이라는 사실이 밝혀지고 이 사실은 나중에 중요한 의미를 갖게 된다. 그리고 엘렉트라는 오레스테스야말로 그녀의 유일한 희망임을 재차 확인한다.

다음의 크뤼소테미스 장면(327~471행)에서는 두 자매 사이에 이전의 작품에서 볼 수 없는 다양한 논증과 반론이 제기되는 가운데 크뤼소테미스는 통치자와 타협하며 적당히 살아가기 위해 조심스럽게 회피하는 자임이, 말하자면 이스메네나 이오카스테와 닮은 자임이 드러나고, 그리하여 엘렉트라에게서 심한 비난의 말을 듣게 된다. 계속되는 대화에서 크뤼소테미스는, 만일 그녀가 비탄을 그치지 않으면 아이기스토스가 돌아오는 대로 그녀를 이곳에서 멀리 떨어진 지하 감옥에 가두게 될 테니 부디 자중자애하라며 충고하고 애원하지만, 엘렉트라는 이를 단호히 거부한다. 그리하여 두 자매는 더 가까워지기는커녕 더 멀어진다. 크뤼소테미스가 무익한 대화를 끝내고 가던 길을 가려 하자 엘렉트라가 어디로 가느냐고 묻는다. 크뤼소테미스는 클뤼타이메스트라가 무서운 꿈을 꾸고는 아가멤논의 무덤에 제주를 바치게 했다고 대답한다. 무슨 꿈이었냐는 물음에, 클뤼타이메스트라는 죽은 남편이 돌아와 그가 전에 갖고 다니던 왕홀을 화로 속에 심자 거기서 가지가 힘차게 뻗어나와 온 뮈케네에 그늘을 드리우는 꿈을 꾸었다는 소문을 들었다고 크뤼소테미스가 말한다. 여기서 아이스퀼로스의 『제주를 바치는 여인들』에서의 거창한 뱀 꿈을 소포클레스는 친구 헤로도토스의 『역사』(I. 108)에 나오는 페르시아 대왕 퀴로스(Kyros) 2세의 어머니 만다네(Mandane)에 관한 꿈으로 재치 있게 대치하고 있다.

엘렉트라가 돌아가신 아버지께 어머니의 제물 대신 그들 두 자매의 머리털을 바치자고 제의하자 크뤼소테미스도 이를 수락한다.

그 꿈은 복수가 가까워졌음을 의미한다는 코로스의 노래에 이어 이 드라마의 중심부인 제2삽화(516~822행)가 전개된다. 어머니 클뤼타이메스트라와 딸 엘렉트라의 대결이 펼쳐지는 이 삽화는 두 부분으로 되어 있다. 그 전반부에서 먼저 클뤼타이메스트라가 엘렉트라에게 이번에도 아이기스토스가 집을 비운 사이에 밖으로 나돌아다니며 어머니 욕을 한다고 엘렉트라를 야단치는데 그것은 일종의 방어용 선제 공격인 셈이다. 그녀는 자기가 아가멤논을 살해한 것은 사실이나 그것은 그가 딸 이피게네이아(Iphigeneia)를 아울리스 항에서 제물로 바친 데 대한 정당한 보복인 만큼 자신은 양심의 가책 같은 것은 느끼지 않는다고 말한다. 엘렉트라는 끓어오르는 분노를 억제한 채 무서울 만큼 냉정하게 그녀의 자기 변호의 허구성을 하나하나 파헤친다. 엘렉트라는 아가멤논이 아르테미스 여신의 숲에서 불행히도 여신의 사슴을 쏘아 죽이자 여신이 노하여 트로이아로 건네줄 바람을 잠재운 까닭에 그리스 군으로서는 트로이아로도 고향으로도 갈 수 없게 된 상황에서 그분은 사실상 달리 선택의 여지가 없었다며, 만일 그녀가 그렇게 엄격히 피에 대하여 피를 요구한다면 그녀 자신도 그런 법칙의 희생자가 되지 않도록 조심해야 할 것이라고 위협한다. 이어서 엘렉트라는 설사 남편을 살해한 그녀의 행위가 이피게네이아에 대한 정당한 복수였다 치더라도 그분의 원수였던 자와 잠자리를 같이하고 자기 자식들을 돌보지 않고 내팽개쳐야만 했느냐고 반문함으로써 결정적 타격을 가한

다음 이번에는 오레스테스의 이름을 거론함으로써 노골적인 위협을 가한다. 엘렉트라는 이 대결에서 이기긴 했지만 코로스는 그녀의 언행이 다소 지나쳤다고 지적하는데, 그것은 『안티고네』의 전반부에서도 볼 수 있는 것과 같은, 권력 앞에서 굽실거리는 코로스의 목소리인 것이다. 엘렉트라도 자신의 언행이 지나쳤다고 느끼지만 그것은 어머니의 파렴치한 언행에 대한 당연한 대응이라고 생각한다.

클뤼타이메스트라는 딸과의 말다툼을 끝내고 아폴론 신에게 기도를 드린다. 엘렉트라가 가까이 있어 소리내어 말할 수는 없지만, 그 꿈이 길몽이라면 자기에게 이루어지되 흉몽이라면 적들에게 돌아가게 해주고 지금처럼 행복한 나날 속에서 부와 권세를 계속해서 누리게 해달라고. 그 밖에도 적들 앞에서는 입 밖에 낼 수 없는 소원들이 이루어지게 해달라고 염치없이 조른다.

전반부와 규모가 거의 비슷한 이 삽화의 후반부에서는 마치 신이 클뤼타이메스트라의 뻔뻔스런 간청을 들어주기라도 한 양 오레스테스의 노복이 등장하여 자신은 이곳 통치자들의 최대 동맹자인 포키스의 파노테우스(Phanoteus)가 보낸 사자라며 그녀에게 오레스테스의 죽음을 알린다. 이 소식을 접한 엘렉트라의 고통에 찬 절규는 더 자세히 알아보려는 클뤼타이메스트라의 호기심과 좋은 대조를 이룬다. 퓌토 경기에서 모두 10명이 전차 경주를 하던 중 오레스테스가 전차에서 떨어져 죽었다는 사자의 긴 보고는 너무나 생생하고 실감나서 클뤼타이메스트라조차도 처음 한동안은 안도와 고통 사이에서 동요한다. 그래서 사자가 자기는 좋은 소식을 전한 줄 알았는데 아마도 헛걸음을 한 것 같다고 말하자, 그제서야 비로소 그녀는 그 동안 오레스테스가 아버지의 원수를 갚겠다고 위협해대는 바람에 두려워서 밤에도 낮에도 단잠을 이룰 수가 없었는데 이제는 그 위협에서 벗어났으니 편히 살 수 있게 되었다며 기쁨을 감추지 않는다. 이 삽화의 전반부가 그녀에게 도덕적 패배를 안겨주었다면, 후반부는 온갖 위협을 누르고 그녀에게 실질적인 승리를 안겨준다. 이제 그녀는 엘렉트라를 조롱하며 사자와 함께 궁전으로 들어간다. 그리하여 이 모녀 대결 장면은, 이제 모든 희망이 사라졌으니 앞으로 다시는 이 집 안에서 통치자들과 함께 살지 않을 것이며 죽음만이 소망이라는 엘렉트라의 비탄으로 끝난다.

이어지는 애탄가(kommos)[26]에서는(823~870행) 코로스와 엘렉트라 사이에 활발한 대화가 오간다. 코로스가 예언자 암피아라오스(Amphiaraos)도 아내 에리퓌레(Eriphyle)가 폴뤼네이케스의 황금 목걸이에 매수되어 출전을 강요한 까닭에 자신의 죽음을 예견하면서도 마지못해 테바이를 공격한 7인의 한 사람이 되었다가 제우스의 벼락에 갈라진 대지에 삼켜지고 말았으나 지금은 저승에서 존경받고 있다고 위로하자, 엘렉트라는 암피아라오스는 그 아들 알크마이온(Alkmaion)이 어머니를 죽여 아버지의 원수를 갚았으나 오레스테스는 죽고 없으니 이제 누가 아버지의 원수를 갚겠느냐며 슬퍼한다.

제2의 크뤼소테미스 장면(871~1057행)에서 크뤼소테미스는 아버지의 무덤에서 우유와 꽃과 갓 자른 머리털을 발견한다. 그런 것을 바칠 사람은 오레스테스밖에 없는 만큼 그가 돌아왔음에 틀림없다고 환호성을 올리며 등장하지만 이미 지칠 대로 지친 엘렉트라로부터 오레스테스는 이미 죽고 없다는 말을 듣고 완전히 희망을 잃고 만다. 이때 엘렉트라는 이제 오레스테스가 죽고 없으니 우리 두 자매가 힘을 모아 손수 아이기스토스를 죽이고 아버지의 원수를 갚을 수밖에 없다

---

26) 애탄가란 코로스와 배우 사이의 서정적인 대화를 가리키는 말로서 모든 비극에 공통된 것이 아니라 소수의 비극에서만 볼 수 있는 특징이다.

고 이야기한다. 그렇게만 되면 결혼도 할 수 있고 명성도 얻을 수 있을 것이라고 설득하지만 크뤼소테미스는 그것은 미친 짓이라며, 약자로서는 억울해도 참고 조심하는 것이 상책이라고 충고한다. 격렬한 말다툼 끝에, 마치 안티고네가 이스메네에게 폴뤼네이케스의 시신을 매장하려는 자기 계획을 크레온에게 일러바치라고 소리치듯이, 엘렉트라도 그 일은 혼자서라도 해낼 테니 "네 어미에게 일러바쳐라"고 소리친다. 제2의 크뤼소테미스 장면에서도 두 자매는 처음의 기대가 어긋나자 결국 원수처럼 싸우다가 더욱 멀어지고 만다.

이어지는 정립가(1058~1097행)에서 코로스는 두 자매의 말다툼을 한탄하면서도 역시 엘렉트라의 행동이 옳고 경건하다고 칭찬한다.

중간에 애탄가가 들어 있는 제4삽화(1098~1383행)에서는 오레스테스가 유골 단지를 들고 등장하여 그 안에 자신의 유골이 들어 있다고 전한다. 이 말을 들은 엘렉트라는 유골 단지를 붙잡고 비탄과 절망의 말을 늘어놓는다. 마치 안티고네가 결혼도 하지 못한 자신의 슬픈 운명을 비탄함으로써 비로소 완전히 인간적인 모습을 보여주듯이, 복수심에 불타 타협을 모르던 이 불굴의 여인도 이 비탄의 장면에서 비로소 누이다운 아니 어머니다운 애정을 보여준다. 엘렉트라는 오레스테스를 태어나면서부터 제 손으로 길렀으니 사실 그 애는 자기 아이나 다름없으며 이제 그가 죽고 없으니 자기도 죽어 그 단지 안에서 그와 함께 하고 싶다며 극진한 애정을 보인다.

그제서야 오레스테스는 이 슬퍼하는 낯선 여인이 누군지 알게 된다. 아이스퀼로스와 에우리피데스의 드라마에서는 오레스테스가 발견되는 과정이 복잡한 편인데 반해, 소포클레스는 엘렉트라를 확신시키기 위하여 오레스테스로 하여금 아가멤논의 인장 반지를 보여주게 한다.

중간의 애탄가(1232~1287행)에서는 죽었다고 믿었던 오라비가 무사히 돌아왔음을 알고 환호하는 엘렉트라에게 오레스테스가 이제 말은 충분히 했으니 거사(擧事)를 위하여 궁전 안으로 들어갈 때라며 너무 기뻐하다가 계획이 탄로날까 두렵다고 하자, 엘렉트라는 그런 악독한 어머니 앞에서는 결코 얼굴에 기쁜 빛을 띨 수 없을 것이며, 또 눈물이라면 오라비를 다시 찾은 것이 너무나 기뻐서 절로 쏟아질 테니 그런 걱정은 할 필요가 없다고 말한다.

　　누군가 궁전 안에서 나오는 소리가 들리고, 엘렉트라는 지체없이 나그네들을 궁전 안으로 안내하는 역할을 맡는다. 밖으로 나온 노복은 두 남매가 조심성이 없다고 꾸짖는다. 오레스테스가 그에게 궁전 안의 상황을 묻는 가운데 엘렉트라는 그 노복이, 아가멤논이 살해된 뒤 자기에게서 오레스테스를 넘겨받아 몰래 포키스 땅으로 빼돌린 바로 그 사람임을 발견하게 된다. 노복이 재차 행동을 촉구하자 오레스테스는 필라데스와 함께 문간에서 마음속으로 기도한 다음 궁전 안으로 들어가고 엘렉트라도 그들을 따라 오랜만에 잠깐 무대를 떠난다.

　　엑소도스(1398~1510행)에서는 두 건의 살인에 의하여 아트레우스 가(家)의 운명이 뒤바뀌는데, 그 순서는 아이스퀼로스와 에우리피데스의 그것과 반대이다. 소포클레스의 드라마에서는 먼저 클뤼타이메스트라가 쓰러지고 다음에 아이기스토스가 쓰러진다. 그럴 경우 불가피한 아이기스토스의 죽음이 마지막 절정을 이룸으로써 클뤼타이메스트라의 죽음은 그만큼 빛이 바래고, 또 엘렉트라도 아이기스토스를 혼자서라도 살해하겠다고 했으니 오레스테스는 그만큼 죄책감을 덜 느끼게 될 것이다. 그리고 엘렉트라도 그것이 아버지를 위한 복수이자 생존을 위한 정당방위였던 만큼 별로 죄책감을 느낄 필요가 없을 것이다. 오레스테스와 필라데스를 아이기스토스의 불의의 기습으로부터 보호하기 위하여 다시 궁전 밖으로 나온 엘렉트라는 잠시 뒤 클뤼타이메스트라의 비명 소리가 들리자 "한 번 더 쳐라, 네게 그럴 힘이 있다면(1415행)" 하고 소리친다.

오레스테스와 퓔라데스는 밖으로 나왔다가 아이기스토스가 오는 것을 보자 다시 안으로 들어가고, 엘렉트라는 오레스테스가 죽었다는 소식을 전해 듣고 기고만장해서 달려온 아이기스토스에게 짐짓 복종하는 척하며 그것이 사실임을 확인하고 나서 그가 시키는 대로 문을 연다. 오레스테스와 퓔라데스는 클뤼타이메스트라의 시신이 놓인 들것 옆에 서 있다. 오레스테스가 애매모호한 말로 아이기스토스에게 시신에 덮인 천을 들쳐보라고 한다. 아이기스토스는 천을 들치는 순간 자신의 운명을 알고 긴 말을 늘어놓으려 하지만 엘렉트라가 그의 말을 가로막는다. 그가 아버지를 살해한 바로 그곳에서 그를 죽이기 위하여 오레스테스가 안으로 끌고 들어간다.

이 드라마는 그 엄격한 구성이 특히 돋보인다. 드라마의 중심부는 엘렉트라의 도덕적 승리와 실질적 패배라는 두 부분으로 이루어져 있고, 이 중심부는 두 개의 크뤼소테미스 장면으로 둘러싸여 있다. 거기서 밖으로 나가면 앞쪽에는 엘렉트라의 불행과 비탄이 있고, 뒤쪽에는 발견과 환성이 있어 이것들이 서로 대응하고 있다. 소포클레스의 이 드라마가 아이스퀼로스나 에우리피데스의 드라마와 다른 점은 무엇보다도 모친 살해의 문제가 드라마의 중심 주제가 아니라는 점일 것이다. 소포클레스가 보여주고자 하는 것은 엘렉트라라는 한 위대한 인간의 고통과 슬픔과 자기 주장인 것이다. 아이스퀼로스의 『제주를 바치는 여인들』에서는 전반부가 끝난 뒤 엘렉트라가 다시는 무대 위에 나타나지 않는 데 반해, 소포클레스의 이 드라마에서는 그녀가 프롤로고스에서의 거사 모의 이후로 오레스테스와 퓔라데스를 궁전 안으로 안내하기 위하여 잠시 자리를 비운 것말고는 한 번도 무대를 떠나지 않는데, 이것은 그녀가 바로 이 드라마의 주역임을 말해준다.

한 위대한 인간이 가혹한 운명과 씨름하며 어떻게 자기 주장을 하는가를 보여준다는 점에서 이 드라마도 『아이아스』나 『안티고네』나 『오이디푸스 왕』과 다를 바 없으나 거기에도 차이점은 있다. 말하자면 이 드라마에도 의심할 여지없이 신들의 세계가 존재하지만 그것은 이미 상당히 먼 배경을 이루고 있고, 그보다는 철저히 파괴된 질서 속에서도 흔들리지 않고 정의의 길을 걸어가야만 하는 인간의 내면에 대한 통찰이 이 드라마에서는 더 돋보인다. 아무리 위대하고 의로운 사람들이라도 과도한 불의를 당하고 사악한 자들에 둘러싸이게 되면 절제와 경건의 미덕을 지키고 싶어도 결국 그들 자신 역시 사악해질 수밖에 없다는 쓰라린 자기 인식은 소포클레스 드라마의 주역들이 공유하는 것이긴 하지만 엘렉트라만큼 명확히 의식하는 경우는 없다고 봐도 틀리지 않을 것이다.

7. 『필록테테스』

소포클레스가 기원전 409년 대디오뉘소스제의 비극 경연에서 이 드라마로 우승했을 때 그는 아흔이 다 된 노인이었으나 그의 창작력은 여전히 왕성했던 것 같다.

트로이아 전쟁이 끝나갈 무렵 포로가 된 트로이아의 왕자 헬레노스(Helenos)는 만약 스퀴로스(Skyros) 섬에서 아킬레우스의 젊은 아들 네오프톨레모스(Neoptolemos)를 데려오지 못한다면, 그리고 필록테테스가 헤라클레스에게서 물려받은 활의 도움을 받지 못한다면 트로이아가 함락되지 않을 것이라고 예언한다. 그래서 그리스 군은 트로이아로 건너가던 도중 뱀에 물려 심한 악취를 풍기고 끔찍한 비명을 지르는 탓에 견디다 못해 렘노스(Lemnos) 섬에 버리고 간 필록테테스를 찾아가 그를 트로이아로 데려간다. 이 소재는 서사시권 서사시인들에게도 널리 알려져 있었을 뿐 아니라 3대 비극 작가들도 모두 이 소재를 다룬 바 있다. 그러나 이 가운데 소포클레스의 작품만이 온전하고 다른 두 작가의 작품들은 단편만 남아 있다.

아이스퀼로스와 에우리피데스의 드라마에서는 코로스가 렘노스 섬의 주민들로 구성되어 있는데 반해, 소포클레스의 드라마에서는 이 섬이 무인도로 설정되어 있다. 아이스퀼로스의 드라마에서는 오뒷세우스 혼자서 맡은 일을 해내는데 필록테테스에게 정체가 노출되지 않은 채 그리스 군의 원정 계획이 수포로 돌아갔다는 말로 환심을 산 뒤 계략을 써서 문제의 활을 손에 넣게 되며, 이때 필록테테스의 발작(發作)이 중요한 역할을 한 것으로 추정된다.

기원전 431년 『메데이아』와 함께 공연된 에우리피데스의 드라마에서 오뒷세우스는 디오메데스(Diomedes)와 함께 파견되고 아테네 여신에 의하여 다른 사람으로 변신된다. 그리고 그는 이때 트로이아인들도 필록테테스를 동맹자로 삼기 위하여 사절단을 보냈다는 것을 이미 알고 있다. 그러나 결국 필록테테스는 그리스 군 쪽으로 돌아서기로 결심하게 되는데 거기에 이르는 과정은 확실치 않다.

이 소재를 소포클레스는 어떻게 형상화했는지 살펴보기로 한다.

소포클레스의 드라마에서는 프롤로고스 장면(1~134행)이 여러 가지 기능을 하는데, 여기서 드라마의 상황 파악을 위해 필요한 정보가 제공되고, 성격이 판이한 세 남자들 — 이 드라마에는 여자가 등장하지 않는다 — 의 대립에서 중요한 역할을 하는 두 사람, 즉 오뒷세우스와 네오프톨레모스의 성격이 제시되며 필록테테스가 등장하기 전에 먼저 그의 비참한 생활이 소개된다.

프롤로고스에서 대화를 시작하고 주도하는 것은 오뒷세우스이다. 오뒷세우스는 먼저 아트레우스의 아들들의 명령에 따라 병든 필록테테스를 이 섬에 버리고 가게 된 경위를 말한 뒤, 자신은 필록테테스의 눈에 띄었다가는 그의 활에 당장 사살될 테니 네오프톨레모스더러 먼저 필록테테스의 동굴 안으로 들어가 그가 있는지 살펴보라고 한다. 동굴로 올라간 네오프톨레모스는 동굴은 비어 있고 그 안에는 조잡한 나무 그릇, 불을 피우는 도구들, 말리기 위해 널어놓은 고름투성이의 넝마들이 보인다며 동굴 속에 사는 병자의 비참한 생활을 실감나게 그려 보여준다.

오뒷세우스는 필록테테스의 불의의 기습에 대비해 먼저 정탐꾼을 내보낸 뒤 네오프톨레모스에게 그리스 군이 약속을 어기고 그의 아버지 아킬레우스의 무구(武具)를 돌려주지 않는 것에 심한 모욕감을 느끼고 고향으로 돌아가는 중이라는 거짓말로 필록테테스를 속이라고 지시한다. 그래야만 트로이아를 함락하게 될 그 활을 손에 넣을 수 있다는 것이다. 예상대로 네오프톨레모스가 즉각 이에 반항하자 오뒷세우스는 자기도 젊었을 때에는 말보다는 신속한 행동을 선호했으나 필록테테스에 대해서는 폭력이 아무 의미가 없을 뿐 아니라 이번 일이 성사되어 트로이아가 함락되는 날에는 그도 큰 명성을 얻게 되리라는 말로 설득한다. 그런 뒤 그를 혼자 남겨두고 정탐꾼을 데리고 철수하면서 나중에 일이 여의치 않아 지체되면 그를 돕도록 정탐꾼을 선주(船主)로 변장시켜 보내겠다고 덧붙인다.

등장가(135~218행)에서는 네오프톨레모스의 선원들로 구성된 코로스가 등장하여 어떻게 하면 그를 도울 수 있는지 묻는다. 그러자 그는 먼저 동굴을 살펴보도록 지시하고 필록테테스가 돌아오면 어떻게 행동할 것인지 일러준다. 그리고 코로스가 병자에 대해 동정의 말을 하자 그는 그러한 고통을 내린 것도, 트로이아의 함락이 늦어진 것도 모두 신의 섭리라고 말한다. 이때 코로스가 필록테테스의 도착을 알린다.

제1삽화(219∼675행)에서 필록테테스는 나그네들이 그리스인들이고 자기 소개를 하는 젊은이가 아킬레우스의 아들임을 알고는 크게 기뻐한다. 이어서 그는 자기가 버림받았던 일과 지금 겪고 있는 불행에 대하여 이야기하며 그에게는 오뒷세우스가 단순한 명령의 집행자가 아니라 아트레우스의 아들들과 똑같은 공범이라고 주장한다. 그런 시각에서라면 오뒷세우스에 대한 그의 철저한 증오심은 충분히 이해될 수 있을 것이다. 그러자 네오프톨레모스도 참말과 거짓말을 적절히 섞어 아트레우스의 아들들과 오뒷세우스를 비난하며, 자기는 오뒷세우스가 약속대로 죽은 아버지 아킬레우스의 무구를 돌려주지 않는 것에 분개하여 심한 말다툼 끝에 트로이아를 떠나 고향으로 돌아가는 중이라고 말한다. 이어서 트로이아 전쟁에 참가했던 그리스 영웅들에 관하여 이야기를 주고받다가 네오프톨레모스가 스퀴로스로 떠나겠다며 부디 완쾌되기를 빈다고 작별 인사를 하자 필록테테스는 언제 올지 모르는 이런 호기를 놓치지 않으려고 절망적으로 매달린다. 그는 젊은이 앞에 엎드려 제발 자기를 고향 땅으로 데려다달라고 애원하고, 마침내 네오프톨레모스도 이를 수락한다.

그때 오뒷세우스가 보낸 그 정탐꾼이 선주로 변장한 채 네오프톨레모스의 선원 한 명을 데리고 나타나, 자기는 조그마한 상고선(商賈船)의 선주인데 우연히 이곳을 지나다가 네오프톨레모스가 여기 있다는 말을 듣고는 그리스 군이 배 한 척을 내어 그를 추격하고 있는 중이라는 중대한 소식을 전하지 않을 수 없어 찾아왔다고 말한다. 그는 잠시 머뭇거리다가 다름 아닌 오뒷세우스와 디오메데스가 필록테테스를, 말로 안 되면 강제로라도 트로이아로 데려가기 위하여 다른 배를 타고 이리로 오고 있는 중인데, 그것은 포로로 잡힌 예언자 헬레노스가 필록테테스의 도움을 받지 못하면 트로이아가 함락되지 않을 것이라고 예언했기 때문이라고 말하고 나서 퇴장한다. 이에 더욱 초조해진 필록테테스의 재촉에 네오프톨레모스가 출발 준비를 한다. 출발에 앞서 필록테테스는 사용하던 약초와 화살 들을 가져오려고 네오프톨레모스의 부축을 받으며 동굴로 들어가는데, 이 장면은 본성이 고귀한 이 두 사람 사이에 서서히 싹트게 될 우정의 시작으로 보아도 좋을 것이다.

정립가(676~729행)에서 코로스는 필록테테스의 불행에 깊은 연민의 정을 느낀다. 그러나 이제는 다행히 만사가 잘 해결되어 고향에 돌아갈 수 있게 되었다는 코로스의 노래는 지금까지 있었던 사건의 서정적 요약으로 보는 편이 옳을 것이다.

길이가 짧은 편인 제2삽화(739~826행)에서는 두 사람이 막 동굴을 떠나려는 순간 필록테테스가 고통의 발작을 일으킨다. 그는 소망이 이루어지려는 이 순간 격렬한 고통을 되도록이면 참으려 하고, 네오프톨레모스는 그러한 그에게 감동한다. 그러다 마침내 졸리기 시작하자 필록테테스는 활과 화살을 젊은 친구에게 맡기고 잠이 든다. 그리하여 네오프톨레모스는 힘들이지 않고 원하던 활을 손에 넣게 된다.

이어지는 애탄가(827~864행)에서 코로스는 네오프톨레모스에게 이제 필록테테스가 잠의 신의 포로가 되었으니, 잠든 자는 내버려두고 활을 챙겨 렘노스 섬을 떠나자고 재촉한다. 그러나 네오프톨레모스는 신이 요구하는 것은 활만이 아니라 그 임자도 함께 트로이아로 데려가는 것이므로 그것은 아무 소용 없는 짓이라고 말한다. 그러자 코로스가 재차 이 섬을 떠나라고 재촉한다.

　제3삽화(865~1080행)에서 필록테테스가 잠에서 깨어나 자는 동안 자기를 지켜주어 정말 고맙다고 말하자, 이것이 네오프톨레모스에게는 결정적인 부담이 된다. 이제 그들은 배가 정박해 있는 곳으로 떠나려고 한다. 그러나 필록테테스가 그를 믿고 그의 부축만을 받으려 하자 네오프톨레모스는 이제 더 이상 그러한 그를 속일 수가 없어 가면(假面)을 벗어던지고 사실을 털어놓는다. 그러자 절망한 아이아스가 그랬듯이, 필록테테스는 만(灣)과 암벽과 산짐승과 가파른 바위 같은 주위의 자연에다 자신의 불행을 호소한다. 그래서 네오프톨레모스가 그에게 환부의 치유와 트로이아의 함락을 약속하지만 원한이 너무 깊이 사무친 필록테테스는 트로이아로 가느니 차라리 이 섬에서 굶어 죽겠다고 말한다. 이제 그의 유일한 희망은 네오프톨레모스가 마음을 돌리는 것이다. 이에 네오프톨레모스는 큰 충격을 받지만 결단을 내리지 못한다. 필록테테스는 모든 것을 없던 일로 하겠다는 듯이 "그대는 악당은 아니나 악당들에게 나쁜 가르침을 받은 것 같구려. 그러니 활을 돌려주고 그대의 갈 길을 가도록 하시오(971ff.)"라고 말한다.

　그래서 네오프톨레모스가 활을 돌려주려는 순간 동굴 근처에 숨어 있던 오뒷세우스가 뛰어나오며 그를 제지한다. 그러자 필록테테스는 불구대천의 원수인 양 오뒷세우스에게 덤벼들려 하고, 서로 흥분하여 거친 말들이 오가다가 오뒷세우스가 필록테테스를 강제로라도 트로이아로 데려가겠다고 하자, 필록테테스는 그렇게 될 바엔 차라리 절벽에서 떨어져 죽겠다고 위협한다. 그래서 그를 제지하려는 순간 그가 심한 비난의 말을 퍼붓자 오뒷세우스는 방법을 바꾸어, 활은 이미 네오프톨레모스의 수중에 있으니 테우크로스(Teukros) 같은 명궁이나 아니면 오뒷세우스 자신도 쏠 수 있을 것인즉 그가 꼭 렘노스에 머물겠다면 굳이 말리지 않겠다고 말한다. 그러나 오뒷세우스와 함께 퇴장하는 네오프톨레모스는 그가 혹시 마음을 돌릴까 해서 코로스를 그와 함께 남겨둔다.

제2 애탄가(1081~1217행)의 서정적 대화에서 필록테테스가 자신의 운명을 비탄하자, 코로스는 렘노스에서 벗어나는 것은 그의 마음에 달려 있다고 말한다. 그는 화를 내며 당장 이곳을 떠나라고 호통쳤다가 코로스가 정말 떠나려 하자 다시 머물러달라고 간청한다. 코로스가 마음을 돌리라고 재차 충고하자 그는 더욱 완강히 거절하며 자살할 수 있도록 무기를 달라고 한다.

엑소도스(1218~1471행)에서는 아무리 설득하고 충고해도 소용없자 코로스가 필록테테스의 곁을 떠나려는 순간 네오프톨레모스가 손에 활을 들고 급히 뛰어오고 그 뒤를 오뒷세우스가 바싹 뒤쫓으며 어떻게 할 작정이냐고 묻는다. 그러자 오뒷세우스의 영향에서 완전히 벗어나 자신의 본성을 되찾은 네오프톨레모스가 활을 임자에게 돌려줄 작정이라고 말한다. 아무리 달래고 을러도 소용 없자 오뒷세우스는 그의 배신을 그리스 군에 고발하겠다며 그곳을 떠난다. 네오프톨레모스는 필록테테스를 동굴에서 불러내 활을 돌려준다. 그때 오뒷세우스가 다시 나타나 제지하려고 하지만 활은 벌써 필록테테스의 수중에 들어가 있어, 만약 네오프톨레모스가 막지 않았더라면 오뒷세우스를 향하여 화살이 날아갔을 것이다. 오뒷세우스는 급히 도망치고 다시는 나타나지 않는다.

이제 필록테테스와 화해하고 다시 친구가 된 네오프톨레모스는, 신탁에 따르면 그는 트로이아로 가서 환부를 치료 받고 불멸의 명성을 얻도록 되어 있다며 차분하고 진지하게 마지막으로 한 번 더 그를 설득하려고 한다. 필록테테스는 트로이아로 갈 뜻이 전혀 없으면서도 차마 친구의 청을 거절하지 못해 잠시 망설이다가, 전에 당한 불행이 아니라 앞으로 당할 불행 때문에 자기로서는 아트레우스의 아들들과 오뒷세우스와는 도저히 함께 할 수 없다는 궁색한 변명을 늘어놓으며 자기를 고향에 데려다주겠다던 약속을 속히 이행하라고 재촉한다.

네오프톨레모스는 마지막 설득이 실패하자 달리 방법이 없음을 알고 꼭 그렇다면 출발하자면서 자신은 그리스 군의 보복이 두렵다고 걱정하자 필록테테스는 헤라클레스에게서 물려받은 화살들로 그를 지켜주겠노라고 말한다.

네오프톨레모스에게 배가 있는 곳으로 가는 길은 귀향의 길이면서 동시에 기대와 의리를 저버리는 자기 희생의 길이기도 하다.

그러나 다행히도 그는 그 길을 갈 필요가 없게 된다. 왜냐하면 이때 제우스의 뜻을 전하기 위하여 헤라클레스가 하늘에 나타났기 때문이다.

에우리피데스의 '기계 장치에 의한 신(deus ex machina)'[27]들의 대사에 비하면 짧은 편인 이 대사에서 헤라클레스는 전에 오이테 산에서 활을 준 적이 있는 필록테테스에게 자신의 경우를 예로 들며 자기도 수많은 노고 끝에 불멸을 얻게 되었듯이, 그도 고생 끝에 트로이아에서 환부를 치료 받고 큰 명성을 얻게 되어 있다고 일러주며 그와 네오프톨레모스는 "사이 좋은 한 쌍의 사자"처럼 서로 지켜주라고 충고함으로써 두 사람의 우정을 더욱 공고히 해준다. 그리고 제우스 신은 무엇보다도 경건을 높이 평가하니 신들에게 경건하라는 그의 마지막 충

---

27) '기계 장치에 의한 신'이란 인간으로서는 풀기 어려운 사건의 해결을 위하여 일종의 기중기 비슷한 장치를 타고 나타나는 신을 말한다. '기계 장치에 의한 신'은 일반적으로 인간으로서는 알 수 없는 먼 옛날 또는 먼 훗날의 일을 알려준다.

고는 이 드라마에서의 헤라클레스가 소포클레스적 인물임을 말해준다. 헤라클레스의 이 충고에 지금까지 그토록 완강하던 필록테테스도 마침내 고집을 꺾고 출발에 앞서 정든 렘노스 섬의 샘과 초원과 거친 파도에 작별 인사를 한다. 이어서 코로스가 바다의 요정들에게 무사 항해를 비는 짤막한 기도를 올리는 가운데 이 드라마는 대단원의 막을 내린다.

소포클레스는 이 드라마에 서사시인들이나 다른 두 비극 작가들과 달리 네오프톨레모스를 등장시킴으로써 성격이 판이한 세 사람의 대결을 통하여 사건이 막힘 없이 활기차게 전개되도록 하고 있다. 네오프톨레모스가 등장하지 않을 경우 오뒷세우스나 디오메데스가 필록테테스를 트로이아로 데려가려다가 실패할 때는 달리 대안이 없을 것이며, 다른 두 비극 작가가 오뒷세우스의 계획이 반드시 성공하도록 다소 무리를 해서 플롯을 구성한 것도 그런 이유에서일 것이다. 그럴 경우 오뒷세우스의 계획이 실패할 때는 '기계 장치에 의한 신'도 그다지 만족스런 결과를 가져다주지 못했을 것이며, 극도의 불행으로 인하여 외롭고 완고한 필록테테스에게서 이 드라마에서 볼 수 있는 것과 같은 따뜻한 인간적 면모를 기대한다는 것도 애당초 무리일 것이다.

트로이아의 함락을 위하여 필록테테스를 렘노스 섬에서 데려가는 과정에서 젊은 네오프톨레모스가 겪는 내면적 변화가 이 드라마의 사실상의 주제라면, 앞서 한 말이 거짓말이라는 고백, 손에 넣었던 활을 임자에게 되돌려주는 행위, 자기 희생이 따르더라도 필록테테스와의 약속을 지키겠다는 결의의 세 단계를 거치는 네오프톨레모스의 내면적 변화를 총괄적으로 설명해줄 수 있는 개념은 무엇일까?

흔히 네오프톨레모스의 그러한 내면적 변화를 성격이란 개념으로 설명해보려고 하지만 소피스트들의 상대주의에 영향을 받은 에우리피데스의 드라마에서라면 몰라도 소포클레스를 포함한 그 이전의 비극 작가들의 드라마들에서 그것은 적절한 개념이 아니다. 네오프톨레모스뿐만 아니라 아이아스, 안티고네, 오이디푸스, 엘렉트라 같은 소포클레스의 드라마에 등장하는 인물들은 그 누구도 성격의 변화를 보여주지 않기 때문이다. 이 드라마의 주제를 총괄적으로 설명해줄 수 있는 것은 이 드라마에서 누차 언급되고 있는 본성(physis)[28]이라는 개념이라고 생각된다. 말하자면 이 드라마가 보여주고자 하는 것은 네오프톨레모스라는 젊은이의 성격 변화가 아니라 그가 제 본성에서 멀리 벗어났다가 고통스런 과정을 통하여 다시 제 본성으로 돌아가는 내면적 변화인 것이다.

소포클레스적 인간의 본질을 가장 잘 설명해주는, 환경과 교육에 의해서도 변하지 않는 타고난 '본성'이란 개념은 귀족 사회의 유물로서 귀족 계급이 지배하던 아르카익 시대의 문학을 대표하는 핀다로스의 시에서 특히 자주 눈에 띈다. 핀다로스는 타고난 재능은 습득한 재능보다 우월하고,[29] 본성은 숨길 수 없으며[30] 인간의 본성은 주어지는 것이므로 물릴 수 없다고[31] 말한다. 이러한 사고방식은 소피스트들뿐만 아니라 소크라테스의 그것과도 다른 것이다.

이 드라마에서 오뒷세우스는 『아이아스』에서와는 전혀 다른 모습을 보여준다. 그러나 그가 목적을 위해서는 수단과 방법을 가리지 않는다고 해서 그를 메피스토펠레스(Mephistopheles) 같은 인물로 보는

---

28) '본성' 또는 이와 비슷한 말이 나오는 행수는 79, 88, 874, 902, 950, 1,014, 1,284, 1,310, 1,372 등이다.
29) cf. 『올륌피아 송가』 9. 100.
30) cf. ibid. 13. 13.
31) cf. ibid. 9. 28.

것은 지나치다 할 것이다. 그는 젊은 네오프톨레모스에게 거짓말을 시켜 나쁜 길로 인도하는 유혹자임에는 틀림없지만, 그의 행동이 나쁜 동기에서 나왔다고 할 수는 없을 것이다. 그는 그리스 군이 내린 결정의 집행자에 불과하며 그런 점에서 그의 행동은 제약 받게 마련이다. 그러나 그가 자신의 역할에 다소 사명감을 느끼는 것도 사실이다. 네오프톨레모스가 본성이 다른 오뒷세우스로부터 고통스런 과정을 거쳐 본성이 같은 필록테테스에게로 나아간다는 점에서 오뒷세우스도 다른 두 사람 못지않게 이 드라마의 주역 중 한 사람이라고 할 수 있을 것이다.

이 드라마에 나오는 '기계 장치에 의한 신'은 드라마의 전체적인 작품 구조와 밀접한 관계가 있다는 점에서 에우리피데스의 그것들과는 다르다. 헤라클레스는 필록테테스가 자신의 화장용(火葬用) 장작더미에 불을 붙여준 대가로 그에게 활과 화살들을 물려준 구연(舊緣)이 있을 뿐만 아니라, 그 자신이야말로 고난을 통하여 불멸에 이른 위대한 본보기이기 때문이다. 그의 등장은 또한 인간으로서는 풀 수 없는 한계 상황의 해결을 위하여 불가피한 것이기도 하다.

8. 『콜로노스의 오이디푸스』

소포클레스의 현존하는 비극들 중 마지막 작품인 『콜로노스의 오이디푸스』는 그 두 번째 기초 지식에 따르면 그의 사후인 기원전 401년에 그와 이름이 같은 손자에 의하여 처음으로 공연되었다고 한다.

소포클레스의 출생지이기도 한 콜로노스 힙피오스(Hippios)는 아테나이 북서쪽 근교에 있는 해발 56미터의 야산으로서 이곳에 오이디푸스의 무덤이 있다는 지역 전설은 에우리피데스의 『포이니케의 여인들』에서(1707행) 처음으로 언급된다.

이 드라마의 이해를 위해서는 먼저 『오이디푸스 왕』 이후부터 이 드라마가 시작되기 직전까지의 대략적인 상황을 알아두는 것이 도움이 될 것이다. 그 사이 긴 세월이 흘렀다고 보아야 하기 때문이다.

오이디푸스가 아버지를 살해하고 어머니와 결혼했다는 사실이 밝혀진 뒤 그의 두 아들 폴뤼네이케스와 에테오클레스는 아직 어린 소년들이어서 그의 처남인 크레온이 테바이를 통치하게 된다. 제 손으로 제 눈을 멀게 한 오이디푸스는 고뇌와 절망을 이기지 못해 자신을 추방해주기를 원하나, 크레온은 먼저 아폴론 신에게 물어보기 전에는 그의 간청을 들어줄 수 없다고 말한다. 그 이후의 상황을 『콜로노스의 오이디푸스』에 산재해 있는 암시들에 의거하여 재구성해보면 대략 다음과 같다.

크레온은 오이디푸스의 거취에 관하여 아폴론 신에게 물어보겠다던 약속을 지키지 않은 것으로 생각된다. 그래서 오이디푸스는 그대로 테바이에 머물게 되고 세월이 지나자 처음의 고통과 절망도 누그러져서 어느 정도 은둔 생활에 익숙하게 된다.

그러다가 결국 테바이인들, 아니면 적어도 크레온이 심경의 변화를 일으켜 오이디푸스를 추방한다. 그런 언급이 없는 것으로 보아 신탁의 지시는 아니었던 것으로 생각된다. 그랬더라면 오이디푸스가 자신이 추방된 데 대한 모든 책임을 이 드라마에서처럼 테바이인들에게 돌리며 그들을 증오하지는 않았을 것이다. 그 과정에서 그가 가장 섭섭하게 생각한 것은, 그 사이 이미 성년이 된 그의 두 아들이 그의 추방을 제지하기 위하여 한마디 말도 해주지 않았다는 점이다.

그러나 그의 두 딸 안티고네와 이스메네는 효성스럽고 마음씨가

착해, 안티고네는 오이디푸스와 함께 따라나서서 온갖 고생을 무릅쓰며 혼자서 눈먼 걸인 아버지를 시중들고, 이스메네는 테바이에 머물면서 그곳에서 아버지를 위하여 사태의 추이를 지켜보고 있다. 궁핍한 유랑 생활을 하던 오이디푸스가 어느새 노인이 다 되었을 때 테바이인들은 자신들의 안녕이 그가 살아 있을 때에도 죽은 뒤에도 오이디푸스에게 달려 있다는 신탁을 받게 된다. 그래서 그들은 오이디푸스를 국경 근처에다 정착시키려고 한다. 그럴 경우 그들은 자신들의 잘못을 인정하는 것도, 자신들이 그를 다시 받아들이는 것도 피하면서 그를 자신들의 통제하에 둘 수 있고 그가 죽은 뒤에는 그의 무덤이 자신들을 지켜줄 것이라고 생각한다.

테바이에 남아 있던 오이디푸스의 두 아들에게 이 새로운 신탁은 그럴 마음만 있다면 추방된 아버지의 복권을 위한 좋은 기회가 될 수 있었다. 아폴론 신은 이 마지막 신탁으로 오이디푸스의 이름에 붙어 다니는 오욕을 씻어준 것이며, 테바이의 운명의 재단자가 될 것이라고 신이 선언한 사람이 테바이에 있다고 해서 테바이가 더럽혀진다는 것은 자가당착이라고 강력히 항의할 수 있기 때문이다.

그러나 오이디푸스의 두 아들은 불행히도 아버지의 일을 걱정할 만큼 마음의 여유가 없었다. 그들은 성년이 된 뒤 처음에는 가문의 저주와 출생의 오욕에 짓눌려 통치권도 외숙부에게 양보하고 자기 부정의 생활을 하더니, 이제는 어떤 신의 부추김을 받았는지 권력에 눈이 뒤집혀 서로 권력을 독점하려고 처절한 투쟁을 하고 있었다.

동생 에테오클레스[32)]가 민심을 얻게 되자 테바이에서 추방된 폴뤼네이케스는 아르고스로 가서 그곳 왕인 아드라스토스(Adrastos)의

---

32) 에우리피데스의 『포이니케의 여인들』에서는 일반적인 관례에 따라 에테오클레스가 형으로, 폴뤼네이케스가 동생으로 되어 있다.

딸과 결혼한다. 그는 펠로폰네소스의 이름난 전사들을 동맹자로 삼아 테바이를 공격하려고 한다. 바로 그때 폴뤼네이케스는 누구든 눈먼 걸인 오이디푸스를 자기 편으로 삼는 자가 이길 것이라는 신탁의 소문을 듣게 된다. 이상이 이 드라마가 시작되기 전까지의 대략적인 상황이다.

이 드라마의 프롤로고스(1~116행)에서는, 아직도 먼 산에는 눈이 남아 있고 숲 속에서는 꾀꼬리가 우짖는 어느 이른 봄날, 노인이 다 된 눈먼 걸인 오이디푸스가 딸 안티고네에 이끌려 이곳에서는 '자비로운 여신들'이란 이름으로 공경받고 있는 복수의 여신들의 성스러운 숲에 도착한다. 부녀는 이곳이 아테나이 근교라는 것을 오는 길에 들어서 알고 있었지만 이곳의 이름은 알지 못한다. 그래서 안티고네가 성스러운 숲 속에 있는 바위에 아버지를 앉혀놓고 지금 이곳이 어딘지 물으러 가려는데 때마침 토착민 한 명이 다가와 그에게 말을 걸려고 하자 그 토착민은 이 성스러운 곳에서 당장 떠나라고 말한다.

자신이 도착한 곳이 '자비로운 여신들'의 성소(聖所)라는 말을 듣자 오이디푸스는 그곳이 자신의 방랑의 종착지임을 알고 떠나지 않겠다고 말한다. 그리고 이 나라의 왕이 테세우스(Theseus)라는 말을 듣자 오이디푸스는 여기 오는 것이 그에게 이익이 될 테니 그를 불러달라고 간청한다. 그러자 토착민은 가서 콜로노스 사람들에게 알리고 의논하고자 하니 그 동안 거기에 그대로 앉아 있으라며 길을 떠난다.

안티고네와 단 둘이 남게 된 오이디푸스는 '자비로운 여신들'에게 기도하며 자신이 이 성스러운 곳을 떠나기를 거부한 까닭을 말한다. 그 옛날 젊었을 적에 델포이에 가서 부모에 관하여 물었을 때 아폴론 신은 그에게 앞으로 닥칠 재앙을 예언하면서 '자비로운 여신들'의 처소에 이르게 되면 마침내 평화를 얻고 고통스런 생을 마감하게 될 것인즉 그때는 그가 고생한 보답으로 그를 반갑게 맞는 자에게는 이익을, 그를 내쫓는 자에게는 재앙을 줄 수 있는 힘을 그에게 약속했다는 것이다. 그리고 지진이나 천둥 또는 번개가 그의 최후를 알리게 될 것이라는 그의 진술에 의하여 이 드라마의 프롤로고스와 엑소도스는 자연스럽게 하나의 순환을 이룬다.

콜로노스의 노인들로 구성된 코로스의 등장가(117~253행)는 『필록테테스』의 코로스보다도 드라마의 사건과 더 밀접한 관계가 있다. 그들은 어떤 나그네가 성스러운 숲 속에 침입했다는 말을 듣고 그런 불경한 짓을 한 자를 찾으러 온 것이다. 이때 오이디푸스가 안티고네에 이끌려 나타나자 그들은 당장 성소를 떠나라고 호통친다. 그래서 안티고네는 숲 바깥에 있는 바위로 아버지를 인도한다. 그곳에서 짓궂게 이름과 고향을 묻는 코로스에게 오이디푸스는 한참 망설이다가 사실대로 말한다. 그의 입에서 오이디푸스라는 이름이 나오자 코로스는 당장 이 나라를 떠나라고 호통치고, 안티고네는 제발 불쌍한 부녀를 내쫓지 말아달라고 애원한다.

제1 삽화(254~509행)에서 코로스는 부녀의 딱한 처지에 동정을 금할 수 없지만 신의 노여움이 두려워 달리 도리가 없다고 말한다. 그러자 오이디푸스는 열변을 토하며, 성소에서 꾀어내더니 이름만 듣고는 놀라서 나라 밖으로 내쫓으려 한다면 아테나이야말로 핍박 받는 자들을 구해주는 경건한 도시라는 명성이 무슨 소용이 있느냐고 묻는다. 여기서 오이디푸스의 과거에 대한 새로운 시각이 나타나는데, 이러한 시각은 앞서(240행) 안티고네도 언급한 바 있거니와 이 드라마에서는 끝까지(521, 539, 547, 964, 966행) 견지된다. 말하자면 오이디푸스의 이름에 붙어 다니는 끔찍한 오욕은 그가 행한 것이 아니라 그가 당한 것이고, 따라서 그에게는 도덕적으로 아무런 죄가 없다는 것이다. 그렇다고 해서 그 오욕이 없어지는 것이 아니라는 것도 그는 알고 있다. 자기를 도와준 데 대한 감사의 표시로 테세우스의 손과 얼굴을 만지고 싶어도 자기와 같이 흠 있는 사람은 결코 그럴 수 없다(1,132행)는 그의 모순된 발언도 그의 이와 같은 이중 의식에 의해서만 이해될 수 있을 것이다.

오이디푸스는 또한 자기가 아테나이에 축복을 가져다줄 것인데, 그것이 무엇인지는 그들의 왕이 도착하면 알려주겠다고 한다. 그러자 코로스는 왕의 결정을 기다리겠다며 프롤로고스에서의 토착민과 같은 태도를 취한다.

이때 안티고네가, 동생 이스메네가 노새를 타고 다가오고 있다고 알림으로써 국면이 전환된다. 이어서 혈족 간의 고통과 애정에 찬 상봉 장면이 전개된다. 오이디푸스가 두 아들의 안부를 묻자 이스메네는 형제 간에 권력 투쟁이 벌어져 추방된 폴뤼네이케스가 아르고스로 달아난 일과, 테바이인들은 자신들의 안녕이 오이디푸스가 살아 있든 죽은 뒤든 간에 오직 그에게 달려 있다는 새로운 신탁을 받았다는 사실을 전한다. 여기서 신들은 넘어뜨린 자를 다시 일으켜 세울 수 있다는 모티프(394행)가 나오는데 이 모티프는 나중에 중요한 의미를 갖게 된다. 이어서 이스메네는 크레온이 오이디푸스를 국경 근처로 데려가려고 곧 이곳에 나타날 것이라고 덧붙인다.

두 아들도 이 새로운 신탁을 알고 있다는 말을 듣자, 오이디푸스는 그런데도 자기를 고향으로 데려가 복권시키지 않았다며 격분한다. 그리고 지난날 그가 불행에 압도되어 추방을 애원할 때는 거절하다가 나중에 반응이 지나쳤다는 생각이 들어 그대로 머물고 싶어할 때는 테바이인들이 자신을 추방하는데도 아버지인 자신을 위해 한마디 말도 해주지 않았다며 두 아들을 저주한다. 여기서 소포클레스는 두 편의 오이디푸스 드라마의 내용을 의식적으로 연결하고 있다.

오이디푸스가 코로스를 향하여 이제는 아테나이에 자신의 축복을 주기로 마음을 정했다고 하자, 마음이 누그러진 코로스를 대표하여 코로스장이 그에게 성소를 침입한 데 대하여 '자비로운 여신들'에게 제물을 바쳐 속죄할 방법을 일러준다. 그래서 이스메네가 그들이 일러준 대로 의식을 행하기 위하여 숲 속의 멀리 떨어져 있는 곳으로 간다. 『필록테테스』처럼 여기서도 정립가 대신 애탄가(510～548행)가 이어지는데 코로스와 오이디푸스 사이의 이 서정적 대화에서 코로스는 짓궂게 오이디푸스의 과거를 캐묻고, 오이디푸스는 그와 관련하여 자기에게는 도덕적으로 죄가 없다고 주장한다. 코로스의 짓궂은 질문은 앗티케적 인간성의 가장 아름다운 기념비라 할 제2 삽화(549～667행)의 테세우스 장면을 더욱 돋보이게 한다.

이때 테세우스가 등장하여 자기도 젊었을 때 객지에서 고생해본 적이 있어 추방자의 심경을 안다며 코로스와는 달리 오이디푸스에게 과거는 일절 묻지 않고 선선히 보호를 약속한다. 오이디푸스는 비록 아들들에게 추방당하긴 했어도 자기에게는 전쟁의 승패를 좌우할 수 있는 힘이 주어졌다며 만약 테세우스가 자기를 보호해주고 이곳에 묻히게 해준다면 자신이 강력한 보호자가 되어 테바이에 대하여 승리를 보장하겠다고 말한다. 아테나이와 테바이가 무슨 일로 싸우게 될 것인지 묻는 테세우스에게 그는 세상 만사는 무상하고 변하게 마련이라고 대답한다. 그의 이러한 대답은 아이아스가 코로스를 속일 때의 '거짓말'을 연상케 한다. 테세우스가 오이디푸스에게 보호를 약속하며 아테나이 시내로 가든 여기 머물든 마음대로 하라고 하자 오이디푸스는 여기 머물며 적(敵)을 맞겠다고 한다.

이어지는 정립가(668～719행)는 호의적이고 개방적이고 인자한 국왕의 반영(反映)으로서 소포클레스가 자기 고향 콜로노스에 바치는 아름다운 찬가이다. 코로스는 먼저 비옥한 이 땅을 다스리는 여러 신들, 즉 주신 디오뉘소스, 시가의 여신들인 무사이(Mousai), 미의 여신 아프로디테를 찬양하고 이어서 아테네와 제우스가 지켜주는 올리브나무와 해신 포세이돈(Poseidon)의 두 가지 선물인 말〔馬〕과 배〔船〕를 찬양한다.

제3 삽화(720~1043행)에서 안티고네가 크레온의 도착을 알리면 곧 크레온이 나타나 오이디푸스의 고통스런 유랑 생활에 동정을 표한 뒤 이제는 테바이인들의 뜻에 따라 그를 고향으로 데려가겠다며 장황하게 설득의 말을 늘어놓는다. 그러자 오이디푸스도 장황하게 답변을 늘어놓으며 그의 가면을 벗긴다. 여기서도 소포클레스는 두 편의 오이디푸스 드라마를 내용적으로 연결하고 있다. 오이디푸스는 지금은 그들이 자기를 원하지만 전에 자기가 추방되기를 애원할 때에는 거절하다가 다시 머물고자 할 때에는 추방하지 않았느냐며, 그들이 자기를 선조들이 살던 집이 아니라 국경 근처로 데려가고자 한다는 것과 그 속셈이 무엇인지도 아폴론 신을 통하여 이미 다 알고 있다고 덧붙인다.

설득이 실패로 끝나자 크레온은 가면을 벗어던지고 거리낌없이 폭력을 행사한다. 그는 '자비로운 여신들'에게 제물을 바치러 간 이스메네는 이미 자신의 호위병들에게 잡혔고 이번에는 안티고네를 잡아가겠다고 말한다. 코로스가 항의하는 가운데 안티고네도 그의 호위병들에게 끌려가고 크레온이 오이디푸스를 붙잡으려는 순간 근처에 있는 포세이돈 제단에서 제물을 바치던 테세우스가 비명을 듣고 급히 달려온다.

테세우스는 납치된 두 소녀를 당장 데려오게 하라고 명령한 후 크레온에게 그의 행동은 불법이라고 비난한다. 크레온은 살인죄를 재판하는 '아레스의 언덕'을 가진 이 도시가 아버지를 살해하고 어머니와 결혼한 자를 받아들일 줄은 몰랐다며 그의 행동이 거칠었다면 그것은 오이디푸스의 말이 거칠었기 때문이라고 말한다. 이에 대한 오이디푸스의 답변을 통해 소포클레스는 오이디푸스의 과거를 다시 한번 새로운 시각에서 보려고 한다. 그 삼거리에서의 살인 행위는, 죽이려고 덤벼드는 낯선 사람에게 "당신은 혹시 내 아버지가 아니오?" 하고 이것저것 캐묻는다는 것은 사실상 불가능한 일이므로 그 상황에서는 불가피한 정당방위였으며(993행), 따라서 오이디푸스에게는 도덕적으로 아무런 죄가 없다는 것이다.

테세우스는 지체할 시간이 없으니 두 소녀를 붙잡아둔 곳으로 안내하라며 크레온을 앞세우고 호위병들과 함께 추격에 나선다.

제2 정립가(1044~1095행)에서 코로스는 추격의 여러 가지 가능성을 마음속에 그리다가 마지막에는 신들에게 구원을 청한다.

제4 삽화(1096~1210행)는 크레온 장면에서 폴뤼네이케스 장면으로 이행한다. 테세우스가 오이디푸스에게 두 딸을 돌려주자 세 부녀는 다시 만나게 된 것을 기뻐하며 잠시 모든 것을 잊고 정담을 나눈다. 마침내 오이디푸스는 감동적인 말로 테세우스에게 사의(謝意)를 표한 뒤 은인의 손과 얼굴을 만지는 것이 도리인 줄 알지만 자기처럼 흠 있는 사람으로서는 결코 그럴 수 없으니 멀리서 인사드리겠다고 말한다. 두 딸을 구하게 된 경위를 이야기해달라는 오이디푸스에게 테세우스는 그 이야기라면 나중에 딸들에게 직접 들으라며 그보다는 오이디푸스에게 알릴 일이 있는데, 그들이 잠시 자리를 비운 사이 어떤 나그네가 포세이돈 제단 옆에 앉아 자기는 테바이에서 오지는 않았지만 오이디푸스의 친척이라면서 오이디푸스와의 면담을 요구했다는 것이다.

그가 아르고스에서 왔다고 하더라는 말에 이스메네의 이야기가 생각
난 오이디푸스는 그가 다름 아닌 폴뤼네이케스임을 알고 단호히 면담
을 거절하지만, 안티고네가 간청하고 테세우스도 제단 가에서의 탄원
자의 권리를 상기시키자 마지못해 면담을 수락한다. 그러자 테세우스
는 탄원자에게 면담이 수락되었음을 알리고자 자신의 호위병들과 함
께 퇴장한다.

제3 정립가(1211~1248행)는 극중 사건에 대한 성찰이라기보다
는 다가오는 오이디푸스의 죽음을 예감케 해준다.

"태어나지 않는 것이 최선(最善)이고 되도록 일찍 죽는 것이 차선
(次善)이며, 가장 어리석은 것은 오래 살기를 바라는 것이다. 온갖 세
파에 시달리는 저 노인을 보라! 오래 살면 칭찬도 사랑도 친구도 멀어
지고 남는 것은 고생뿐이며 그것의 구원자는 죽음뿐이다"라는 코로스
의 노래는 술에 취해 사로잡힌 반인반마의 실레노스(Silenos)가 미다스
(Midas) 왕에게 말해주었다는 인생의 지혜를 소포클레스가 나름대로
부연한 것으로서, 90세가 넘은 노인으로 이미 죽음의 문턱에 서 있는
노시인의 쓸쓸한 심경을 엿볼 수 있게 해준다.

제5 삽화(1249~1446행)는 죽은 뒤 지하에서 친구에게는 축복을,
적에게는 저주를 보낼 수 있는 큰 힘이 오이디푸스에게 있음을 보여
준다.

폴뤼네이케스는 아버지의 비참한 모습에 충격을 받고 눈물을 흘
리며 후회하지만 오이디푸스는 고개를 돌린 채 말이 없다. 폴뤼네이케
스가 누이들에게 자기를 위하여 간청해달라고 애원하자 안티고네는
그에게 찾아온 목적을 직접 말하라고 한다. 그러자 그는 자신이 추방
된 일에서부터 그간에 있었던 일을 장황하게 늘어놓으며 일곱 장수가
이미 테바이 앞에 집결해 있으니 도와달라고 아버지에게 간청한다. 그

는 크레온과는 달리 전쟁의 승패가 오이디푸스에게 달려 있다는 그 새로운 신탁에 관하여 알고 있음을 숨기지 않는다.

오이디푸스는 마침내 코로스의 요청에 따라 침묵을 깨고 폴뤼네이케스야말로 전에 자기를 테바이에서 추방하여 이렇게 걸인 생활을 하게 한 장본인이라고 질타하며 서로가 서로의 손에 죽게 될 것이라고 두 아들을 저주한다. 폴뤼네이케스는 더 이상 아무 말도 못하고 성난 아버지 곁을 떠나면서 누이들에게 자기가 죽거든 묻어달라고 부탁한다. 여기서 이 드라마는 내용적으로 『안티고네』와 연결된다. 안티고네가 불운한 전쟁을 그만두라고 말리지만 그는 전사로서의 명예를 위하여 그럴 수 없다며 죽는 줄 알면서도 그곳을 떠난다. 폴뤼네이케스의 이러한 비장한 태도는 아이스퀼로스의 『테바이를 공격한 7인』에서의 에테오클레스를 연상케 한다.

이어지는 애탄가(1447~1499행)에서는 지나치게 긴장된 관객들에게 잠시 숨 돌릴 틈을 주려는 듯 신이 사건에 개입한다. 코로스는 방금 들은 무서운 운명에 관하여 노래하고 있다가 천둥 소리에 깜짝 놀란다. 그러나 오이디푸스는 이제 마침내 자신의 시간이 왔고 제우스의 천둥이 자기를 하데스로 인도할 것임을 안다. 마치 재촉이나 하듯 다시 두 번 천둥 소리가 들리자 그는 어서 테세우스를 불러달라고 한다.

제6삽화(1500~1555행)에서 포세이돈을 위하여 소를 제물로 바치던 테세우스가 기별을 받고 달려오자 오이디푸스는 이제 마침내 확실한 신호에 의하여 자신의 시간이 왔음을 알게 되었다고 말한다. 그리고 그는 테세우스에게 남의 손을 빌리지 않고 손수 자신의 삶이 마감될 장소로 그를 안내할 테니 그 장소에 관한 비밀을 꼭 지키고 있다가 죽을 때 후계자에게만 알려준다면 자신의 무덤은 대대로 그의 나라를 적의 침입으로부터 지켜줄 것이라고 말한다. 이어서 눈먼 오이디푸스가 길잡이가 되어 테세우스와 두 딸을 데리고 앞장서서 그곳으로 떠난다.

제4 정립가(1556~1578행)에서 코로스는 오이디푸스가 가는 길을 누구나 사후에 가게 되는 하데스로의 길인 줄 알고 그가 고통 없이 무사히 하데스로 가게 해달라고 지하의 신들에게 기도한다.

그러나 엑소도스(1579~1779행)에서 사자는 뜻밖의 보고를 한다. 오이디푸스는 일행을 인도하여 그가 이 세상을 떠나도록 되어 있는 장소에 이르자, 두 딸에게 목욕재계할 물과 깨끗한 옷을 달라고 하더니 "이 늙은 아비만큼 너희들을 사랑할 사람은 없다"는 이 말 한마디가 그 동안의 모든 고생을 보상해줄 것이라는 위로의 말과 함께 그들을 돌려보내고 테세우스만 남게 한다. 그들이 눈물을 흘리며 돌아오다가 잠시 뒤 뒤돌아보니, 오이디푸스는 온데간데 없고 테세우스만이 마치 전대미문(前代未聞)의 일을 본 것처럼 한 손으로 두 눈을 가리고 있는 것이 보였으니 오이디푸스의 최후에 관해서는 테세우스만이 알고 있다는 것이었다.

이 사자의 장면에 이어지는 애탄가(1670~1750행)에서 다시 무대에 등장한 두 자매는 아버지의 죽음을 애도하며 자신들에게 다가올 불행을 걱정한다. 이어서 안티고네가 흥분하여 아버지의 무덤에 가보고 싶다고 우기자 냉정한 이스메네가 그것은 아버지의 명령에 어긋난다며 말리려 한다. 이 장면은 『안티고네』의 첫 장면을 연상케 한다.

마지막 장면에서 테세우스는 아버지의 무덤을 보고 싶다는 안티고네의 요구에 대해, 그것에 관하여 비밀을 지키는 것은 다름 아닌 오이디푸스 자신의 요청인지라 들어줄 수 없지만 형제 간의 살해를 막도록 테바이로 가게 해달라는 두 번째 소원은 기꺼이 들어줄 수 있다고 말한다. 그러자 코로스가 왕의 약속은 확고하니 다시는 슬퍼하지 말라 며 두 자매와 작별 인사를 하는 가운데 모두가 무대를 떠난다.

신은 영원한 법도를 어긴 인간을 고통의 구렁텅이에 빠뜨림으로 써 그를 예측하기 어려운 신의 섭리의 증인으로 삼지만, 바로 그 때문 에 그를 강력한 힘을 가진 영웅으로 다시 일으켜 세운다는 소포클레스 의 이 위대한 역설은 해명할 수도 없고 해명하려고 해서도 안 될 것이 다. 소포클레스에게 있어 신의 세계는 인간으로서는 알 수도 해석할 수도 없고 오직 경건한 마음으로 겸허하게 받아들여야 할 비합리적 수 수께끼의 세계이기 때문이다. 이와 관련하여 오이디푸스는 고통에 의 하여 그만큼 순화되고 정화되었다는 해석을 시도하려 한다면 그것은 적절치 못한 접근일 것이다. 오이디푸스는 자신의 고통에서 약간의 조 심성을 배우기는 했으나 그의 조급한 성질은 본질적으로 달라진 게 없 기 때문이다.

서사시권 서사시인 『테바이스』와 아이스퀼로스의 『테바이를 공격 한 7인』 및 에우리피데스의 『포이니케의 여인들』에서는 두 아들 사이 에 불화가 생기기 전에 오이디푸스가 테바이에서 칼로 유산(遺産)을 나누라고 이들을 저주한다. 따라서 형제 간의 불화는 아버지의 저주의 직접적인 결과이다. 그러나 소포클레스의 이 드라마에서는 형제 간의 불화가 아버지의 저주와는 직접적인 관계가 없고, 어떤 신의 사주와 그들 자신의 사악한 생각에서 비롯되며, 오이디푸스가 두 아들을 저주 하는 것도 형제 간의 불화 때문이 아니라 그들이 이기적 야심의 포로 가 되어 아버지를 복권할 수 있는 기회를 이용하려 하지 않았기 때문 이다.

소포클레스의 이러한 변형에는 극적 효과를 높이는 두 가지 이점 이 있다. 첫째, 두 아들은 더 이상 운명의 수동적인 제물이 아니라는 점이다. 그들은 스스로 도덕적인 과오를 저질렀고 따라서 아버지의 노여움을 사는 것은 당연한 일이다. 둘째, 두 형제가 결투하기 직전 폴뤼네이케스가 오이디푸스에게 도움을 호소할 때 이 위험한 고비에서 아들들을 칠 수 있는 무기가 아직도 눈먼 걸인인 아버지의 수중에 있다는 것은 그만큼 극적 긴장을 높여준다.

이 드라마가 3명의 배우로 공연될 수 있느냐 아니면 제4의 배우를 필요로 하느냐 하는 문제에 관해서는 아직도 의견이 엇갈리고 있다.

9. 사튀로스 극 『추적자들』

새로 발견된 소포클레스의 파피루스들 가운데 여기서는 보존 상태가 양호한 『추적자들』만 소개하고자 한다. 비록 온전하지는 못해도 그 줄거리는 쉽게 짐작할 수 있기 때문이다.

사튀로스 극인 이 드라마는 호메로스의 『찬가』에서 볼 수 있듯, 아기 헤르메스 신이 태어나던 날 아폴론 신의 소 떼를 훔친 이야기를 소재로 하고 있다. 이 드라마의 프롤로고스에서 아폴론 신은 실레노스에게 도둑 맞은 소 떼를 찾아주면 후한 상을 내릴 것이며, 그의 아들들인 사튀로스들에게 모두 자유를 주겠다고 약속한다.

그래서 사튀로스들은 소 떼를 찾아 아르카디아(Arkadia)의 숲을 지나가며 온갖 비겁하고 음탕하고 뻔뻔스런 짓을 연출한다.

아기 헤르메스 신은 아폴론의 소 떼를 훔친 뒤 최초의 뤼라(lyra)를 만들었는데, 마침 헤르메스의 동굴 가까이 갔을 때 동굴 깊숙한 곳에서부터 들어보지 못한 이상한 소리가 들려오자 사튀로스들은 질겁하고 달아나려 한다.

이어서 그들이 헤르메스 신의 보모인 요정 퀼레네(Kyllene)와 문답을 주고받는 가운데 새 악기를 만드는 데 헤르메스 신이 소의 내장을 사용했다는 사실이 밝혀지자 사튀로스들은 드디어 소도둑을 잡았다고 소리친다. 그래서 퀼레네와 사튀로스들 사이에 옥신각신 언쟁이 벌어지게 되는데 여기서 이 파피루스는 중단된다.

그러나 이 드라마는 두 형제 신이 서로 화해하게 되어 아폴론은 새 악기를, 그리고 실레노스와 그의 아들들인 사튀로스들은 상을 받고 자유를 얻게 되는 것으로 끝맺는 것으로 짐작된다.

소포클레스의 비교적 초기 작품으로 생각되는 이 사튀로스 극의 우아하고 유쾌하고 소탈한 동화적 분위기는 오이디푸스 드라마 등을 통해 알려진 이 비극 작가의 진지하고도 엄숙한 상(像)을 훌륭히 보완해준다고 말해도 좋을 것이다.

제4장

에우리피데스

1. 생애

에우리피데스의 생애에 관해서는 알려진 것들이 많지 않은 편이고[1] 그나마 그에게 늘 적대적이던 희극 작가들의 작품에 나오는 악담에 가까운 일화[2]들에 근거하고 있어, 예부터 그 신빙성에 많은 의문이 제기되어왔다.

---

1) 에우리피데스의 생애에 관한 주요 출전들로는 a)소요학파 문법학자인 사튀로스(Satyros, 기원전 3세기 후반)가 쓴 『에우리피데스의 생애 *Bios Euripidou*』의 단편들과, b)여러 가지 필사본으로 전해지고 있는 『에우리피데스의 출신과 생애 *Genos Euripidou kai bios*』와, c)기원후 2세기 로마 작가인 겔리우스(Aulus Gellius)의 『앗티케의 밤들 *Noctes Atticae*』 XV 20.4과, d)10세기 비잔틴에서 발간된 일종의 백과사전인 『수다 사전』 등이 있다.

2) 에우리피데스에 대한 희극 작가 아리스토파네스의 비판은 『개구리』와 『테스모포리아 축제의 여인들 *Themophoriazouasi*』에서 주로, 그리고 『아카르나이 주민들』에서 가끔 볼 수 있는데, a)종교적 신념과 관련해서는 『개구리』 888f., b)불멸성과 관련해서는 『개구리』 771ff. 및 1079ff.와 『테스모포리아 축제의 여인들』 38ff., c)새로운 음악과 관련해서는 『개구리』 1298ff. 및 1331ff., d)여자의 성격과 관련해서는 『개구리』 1049ff.와 『테스모포리아 축제의 여인들』 389ff., e)약삭빠름과 관련해서는 『개구리』 775ff., 956ff. 및 1069ff., f)범속성 및 비영웅성과 관련해서는 『개구리』 959ff., 1013ff. 및 1064행과 『아카르나이 주민들』 410ff. 참조.

오늘날과 같은 역법(曆法) 체계가 갖추어지지 않아 역사적으로 중요한 사건들을 동시에 발생한 것으로 기술하려는 경향이 강했던 고대 그리스인들은 3대 비극 작가들을 기원전 480년의 살라미스 해전과 관련지어, 아이스퀼로스는 전사로서 몸소 이 전쟁에 참가했고, 소포클레스는 소년 합창단의 선창자로서 신들에게 이 전투에서의 승리를 감사드리는 찬신가를 주도했으며, 에우리피데스는 전투가 있던 바로 그날 세상에 태어났다는 일화를 남기고 있는데, 이러한 일화는 액면 그대로는 받아들일 수 없다 하더라도 이들 세 비극 작가들의 작품 세계와 그들이 속했던 세대들의 세계관을 이해하는 데 상징적인 의미를 갖는 것으로 볼 수 있을 것이다.

　　이 기적 같은 승리를 현장에서 몸소 체험했던 아이스퀼로스는 그것을 페르시아인들의 오만에 대한 신들의 응징으로 보고 평생 동안 신들의 위대한 힘과 오묘한 섭리에 관하여 사색했고, 소포클레스는 인간의 운명과 한계에 대한 심오한 인식에도 불구하고 이 전투에서의 승리와 더불어 시작되는 아테나이의 전성기를 맞아 시인이자 고위 공직자로서 시대와 호흡을 같이하며 마음껏 자아 실현을 할 수 있는 행복을 누렸다면, 전세대로부터 이 승리에 관하여 전해 들었을 뿐인 에우리피데스는 아테나이의 제국주의 정책으로 폴리스의 질서가 위기를 맞게 된데다가 아테나이에 몰려들기 시작한 소피스트들의 회의주의와 상대주의의 영향을 받아 전통적 가치에 대하여 비판적 수용의 자세를 취했던 것이다.

　　두 선배 시인들과는 달리 에우리피데스는 또한 어떤 공직에도 취임하지 않았다. 물론 조국 아테나이에 대한 그의 사랑은 진지한 것이었지만 전혀 문제가 없었던 것은 아니었다. 무엇보다도 그의 작품들이 이를 가장 잘 입증해주고 있다. 그의 생애가 두 선배 시인들에 비해 덜 알려져 있고 그가 그들만큼 인기를 얻지 못한 것도 필경 아테나이의 제국주의 정책과 전통적 가치에 대한 그의 비판적 태도와 비사교적이고 무뚝뚝했던 성격과 무관하지 않았을 것이다.

에우리피데스는 "만물의 척도는 인간이다"라는 선언으로 유명한 소피스트 프로타고라스(Protagoras)[3]와 같은 또래이고 기원전 497/496년에 태어난 소포클레스보다는 10년 연하이지만, 기원전 5세기 중엽에 시작된 격동의 시기에 10년은 결코 짧은 기간이 아니었다. 중요한 것은 소포클레스는 소피스트 철학에 의하여 유발된 당시의 정신적 혁명에 동요하지 않고 전통적 가치관을 견지했으나 에우리피데스는 그렇지 않았다는 것이다. 그렇다고 에우리피데스를 아낙사고라스(Anaxagoras)[4]와 프로디코스(Prodikos)[5]와 프로타고라스의 제자로 치부하는 것은 사실을 지나치게 단순화하는 것이다. 물론 그는 이들과 친분이 있었고 이들의 영향을 받은 것이 사실이지만 소피스트들의 제자 또는 선전원이라기보다는 어디까지나 독자적 사고를 견지하며 소피스트 철학과 부단한 씨름을 했다고 보는 편이 사실에 더 가까울 것이기 때문이다.

고대의 작가들 가운데 에우리피데스만큼 다층적이고 난해한 경우

---

3) 프로타고라스(기원전 485경~415년경)는 트라케(Thraike)의 압데라(Abdera) 출신으로 고르기아스(Gorgias)와 더불어 가장 유명한 소피스트이다. 그는 덕(arete)을 가르쳐주겠다며 큰 돈을 벌기도 하나 그의 미덕이란 공적 및 사적인 일들을 잘 처리함으로써 세속적으로 성공하는 것을 의미한다. 그는 또 절대 진리와 신들에 대해 회의적인 태도를 취한다.

4) 아낙사고라스(기원전 500년~428년)는 소아시아의 클라조메나이(Klazomenai) 출신의 철학자로 오랫동안 아테나이에 머물며 에우리피데스와 소포클레스에게도 영향을 주고 정치가 페리클레스와도 교분이 두터웠으나 불경죄로 고발되어 추방당한다. 그의 이론의 특징은 세계는 비인격적 이성(nous)에 의하여 이성의 원리에 따라 조종된다는 신념에 있다.

5) 프로디코스는 케오스(Keos) 섬 출신의 소피스트로 기원전 5세기 초에 아테나이에 와서, 유능한 인물이 되기 위해서는 무엇보다도 수사학(修辭學) 실력이 중요하다고 역설했다.

도 드물 것이다. 그는 전체적으로 볼 때 고전기(古典期)에 속하지만, 파르테논 신전이나 소포클레스의 원숙한 비극들이 보여주는 완결성과 자신감은 그의 작품들에 이르러 이미 해체되기 시작한 느낌을 준다. 그의 작품들에서는 격렬한 파토스(pathos)가 행동과는 거리가 먼 합리주의와 병존하고 있고, 잘 알려져 있지 않은 신(神)들에게 노래가 바쳐지는가 하면, 어디서나 문제 제기가 확실한 답변보다 더 큰 비중을 차지한다. 이러한 다양성을 고려할 때 에우리피데스의 작품들을 한마디로 설명하거나 평가한다는 것은 신중하지 못한 행동이며, 우리가 먼저 해야 할 일은 일단 내용적 · 형식적으로 유사한 것들끼리 분류해보는 것이다.

헬레니즘 시대와 로마의 제정 시대에는 살라미스에 있는 어떤 동굴을 이방인 관광객들에게 구경거리로 보여주곤 했는데, 그곳에서 에우리피데스는 사람들을 멀리한 채 바다를 바라보며 인생의 수수께끼에 관하여 명상했다고 한다. 이처럼 사람들을 멀리하고 게다가 작품 곳곳에서 소피스트들의 철학 사상을 드러냈던 까닭에 그는 당시 보수파들의 분노와 조롱의 주된 대상이 되었던 것으로 생각된다. 특히 희극에서 그러한 경향이 가장 두드러지게 나타나는데, 유감스런 것은 에우리피데스의 경우 그의 생애에 관한 얼마 안 되는 기록들이 희극들에 나오는 그에 관한 악담들을 무비판적으로 수용하고 있다는 점이다.

에우리피데스는 파로스 섬의 대리석 석판[6]에 따르면 기원전 485/484년 지주인 므네사르코스(Mnesarchos) 또는 므네시아르키데스(Mnesiarchides)와 그의 아내 클레이토(Kleitho) 사이에서 태어났다.

6) 파로스 섬의 대리석판에 관해서는 제1장 「그리스 비극의 시작」주 48) 참조.

이들은 앗티케의 플뤼아(Phlya) 구역 출신이지만 에우리피데스 자신은 살라미스에서 태어났다. 희극에서는 그의 아버지를 소매 상인으로, 어머니를 채소 장수로 비하하고 있지만[7] 정말 그랬다면 당시의 사회 경제적 상황에서 그가 어떻게 훌륭한 교육을 받을 수 있었겠는가! 므네사르코스는 아들이 시합에서 우승할 것이라는 신탁을 잘못 이해하고는 처음에 아들을 운동 선수로 키우려 했다고 한다. 일설에 따르면 에우리피데스는 화가가 되어 메가라(Megara)에 그의 그림들을 전시했는데, 그의 작품 곳곳에서 탁월한 회화적 감각을 엿볼 수 있다는 점에서 설득력이 있어 보이나 동명이인일 가능성도 배제할 수 없을 것이다. 그가 젊었을 때 아폴론 조스테리오스(Apollon Zosterios)[8]를 위한 축제에서 횃불을 들었다는 이야기는, 굳이 이런 종류의 거짓 이야기를 지어낼 이유가 없다는 점에서 상당히 신빙성이 있어 보인다.

그러나 그에 관한 가장 악의적인 악담은, 그가 처음에는 멜리토(Melito)와 나중에는 코이릴레(Choirile) 또는 코이리네(Choirine)와 결혼했으나 이들이 그의 집 안의 젊은 노예와 불륜의 관계를 맺은 까닭에 결국 여인들에 대하여 심한 증오심을 품게 되었다는 이야기일 것이다.

에우리피데스는 기원전 455년에 처음으로 코로스를 배정받았으나 우승하지는 못했다.[9] 그때 공연한 드라마들에는 『펠리아스의 딸들

---

7) 아리스토파네스의 『아카르나이 주민들』 457행, 『기사 *Hippes*』 19행 및 『테스모포리아 축제의 여인들』 456행 참조.

8) 조스테르(Zoster)는 앗티케의 휘멧토스(Hymettos) 산이 남서쪽의 사로니코스(Saronikos) 만 쪽으로 돌출한 갑(岬)으로, 그곳에 있는 아폴론 신전에 모셔놓은 신이 곧 아폴론 조스테리오스이다.

9) 당시의 공연 관행에 관해서는 제1장 「그리스 비극의 시작」 주 10) 참조.

Peliades』이 포함되어 있는데, 이것이 메데이아 이야기를 소재로 한 그의 최초의 드라마이다. 그로부터 14년 뒤인 기원전 441년 에우리피데스는 비극 경연에서 처음으로 우승했고, 그 뒤 3번 더 우승했다. 그의 사후에 그와 이름이 같은 아들 또는 조카가 그의 유작인『아울리스의 이피게네이아』와『박코스의 여신도들』이 포함된 4부작으로 우승한 것을 합하면 모두 5번 우승한 셈이지만, 아이스퀼로스가 13번, 소포클레스가 대디오뉘소스제에서만도 18번 우승한 것과 비교하면 당시 아테나이인들이 그에게 얼마나 불공평했는지 짐작이 간다. 게다가 그의 작품들은 그가 쓴 것이 아니라는『레소스 *Rhesos*』를 제외하고도 비극 17편과 사튀로스 극 1편이 남아 있는데, 두 선배 시인들의 경우 각각 7편의 비극만이 남아 있다는 점을 고려해도 이를 알 수 있다. 에우리피데스는 모두 22번 경연에 참가했고 그가 쓴 작품은 모두 92편 또는 75편이라고 하는데, 75라는 숫자는 헬레니즘 시대에 남아 있던 작품 수를 가리키는 것으로 생각된다.

에우리피데스는 드라마 외에도 알키비아데스(Alkibiades)가 기원전 416년(?) 올륌피아(Olympia)의 전차 경주에서 우승했을 때 승리의 송시(epinikion)를 지었다고 하나, 플루타르코스(Ploutarchos)의『데모스테네스전(Demosthenes傳)』에 그 송시는 다른 사람이 지은 것이라는 말이 나오는데 성격적으로도 두 사람의 교분은 개연성이 적어 보인다. 그러나 반전극(反戰劇)인『트로이아의 여인들』을 통하여 전쟁의 참상과 무의미함을 강력히 경고했던 에우리피데스에게 기원전 431년 아테나이인들이 시켈리아의 쉬라쿠사이(Syrakousai)에서 전사한 원정대를 위하여 만가를 짓게 했다는 이야기는 신빙성이 있어 보인다.

아이스퀼로스와 마찬가지로 에우리피데스도 객사(客死)했는데, 그는 기원전 408년 아테나이에서『오레스테스』공연을 마치고 펠라

(Pella)에 있던 마케도니아 왕 아르켈라오스(Archelaos)의 궁전을 찾아 간다. 명예욕이 강한 아르켈라오스는 아직도 야만적인 자신의 궁전에 유명 인사들을 많이 초빙했는데, 그 중에는 비극 시인 아가톤 (Agathon)과 새로운 작곡 기법으로 에우리피데스에게 많은 영향을 준 디튀람보스[10] 시인 티모테오스(Timotheos)와 화가 제욱시스(Zeuxis) 도 포함되어 있었다.

일화에 따르면 에우리피데스는 왕이 기르는 몰로시아(Molossia) 산(産) 개 떼에게 찢겨 죽었는데 왕이 그를 펠라에 묻어주게 했다고 한 다. 나중에 아테나이인들도 아테나이에서 페이라이에우스(Peiraieus) 항으로 가는 도로변에 그를 위한 기념비를 세웠는데 둘 다 나중에 벼 락을 맞았다고 한다. 이런 일화들은 그를 불경한 자로 몰려는 자들이 지어낸 이야기라고 생각된다.

기원전 406년/5년 초에 에우리피데스가 죽었다는 소식이 아테나 이에 전해지자 소포클레스는 대디오뉘소스제에서 경연이 시작되기 하 루 또는 이틀 전에 시인들과 배우들과 코로스들과 코로스의 의상 및 훈련 비용을 부담하는 부유한 시민인 코레고스들을 미리 선보이는 행 사인 프로아곤(proagon)에서 자신은 상복(喪服)을 입고 코로스와 배우 들은 관을 쓰지 못하게 했다고 한다. 이때 아테나이인들도 큰 충격을 받았다고 한다. 그 후에(기원전 405년?) 마케도니아에서 썼던 그의 유작에 우승이 주어졌는데, 이는 그를 추모하는 뜻도 없지 않았겠지만 그의 걸작들이 앞으로 정당한 평가를 받게 될 것이라는 신호탄으로 볼 수 있을 것이다.

에우리피데스의 현존하는 18편의 드라마들의 최초 공연 연대에

---

10) 디튀람보스에 관해서는 제1장 「그리스 비극의 시작」 주 3) 참조.

관해서는 전해지고 있는 공연 연대가 가장 확실한 정보를 제공해주고 있다. 『알케스티스』는 기원전 438년에, 『메데이아』는 기원전 431년에, 『힙폴뤼토스』는 기원전 428년에, 『트로이아의 여인들』은 기원전 415년에, 『헬레네』는 기원전 412년에, 『오레스테스』는 기원전 408년에, 그리고 『아울리스의 이피게네이아』와 『박코스의 여신도들』은 그의 사후에 공연된 것으로 알려져 있다. 그 밖의 다른 드라마들에 있어서는 당시에 일어났던 사건과의 관련이나 문체와 운율에 대한 고찰도 연대를 밝히는 데 중요한 단서를 제공하고 있으나, 이 경우 지나친 확대 해석이나 통계에 대한 맹신은 금물이다.

2. 『알케스티스』

에우리피데스의 현존하는 드라마들 중에서는 기원전 438년의 경연에서 2등을 한 『알케스티스』가 맨 먼저 쓰여진 것으로 알려져 있다. 그 '기초 지식'[11]에서 『알케스티스』는 4부작의 마지막 작품이라고 하는데, 그것은 사튀로스 극이 차지하는 자리이다. 에우리피데스는 모두 22번의 경연에 참가했다고 하나 그의 사튀로스 극은 현존하는 유일한 사튀로스 극인 『퀴클롭스』를 포함하여 7~8편만이 제목은 알려져 있는 점으로 미루어 그가 행복한 결말의 비극으로 사튀로스 극을 대치한 것은 『알케스티스』가 유일한 경우는 아닌 것으로 생각된다. 이 드라마의 줄거리는 다음과 같다.

아폴론은 자기 아들 아스클레피오스(Asklepios)를 벼락으로 죽인 제

---

11) '기초 지식'에 관해서는 제3장 「소포클레스」 주 14) 참조.

우스에 화가 나서 번개를 만들어주던 퀴클롭스(Kyklops)들을 죽인 까닭에 죄를 정화하기 위하여 텟살리아(Thessalia)의 아드메토스(Admetos) 왕의 집에서 가축 떼를 돌보며 종살이를 하게 된다. 그는 왕의 호의에 보답하고자, 아드메토스가 죽게 되었을 때 다른 사람이 대신 죽는다는 조건하에 운명의 여신들이 그의 죽음을 포기하게 만든다. 그의 노부모들은 거절하지만 아내 알케스티스는 대신 죽기를 자청한다. 그리하여 알케스티스가 아이를 둘이나 낳고 행복한 결혼 생활을 하다가 아쉽게도 세상을 떠나게 되었을 때, 마침 새로운 모험을 찾아 그곳을 지나던 헤라클레스가 아드메토스의 따뜻한 배려에 감동한 나머지 그녀를 데리러 온 죽음의 신 타나토스(Thanatos)와 싸워 이겨 그녀를 남편에게 돌려준다.

『알케스티스』에서도 이미 에우리피데스 비극의 특징들이 뚜렷이 나타나 있다. 그의 드라마에서 신들은 이미 아이스퀼로스나 소포클레스의 비극들에 나오는 신들이 아니며, 인간들은 스스로 알아서 행동하되 모든 결과에 대하여 스스로 책임져야 하는 것이다. 그렇다면 에우리피데스의 드라마들에 나오는 인간들을 이해하기 위해서는 어떤 관점에서 접근해야 할 것인가? 이에 관해서는 심리적 또는 성격적 측면에서 접근해야 한다는 주장과 개성 또는 성격은 플롯의 한 가지 기능에 불과한 만큼 행위에 우위를 두어야 한다는 주장이 엇갈리고 있다. 그 중 어느 것도 지나친 것은 바람직하지 않지만, 에우리피데스가 인간을 형상화함에 있어 개성이란 의미의 성격보다는 증오와 사랑, 고통과 환희에 대한 인간의 보편적인 반응 방식들에 더 큰 비중을 두었던 것은 사실이다. 이 분야에서 그는 대가였다. 그러나 무대를 위하여 인간의 내면 세계를 열어젖혔다는 점에서 그의 드라마의 심리적 측면을 강조하는 것도 부당하다고는 할 수 없을 것이다.

『알케스티스』에서 가장 이해하기 어려운 것은 아드메토스라는 인물일 것이다. 아드메토스는 나중에 헤라클레스가 베일에 가려진 알케스티스를 데리고 와서 이 낯선 여인을 집 안으로 받아들이라고 부탁했을 때 죽은 아내에 대한 신의 때문에 처음에 이를 거절하고, 또 알케스티스를 저승으로 보낸 뒤 그녀의 무덤에서 집으로 돌아와서는 자신의 행동이 무엇을 의미하는지 어느 정도 깨닫게 되지만, 자기 대신 죽기를 거절한다고 해서 아버지에게 대드는가 하면 결국 자기 대신 아내를 죽게 하는 그의 태도에 대하여 만족스런 설명을 한다는 것은 사실상 불가능하기 때문이다.

『알케스티스』와 함께 공연된 비극 3부작은 『크레테의 여인들 Kretes』과 『프소피스의 알크마이온 Alkmeon ho dia Psophidos』과 『텔레포스 Telephos』인데 셋 다 현재 남아 있지 않다. 그 중 주인공의 비영웅적 의복 때문에 아리스토파네스의 비판을 받았던 『텔레포스』의 줄거리만 소개하기로 한다.

소아시아의 뮈시아(Mysia) 왕 텔레포스는 그리스 함대가 트로이아로 간다는 것이 길을 잘못 들어 뮈시아에 상륙했을 때 그리스 군을 격퇴했으나 아킬레우스의 창에 부상당한다. 부상당한 자리가 낫지 않자 그는 부상을 입힌 자가 치료해줄 것이라는 신탁에 따라 그 동안 그리스의 아르고스에 재집결한 그리스 함대를 찾아가서 치료해주기를 간청한다. 그러나 부상을 입힌 자가 아킬레우스 자신이 아니라 그의 창임이 밝혀져 창에 슨 녹으로 치료 받게 되고, 그는 그 보답으로 그리스 군에게 트로이아로 가는 길을 가르쳐준다.

이 드라마에서 텔레포스는 거지로 변장하고 나타나 아가멤논의 어린 아들 오레스테스를 인질로 잡고 위협하는데, 왕이 누더기를 걸치고 무대에 나타나는 장면은 당시로서는 상상조차 할 수 없는 일로, 이로 인하여 에우리피데스는 아리스토파네스에게 두고두고 조롱거리가 되었던 것이다.

3. 『메데이아』

기원전 431년 에우리피데스는 후세 문학에 큰 영향을 준 걸작 드라마의 하나로 평가받고 있는 『메데이아』로 경연에서 꼴찌인 3등을 했다. 그는 이 드라마에서 옛 소재를 새롭게 형상화한 것으로 생각된다. 코린토스에는 메데이아의 아이들 무덤이 있었다고 하며, 일설에 따르면 그녀는 자신의 아이들을 불사의 존재로 만들려다가 실수하여 죽이게 되었다고 한다. 그러나 이 드라마에서는 메데이아가 남편 이아손(Iason)의 배신에 격분하여 그들 사이에서 태어난 제 자식을 손수 죽이는 것으로 되어 있다. 이때 에우리피데스는 남편 테레우스(Tereus)가 처제 필로멜레(Philomele)를 범한 것에 격분하여 둘 사이에서 태어난 자기 아들 이튀스(Itys)를 손수 죽인 프로크네(Prokne)의 이야기를 모델로 삼았을 것으로 생각된다. 에우리피데스가 네오프론(Neophron)의 『메데이아』를 모방했다고 주장하는 이들도 있으나, 남아 있는 단편들을 면밀히 연구한 결과 오히려 그 반대라는 견해가 유력하다. 『메데이아』의 줄거리는 다음과 같다.

아이손(Aison)의 아들 이아손이 아버지를 내쫓고 대신 이올코스(Iolkos)의 왕이 된 숙부 펠리아스(Pelias)를 찾아가서 왕권을 돌려줄 것을 요구하자, 펠리아스는 황금 양모피를 찾아오면 요구를 들어주겠다고 한다. 그래서 이아손은 아르고(Argo, '쾌속선'이란 뜻)라는 배를 모은 뒤 많은 영웅들과 함께 흑해 동안(東岸)의 콜키스(Kolchis)로 가서 그곳의 공주인 메데이아의 도움으로 천신만고 끝에 원정의 목적을 달성하고 귀향한다. 돌아오는 길에 두 사람은 결혼한다. 그러나 이올코스로 돌아와서 황금 양모피를 바쳐도 펠리아스가 왕권을 돌려주지 않자, 메데이아가 펠리아스의 딸들이 보는 앞에서 늙은 숫양 한 마리를 토막내어 마법의 약초를 넣고 삶아서 도로 젊게 만든 뒤 그들의 아버지도 그렇게 만들어주겠다고 설득한다. 그래서 그들이 아버지를 토막내어 삶자 마법의 약초를 주지 않아 그를 죽게 만든다. 그 뒤 이아손과 메데이아는 이올코스에서 추방되어 코린토스로 도망가서는 두 아이까지 낳고 여러 해 동안 행복하게 산다. 이상이 드라마가 시작되기 전의 상황이다.

이아손이 가난과 추방 생활에 지쳐 코린토스의 크레온 왕의 딸 크레우사(Kreousa)와 결혼하려 하자 메데이아는 남편의 배신에 큰 충격을 받고 복수하기로 결심한다. 크레온이 나타나 새로 결혼할 두 사람의 안전을 위하여 그녀를 추방하려 하자 그녀는 추방을 하루만 연기해 달라고 간청하여 승낙을 얻게 되는데 이것이 화근이 된다. 이어서 그녀와 이아손 사이에 격렬한 논쟁(agon)이 벌어지고, 이아손은 자신의 선택이 모두를 위한 최선의 선택이라고 궤변을 늘어놓는다. 이어서 아테나이 왕 아이게우스(Aigeus)가 델포이로 신탁을 들으러 갔다가 돌아가는 길에 코린토스를 방문하게 되는데, 이 부분은 그 삽화적 성격 때문에 비난받곤 했으나, 메데이아에게 피난처를 제공하겠다는 아이게우스의 약속은 다음의 사건 진행을 뒷받침해준다는 점에서 어느 정도 필요하다고 할 수 있을 것이다. 이제 뒤가 든든해진 메데이아는 이아손과 화해하는 척하고는 두 아들을 시켜 크레우사 공주에게 화려한 의상을 갖다 바치게 한다. 잠시 뒤에 아이들이 돌아오자 메데이아는 죽음의 선물을 전달해준 아이들이 살아남을 길이 없음을 알고는 당초 계획했던 대로 제 자식들을 제 손으로 죽인다. 이어서 사자가 등장하여 크레우사는 그 옷을 입는 순간 화염에 싸여 고통스럽게 죽고 크레온도 딸을 구하려다가 같은 운명이 되었다고 보고한다. 이아손이 아이들을 코린토스인들의 보복에서 구하고자 달려오나, 메데이아는 자신의 할 아버지인 태양신 헬리오스(Helios)가 보내준 용(龍)이 끄는 수레를 타고는 그를 실컷 조롱하고 나서 떠나가며, 아이들은 코린토스의 아크로 폴리스에 있는 헤라 아크라이아(Hera Akraia)의 신전에 묻혀 그들이 앞으로 그곳에서 경배받게 해줄 것이라고 말한다. 그리하여 에우리피데 스는 여기서 당시 코린토스에서 실제로 행해지던 메데이아의 아이들을 위한 제례 의식의 내력을 밝히고 있는 것이다.

『힙폴뤼토스』를 제외하고는 어떤 다른 그리스 비극에서도 이 드라마에서만큼 인간 내면의 힘들이 강력한 동인(動因)이 된 경우는 없다. 또한 에우리피데스가 인간 내면의 대립적인 힘들을 이 드라마에서 처럼 독백을 통하여 보여준 경우도 없을 것이다. 가끔 코로스에게 말을 건네기는 하지만 자신의 생각과 고뇌를 전달하는 것이 아니라 은연 중에 드러낸다는 점에서 독백적 성격을 지니는 세 부분의 변설(辯說) 들[12] (364ff., 1021ff., 1236ff.)이 가장 좋은 예이다. 이 가운데 중간 것 은 그리스 비극사상 유례가 없을 정도로 격동적이다. 메데이아의 마음 속에서는 사나운 복수심, 자식들에 대한 애정, 궁전의 파국에 대한 확신, 그로 인한 결과들에 대한 상념들이 교차한다. 결국 아이들은 어떤 경우에도 구원받을 가망이 없다는 인식이 우위를 점하게 되지만, 메데이아는 결론 부분에서 인간을 움직이는 대립적인 두 힘은 격정 (thymos)과 숙고(bouleumata)이며, 이 가운데 격정이 숙고보다 우세해

---

12) 변설에 관해서는 제1장 「그리스 비극의 시작」 주 46) 참조.

지면 그것이 곧 인간에게 재앙의 원인이 된다고 말하고 있다.

그 밖에 메데이아가 아이들을 위하여 눈물을 흘리면서도 결국은 그들을 죽이는 것은 성격의 일관성이란 측면에서 바람직하지 않다는 지적이 있어왔으나, 그것은 인간의 내면 세계가 얼마나 포용력이 있는지 모르고 하는 말이다. 사랑과 미움이나 온유와 포학 같은 상반된 감정들도 인간의 내면 세계에서는 얼마든지 공존할 수 있는 것이며, 무엇보다도 이 드라마가 후세에 어느 작품 못지않게 큰 영향을 주었다는 사실이 이를 가장 잘 입증해주고 있는 것이다.

4. 『힙폴뤼토스』

기원전 428년에 공연된 『힙폴뤼토스』에서는 파이드라(Phaidra)가 연정을 이기지 못하여 자신의 비밀을 털어놓는 장면(373ff.)에 이어 인간들이 죄를 짓게 되는 과정에 대하여 차분하게 고찰하는 장면이 나온다. 여기서 파이드라는 인간은 지혜가 모자라서가 아니라 대부분의 경우 올바른 것을 알면서도 나쁜 욕망의 유혹을 이기지 못하여 죄를 짓게 된다고 말하고 있다. 파이드라가 말하고 있는 격정과 지혜는 메데이아의 대(大)독백에서 인간의 운명을 규정하는 대립적인 힘들로 일컬어지고 있는 격정과 숙고를 연상케 한다. 실제로 『힙폴뤼토스』는 시기적으로도 『메데이아』와 가까울 뿐만 아니라, 이 두 작품은 비극적 갈등이 인간의 격정이라는 원초적 힘들에서 비롯된다는 것을 보여주는 에우리피데스의 창작 활동의 한 시기를 대표하는 작품들이기도 하다.

크레테(Krete) 왕 미노스(Minos)의 딸로 아테나이 왕 테세우스의 아내가 된 파이드라가 전처 소생의 의붓아들 힙폴뤼토스에 대한 격렬한 연정에 사로잡혀 자기 자신과 그 의붓아들을 파멸케 한다는 이야기를 에우리피데스는 몇 년 전에도 아테나이의 무대에 올린 적이 있었다. 이 지난번 드라마는 파이드라가 서슴없이 애정을 고백하자 의붓아들이 깜짝 놀라 얼굴을 가리게 된다 하여 『얼굴을 가린 힙폴뤼토스 *Hippolytos Kalyptomenos*』라는 이름을 갖게 되었는데, 이 드라마에 관해서는 세네카(Seneca)의 『파이드라 *Phaedra*』 등을 통하여 상상할 수 있을 뿐이다. 무대 위에서의 이런 급진적 태도는 아테나이인들을 놀라게 하고 분노케 했다고 한다. 그러나 『화관을 쓴 힙폴뤼토스 *Hippolytos Stephanephoros*』(또는 *Stephanias*)라고 불리는 두 번째 『힙폴뤼토스』는 에우리피데스에게 우승의 영광을 안겨주었다.

이 두 드라마의 차이는 파이드라라는 인물의 형상화의 차이라고 말할 수 있다. 두 번째 드라마에서 파이드라는 사랑밖에 모르는 음탕한 여인이 아니라 죽는 한이 있더라도 불륜의 사랑을 마음속에 감추는 고귀한 부인으로 나온다. 이로 인하여 두 번째 드라마는 두 주인공의 대립과 원초적 생명력이라는 측면에서는 잃은 바도 없지 않으나, 마음속의 악령과의 싸움에 져서 패가망신하는 고귀한 부인과 순결한 젊은이를 대립시킴으로써 그 비극적 내용은 깊이와 의미를 더하게 되었다. 이 드라마의 줄거리는 다음과 같다.

사랑의 여신 아프로디테의 프롤로고스와 코로스의 등장가가 끝나고 나면 상사병에 걸려 다 죽게 된 파이드라가 등장하여 염려해주는 유모에게 자신의 비밀을 털어놓는다. 유모는 처음에는 깜짝 놀라지만 곧 중매를 서겠다고 나선다. 이러한 호의가 화근이 된다. 힙폴뤼토스가 경악하고 분노하며 혐오스럽다고 소리지르자 엿듣고 있던 파이드라는 만사가 글러졌음을 알고 처음에 생각했던 대로 죽음의 길을 택하기로 결심한다. 그러나 그녀는 힙폴뤼토스가 자기를 유혹하려 했다는 유서를 남김으로써 그도 함께 파멸 속으로 끌어들이는데, 이것은 두 번째 『힙폴뤼토스』에서는 그녀의 성격 탓이라기보다는 퇴박맞은 여인의 상처 입은 자존심과 자신감에 넘치는 상대방에 대한 증오심에서 비롯된 행위이다. 파이드라가 명예 때문에 자살하면서 복수심에서 남을 모함하는 유서를 남긴다는 것은 성격의 일관성이란 측면에서 문제가 있지 않느냐고 이의를 제기할 수 있겠으나, 앞서 메데이아의 예를 통하여 말했듯이 인간의 마음은 그보다 훨씬 더 상반된 감정들도 능히 포용할 수 있는 것이다. 여행에서 돌아온 테세우스는 파이드라가 유서를 남기고 죽은 것을 발견하고는 이어지는 논쟁에서 아들이 무슨 말을 해도 믿으려 하지 않는다. 그러나 아들은 절대로 비밀을 누설하지 않겠다고 유모에게 이미 맹세한 까닭에 사실을 적나라하게 폭로하지 못한다. 그러자 테세우스는 소원을 들어주겠다고 약속한 포세이돈(Poseidon) 신을 부르며 아들에게 파멸을 내려주기를 간청하고 아들을 트로이젠(Troizen)에서 추방한다. 이어서 사자가 등장하여 포세이돈이 바다에서 보낸 거대한 황소가 힙폴뤼토스의 말들을 놀라게 하여 마차가 전복되는 바람에 힙폴뤼토스가 고삐에 감겨 비명횡사했다고 보고한다. 힙폴뤼토스가 죽어가며 무대 위로 운반되자 순결과 사냥의 여신 아르테미스가 나타나 더없이 상냥한 말로 순결한 젊은이와 작별 인사를 하고 나서 테세우스에게 진실을 밝히고는, 앞으로 트로이젠 처녀들은 결혼식을 올리기 전에 힙폴뤼토스에게 머리털을 잘라 바치며 두고두고 그의 고통을 애도하게 될 것이라고 말한다. 그리하여 에우리피데스는 여기서도 당시 트로이젠에서 행하여지던 힙폴뤼토스 숭배의 내력을 밝히고 있는 것이다.

방금 말한 종결부와 아프로디테의 프롤로고스에는 이 드라마의 갈등 전체를 지위와 명예를 둘러싼 두 여신 사이의 다툼처럼 보이게 하는 대목들이 있는데, 전적으로 인간들에 의하여 전개되는 이 드라마에서 그러한 현상은 어떻게 설명될 수 있을 것인가? 에우리피데스는 그러한 신들이 실제로 존재한다고 믿지 않았으며, 신들이 등장하는 장면들도 아이스퀼로스의 『오레스테이아』에서 신들이 등장하는 장면들이나 소포클레스의 『아이아스』의 첫머리에서 아테네 여신이 등장하는 장면과는 판이하다. 하지만 이러한 신들의 모습에서 전통 신앙에 대한 에우리피데스의 항의와 거부의 몸짓만을 보려고 하는 극단적인 해석은 바람직하지 않다고 생각된다. 이 문제도 에우리피데스의 모든 문제들이 그러하듯 한마디로 딱 잘라 말하기는 어렵겠지만, 『힙폴뤼토스』의 경우 아프로디테와 아르테미스는 민중 신앙에서 취한 상징으로서 이 드라마를 움직이는 원초적인 힘들을 빨리 직접적으로 이해시키는 데 기여했을 것이며, 그 점도 이 드라마가 성공할 수 있었던 이유 중 하나가 아닌가 생각된다.

에우리피데스는 두 편의 『힙폴뤼토스』 외에도 『스테네보이아 *Stheneboia*』, 『포이닉스 *Phoinix*』, 『멜레아그로스 *Meleagros*』, 『아이올로스 *Aiolos*』, 『크뤼십포스 *Chrysippos*』 등에서 포티파르(Potiphar)[13] 모티프를 형상화했을 것으로 생각되지만 이 드라마들은 현재 남아 있지 않다.

5. 『헤카베』

이번에는 『헤카베』에 관하여 살펴볼 것인데, 그것은 이 드라마가

---

13) 포티파르는 『구약성서』 창세기에 나오는 고대 이집트의 고급 관리로서, 그의 아내는 형제들에 의해 이집트에 노예로 팔려 온 야곱의 아들 요셉을 유혹하려다 거절당하자 오히려 요셉이 자기를 유혹했다고 모함하여 그를 감옥에 가게 한다.

내용에 있어 앞서 살펴본 격정의 비극들과 일맥상통하기 때문이다. 『헤카베』의 줄거리는 다음과 같다.

트로이아가 그리스 군에게 함락된 뒤 트로이아의 여인들은 승리자에게 전리품으로 배당된다. 그러나 역풍으로 인하여 그리스 함대의 출발이 지연된다. 그때 그리스의 영웅 아킬레우스의 혼백이 나타나 트로이아 왕 프리아모스(Priamos)와 왕비 헤카베의 딸인 폴뤽세네(Polyxene)를 자기에게 제물로 바칠 것을 요구한다. 그래서 오뒷세우스가 그녀를 데리러 온다. 그가 첩자로 트로이아의 도성 안에 들어가서 헬레네에게 발각되었을 때 자신의 도움으로 목숨을 건졌던 일을 상기시키며 헤카베가 아무리 딸을 살려달라고 간청해도 그는 요지부동이다. 그러나 폴뤽세네 자신은 노예 생활보다는 차라리 죽음을 택하겠다며 흔쾌히 죽음을 받아들인다. 딸의 장례 준비를 하고 있는 동안 헤카베는 또 다른 슬픔을 당하게 된다. 그녀의 막내 아들 폴뤼도로스(Polydoros)는 안전 때문에 프리아모스의 보물 일부와 함께 트라케(Thraike)의 케르소네소스(Chersonesos) 반도를 통치하던 폴뤼메스토르(Polymestor) 왕에게 보내졌는데, 트로이아가 함락되자 폴뤼메스토르가 보물을 차지하려고 어린 폴뤼도로스를 죽여 바다에 던져버렸던 것이다. 그리하여 헤카베가 딸의 시신을 씻을 물을 떠오도록 하녀들을 내보낸 바로 그곳에 폴뤼도로스의 시신이 떠내려오자 그녀는 그리스 군의 총사령관인 아가멤논에게 복수해줄 것을 호소한다. 그러나 아가멤논은 그녀의 처지를 동정하면서도 어느 한 쪽을 편들 수 없다며 소극적 자세를 보이자 손수 복수하기로 결심한다. 그녀가 트로이아의 황금을 묻어둔 은밀한 장소를 알려주겠다며 폴뤼메스토르와 그의 두 아들을 자신의 천막으로 유인하자, 그곳에 미리 모여 있던 트로이아의 여인들이 그의 두 아들을 죽이고 그의 두 눈을 빼버린다. 항해 도중 아가멤논이 폴뤼메스토르에게 외딴 섬에 내릴 것을 명령하자, 그는 헤카베는 바다로 뛰어들다가 암캐로 변신하며 케르소네소스 반도의 동안(東岸)에 있는 퀴노스세마(Kynossema, '개의 무덤'이란 뜻)에 묻히게 될 것이며, 아가멤논은 귀향하여 아내의 손에 죽게 될 것이라고 예언한다.

이 드라마가 폴뤽세네의 비극과 폴뤼도로스의 비극이라는 두 부분으로 이루어져 있다는 것은 부인할 수 없는 사실이지만, 에우리피데스는 두 부분을 하나로 결합하는 데 성공했다고 말할 수 있을 것이다. 아킬레우스의 혼백이 나타나고 폴뤽세네가 희생당하는 곳은 트로아스(Troias) 지방에 있는 아킬레우스의 무덤 가이고, 폴뤼도로스의 비극은 바다 건너 트라케의 케르소네소스 반도에서 진행되는데도 그것이 부자연스럽다는 느낌이 들지 않기 때문이다.

에우리피데스는 두 부분을 결합하기 위하여 신중하고 능숙하게 꺾쇠들을 사용하고 있다. 먼저 프롤로고스에서 폴뤼도로스의 혼백이 꿈에 나타나 자신의 죽음과 폴뤽세네의 희생을 알려주는가 하면, 전반부에서의 막내 아들에 대한 불길한 예감이 후반부에서는 현실로 나타나는 것이다. 그러나 더 중요한 꺾쇠는 에우리피데스가 잘 계산된 점층법(漸層法)을 통하여 이 드라마에 내적 통일성을 부여하고 있다는 점이다. 고대의 전설에서 수난 받는 어머니의 대명사가 된 헤카베는 딸 폴뤽세네의 희생으로 큰 타격을 받지만 적들도 경탄해 마지않는 딸의 의연한 태도는 그녀에게 다소나마 위안이 된다. 그러나 하나밖에 남지 않은 아들 폴뤼도로스의 시신이 발견되자 그녀는 마지막 희망조차 사라졌음을 알고 완전히 절망감에 빠지게 된다. 그녀와 긴 고난의 길을 함께 걸어온 우리는 폴뤼도로스의 프롤로고스를 듣고는 무대 위에서 비틀거리던 이 고난에 찬 노파가 어째서 복수의 화신이 되는지 이해하게 되는 것이다.

『혜카베』는 『메데이아』나 『힙폴뤼토스』처럼 시종일관 인간의 내
적 힘들의 지배를 받는 것은 아니며 외적인 사건의 영향을 더 많이 받
는 편이지만, 그 종결부에서는 격정의 불꽃이 다른 두 작품 못지않게
세차게 타오른다고 할 수 있을 것이다.

　『혜카베』는 에우리피데스 드라마의 중요한 형식적 발전의 좋은
예가 될 수 있다. 포로가 된 트로이아의 여인들로 구성된 코로스는 곳
에 따라 두 삽화 사이에 짤막한 노래들만 부르는데, 이는 서정적 요소
들의 퇴조가 아니라 '배우의 노래'가 이전의 비극들에서보다 더 큰 비
중을 차지하는 것을 의미한다. 폴뤼도로스의 프롤로고스가 끝나고 나
면 헤카베의 비탄의 노래가 나오고, 여기에 코로스의 등장가가 이어진
다. 여기서 폴뤽세네의 운명이 예고되자 또다시 비탄의 노래가 나온
다. 이 노래는 처음에 헤카베 혼자서 부르다가 나중에는 폴뤽세네와
번갈아 부르는데, 이어지는 폴뤽세네의 독창으로 이 방대한 규모의 서
정적 서두부는 비로소 종결된다.

6. 『안드로마케』

　『안드로마케』의 최초 공연 연대는 정확히는 알 수 없으나 기원전
420년대 중반으로 추정된다. 445행에 대한 고주석(古註釋, scholia)[14]에
따르면 이 드라마는 펠로폰네소스 전쟁 초기에 쓰여졌으며 아테나이

---

14) 고주석(scholia, 단수는 scholion)은 고전 텍스트들의 난해한 부분들에 대한 고대 학자들의
　주석으로, 필사본들의 난외(欄外)에 쓰여졌으며 필사본들과 함께 필사되곤 했다. 이전의
　큰 주석들을 요약하거나 전공 논문에서 발췌한 것으로 생각되는 이들 고주석들은 고대에
　관하여 달리 구할 수 없는 귀중한 정보를 제공해주기도 한다. 호메로스, 헤시오도스, 핀다
　로스, 아리스토파네스 및 비극 작가들에 대한 고주석은 특히 큰 도움이 되고 있다.

에서 공연되지 않았다고 하는데, 공연 자료집[15]에 이 드라마의 제목이 없는 것으로 보아 사실인 듯하다. 이 드라마는 고대 그리스인들도 걸작으로 평가하지는 않았던 것 같다. 현재 일부만이 남아 있는 '기초지식'에서 이 드라마는 이류(二流)로 평가되고 있기 때문이다. 『안드로마케』의 줄거리는 다음과 같다.

드라마가 시작되면 테티스(Thetis)의 신전에 피신해 있는 안드로마케의 모습이 나타나는데 그녀는 프롤로고스를 통하여 자신의 복잡한 과거를 말해준다. 헥토르의 아내였던 그녀는 트로이아가 함락된 뒤 아킬레우스의 아들 네오프톨레모스의 전리품이 되어 텟살리아에 있는 그의 고향으로 따라와서는 첩(妾)으로 살아가며 그에게 아들 몰로솟스(Molossos)를 낳아준다. 그 뒤 네오프톨레모스는 메넬라오스의 딸 헤르미오네(Hermione)와 정식으로 결혼하는데, 헤르미오네는 아이가 생기지 않자 이를 안드로마케 탓으로 돌린다.

네오프톨레모스가 전에 델포이에 가서 아버지 아킬레우스를 죽인 데 대하여 아폴론에게 감히 보상을 요구했던 일을 후회하고는 이를 사죄하기 위해 다시 델포이에 가고 없는 사이에 헤르미오네가 스파르테에서 아버지 메넬라오스를 불러들여 둘이서 힘을 모아 안드로마케 모자를 죽이려 한다. 그래서 안드로마케는 아들을 숨겨놓고 자신은 아킬레우스의 어머니인 바다의 여신 테티스의 신전으로 피신했던 것이다. 그러나 메넬라오스 부녀는 숨겨둔 아이를 찾아내어 죽이겠다고 위협하여 안드로마케를 신전에서 나오게 한다. 그들이 이들 모자를 죽이려는 순간 아킬레우스의 아버지 펠레우스(Peleus) 노인이 나타나 극적으로 이들을 구한다.

---

15) 공연 자료집에 관해서는 제1장 「그리스 비극의 시작」 주 51) 참조.

후반부에서는 아가멤논의 아들 오레스테스가 느닷없이 나타나 절망에 빠져 있던 종매(從妹) 헤르미오네를 데리고 도망친다. 메넬라오스는 트로이아에서 헤르미오네를 네오프톨레모스에게 주기로 약속하기 전에 오레스테스에게 아내로 주기로 이미 약속한 바 있었던 것이다. 그리고 오레스테스는 텟살리아로 오기 전에 네오프톨레모스는 신에게 불경한 짓을 했으니 죽여야 한다고 델포이인들을 부추겨놓았던 것이다. 이어서 사자가 등장하여 네오프톨레모스의 죽음을 알린다.

　　마지막으로 테티스가 나타나 사태를 수습하는데, 네오프톨레모스는 델포이인들에게 수치가 되도록 델포이에 묻힐 것이고, 안드로마케는 그리스의 서북부 에페이로스(Epeiros)에 있는 몰로시아(Molossia)인들의 나라에 가서 프리아모스의 아들 헬레노스(Helenos)와 결혼하게 되고, 그녀의 아들은 그곳 왕들의 선조가 될 것이며, 펠레우스는 불사신이 되어 자기와 함께 바다의 궁전에 살면서 도나우(Donau) 강의 하구 앞에 있는 레우케(Leuke, '흰 섬'이란 뜻) 섬에서 영웅으로서 살고 있는 아들 아킬레우스와 재회하게 될 것이라고 예언한다.

　　이 드라마는 두 부분으로 이루어져 있다. 전반부가 끝나자(765행) 등장했던 인물들이 모두 퇴장하고 세 번째 정립가 뒤에 새로운 프롤로고스가 시작되기 때문이다. 그러나 이 두 부분 모두 절망적 상황에서 제3자에게 구원받는 여인의 운명이 주제가 되고 있다. 이때 형식적인 유사성에도 불구하고 두 여인의 판이한 성격은 효과적인 대조를 이룬다.

　　이 드라마의 통일성에 관하여 더러는 네오프톨레모스를, 더러는 헤르미오네를, 또 더러는 안드로마케를 중심 인물로 간주함으로써 해답을 구하려 하지만 아직도 설득력 있는 해답은 제시되지 않았다.『안드로마케』에서『오이디푸스 왕』이나『메데이아』에서 볼 수 있는 것과 같은 통일성을 찾는다는 것은 애당초 무리한 시도라 할 것이다.

스파르테 왕 메넬라오스에 대한 안드로마케와 펠레우스의 비난에서 엿볼 수 있는 강력한 반(反)스파르테적 정서는 이 드라마가 쓰여졌다고 하는 펠로폰네소스 전쟁 초기의 아테나이인들의 반스파르테 감정과 무관한 것이라고 보기는 어려울 것이다.

그 밖에 형식적인 측면에서 주목할 만한 점은 이행연(二行聯, distichon)들로 된 안드로마케의 비가(103~116행)는 다양한 형식들이 사용되고 있는 앗티케의 비극에서도 유례가 없다는 것이다.

7. 『헤라클레스의 자녀들』

『헤라클레스의 자녀들』의 주요 모티프들은 아이스퀼로스의 동명 비극과 핀다로스의 퓌토 송시(頌詩)(9, 81)에 이미 나왔던 것들이다. 에우리피데스가 이 드라마를 쓴 것은, 옛날에 아테나이가 스파르테인들이 속한 도리스족(Dorieis)의 선조인 헤라클레스의 자녀들을 구해주었던 일을 상기시킴으로써 스파르테인들이 아테나이에 큰 신세를 지고 있다는 점과 아테나이는 늘 불의에 맞서 핍박 받는 자들을 기꺼이 보호해주었다는 점을 강조하기 위해서인 듯하다. 그러나 이 드라마가 갖는 보편성을 간과하고 오직 당시의 시대 상황과 결부하여 해석하려는 태도는 편파적이라고 생각된다.

이 드라마에서 에우뤼스테우스(Eurystheus)는 죽기 전에 자신의 무덤이 후일 헤라클레스의 자녀들의 후손들이 쳐들어올 때 앗티케를 지켜줄 것이라고 예언하고 있는데(1032ff.), 스파르테인들은 기원전 430년에 앗티케에 쳐들어왔을 때는 마라톤 근처의 테트라폴리스

(Tetrapolis)를 옛날에 헤라클레스의 자녀들을 보호해준 곳이라 해서 파괴하지 않았으나 기원전 427년에는 앗티케를 철저히 파괴했다. 그런 까닭에 기원전 427년 이후에는 관객들에게 그런 예언을 한다는 것이 실없는 짓이었다고 볼 때, 이 작품은 기원전 430과 427년 사이에 공연된 것으로 생각된다. 이 드라마의 줄거리는 다음과 같다.

이 드라마도 제단으로의 피신으로 시작된다. 헤라클레스의 사후 그의 자녀들은 그의 조카이자 전우였던, 그러나 지금은 노인이 된 이올라오스(Iolaos)와 함께 에우뤼스테우스의 끊임없는 추격을 피하여 온 그리스 땅을 쫓겨 다니다가 마침내 마라톤에 있는 제우스 신전의 제단으로 피신했다. 에우뤼스테우스는 헤라클레스에게 12위업을 시키며 온갖 핍박을 가한 터라 후환을 없애고자 그의 자녀들을 없앨 심산이었던 것이다. 에우뤼스테스의 전령이 등장하여 그들을 넘겨줄 것을 요구하나 테세우스의 아들로 아테나이의 왕이 된 데모폰(Demophon)이 양쪽 이야기를 다 듣고 나서 이를 거절하자 전쟁을 선포한다.

아테나이의 승리를 위해서는 고귀한 가문에서 태어난 소녀를 제물로 바쳐야 한다고 예언자들이 말하자 헤라클레스의 딸 마카리아(Makaria)가 흔쾌히 자신을 제물로 바친다. 에우뤼스테우스가 쳐들어 왔을 때 헤라클레스의 장남 휠로스(Hyllos)가 만일의 경우에 대비하여 다른 피난처를 알아보러 나갔다가 군대를 모아 가지고 와서 아테나이군과 합세하고 기적적으로 젊음을 되찾은 이올라오스도 가세하여 에우뤼스테우스를 생포한다.

그가 헤라클레스의 어머니 알크메네(Alkmene)에게 넘겨지자 그녀는 복수심에 불타 기어코 그를 죽이려 하고 주위에서 만류하자 그를 죽이되 시신은 아테나이인들에게 넘겨주겠다고 한다. 에우뤼스테우스는 이를 받아들이고 아테나이인들에게 감사하는 뜻에서 자신의 무덤이 앗티케를 지켜줄 것이라는 아폴론의 신탁을 말해준다.

이 드라마는 전시(戰時)에 공연된 만큼 포로의 문제가 무대 위에서 어떻게 처리되느냐 하는 것이 당시 많은 사람들의 관심사였을 것인데, 이 드라마에서는 이 문제와 관련하여 아테나이의 인도주의(人道主義)가 부각되어 있다고 말할 수 있다.

이 드라마는 여러 부분들로 이루어져 있음에도 권력과 정의의 대립이라는 모티프가 내적인 통일을 유지하고 있다. 그 과정에서 가장 인상적인 인물은 이올라오스와 마카리아인데, 이올라오스는 아르고스에서 편안히 살 수 있는데도 의리 때문에 헤라클레스의 자녀들과 함께 사서 고생을 하고 마지막에는 노구(老軀)를 이끌고 싸움터로 나갔으며 마카리아는 전체를 위하여 자기 한 몸을 흔쾌히 희생했던 것이다.

에우리피데스는 여인들을 나쁘게 묘사했다고 하여 비난받곤 했는데, 이처럼 흔쾌히 자신을 희생하는 소녀들인 마카리아와 폴뤽세네와 이피게네이아야말로 그러한 비방이 얼마나 편파적인지 행동으로 말해 주고 있다. 그러나 드라마의 종결부에서 알크메네가 보여주는 무자비한 복수는 그녀의 처지를 생각할 때 이해가 안 되는 것은 아니지만 자신이 핍박 받을 때 내세우던 정의와 인도주의를 핍박자에게는 사정없이 거절한다는 점에서 씁쓸한 뒷맛을 남긴다.

이 드라마는 모두 1055행으로 현존하는 에우리피데스의 드라마들 중에서 가장 짧다. 그래서 현재 우리가 알고 있는 이 드라마의 형태는 후일 공연상의 필요에서 줄이고 손질한 것이라는 주장들도 있는데, 그 근거로 무엇보다도 626ff.에서 마카리아의 희생 장면에 대한 보고와 그녀에 대한 애도가 빠져 있고, 군데군데 손질한 흔적(353~380행,

672f.,819~822행)이 보인다는 것이다. 그 뒤 이러한 견해들은 많은 반론들에 부딪혀 수그러드는 듯했으나 최근에 다시 고개를 들고 있다.

8. 『탄원하는 여인들』

지금까지 만들어놓은 에우리피데스 상(像)의 토대가 결코 튼튼한 것이 아니라는 사실이 『탄원하는 여인들』에 대한 상반된 해석으로 여지없이 드러나고 말았다. 혹자는 이 드라마 역시 아테나이에 대한 찬가(讚歌)로, 그리고 종교적 전통에 뿌리박고 있는 관습들을 합리주의에 입각하여 새로이 정립한 것으로 해석하는가 하면, 혹자는 지금 우리가 알고 있는 형태의 『탄원하는 여인들』은 기원후 2세기에 어떤 어리석은 자가 에우리피데스의 작품에 다른 작가의 작품을 끼워 맞춘 것이라고 주장하고 있기 때문이다. 이러한 주장은 동조자를 얻지 못했으나 에우리피데스의 해석에 얼마나 많은 가능성이 열려 있는지 잘 보여주고 있다.

테세우스가 개입하여 테바이 앞에서 전사한 일곱 장수들을 매장할 수 있게 해주었다는 이야기는 이미 아이스퀼로스가 현재 단편만이 남아 있는 『엘레우시스인들 Eleusinioi』에서 다룬 적이 있다. 펠로폰네소스 전쟁 초기의 분위기, 정의의 문제에 대한 관심, 특히 아테나이인들이 스파르테와 동맹 관계에 있던 테바이인들에게 패배한 기원전 424년의 델리온(Delion) 전투 뒤에 테바이인들이 전사한 아테나이인들의 시신을 인도하기를 거부했던 사실 등이 에우리피데스로 하여금 이 소재에 관심을 갖게 했던 것으로 생각된다. 최초 공연 연대는 424년이라는 견해도 있고 421년이라는 주장도 있다. 이 드라마의 줄거리는 다음과 같다.

테바이인들은 테바이를 공격하다가 전사한 일곱 장수들의 시신을 인도하기를 거부함으로써 이들의 장례를 치를 수 없게 한다. 그것은 그리스인들의 신성한 관습을 어기는 것이었다. 이들 장수들의 어머니들은 — 이들이 탄원하는 여인들의 코로스를 구성한다 — 원정에서 유일하게 살아남은 아르고스 왕 아드라스토스(Adrastos)와 함께 앗티케의 엘레우시스에 왔다가 그곳에 있는 데메테르 여신의 제단에서 마침 기도하러 그곳에 와 있던 테세우스의 어머니 아이트라(Aithra)를 보고 그녀에게 도와달라고 탄원한다.

테세우스는 처음에 도움을 거절하다가 어머니들의 탄원을 받아들여 이들을 넘겨달라는 테바이 전령의 오만한 요구를 거절하고 무력으로 장수들의 시신을 되찾아 장례를 치를 수 있게 해준다. 그러자 일곱 장수들 중 한 명인 카파네우스(Kapaneus)의 아내 에우아드네(Euadne)가 화장용 장작더미 속으로 몸을 던져 남편의 뒤를 따른다. 이어서 아드라스토스가 아테나이에 대하여 신의를 저버리지 않겠다고 약속하자 아테네 여신이 나타나 구두 약속으로 만족하지 말고, 아르고스는 아테나이를 결코 공격하지 않을 것이며 외침을 받을 경우 이를 막아주겠다는 맹세를 받아두라고 테세우스에게 요구한다.

이 드라마에서는 어떤 다른 드라마에서보다 시사(時事) 문제들이 많이 다루어지고 있다. 참주 정치에 대한 민주 정치의 우월성이 논의되고, 사회질서를 보장해주는 것은 교만한 부자들과 반항적인 무산 계급이 아니라 중산층이라는 주장과 교육에 대한 낙관론이 제기되고 있다. 그리고 테세우스의 말과 행동은 아테나이의 민주 정치를 꽃피운 페리클레스를 연상케 한다. 그 밖에 아르고스와의 관계는 스파르테와 교전 중인 아테나이에게는 매우 중요한 의미를 갖는 것이다.

9. 『헤라클레스』

『헤라클레스』의 최초 공연 연대에 대해서는 그것을 알 수 있는 다른 단서들이 발견되지 않아 부득이 단장격 트리메터(iambic trimeter) 내에서의 '분해 현상(Auflösung, resolution)'[16]의 꾸준한 증가라는 통계적 방법을 적용할 수밖에 없는데, 그럴 경우 이 드라마는 기원전 415년에 공연된 『트로이아의 여인들』과 시기적으로 가까울 것으로 추정된다. 이 드라마의 줄거리는 다음과 같다.

헤라클레스가 12위업 가운데 마지막 위업을 마치기 위하여 저승(Hades)의 문을 지키는 괴물 개 케르베로스(Kerberos)를 데려오려고 저승에 내려가고 없는 사이에, 뤼코스(Lykos)가 헤라클레스의 장인인 테바이 왕 크레온을 죽이고 왕위를 찬탈한 다음 헤라클레스의 아내 메가라(Megara)와 세 어린 아들과 그의 아버지로 알려져 있는 이제는 노인이 된 암피트뤼온(Amphitryon)을 죽이려 한다. 그래서 그들은 제우스의 제단으로 피신하지만 뤼코스가 불태워 죽이겠다고 위협하자 자진하여 죽음을 받아들일 준비를 한다. 그때 헤라클레스가 돌아와서 가족을 구하고 뤼코스를 죽인다.

그러나 그를 집요하게 미워하는 여신 헤라가 광증의 여신 륏사(Lyssa)를 그의 집으로 들여보낸다. 륏사가 마지못해 그를 붙잡고 몰아대자 그는 정신착란을 일으켜 세 아들과 아내를 죽인다. 그러나 그때

---

16) 그리스 비극의 대화 부분에서 사용되는 단장격 트리메터(U UU U UU/U UU U UU /U UU U U)에서 하나의 장음절(—)이 두 개의 단음절(UU)로, 두 개의 단음절이 하나의 장음절로 대치될 수 있는데, 이런 것을 '분해 현상'이라고 하며 보통 UU로 표시된다. 처음 네 장음절의 '분해 현상'은 흔한 일이다. 에우리피데스의 드라마에서 '분해 현상'이 『알케스티스』(6.2%)에서 『박코스의 여신도들』(37.6%)에 이르기까지 꾸준히 증가하는 것은 사실이나 중간중간 줄어드는 경우도 있어 이를 맹신하는 것은 금물이다.

아테네 여신이 그의 가슴에 돌을 던져 그를 마비시킴으로써 아버지는 죽이지 못하게 한다. 제정신이 돌아오자 헤라클레스는 완전히 절망에 빠져 자살하려고 한다. 헤라클레스는 마지막 고역을 치를 때 테세우스가 친구를 도우러 저승에 내려갔다가 그곳에 붙잡혀 있는 것을 구해준 적이 있는데, 바로 그때 테세우스가 헤라클레스를 도우러 왔다가 절망에 빠진 그를 격려하고 정화(淨化)해주기 위하여 아테나이로 데려간다.

이 드라마는 헤라클레스가 큰 위업을 달성하고 돌아와 가족을 구하는 부분과 헤라클레스가 광기에 사로잡혀 가족을 살해하는 부분으로 뚜렷이 양분되지만, 이 두 부분의 극단적인 대조는 극적 효과를 높여준다는 점에서 상호보완적이라 할 수 있을 것이다.

전설에 따르면 헤라클레스가 광기에 사로잡혀 처자를 살해한 것은 그가 12위업을 마치기 전에 있었던 일인데 반해, 에우리피데스는 그것을 그의 생애의 마지막에다 옮겨놓고 있다. 그렇게 함으로써 모든 것이 새로운 의미 관련을 갖게 되고, 인간의 위대성이란 것이 얼마나 허무한 것인지 극명하게 드러나는 효과가 있는 것이다.

에우리피데스의 드라마에서 신들의 역할은 문제투성이이지만 『헤라클레스』에 있어서는 그야말로 해결이 불가능하다. 에우리피데스는 헤라클레스의 입을 빌려 신들의 애정 행각과 사기 행위는 가인(歌人)들이 지어낸 허튼소리며 신은 자신 외에는 아무것도 필요로 하지 않는다고 말하고 있는데(1340~1346행), 크세노파네스(Xenophanes)[17]를 연

---

17) 크세노파네스는 소아시아 이오니아 지방에 있는 콜로폰(Kolophon) 출신의 초기 그리스 철학자 중 한 사람으로서 그리스 전통 종교의 다신론 및 신인동형설(神人同形說)과 호메로스와 헤시오도스의 작품들에 나오는 신들의 부도덕한 이야기들에 대한 혁명적인 공격으로 특히 유명하다.

상케 하는 이런 신관(神觀)과 자신의 불행은 모두 헤라의 노여움 탓이라는 다음에 이어지는 그의 주장은 어떻게 하나의 드라마 안에서 양립할 수 있는 것일까? 그것은 역시 소재가 갖는 구속성과 전승된 신화를 새롭게 형상화하려는 작가의 세계관 사이에서 빚어지는 모순으로 보아야 할 것이다.

테세우스는 이 드라마에서 『탄원하는 여인들』에서와 유사한 모습을 보여주고 있다. 그는 인간 존재의 조건들을 알고 있는 경건한 계몽 군주로서 적당한 거리를 지킬 줄도 알고, 어려운 사람들에게는 기꺼이 도움을 주기도 한다. 그럼에도 불구하고 이 드라마에서의 테세우스는 소포클레스의 『콜로노스의 오이디푸스』에 등장하는 테세우스와는 다소 차이가 있다는 점을 인정하지 않을 수 없을 것이다. 둘 다 이해심이 많고 어려운 사람들을 기꺼이 도와주지만 『헤라클레스』에서는 자신을 구해준 데 대한 보답의 성격이 강하고, 소포클레스의 경우에는 따뜻한 인간성에서 저절로 우러나오는 배려의 성격이 강하기 때문이다.

정신착란 상태에서 끔찍한 살육을 저지르고 나서 다시 정신이 들었을 때 소포클레스의 아이아스는 서슴없이 자살의 길을 택하지만 에우리피데스의 헤라클레스는 온갖 고난 속에서도 자신의 운명을 참고 견디는 것을 영웅적 행위로 보고 있는데, 이것은 가치관의 변화를 의미하는 것으로 보아야 할 것이다.

10. 『트로이아의 여인들』

이 드라마는 기원전 415년 『알렉산드로스 *Alexandros*』와 『팔라메데스 *Palamedes*』에 이어 세 번째 작품으로서 사튀로스 극 『시쉬포스

Sisyphos』와 함께 공연되었다. 여기서 비극 3부작은 모두 트로이아 전쟁을 배경으로 하고 있어, 같은 주제를 다루는 이른바 '내용 3부작'의 형식을 취하고 있다고 말할 수 있을 것이다. 그러나 현존하지 않는 처음 두 비극의 단편들에서 그 내용을 추론해보건대, 이 3부작은 아이스퀼로스의 그것에 비해 내용상 덜 긴밀한 관계를 유지하고 있는 것으로 생각된다.

『알렉산드로스』는 어릴 적에 불길한 예언 때문에 이데(Ide) 산에 버려졌던 파리스, 일명 알렉산드로스가 죽지 않고 목자들의 손에 양육되어 후일 트로이아로 돌아와서는 결국 헬레네를 데려옴으로써 트로이아를 멸망케 한다는 내용이다.

『팔라메데스』는 트로이아 앞의 그리스 군 진영에서 오뒷세우스가 뛰어난 재능을 가진 영웅 팔라메데스를 모함하여 죽인다는 내용이다. 팔라메데스의 아버지 나우플리오스(Nauplios)가 후일 아들의 원수를 갚고자 횃불로 거짓 신호를 보내 귀향하는 그리스 함대를 암벽으로 인도함으로써 큰 타격을 주었다는 이야기가 이 드라마에 포함되는지는 확실치 않다. 『트로이아의 여인들』의 줄거리는 다음과 같다.

트로이아가 그리스 군에 함락된 뒤 남자들은 모두 살해되고 여자들은 슬픔과 고통 속에서 자신들에게 내려질 처분을 초조하게 기다린다. 그때 아가멤논의 전령인 탈튀비오스(Talthybios)가 나타나 그들이 승리자들에게 전리품으로 배분되었음을 알린다. 『헤카베』에서처럼 이 드라마에서도 중심적 역할을 하는 트로이아의 왕비 헤카베는 증오의 대상인 오뒷세우스에게, 그녀의 딸 캇산드라는 아가멤논에게 배정되고, 또 다른 딸 폴뤽세네는 아킬레우스의 무덤에 제물로 바쳐졌음이 밝혀진다. 아킬레우스의 아들 네오프톨레모스의 전리품이 된 헥토르의 아내 안드로마케가 어린 아들 아스튀아낙스(Astyanax)를 데리고 등장하자 탈튀비오스가 아이를 데려가려고 되돌아온다. 그리스 군은 후환을 없애야 한다는 오뒷세우스 조언에 따라 헥토르의 어린 아들을 성벽에서 떨어뜨려 죽이기로 결정했던 것이다.

이어서 메넬라오스가 헬레네를 데려가려고 오자 헤카베와 헬레네 사이에 격렬한 논쟁이 벌어진다. 헬레네가 이 모든 불행은 헤카베가 파리스를 낳아 길렀기 때문에 일어난 것이며, 파리스가 죽은 뒤에 그리스 군에게로 도망치려 했으나 매번 제지당했으며, 파리스의 심판 때 아프로디테가 아닌 다른 여신이 이겼더라면 그리스는 아시아의 지배를 받게 되었을 것이라며 궤변을 늘어놓자, 헤카베는 헬레네가 트로이아에 온 것은 파리스의 미모와 트로이아의 부귀영화에 현혹되었기 때문이며, 오히려 자기가 헬레네에게 도망치도록 권했으나 설득할 수 없었다며 신의도 절개도 없는 그녀를 죽이라고 요구한다.

그러나 우유부단한 메넬라오스는 죽여도 그리스로 데려가서 죽이겠다며 그녀를 데려간다. 또다시 탈튀비오스가 아스튀아낙스의 시신을 들고 나타나자 헤카베는 통곡하며 어린 손자를 헥토르의 방패 위에 눕힌 뒤 그대로 묻어주게 한다. 횃불을 든 두 남자가 다시 트로이아에 불을 지르자 탑들이 요란하게 무너져내리는 가운데 여인들이 노예 생활을 향하여 고향을 떠난다.

『트로이아의 여인들』은 내용상 『헤카베』와 유사점이 많다. 그러나 에우리피데스가 『헤카베』에서는 두 부분을 교묘히 결합시키고 있다면 『트로이아의 여인들』에서는 전쟁의 참상을 두루마리처럼 펼쳐 보이는 병렬 기법을 작품 구성의 원리로 삼고 있다. 『헤카베』에서는 패전국의 참상이 그려져 있는 반면, 『트로이아의 여인들』에서는 패배자들에게도 승리자들에게도 전쟁은 재앙만 가져다준다는 사실이 캇산드라의 예언을 통하여 생생하게 그려져 있다.

이 드라마가 공연된 기원전 415년은 제국주의 정책을 추구하던 아테나이가 스파르테에 우호적인 중립을 유지하던 멜로스(Melos) 섬을 함락한 뒤 그곳의 남자들을 모두 죽이고 여자들과 아이들을 노예로 만든 바로 다음해이고 아테나이의 함대가 제해권의 완전 장악을 위하여 시켈리아 원정 길에 오르기 직전이라, 에우리피데스는 아테나이의 무자비한 제국주의 정책에 대한 깊은 우려에서 전쟁의 참상을 보여줄 목적으로 이런 반전극(反戰劇)을 공연했던 것으로 생각된다.

그의 이러한 비판적 태도는 아테나이인들 사이에서 그를 인기 없는 작가로 만들었으나, 그의 우려는 현실로 나타나 아테나이 함대는 시켈리아에서 전멸하고 그 결과 펠로폰네소스 전쟁에서도 결국 패배하게 된다. 그런데 아이러니컬하게도 시켈리아에서 살아남은 소수의 포로들 중에서 에우리피데스 시구를 암송할 수 있는 자들은 자유의 몸이 되었다고 한다.

11. 『엘렉트라』

에우리피데스는 후기로 갈수록 아트레우스 가(家)의 전설을 소재로 한 비극들을 많이 쓰게 되는데, 현존하지 않는 『튀에스테스 *Thyestes*』는 기원전 425년 이전에 쓰여진 것으로 추정된다. 역시 아트레우스 가의 전설에서 취재한 『엘렉트라』는 오랫동안 기원전 413년 초에 쓰여진 것으로 생각되었다. 드라마의 종결부에서 기계 장치를 타고 나타나는 디오스쿠로이(Dioskouroi)[18]가 시켈리아 바다에 떠 있는 함

---

18) 디오스쿠로이(라틴명 Dioscuri – '제우스의 아들들'이라는 뜻이다)는 카스토르(Kastor 라틴명 Castor)와 폴뤼데우케스(Polydeukes 라틴명 Pollux)의 별명으로, 호메로스와 헤시오도스에

선들을 염려하는 발언(1347f.)은 기원전 413년 초 아테나이가 시켈리아에 원군으로 보낸 함대를 가리키는 것으로 간주되었기 때문이다.

그러나 운율학적 분석에 따르면 『엘렉트라』는 그보다 좀더 이른 기원전 422년과 417년 사이에 쓰여진 것으로 추정되고 있다. 이른바 '분해 현상'의 빈도에 있어 『엘렉트라』는 기원전 412년에 공연된 『헬레네』보다는 많이, 기원전 415년에 공연된 『트로이아의 여인들』보다는 조금 떨어지나 기원전 420년대 중후반에 쓰여진 것으로 추정되는 『탄원하는 여인들』, 『안드로마케』, 『헤카베』보다는 다소 앞서기 때문이다. 그 밖에 『헤라클레스』와 『트로이아의 여인들』 이후에 나온 에우리피데스의 모든 드라마에서는 장단격 테트라메터(trochaic tetrameter)가 사용되고 있는데 『엘렉트라』에서는 아직 사용되지 않고 있기 때문이다.

그러나 시켈리아와의 관련은 무시해버리기에는 너무 설득력이 있고, 운율학적 통계라는 것은 중간중간에 약간의 굴곡이 있어 맹신할 것이 못 된다. 그리하여 이 두 가지 이론의 절충안으로 이른바 '서랍 이론'이란 것이 있는데, 이에 따르면 에우리피데스는 기원전 419/418년에 쓴 『엘렉트라』를 서랍 안에 넣어두었다가 기원전 413년에 공연할 때 시켈리아와 관련된 구절을 삽입했다는 것이다.

소포클레스도 『엘렉트라』라는 이름의 비극을 썼는데 어느 것이 먼저 나왔느냐 하는 문제는 여전히 해결되지 않고 있다. 어느 쪽 주장도 설득력 있는 확실한 증거를 제시하지 못하고 있어, 지금으로서는

따르면 이들은 스파르테 왕 뮌다레오스(Tyndareos)와 왕비 레다(Leda)의 쌍둥이 아들로서 헬레네와 클뤼타이메스트라의 오라비들이다. 후기 신화에 따르면 둘 중 폴뤼데우케스는 제우스의 아들로 불사(不死)의 존재였다고 한다. 이들은 선원들의 보호자들로 알려져 있다.

두 위대한 비극 시인이 비슷한 시기에 같은 소재를 전혀 다른 방법으로 형상화했다는 사실을 아는 것으로 만족할 수밖에 없다. 아이스퀼로스도 『제주를 바치는 여인들』에서 똑같은 소재를 형상화한 바 있다. 에우리피데스의 『엘렉트라』의 줄거리는 다음과 같다.

트로이아 전쟁 때 그리스 군의 총사령관이었던 아가멤논이 10년 만에 개선하던 날 아내 클뤼타이메스트라의 간부 아이기스토스에게 살해된 뒤 아가멤논의 아들 오레스테스는 포키스로 피신하고 딸 엘렉트라는 고향에 남아 온갖 고난을 겪는다. 아이기스토스는 그녀를 농부와 결혼시키는데, 그것은 그녀가 아들들을 낳더라도 그들이 감히 뮈케네의 왕권을 넘보지 못하게 하려는 속셈이었다. 두 선배 시인의 작품에서는 엘렉트라가 미혼(未婚)으로 궁전에 남아 있는데, 그런 점에서 에우리피데스는 영웅 전설을 일상의 지평으로 끌어내렸다고 할 수 있을 것이다. 그 농부는 몰락했어도 고귀한 가문에서 태어난 고상한 성품의 소유자로서 자신과의 결혼이 그녀에게는 어울리지 않는 것이라 여기고 그녀와의 신체적 접촉을 피한다.

오랫동안 추방 생활을 하던 오레스테스가 친구 퓔라데스와 함께 엘렉트라의 오두막을 찾아와서는 힘을 모아 아버지의 원수를 갚기로 계획을 세우고 먼저 시골에서 제물을 바치던 아이기스토스를 죽인다. 이어서 엘렉트라가 해산(解産)하게 되었다는 거짓말로 클뤼타이메스트라를 자신의 오두막으로 유인한다. 그리하여 모녀 사이에 언쟁이 벌어지는데, 에우리피데스의 클뤼타이메스트라는 소포클레스의 드라마에서처럼 후회할 줄 모르는 당당한 여장부가 아니라 자신의 행동을 후회하고 남도 생각할 줄 아는 늙어가는 한낱 여인에 불과하다.

소포클레스는 클뤼타이메스트라가 먼저 죽고 아이기스토스가 나중에 죽게 함으로써 모친 살해를 오레스테스가 아버지의 원수를 갚는 과정에서 일어난 부차적인 사건으로 만들어놓고 있는 데 반해, 에우리피데스는 클뤼타이메스트라가 나중에 죽게 만든다. 어머니가 오레스테스의 손에 살해되자 엘렉트라의 활활 타오르던 격정도 두려움에 식어버리고, 이어지는 두 남매의 비탄의 노래에서는 그들이 결코 저지르지 말았어야 할 짓을 저질러놓고 그 무게에 짓눌리는 심리적 변화 과정이 그려져 있다.

여기서도 엘렉트라가 복수의 음모를 꾸미고 어머니 앞에서 망설이는 오레스테스를 격려하지만, 그녀는 이미 소포클레스가 보여준 것과 같은 꿋꿋하고 굽힐 줄 모르는 여장부가 아니다. 마지막으로 클뤼타이메스트라의 오라비들인 디오스쿠로이가 기계 장치를 타고 나타나 엘렉트라는 퓔라데스와 결혼하게 되고, 오레스테스는 아테나이의 '아레스의 언덕'에서 모친 살해죄를 벗게 될 것이라고 예언한다.

아이스퀼로스가 오레스테스의 행위를 대대로 이어지는 죄와 벌의 관계에서 보고 그것을 폴리스의 새 질서 속에 투영했고, 소포클레스가 모친 살해의 윤리적 문제는 차치하고 엘렉트라라는 한 위대한 영혼이 온갖 시련 속에서도 자기 주장을 하는 모습을 보여주었다면, 에우리피데스는 악연으로 인하여 원한과 증오심에서 스스로 감당할 수 없는 일을 저질러놓고 그 무게에 짓눌리고마는 두 인간의 운명을 형상화하고 있다. 아버지의 원수를 갚지 않으면 벌을 내리겠다는 아폴론의 명령은 여기서는 더 이상 결정적인 의미를 갖지 않으며, 사실상 모친 살해의 음모를 꾸민 엘렉트라 자신은 신에게서 그런 명령을 받지도 않았던 것이다. 디오스쿠로이가 언급하고 있는 가문의 저주(1305행)는 전설에서 취한 부차적 모티프에 지나지 않는다.

에우리피데스의 『엘렉트라』에서는 신화와 전설의 모티프 못지않게 고난과 절망과 분노라는 인간의 내면적 모티프들이 사건 진행의 중요한 동인으로 작용한다. 그런 의미에서 신화와 전설에서 취재하면서도 새로운 가치관에 따라 그것들에 비판을 가하는 그의 모순된 태도는 이 드라마에서도 예외가 아니다.

12. 『헬레네』

기원전 412년에 공연된 『헬레네』에서도 『엘렉트라』에서처럼 발견(anagnorisis)과 음모(mechanema)가 사건 전개의 토대를 이루고 있으나, 『엘렉트라』의 경우 그 위에서 진지한 문제들이 다루어지고 있는데 반해 『헬레네』에서는 그런 요소들이 독자성을 유지하며 전체적으로 드라마를 규정하고 있다.

일설에 따르면 파리스를 따라 트로이아로 간 것은 헬레네의 환영(幻影)이고 진짜 헬레네는 이집트에 가 있었다고 한다. 이런 이야기는 기원전 6세기 시켈리아의 합창 서정시인 스테시코로스(Stesichoros)의 팔리노디아(Palinodia, '취소하는 노래'라는 뜻)에 처음 나오는데, 그는 헬레네를 비방하는 시를 지었다가 눈이 멀자 사죄하는 뜻에서 다시 이 시를 지었다고 한다. 그러나 이 소재는 에우리피데스가 억지로라도 헬레네와 결혼하려는 이집트의 젊은 왕과 예언녀로서 고상한 성품을 지닌 그의 누이라는 인물들을 덧붙임으로써 비로소 드라마적 구성을 갖추게 되었던 것이다. 『헬레네』의 줄거리는 다음과 같다.

제우스가 사악해진 인간들의 숫자를 줄이고자 트로이아 전쟁을 일으킬 양으로 파리스로 하여금 헬레네의 환영을 트로이아로 데려가게 했을 때, 진짜 헬레네는 헤르메스 신에 의하여 이집트 왕 프로테우스(Proteus)의 궁전으로 호송되어 그곳에서 남편 메넬라오스가 트로이아에서 돌아오기를 기다린다. 그러나 그 사이 프로테우스는 죽고 아들 테오클뤼메노스(Theoklymenos)가 왕이 되어 억지로라도 헬레네와 결혼하려고 하자 그녀는 프로테우스의 무덤으로 피신한다.

그때 트로이아 전쟁에서 명궁(名弓)으로 이름을 날리던 테우크로스(Teukros)가 그곳을 지나가다 트로이아는 7년 전에 함락되고 메넬라오스는 죽었다는 소문이 파다하다고 그녀에게 말해준다. 그녀가 비탄에 빠져 있는 동안 메넬라오스 자신이 나타난다. 그는 이집트 해안에서 난파당하여 트로이아에서 데려오던 헬레네를 동굴 안에 숨겨두고 구조를 청하러 궁전으로 오는 길이었다. 부부가 상봉하자 헬레네는 곧 남편을 알아보지만 두 명의 헬레네에 어리둥절해진 메넬라오스는 다른 헬레네가 스스로 환영임을 밝히고 대기(大氣) 속으로 사라져버렸다는 보고를 받고서야 이집트의 헬레네가 진짜임을 확신하게 된다.

이런 발견에 이어 헬레네와 메넬라오스는 이집트에서 탈출할 음모를 꾸미는데 이는 쉬운 일이 아니었다. 젊은 왕은 그녀와 결혼하기로 결심했을 뿐만 아니라 이집트에 온 그리스인은 무조건 죽이려 했기 때문이다. 그래서 왕의 누이이자 예언녀인 테오노에(Theonoe)를 설득하여 그녀의 도움으로 왕을 속이는데, 메넬라오스는 자신의 죽음을 알리는 사자로 분하고 왕 앞에 나타나 헬레네는 결혼을 승낙할 테니 먼저 그리스의 관습에 따라 메넬라오스의 혼백을 위하여 바다에서 장례식을 치르게 해달라고 부탁한다. 왕이 배와 선원들을 내주자 헬레네와 메넬라오스는 그 배를 타고 이집트를 탈출한다. 테오노에가 이 음모에 가담했음을 알고 왕이 화가 나서 그녀를 죽이려 하자, 이번에도 헬레네의 오라비들인 디오스쿠로이가 나타나 모든 것이 운명에 의하여 정해져 있었던 일이니 순순히 받아들이도록 타이른다.

『헬레네』를 비극으로 볼 수 있을 것인가? 현대적 비극 개념에서 본다면 좀처럼 수긍하기 어렵겠지만, 에우리피데스 당시의 그리스인들에게는 신화와 영웅 전설을 소재로 하여 디오뉘소스제에서 공연되는 드라마는 당연히 비극이었다. 그들에게는 불행한 결말보다는 인간 존재의 근본적인 문제들에 관련된 비극적 상황이 비극의 필수 조건이었던 것이다.

하지만 『헬레네』와 같은 드라마에서는 그런 비극적 상황은 찾을 수 없다. 인간과 신들의 의미심장한 만남도, 외부로부터 주어진 운명 앞에서의 처절한 자기 주장도 없고, 우연(tyche)이 새로운 힘으로 등장하고 있는데, 우연의 유희는 나중에 아테나이의 신희극(新喜劇)의 지배적 원리가 된다. 물론 에우리피데스에게는 우연의 유희보다는 그 속에서 인간적인 가치를 지키며 슬기(euboulia)로써 대처해나가는 인간이 더 중요한 의미를 지닌다. 에우리피데스의 후기 비극들의 세계는 메난드로스(Menandros)에 의하여 대표되는 신희극의 소시민적 세계와는 전혀 다른 것이라 하더라도 결과적으로 그것을 위하여 길을 닦아 놓았다는 사실은 부인할 수 없을 것이다.

13. 『타우리케의 이피게네이아』[19]

『헬레네』와 거의 같은 시기에 공연된 것으로 추정되는 『타우리케

---

19) 『타우리케의 이피게네이아』의 본래 제목은 『타우로이족 사이에서의 이피게네이아 *Iphigeneia he en Taurois*, 라틴명 *Iphigenia in Tauris*』이다. 괴테(J. W. Goethe)의 고전주의 드라마 *Iphigenie in Tauris*에서의 Tauris라는 지명은 이피게네이아가 제물로 바쳐졌던 그리스 항구 아울리스(Aulis)의 유추형(類推形)으로서 그리스어도 라틴어도 아니다. 그래서 여기서는 너무 긴 이름을 줄이기 위하여 부득이 잘 쓰이지 않는 그리스어식 이름인 타우리케(Taurike)를 썼음을 밝혀둔다.

의 이피게네이아』는 주제와 구성에 있어서도 유사한 점이 많다. 이 두 드라마에서는 부부 또는 남매가 이방인들에게 적대적인 이국 땅에서 기적적으로 만나 기지와 용기로 죽음에서 탈출하기 때문이다. 그러나 『타우리케의 이피게네이아』에서는 발견이 음모보다 더 큰 비중을 차지하는 데 반해, 『헬레네』에서는 그 반대이다. 『타우리케의 이피게네이아』의 줄거리는 다음과 같다.

아울리스 항에서 아르테미스 여신에게 제물로 바쳐졌던 이피게네이아는 여신에 의하여 흑해 북안(北岸)에 살고 있던 타우로이족(Tauroi)의 나라, 즉 오늘날의 크림(Krim) 반도로 옮겨져 그곳에서 여신의 여사제가 된다. 그녀는 이방인들의 피를 여신에게 제물로 바치는 그곳의 야만적인 관습에 따라 제물을 바치는 일을 맡아 보고 있다.

한편 오레스테스는 아테나이의 '아레스의 언덕'에서 가부동수로 무죄 선고를 받은 뒤에도 복수의 여신들의 일부가 계속해서 추격하자 아폴론을 찾아가 도움을 청한다. 아폴론은 하늘에서 떨어진 아르테미스 여신상을 타우리케에서 앗티케로 가져오면 그를 구해주겠다고 약속한다.

이번 모험에도 필라데스가 오레스테스와 동행한다. 두 젊은이는 야음을 틈타 신전에 침입하기로 계획을 세우고 바닷가 바위 틈에 숨어 있다가 갑자기 오레스테스가 발작을 일으켜 칼을 빼 들고 소 떼에게 덤벼드는 바람에 사로잡혀서 제물로 바쳐지기 위해 신전으로 보내진다.

한편 이피게네이아는 기둥 하나만 남고 고향 집이 무너지는 꿈을 꾼 후 사랑하는 오라비 오레스테스가 죽었다고 생각하고는 슬픔에 잠겨 있다가 자신이 섬기는 여신에 대하여 심사숙고하게 된다. 여신께서는 손에 피가 묻은 자나 시신을 만진 자는 당신의 제단에서 물리치시면서 정작 당신은 그 제단에서 사람을 죽이게 하시다니 그건 자가당착

이 아닌가! 아니야, 그건 거짓말이야, 탄탈로스의 잔치[20]에 관한 이야기처럼. 타우로이족이 자신들의 야만적인 관습을 여신께 떠넘기는 거야. 여기서 에우리피데스는 또다시 등장 인물로 하여금 전통적인 신화와 전설에 비판을 가하게 하고 있는 것이다.

그리하여 남매가 상봉하게 되나 발견은 서서히 이루어지는데, 그 정교한 수법에 아리스토텔레스도 칭찬을 아끼지 않고 있다(『시학』 제16장 1455a 참조). 이피게네이아는 자신의 부모 형제와 고향과 트로이아 전쟁에 관하여 묻고 나서 둘 중 한 사람은 살려줄 테니 고향으로 편지를 전해달라고 부탁한다. 그러나 신중한 필라데스가 난파당하여 편지를 잃어버릴 경우에 대비하여 그 내용을 말해달라고 한다. 그리하여 남매 간에 감동적인 발견이 이루어지고 이어서 탈출 계획을 세우는데, 이피게네이아는 자신을 희생하고 오레스테스를 구하려 하나 오레스테스는 누나와 죽어도 함께 죽고 살아도 함께 살기를 원한다. 헬레네도 남편에게 혼자 이집트에서 탈출하라고 권하지만 남편은 그녀와 함께 귀향하거나 함께 죽기를 원한다.

이 두 드라마의 등장 인물들은 소포클레스의 등장 인물들처럼 위대한 영웅적 태도는 보여주지 않지만, 그들의 고결한 마음씨와 희생정신과 의리는 우리의 관심을 끌기에 충분하다. 이 드라마에서도 음모를 꾸미는 것은 역시 여인이다. 이피게네이아는 포로들이 어머니를 살해한 흉악범이라 그들은 물론이고 그들이 만진 여신상도 먼저 바닷물에 세정(洗淨)하지 않으면 안 된다고 그곳의 토아스(Thoas) 왕을 속인다. 그리하여 그들이 오레스테스 일행이 타고 왔던 배에 올라 도주하

---

20) 이피게네이아의 고조부인 탄탈로스는 제우스의 아들로, 신들을 집에 초대하여 그들의 전지(全知)를 시험해보고자 아들 펠롭스를 죽여 그 고기로 신들을 접대한 죄로 지하 감옥인 타르타로스(Tartaros)에 갇혀 영원한 갈증과 허기에 시달리는 벌을 받게 된다.

려는데 파도에 배가 도로 육지로 떠밀린다.

그때 아테네 여신이 기계 장치를 타고 나타나 오레스테스에게는 앗티케의 할라이(Halai)에 신전을 지어 그 안에 아르테미스 여신상을 모셔놓고 제사를 지내도록 이르고, 이피게네이아에게는 그녀가 앗티케의 브라우론(Brauron)에서 아르테미스의 여사제가 되었다가 사후(死後)에는 산욕기(産褥期)에 죽은 부인들의 의상을 봉헌물로 받게 될 것이라고 말하며, 토아스에게는 화내지 말라고 타이른다. 토아스가 이에 순응하고 도주하는 자들에게 화내지 않겠다고 말한다. 그러나 그것은 고결한 마음에서 단념하는 것이 아니라 신에 대한 외경심에서 복종하는 것을 의미할 뿐이다.

한때 에우리피데스의 드라마에 나오는 능숙하게 거짓말을 하고 속임수를 쓰는 이피게네이아를 괴테의 드라마에 나오는 거짓말할 줄 모르는 고결한 성품의 이피게네이아와 비교하여, 후자에 대하여 전자를, 나아가 독일 고전주의 문학에 대하여 그리스 비극 전체를 폄하하려는 경향이 없지 않았으나 거짓말을 참지 못하는 고결한 성품이라면 그리스 비극도 알고 있었다. 소포클레스의 『필록테테스』에 나오는 네오프톨레모스가 좋은 예이다. 그리고 에우리피데스의 드라마에서는 두 남매가 야만족의 나라에서 구사일생으로 탈출하는 것이 플롯의 핵심인데 무자비한 적 앞에서 고결한 태도가 탈출에 과연 무슨 도움이 되겠는가!

14. 『이온』

『이온』의 최초 공연 연대는 확실치 않으나 운율과 문체에 관한 고찰에 따르면 기원전 414년 또는 414년경일 것이라는 견해가 지배적이다. 『엘렉트라』와 『헬레네』와 『타우리케의 이피게네이아』에서도 발견과 음모가 구성 원리로 사용되고 있고, 이때 '우연'이 중요한 역할을 하는 것을 보았지만, 『이온』에서는 우연이 더 복잡하고 교묘한 양상을 띠고 있다. 『이온』의 줄거리는 다음과 같다.

아테나이 왕 에렉테우스(Erechtheus)의 딸 크레우사(Kreousa)는 아폴론의 사랑을 받아 아들을 낳았으나 아버지의 노여움이 두려워 아이를 아크로폴리스에 있는 동굴에 버린다. 그러나 아폴론은 헤르메스 신을 시켜 아이를 델포이로 데려오게 하고, 아이는 이온이란 이름으로 그곳에서 신전지기가 된다.

크레우사는 그 뒤 아테나이 왕이 된 크수토스(Xouthos)와 결혼하나 둘 사이에 자식이 없자 이에 관하여 묻고자 델포이를 찾는다. 그리하여 모자가 만나 환담하는 가운데 자신도 모르게 서로 끌리지만 발견에 이르지는 못한다. 그 사이 신탁을 들으러 갔던 크수토스는 신전에서 나오다가 맨 먼저 만나는 사람이 그의 아들이라는 아폴론의 신탁에 따라 마침 그곳에 있던 이온을 자기 아들이라 믿고 크게 기뻐한다.

그러자 크레우사는 막연히 기대했던 자기 아들에 대한 희망은 사라지고 대신 남편의 사생아가 당당하게 입양되는 것을 보고는 분을 참지 못하고 이온을 죽일 음모를 꾸민다. 그러나 잔치가 벌어진 자리에서 독을 탄 포도주로 이온을 독살하려던 음모는 이온이 불길한 예감이 들어 그 포도주를 땅에 쏟아버려 그것을 쪼아 마신 비둘기가 죽게 되자 실패로 돌아간다. 음모의 하수인으로 나선 노복(老僕)이 붙잡혀 이실직고하자 크레우사는 죽음을 피하여 제단으로 달아나고 이온은 그녀를 뒤쫓는다.

그리하여 잠시 전에 서로 모자의 정을 느끼기까지 했던 두 사람은 이번에는 죽고 죽이는 관계가 될 뻔했으나, 아폴론의 예언녀인 퓌티아 (Pythia)가 이온을 말리며 그가 그 속에 싸여 버려졌던 포대기와 부적이 들어 있던 광주리를 건네준다. 그리하여 두 사람은 자신들이 모자 간임을 발견하게 된다.

그때 지난 일로 해서 비난받을까봐 당사자들 앞에 나타나고 싶지 않다는 아폴론의 청을 받아들여 아테네가 기계 장치를 타고 두 사람 앞에 나타나 지난 일을 밝힌다. 아테네는 이온이 크수토스와 크레우사를 따라 아테나이로 가서 이오니아인들의 선조가 될 것이고, 크레우사는 크수토스에게 도로스(Doros)와 아카이오스(Achaios)라는 두 아들을 낳아주어 이들이 후일 도리스족과 아카이아인들의 선조가 될 것이라고 예언한 후, 크수토스는 이온을 제 자식으로 믿고 있도록 내버려두라고 이른다.

아테네 여신이 이오니아인들뿐만 아니라 그리스의 모든 종족들이 크레우사에게서 나왔다고 말함으로써 아테나이의 명예를 높여주고 있는 것은 부인할 수 없는 사실이지만, 이 드라마를 정치극으로 보는 것은 편향된 시각이다. 에우리피데스에게 중요한 것은 어디까지나 주어진 운명을 대처해나가는 인간의 내면 세계이기 때문이다. 그러나 그의 인간은 소포클레스의 『오이디푸스 왕』에서 볼 수 있는 것과 같은 압도적인 운명의 힘 앞에서도 굴하지 않고 끝까지 자기 주장을 하는 영웅적 인간이라기보다는 우연의 유희에 내맡겨진 비영웅적 인간이며, 이러한 경향은 그의 후기 드라마에서 더욱 두드러진다.

이 드라마와 관련하여 가장 많이 논의되는 문제는 신의 역할에 관한 것이다. 여기 나오는 아폴론은 결국 모든 일을 잘 수습하긴 했으나 비난의 대상이 되어왔다. 크레우사는 그로 인하여 큰 고통을 당했고, 그는 또 예언의 신이면서도 거짓말과 술수로 자기 아들을 크수토스에게 떠넘기려 했으며, 그래서 그는 자신의 태도가 떳떳하지 못함을 알고는 당사자들 앞에 직접 나타나지 않고 아테네 여신을 내보냈던 것이다.

그리고 그 역시 신들도 복종해야 하는 초자연적 운명과는 전혀 다른 우연의 유희에 농락당할 뻔했으니, 처음에 그는 기만당한 크수토스가 이온을 아테나이로 데려가고 그곳에서 이온이 어머니를 발견하게 할 계획이었으나, 크레우사가 중간에서 분통을 터뜨리는 바람에 하마터면 모든 계획이 수포로 돌아갈 뻔했던 것이다. 물론 그는 마지막 순간에 모든 것을 잘 수습하지만 그 역시 우연으로부터 자유로울 수 없었다. 이러한 그의 모습은 호메로스나 아이스퀼로스의 작품에서 볼 수 있는 올림포스 12신의 당당한 모습은 아니며, 이러한 변화는 주어진 소재에 대한 에우리피데스의 합리주의적 비판의 결과라고 생각된다.

15. 『포이니케의 여인들』

『포이니케의 여인들』은 기원전 412년과 408년 사이에 공연된 것으로 추정된다. 에우리피데스가 기원전 408년 아테나이를 떠나기 직전에 쓴 드라마들의 공통점은 드라마 안에 되도록 많은 소재와 모티프들을 수용하려고 노력했다는 것이다. 그래서 소포클레스의 『오이디푸스 왕』, 『안티고네』, 『콜로노스의 오이디푸스』와 아이스퀼로스의 『테바이를 공격한 7인』에 나오는 소재들과 모티프들을 한데 묶는 이 드라마는 1766행으로 현존하는 그리스 비극 중에서 가장 길다. 포이니케의 튀로스(Tyros) 시민들에 의하여 델포이의 아폴론 신전에 하녀로 바쳐져 델포이로 가던 도중, 역시 튀로스에서 건너와 테바이를 세운 카드모스(Kadmos)의 궁전에 머물다가 사건을 목격하게 된 포이니케 소녀들의 코로스에서 이름을 따온 이 드라마의 줄거리는 다음과 같다.

이오카스테는 소포클레스의 『오이디푸스 왕』에서 자살한 것과는 달리 이 드라마에서는 오이디푸스가 자신의 죄과를 발견하고 제 손으로 제 눈을 멀게 한 뒤에도 살아서 프롤로고스를 통하여 끔찍한 오이디푸스의 이야기를 들려준다. 두 아들이 후일 자신들의 출신을 알고 아버지를 유폐하자 눈먼 오이디푸스는 화가 나서 칼로 유산을 나누라고 아들들을 저주한다. 그들은 이 저주가 실현되는 것을 막으려고 1년씩 번갈아 테바이를 통치하기로 계약을 맺지만, 에테오클레스는 일단 권력을 잡게 되자 그것을 내놓지 않고 아우 폴뤼네이케스를 추방한다. 그래서 폴뤼네이케스는 아르고스에 가서 그곳의 아드라스토스 왕의 딸과 결혼한 뒤 장인의 도움으로 군대를 이끌고 테바이를 공격하러 온다.

에우리피데스는 이 드라마에서 권력 투쟁에 있어 두 형제의 위치를 바꾸어놓고 있다. 전설에 따르면 '싸움쟁이'란 뜻의 폴뤼네이케스는 그 이름에 어울리게 형제 간의 불화를 유발한 무법자이고, '진정한 명성' 이란 뜻의 에테오클레스는 책임감이 강한 훌륭한 통치자이지만, 이 드라마에서는 전자는 억울하게 추방되었다가 유산을 되찾기 위해 테바이로 돌아온 피해자이고 후자는 계약을 어기고 아우를 추방하는 등 권력을 위해서는 수단과 방법을 가리지 않는 권력광으로 나오기 때문이다.

이오카스테가 오이디푸스의 두 아들을 불러놓고 화해시켜 보려 하지만 실패로 돌아가 테바이에 대한 공격은 피할 수 없게 된다. 예언자 테이레시아스가 나타나 크레온의 아들 하나가 제물로 바쳐지면 에테오클레스와 테바이가 승리하게 될 것이라고 예언한다. 그러자 크레온의 막내아들 메노이케우스(Menoikeus)가 아버지의 반대에도 불구하고 영웅적으로 자신을 희생한다. 아르고스 군이 첫 번째 공격에서 패퇴하자 양쪽은 형제 간의 일대일 결투로 전투를 끝내기로 결정한다. 두 형제가 서로 죽고 죽이자 이오카스테도 절망한 나머지 자살하여 그들의 시신 위에 쓰러진다. 새로 정권을 장악한 크레온이 폴뤼네이케스의 시신을 매장하지 못하도록 금령을 내리고 눈먼 오이디푸스를 테바이에서 추방한다. 그러나 안티고네가 그러한 금령을 비난하고 제 손으로 오라비를 묻어주겠다고 약속하고는 크레온의 아들 하이몬과의 약혼을 파기하고 눈먼 아버지를 따라 유랑길에 오른다.

무대 효과와 넘치는 활력 때문에 고대에는 많이 공연되고 많이 읽혔다는 이 드라마는 그것을 가능하게 해주는 바로 그 다양한 소재들과 모티프들 때문에 통일성이 결여되어 있다는 이유로 당시에도 가혹한 비판을 받았으며, 근대에 와서도 완전한 해체 또는 완전한 편집이라는 혹평을 듣곤 했다. 그래서 이 드라마와 관련하여 후세에 얼마나 가필(加筆)되었으며, 어느 부분들이 가필되었느냐 하는 것이 중요한 문제가 되었다. 이에 대해 이 드라마에서는 테바이라는 한 도시의 운명이 틀을 이루고 모든 것이 그 안에서 진행되는 것이라는 주장이 제기되었다. 그러나 단순히 틀이 있는 것과 그 안에서 개개의 부분들이 소포클레스의 걸작들에서처럼 유기적인 결합을 이루는 것은 별개의 것이다.

에우리피데스에 대한 전통적인 비판들은 일반적으로 검증을 필요로 하는 것이 사실이지만, 이 드라마에서 에우리피데스가 유기적인 결합에 성공하지 못했다는 주장은 사실에 배치되는 근거 없는 비판이라고 보기는 어려울 것이다.

16. 『오레스테스』

이 드라마는 에우리피데스가 기원전 408년 아테나이를 떠나기 직전에 공연되었다. '기초 지식'에 따르면 이 드라마도 고대에 『포이니케의 여인들』과 비슷한 비판을 받았던 것 같다. 보다 짜임새 있는 구성을 보여주기는 하지만 이 드라마에서도 항상 새로운 전환을 통하여 사건 진행에 활기를 불어넣으려는 노력이 군데군데 엿보인다. 그래서 이러한 활력과 무대 효과 때문에 이 드라마는 『헤카베』 및 『포이니케의 여인들』과 더불어 에우리피데스의 드라마들 중에서 고대에는 가장 많이 읽히고 가장 많이 공연되었다고 한다. 이러한 긍정적인 평가와 더불어 '기초 지식'에 따르면 퓔라데스를 제외하고는 비열한 성격들만을 보여줄 뿐이라는 부정적인 평가도 받았던 이 드라마의 줄거리는 다음과 같다.

아가멤논의 아들 오레스테스는 아버지의 원수를 갚기 위하여 어머니 클뤼타이메스트라와 간부 아이기스토스를 죽인 지 엿새째 되던 날 복수의 여신들의 추격으로 광증에 시달리다가 지쳐 쓰러져 누나 엘렉트라의 정성어린 간호를 받게 된다. 아르고스 시민들은 이들 남매의 모친 살해죄에 대하여 판결을 내릴 것인데 사형이 거의 확실시되었다. 이때 아가멤논의 아우이자 이들 남매의 숙부인 메넬라오스가 헬레네를 데리고 긴 방랑 끝에 스파르테로 귀향하던 도중 그곳에 들르자 궁지에 몰린 이들 남매는 그가 나서서 자신들을 구해주기를 간청한다. 메넬라오스는 처음에 이들을 동정하나 클뤼타이메스트라의 아버지 튄다레오스가 나타나 그의 개입을 제지하자 몸을 사리며 뒤로 물러선다. 사태가 이렇게 전개되자 드라마의 서두부에서 양심의 가책으로 기진맥진하던 오레스테스는 강력한 생명 의지를 느낀다. 이때 성실한 친구

필라데스가 오레스테스의 범행에 가담했다는 이유로 아버지에게 쫓겨나 두 남매를 찾아온다. 셋이서 의논한 끝에 오레스테스가 몸소 아르고스인들의 회의장에 나서기로 결심한다. 그러나 이때 사자가 나타나 두 남매에게 사형이 선고되었음을 알리며, 튄다레오스가 내보낸 선동가는 두 남매를 돌로 쳐 죽일 것을 주장했으나 시골에서 몸소 일하며 살아가는 어떤 성실한 사내가 오레스테스의 행위를 변호하여 자살로 감형되었다고 일러준다.

그래서 세 사람은 자살하기로 결심하나 필라데스는 그러기 전에 메넬라오스에게 복수하기 위하여 이 모든 불행의 원인인 헬레네를 죽이도록, 그리고 엘렉트라는 부모가 트로이아에 가고 없는 사이에 아르고스에서 자란 그들의 딸 헤르미오네를 인질로 잡도록 권고한다. 그들은 이러한 행위가 메넬라오스에게 앙갚음이 될 뿐만 아니라 자신들에게 구원을 가져다줄 수도 있다고 생각하게 된다. 헬레네에 대한 음모의 결과는 트로이아에서 헬레네를 따라온 프뤼기아(Phrygia)의 노예에 의하여 보고되는데, 이상하게도 헬레네가 없어졌다는 것이었다. 이 드라마의 종결부는 에우리피데스의 어떤 드라마보다도 더 소란스런 모습을 보이는데, 세 사람은 지붕 위에 나타나 헤르미오네를 죽이겠다고 위협하고 메넬라오스는 빗장이 걸린 궁전의 문을 부수고 안으로 들어가려 한다. 그러자 그들은 궁전에 불을 지르겠다고 위협한다. 달리 해결 방법이 없을 때 아폴론이 헬레네를 데리고 나타나 헬레네는 하늘나라로 옮겨졌고, 오레스테스는 아테나이의 법정에서 무죄 선고를 받은 뒤 헤르미오네와 결혼하여 아르고스를 통치하게 될 것이며, 엘렉트라는 필라데스와 결혼하게 될 것이라고 정리해준다.

이 드라마가 비열한 성격들만을 보여준다는 비판에 대해서는, 숙부인 메넬라오스의 비겁한 행위와 외할아버지 튄다레오스의 맹목적인 증오심과 아이기스토스 잔당(殘黨)들의 준동과 선동가의 악의에 찬 고발 등 사면초가의 상황에서 의지할 데 없는 두 남매에게 선량해지기를 기대한다는 것은 무리한 요구라는 점을 염두에 두어야 할 것이다.

그리고 이 드라마에도 남매 간의 진심에서 우러나오는 우애, 퓔라데스의 헌신적인 우정, 민회(民會)에서의 성실한 농부의 우직하지만 믿음직한 태도 — 그는 『헤라클레스』에서의 중산층에 대한 찬양과 『엘렉트라』에서의 성실한 농부와 더불어 종래의 신분적 편견에 대한 에우리피데스의 비판적 태도를 엿볼 수 있게 해준다 — 헤르미오네의 때 묻지 않은 순진함 같은 밝은 면이 있고, 그것은 증오와 복수의 그을음 속에서 더욱 찬란히 빛을 발하고 있다. 그러나 전체적으로 볼 때 에우리피데스가 아테나이를 떠나기 직전에 인간에 대하여 더 비판적인 견해를 갖게 된 것은 사실인 듯하다.

아리스토텔레스는 이 드라마에 나오는 메넬라오스를 플롯이 요구하지도 않는 비열한 성격의 본보기로 제시하고 있으나(『시학』 제15장 1454a 참조), 그것은 신중하지 못한 판단이라고 생각된다. 메넬라오스의 비열한 태도야말로 양심의 가책으로 의기소침해 있던 오레스테스의 생명 의지와 저항 의지에 불을 지르는 역할을 하기 때문이다. 그런 의미에서 이 드라마에서는 아이스퀼로스의 『제주를 바치는 여인들』에서 볼 수 있는, 대대로 이어지는 가문의 저주라는 문제가 뒷전으로 밀려나고 인간 내면의 심리적 변화가 사건 전개의 원인이 되고 있다고 할 수 있을 것이다. 바꿔 말하면 에우리피데스에게 있어 신화는 일반적으로 드라마의 배경일 뿐이며, 그가 보여주려고 하는 것은 인간들 사이의 갈등과 인간의 내면 세계의 변화인 것이다.

17. 『아울리스의 이피게네이아』

에우리피데스가 마케도니아에 머무는 동안(기원전 408년~406
년)에 쓴 드라마들 중에는 『아울리스의 이피게네이아』와 『박코스의
여신도들』만이 현재 남아 있는데, 이 두 드라마가 포함된 4부작으로
그와 이름이 같은 아들 또는 조카가 그의 사후에 아테나이의 경연에서
그에게 우승을 안겨주었다.

에우리피데스의 후기 드라마들에서는 변화무쌍한 인간의 마음이
중요 모티프였고, 그러한 경향은 『아울리스의 이피게네이아』에서 절
정에 달한다. 이 드라마의 줄거리는 다음과 같다.

첫 번째 장면은 새들도 바다의 물결도 침묵하는 고요한 밤중에 그
와 대조적으로 아가멤논의 마음이 몹시 흔들리는 모습을 보여준다. 그
는 딸 이피게네이아를 아르테미스 여신에게 제물로 바쳐 함대를 위해
순풍을 얻고자 아킬레우스와 결혼시킨다는 핑계로 그리스 군이 집결
해 있는 아울리스로 데려오게 했던 것이다. 그래서 그는 양심의 가책
을 느끼고 자신의 지시를 취소하는 내용의 편지를 보내지만 그것을 갖
고 가던 노복이 그의 아우인 메넬라오스에게 붙잡힌다. 메넬라오스가
아가멤논의 막사를 찾아와 총사령관인 그의 변덕스런 마음을 나무라
자, 아가멤논도 메넬라오스가 전쟁에 열을 올리는 것은 순전히 아내
헬레네를 되찾기 위한 것이 아니냐며 그의 이기적 동기를 나무란다.

이때 사자가 나타나 이피게네이아가 클뤼타이메스트라와 어린 오
레스테스와 함께 도착했다고 보고한다. 메넬라오스는 절망에 몸부림
치는 아가멤논을 보고는 마음이 바뀌어 이피게네이아의 희생을 단념
하겠다고 한다. 그러나 두 형제의 입장이 뒤바뀌어 이제 아가멤논이
오히려 희생의 불가피함을 역설하며 그렇지 않을 경우 군대의 미움을

사게 될 것이라고 말한다. 아가멤논에게는 아무 영문도 모르고 반갑게 인사하는 아내와 딸이 부담스럽기만 하다.

이때 클뤼타이메스트라는 출진(出陣)이 지연되는 까닭을 묻고자 아가멤논을 찾아온 아킬레우스를 보고 그를 미래의 사위로 보고 반긴다. 아킬레우스가 당황하자 그녀는 그가 부끄러워서 그러는 줄로 오해한다. 자신도 모르게 기만당한 두 사람 사이의 이러한 오해에서 우리는 상황 희극(狀況喜劇)의 요소들을 엿볼 수 있는데, 이러한 요소들을 떠나서는 아테나이의 신희극과 유럽의 희극은 생각할 수도 없을 것이다. 두 사람은 아가멤논이 편지를 주어 보냈던 노복을 통하여 사건의 전말을 알게 되고, 아킬레우스는 자신의 이름이 악용된 것에 분개하며 어떤 일이 있어도 이피게네이아를 구해주겠다고 약속한다. 한편 이피게네이아도 자신을 아울리스로 부른 까닭을 알고 살려달라고 애원하며 영광스럽게 죽느니보다 수치스럽게 사는 편이 낫다고 말한다.

잠시 뒤에 아킬레우스가 찾아와 그녀의 희생을 제지하려다간 군대의 저항에 부딪혀 목숨을 잃게 될지도 모르겠다고 말하자, 이피게네이아는 심기일전하여 조국을 위해 자기 한 몸을 희생하기로 자청한다. 그녀는 오히려 어머니를 위로하고 자신의 희생을 요구한 아르테미스 여신을 위하여 찬가를 부르며 죽음을 향하여 나아간다.

이 드라마는 전형적인 프롤로고스 대신 단단장격(∪∪—)의 대화로 시작되고 다음에 일반적으로 드라마 첫머리에 나오는 단장격(∪—)의 프롤로고스가 이어지고 그 다음에 또 단단장격이 나오는 특이한 형식을 취하고 있다. 이러한 문체상의 차이 때문에 어느 것이 과연 에우리피데스가 쓴 것이냐 하는 문제가 제기되었고, 이에 대해서 여러 가지 의견이 제시되었다. 에우리피데스는 원래 두 가지 초안을 남겼는데 이것이 후일 공연되는 과정에서 하나로 결합되었을 것이라는 견해가 현재로서는 가장 설득력이 있어 보인다.

이 드라마는 종결부도 확실치 않다. 아일리아누스(Claudius Aelianus)가 언급하고 있는 단편(『동물 세계의 불가사의 *Historia animalium* 7, 39 참조』)은 원래의 종결부의 일부인 듯하며, 거기서는 아르테미스가 기계 장치를 타고 나타나 이피게네이아는 암사슴으로 대치된 다음 먼 곳으로 옮겨져 자신의 여사제가 되었음을 알리는 것으로 추정된다. 그러나 이 종결부는 없어지고 클뤼타이메스트라에게 희생 장면의 기적을 전해주는 사자의 보고로 대치되어 있다. 작가의 사후에 공연을 위하여 쓰여진 것으로 생각되는 이 보고도 끝부분이 없어지고 우리가 오늘날 읽는 것(1578ff.)은 아마도 비잔틴 시대에 보완된 것으로 짐작된다.

이 드라마는 처음에 살려달라고 애원하던 이피게네이아와 나중에 희생을 자청하는 이피게네이아가 전혀 달라 주인공의 성격에 일관성이 없다는 이유로 아리스토텔레스에게서 부정적인 평가를 받고 있는데(『시학』 제15장 1454a 참조), 고대 그리스인들에게 본성(physis)의 불변성은 특히 비극에서는 하나의 필수 조건이었다는 점을 고려하면 근거 없는 혹평이라고는 할 수 없을 것이다.

에우리피데스가 자주 사용하는 자발적인 희생의 모티프는 이 드라마에서는 삽화가 아니라 중심 모티프가 되고 있다. 그러나 이피게네이아가 아무 동기도 없이 조국을 위하여 자신을 희생하기로 결심한 것은 아니라 하더라도, 그녀가 그렇게 결심하기까지의 심경의 변화 과정을 충분히 그렸다고는 말할 수 없을 것이다. 그런 의미에서 이 드라마는 근대극을 향하여 큰 발걸음을 내디딘 것은 사실이나 역시 시작에 그쳤다고 해야 할 것이다.

18. 『박코스의 여신도들』

　그리스 비극은 원래 디오뉘소스 신의 축제에서 유래했지만 그 대미를 장식하는 이 드라마에서도 역시 디오뉘소스 신의 이야기가 주제가 되고 있다. 에우리피데스의 지금까지의 드라마들에서는 인간의 내면 세계에 대한 관심 때문에 뒷전으로 밀려났던 신 또는 종교에 관한 문제들이 그의 마지막 작품인 이 드라마에서는 전면에 나서고 있다.

　이러한 내용적인 변화에 상응하여 이 드라마는 형식 또한 그 어느 드라마보다 엄격하며 고풍스럽기까지 하다. 코로스의 노래는 사건 전개와 밀접한 관계가 있고, 개인적인 감정을 나타내는 배우의 노래를 찾을 수 없으며, 격행 대화(隔行對話, stichomythia)[21]가 가장 많이 사용되고 있는가 하면, 감정이 격한 대목에서는 장단격 테트라메터가 사용되고(604ff. 참조) 있기 때문이다. 프롤로고스와 사자의 보고들이 에우리피데스의 다른 드라마들처럼 어느 정도 독립성을 보이고 있기는 하지만, 이 드라마는 전체적으로 신(神)과 그 적대자라는 대립을 견지함으로써 구성의 통일을 이루고 있으며, 그의 후기 드라마들에서 비극적 대립이 이토록 순수하게 형상화된 예는 없다고 해도 과언이 아닐 것이다. 이 드라마의 줄거리는 다음과 같다.

　제우스와 세멜레(Semele)의 아들인 주신 디오뉘소스는 사람들에게 자신의 신성(神性)을 알리고자 세상을 두루 돌아다니다가 어머니 세멜레의 고향인 테바이를 찾아온다. 그러나 어머니의 자매인 카드모스의 다른 딸들이 그의 신성을 부인하자, 그는 테바이의 여인들을 미치게 하여 키타이론 산에서 자신을 숭배하는 의식을 올리게 한다.

---

21) 격행 대화란 두 명의 배우가 1행씩 번갈아 말하는 것을 뜻한다.

그러자 카드모스의 딸 아가우에(Agaue)의 아들로 테바이의 왕이 된 펜테우스(Pentheus)가 카드모스와 예언자 테이레시아스의 간언(諫言)에도 불구하고 새로운 종교에 적개심을 품고 디오뉘소스를 투옥시킨다. 그러나 디오뉘소스는 지진을 일으켜 궁전을 파괴하고는 힘들이지 않고 감옥에서 나온다. 첫 번째 사자가 등장하여 산으로 간 테바이 여인들의 행동을 실감나게 보고하자 펜테우스는 격분하지만, 디오뉘소스가 그에게 여자로 변장하여 그들의 행동을 직접 살펴보라고 권하자 그는 호기심도 있고 하여 숲 속으로 따라간다. 이번에는 두 번째 사자가 등장하여 그 결과를 보고한다. 디오뉘소스가 전나무 우듬지 하나를 휘어 그 위에 펜테우스를 앉히고는 도로 놓아버리고 나서 고함을 지르자 펜테우스가 여인들에게 발각되어 갈기갈기 찢겨 죽었다는 것이다.

  이어서 광기에 사로잡힌 아가우에가 죽은 아들의 머리를 튀르소스(thyrsos) 지팡이[22]에 꿰어 사자(獅子)를 잡았다며 의기양양하게 테바이로 돌아온다. 그녀는 정신이 돌아온 뒤에야 제 아들이 죽었음을 알게 된다. 현재 전해지고 있는 종결부는 일부가 없어져 불완전하지만, 디오뉘소스가 다시 신으로 나타나 카드모스 일가를 테바이에서 추방하게 되어 그들이 그곳을 떠나는 장면으로 드라마가 끝난다는 것을 알 수 있다.

  에우리피데스의 드라마들 가운데 이만큼 해석하기 어려운 작품도 없을 것이다. 혹자는 이 드라마를 통해 그 동안 회의주의적 태도를 견지해온 작가가 강력한 디오뉘소스 신의 부름 앞에서 전통적 신앙으로 개종한 것으로 보고 있다. 그런가 하면 혹자는 에우리피데스야말로 펜

---

22) 튀르소스는 상단에 솔방울이 달리고 담쟁이 덩굴과 포도잎이 감긴 지팡이로서 디오뉘소스 신의 숭배자들이 들고 다녔다.

테우스처럼 이성의 기치 아래 허황된 미신과 끝까지 싸우는 투사라고 보고 있다. 그러나 오늘날에는 그런 극단적인 해석을 지양하고, 이 작품은 어디까지나 에우리피데스가 디오뉘소스적 현상과 씨름하여 얻은 결실일 뿐 개종도 항의도 아니라는 견해가 지배적이다.

에우리피데스는 일찍부터 비의(秘儀)의 비합리적인 면에 관심을 가졌던 것으로 알려졌는데, 이 드라마를 쓴 마케도니아에서 그는 디오뉘소스 숭배를 앗티케에서보다도 더 본래적 형태로 경험하게 되었을 것이다. 그리하여 디오뉘소스 숭배가 이 드라마에서 가장 인상적으로 형상화될 수 있었던 것으로 생각된다.

거기에는 디오뉘소스 신이 인간들에게 줄 수 있는 참된 평화의 장면들이 그려져 있다. 박코스의 여신도들이 숲 속에서 평화롭게 잠들고, 야수들의 어린 새끼들에게 젖을 먹이고, 튀르소스 지팡이로 땅을 쳐서 맑은 샘물이 솟아오르게 할 때 인간과 자연은 적대적 이탈을 극복하고 행복한 결합을 이루게 되는 것이다. 그러나 이 여인들은 외부로부터의 방해에 광란으로 대응하고, 폭력으로 인가(人家)를 습격하고, 가축 떼를 찢어 죽이는 등 무서운 파괴력을 보이기도 한다. 평화와 폭동, 미소짓는 우아함과 악마적인 파괴라는 양극성 때문에 에우리피데스는 디오뉘소스적 요소를 자연의 거울로, 아니 삶 그 자체의 거울로 여겼던 것으로 생각된다.

19. 사튀로스 극 『퀴클롭스』

온전하게 남아 있는 고대 그리스의 유일한 사튀로스 극인 『퀴클롭스』는 오늘날에는 '분해 현상'과 3인 대화와 분행 대화(分行對話,

antilabe)[23]가 사용되고 있다는 이유에서 대체로 후기 작품으로 추정되고 있다.

이 드라마는 『오뒷세이아』 제9권에 나오는 외눈박이 식인(食人) 거한 폴뤼페모스(Polyphemos)의 이야기에서 취재했는데 그 줄거리는 다음과 같다.

디오뉘소스 신이 해적들에게 피랍되자 그의 종자(從者)들인 반인 반수의 실레노스와 그 아들들인 사튀로스들이 주인을 찾아나섰다가 시켈리아로 표류하여 퀴클롭스족(Kyklops)의 한 명인 폴뤼페모스에게 잡혀 그의 가축 떼를 돌보게 된다. 오뒷세우스도 트로이아에서 귀향하던 도중 전우들과 함께 그곳에 도착하여 포도주를 주고 양식을 구하려고 실레노스와 흥정하는데, 그때 폴뤼페모스가 나타나 오뒷세우스 일행을 사로잡더니 그 중 두 명을 잡아먹는다. 그래서 오뒷세우스 일행은 그가 술에 취해 잠들었을 때 그의 눈을 멀게 하고는 실레노스 일행과 함께 그곳에서 탈출한다.

서사시에 나오는 이야기를 무대에 올리기 위하여 에우리피데스는 부득이 몇 가지 사항을 변경한다. 사건은 서사시처럼 동굴 안이 아니라 동굴 앞에서 진행되며, 폴뤼페모스를 눈멀게 하는 것은 서사시에서는 동굴에 갇힌 자들의 살아남기 위한 정당방위지만 이 드라마에서는 전우들을 잡아먹은 데 대한 보복이다.

이 사튀로스 극에서는 술만 준다면 무슨 짓이든 할 용의가 있는 실레노스가 오뒷세우스와 흥정하다가 폴뤼페모스가 나타나자 오뒷세우스가 양식을 훔치는 것을 현장에서 체포했다고 둘러댄다든가, 큰소리치던 사튀로스들이 폴뤼페모스를 눈멀게 하는 데 협력해달라는 오

---

23) 분행 대화는 1행의 단장격 트리메터를 두 명 이상의 배우가 나누어 말하는 것으로 주로 감정이 격한 부분에서 사용된다.

뒷세우스의 요청에 겁이 나서 꽁무니를 뺀다든가, 퀴클롭스가 술에 취해 술 따르는 시종 노릇을 하는 늙은 실레노스를 계간(鷄姦)하려고 동굴 안으로 끌고 들어가는 등 우스꽝스런 장면들이 이어진다.

그러나 오뒷세우스가 신들과 인간들에 대한 의무와 규범을 상기시키며 전우들을 잡아먹지 말라고 애원하자, 폴뤼페모스가 날마다 배불리 먹고 마시며 걱정 없이 살아가는 것이야말로 지혜로운 자들에게는 다름 아닌 제우스며, 규범 같은 것들로 괜히 인생을 복잡하게 만드는 자는 꺼져버리라고 말한다(338ff. 참조).

소피스트 철학을 연상케 하는 그의 이런 발언은 이미 비극 3부작을 관람한 관객들을 경쾌한 내용으로 즐겁게 해주어야 할 사튀로스 극에는 너무나 진지하고 무거운 느낌을 준다. 오뒷세우스도 비극에나 어울릴 만큼 위엄 있고 진지하며 실레노스와 사튀로스들과의 대조를 통해서만 우스꽝스럽다는 느낌을 준다.

그런 의미에서 현재 많은 양의 파피루스가 출토된 소포클레스의 『추적자들』과 아이스퀼로스의 『그물질하는 이들 Diktyoulkoi』에서 볼 수 있는 것과 같은 부담 없이 경쾌하고 즐겁기만 한 사튀로스 극에 비하면 에우리피데스의 이 드라마는 다소 무겁게 느껴지는 편이다. 에우리피데스가 4부작의 마지막을 장식하게 되어 있는 사튀로스 극을 『알케스티스』와 같은 행복한 결말의 비극으로 대치한 것이 한두 번이 아니었다는 사실은 그가 사튀로스 극에서는 비극에서만큼 뛰어난 재능을 발휘할 수 없었기 때문이 아닌가 생각된다.

20. 드라마의 구성과 언어

에우리피데스의 작품들은 두 선배 시인의 작품들에 비해 모순투성이어서 한마디로 요약하기가 어려운데, 그것은 형식적인 측면에 있어서도 마찬가지다.

에우리피데스의 경우 드라마의 개별적 부분들이 더 날카롭게 분절되고 더 독립성을 유지하고 있다는 것은 오래 전부터 인정되어왔다. 그래서 그의 드라마들은 막(幕)으로 나누기가 쉽게 되어 있다. 그러나 그의 드라마들이 부분들로 해체된다고 주장한다면 그것은 잘못이다. 이들 부분들은 상당한 독립성을 유지하면서도 서로 유기적으로 결합하여 생동하는 전체를 이루고 있기 때문이다.

그의 드라마들은 대체로 개별 화자가 드라마 전체에 관하여 예비지식을 제공하는 프롤로고스로 시작된다. 그러나 소재가 주는 긴장감을 배제함으로써 예술 작품을 보다 순수하게 즐길 수 있도록 사건의 진행을 선취(先取)하는 것이 프롤로고스의 과제라는 레싱(G. E. Lessing)의 견해가(『함부르크 연극론 *Hamburgische Dramaturgie*』 48. Stück 참조) 전적으로 옳다고 할 수는 없을 것이다. 그것은 신이 말하는 프롤로고스에서나 가능한 일이며, 그 경우에도 『이온』에서처럼 긴장의 계기들은 얼마든지 내포될 수 있기 때문이다.

오히려 에우리피데스의 프롤로고스는 사건의 전제에 대한 예비지식을 제공하되 전승된 소재와 이에 대한 작가의 새로운 견해가 병존하는 것을 배제하지는 않는다. 이런 해설적 프롤로고스가 대사(臺詞)의 초기 형태라고 한다면 에우리피데스의 프롤로고스는 의고적(擬古的) 현상인 셈이다. 그리고 프롤로고스는 대체로 차분한 서술체를 견지하기 때문에 다음 장면들에서 효과적인 상승을 가능하게 해준다.

내용과 형식에 있어 특히 독립성을 유지하는 것이 논쟁(agon)이다. 논쟁들에서는 당사자들이 가능한 모든 논거를 사용하는 까닭에 일종의 자체 논리 같은 것이 있으며, 그런 의미에서 그것들은 아테나이인들의 토론에 대한 열정에 적합한 공간이기도 하다. 따라서 논쟁 중에 말한 것을 가지고 드라마 전체를 해석하려 할 때는 각별한 주의가 필요하다. 논쟁들은 형식적으로 격행 대화들과 그 자체로 독립성을 유지하는 긴 변설(辯說, rhesis)들로 구성되어 있다.

그러한 변설들은 에우리피데스의 드라마에서는 논쟁의 일부를 구성할 뿐만 아니라 독백의 성격을 지닐 수도 있다(『메데이아』 1021ff. 참조). 여기서는 논증과 반박에 있어서의 개연성과 합리성이 결정적 역할을 한다. 여기서 우리의 가장 큰 관심사는 에우리피데스가 당시의 수사학에 어느 정도 영향을 받았느냐 하는 것이다. 당시는 아테나이의 민주화와 더불어 수사학에 관심이 고조되던 때라 에우리피데스도 틀림없이 그러한 분위기에 영향을 받았겠지만, 그의 변설들이 명료한 구성을 보인다고 해서 그가 특정한 수사학적 규칙들을 준수했다거나 특정한 수사학자에게 배웠다고 보는 것은 지나친 판단일 것이다.

에우리피데스의 사자의 보고들은 그 생동감 있는 사실적 표현에 힘입어 그의 서사적 걸작들로 평가되고 있다. 사자는 보통 먼저 코로스장과의 짤막한 대화를 통하여 사건의 핵심을 알리고 나서 장황한 서술로 사건을 소상히 그려 보여주는데, 때로는 다음 장면들의 프롤로고스 기능을 하기도 한다.

에우리피데스 드라마들의 가장 전형적인 특징은 드라마의 종결부에 나타나는 '기계 장치에 의한 신'일 것이다. 그러한 신은 사건을 신속히 마무리짓는 편리한 수단이기는 하지만 반드시 얽히고설킨 사건의 매듭을 풀기 위해서만 나타나는 것은 아니다. 예컨대 『타우리케의 이피게네이아』 같은 경우, 사건이 매끄럽게 마무리되는데도 그는 이를 의도적으로 지연시키며 신이 기계 장치를 타고 나타나게 하는 것이다.

그럴 경우 기계 장치를 타고 나타나는 신의 중요한 기능 중 하나는 드라마의 사건과 관계 있는 예배 의식을 창설하거나 그 내력을 설명하는 데 있음이 확실하다. 전통에 대하여 회의적이고 비판적인 에우리피데스마저 드라마의 종결부에서는 예배 의식의 전통으로 회귀했던 것은 역시 전통에 대한 비판에 불안해하는 관객들을 안심시키고, 비극은 역시 디오뉘소스제에서의 신성한 연희(演戲)라는 사실을 고려했기 때문일 것이다.

에우리피데스의 코로스의 노래들은 일반적으로 사건의 진행과는 무관한 막간가(幕間歌)의 성격이 짙다는 것이 아리스토텔레스(『시학』 제18장 1456a 참조) 이후 지배적인 견해이다. 그러나 그의 마지막 작품인 『박코스의 여신도들』에서는 코로스의 노래가 이례적으로 사건의 진행과 밀접한 관계가 있어 이 문제에 관하여 한마디로 말하기는 어렵지만, 후기로 갈수록 그의 코로스의 노래들이 점점 더 독립성을 지니는 것은 사실이다.

그의 후기 작품들에서는 코로스의 노래에서 내용에 맞지 않는 과장된 언어적 표현들이 발견되는데, 이것은 효과를 노리는 새로운 음악적 경향의, 특히 에우리피데스의 친구였던 티모테오스(Timotheos)의 영향을 받은 결과로 추정된다. 아리스토파네스는 『개구리』(1309행)와 『테스모포리아 축제의 여인들』(49행)에서 이를 패러디의 대상으로 삼고 있다. 에우리피데스의 드라마에서는 코로스의 노래 외에도 배우의 노래가 점점 많이 나타나는데 이 역시 유사한 양상을 보인다. 그러나 적잖은 독창(獨唱)들은 과장된 표현에도 불구하고 진정한 감정의 표현이라고 해도 좋을 것이다.

에우리피데스 드라마들의 모순은 그의 언어에서도 나타난다. 코로스의 언어가 점점 과장된 형태를 띠는 것과는 달리 대사에서는 일상어에 가까운 간단 명료한 언어가 사용되고 있기 때문이다. 그의 이러한 언어는 아이스퀼로스의 효과적인 조어(造語) 능력을 가진 중후한 언어나 소포클레스의 기품과 절도가 있으면서도 적응 능력이 뛰어난 언어와는 다른 것으로서 나중에 신희극에 많은 영향을 준다.

에우리피데스 드라마들의 또 하나의 모순은 특히 코로스의 노래에서 볼 수 있는 새로운 변화와 함께 의고적 경향들이 병존하고 있다는 점이다. 장단격 테트라메터는 초기 드라마에 사용되던 운율로서 『트로이아의 여인들』(기원전 415년)에 처음 사용된 이후 계속해서 사용되고 있는데 이러한 의고적 경향은 그의 드라마들의 내적 발전과는 분명히 모순된 것이다.

21. 철학자 시인

에우리피데스의 드라마들은 형식적인 측면뿐만 아니라 내용적인 측면에 있어서도 모순투성이이다. 그래서 그를 무대 위의 철학자 또는 계몽주의의 선전원으로 보려던 시도들은 모두 실패하고 말았다. 그가 당시의 지적 움직임에 깊은 관심을 가졌던 것은 사실이다. 소포클레스와 헤로도토스가 당시 전 그리스를 휩쓸던 소피스트 철학에 저항적인 자세를 취한 반면, 에우리피데스의 드라마들에서는 새로운 이념들에 의한 깊은 동요와 고뇌, 그리고 이에 대한 다양한 대결 양상을 엿볼 수 있기 때문이다.

등장 인물들이 하는 말들이 과연 어디까지 작가의 말인지 판단하기가 쉽지 않은 만큼 다양한 개별 부분들에서 작가의 세계관을 모자이크풍으로 조립한다는 것은 위험한 일이기는 하지만, 그래도 그의 드라마의 등장 인물들이 하는 말들의 적잖은 부분들은 소피스트 철학에 깊은 관심이 없는 작가에 의해서는 쓰여질 수 없는 것들이다.

그러나 당시의 철학적 문제들이 그의 드라마들의 금언(金言)들이나 사상들이나 논쟁들에 반영되어 있다고 해서 그를 시인이 아닌 철학자로 보는 것은 지나치다 할 것이다. 오히려 그를 어떤 철학 체계의 창시자나 추종자가 아니라 사회적 현실과 씨름하며 거기서 새로운 진리를 얻으려 했던 끊임없는 탐구자로, 말하자면 애지적(愛知的) 시인으로 보는 것이 사실에 더 가까울 것이다.

그의 탐구자적 자세는 특히 신들에 대한 그의 태도에서 가장 두드러지게 나타난다고 할 수 있다. 그의 드라마의 등장 인물들은 전통적 신앙에 대하여 심한 비판을 가할 때가 많은데, 편협한 복수심과 사적인 동기에서 인간을 벌주는 신들이(『힙폴뤼토스』 117행 및 1420행, 『안드로마케』 1161행, 『박코스의 여신도들』 1348행 참조) 대체 무슨 신들이냐고 묻는가 하면, 『이온』에서 아폴론은 자기 아들을 아테나이 왕에게 슬쩍 떠넘기고 크레우사에게 많은 고통을 안겨주다가 결국 모든 일을 수습하기는 하지만 자신의 태도가 떳떳하지 못함을 알고 아테네 여신을 내보내 당사자들과 이야기하게 하는데 그는 이미 호메로스에서 볼 수 있는 떳떳하고 당당한 신은 아닌 것이다. 『타우리케의 이피게네이아』에서 이피게네이아는 아르테미스 여신에게 불결한 것은 무엇이든 멀리하면서도 인간 제물을 즐긴다고 항의하고 나서(380ff.), 여신이 그렇다고는 믿을 수 없으며 야만족이 자신들의 나쁜 관습을 여신에게 떠넘기는 것이라고 말한다.

　위의 예들에서도 알 수 있듯이 에우리피데스는 주어진 소재 또는 전통에 비판을 가하되 거기에 만족하지 않고 끊임없이 진리를 찾아 나서는 지적 탐구자이다. 그의 모순에 찬 세계관은 자연히 내적 분열에 시달리는 다층적 인물들을 만들어냈는데, 어떤 의미에서는 현실에 더 가까운 이런 인물들 때문에 그의 드라마들은 기원전 386년 한 번 공연된 드라마들의 재연(再演)이 허용되었을 때[24] 가장 자주 공연될 수 있었으며, 아리스토텔레스도 그를 여러 가지 결점에도 불구하고 "가장 비극적인 시인"이라고 말했던 것이며(『시학』 제13장 1453a), 괴테도 그에 관하여 "그 이후로 모든 민족들이 그에게 신발을 건네줄 만한 가치라도 있는 극작가를 가진 적이 있었던가!"[25]라고 말할 수 있었던 것이라고 생각된다.

---

24) 재공연에 관해서는 제2장 「아이스퀼로스」 주 18) 참조.
25) cf. 1831년 11월 23일자 일기.

제5장

3대 비극 작가 이후

1. 이온, 아가톤, 크리티아스

그리스 비극 하면 우리는 으레 3대 비극 작가만을 생각하지만 현재 남아 있는 작품들은 당시 엄청나게 많이 쓰여진 것들의 일부에 지나지 않는다. 이른바 '공연 자료집'이 그런 사실을 여실히 말해준다. 그러나 완전히 없어진 것들이 특히 우수한 작품들일 것이라고 생각할 수 있는 근거는 아직 아무 데서도 발견되지 않고 있다. 예컨대, 아리스토파네스의 희극 『개구리』는(72행 참조) 3대 비극 작가의 사후(死後) 아테나이의 비극 무대가 침체하기 시작했음을 말해주고 있다.

앗티케 비극의 전성기에 활동했던 또 다른 3명의 비극 작가들 중에서 키오스 출신의 이온에 관해서는 소포클레스가 기원전 441/40년 장군(將軍)으로서 이 섬에 체류했던 일과 관련하여 앞서 언급한 바 있다. 이온은 기원전 490년경에 태어난 것으로 추정되며 젊어서부터 자주 아테나이로 건너가 그곳의 명사들과 교류했는데, 어떤 집회에서는 키몬(Kimon)[1]이 연설하는 것을 들었고, 이스트모스(Isthmos) 경기[2]에서는 아이스퀼로스와 만났으며, 소포클레스와의 만남에 관해서는 앞서 말한 바 있다. 『수다 사전』에 따르면 이온은 제82 올륌피아기(기원전 452년~449년)에 처음으로 비극을 공연했다고 한다. 『수다 사전』은 또 그의 비극들이 12편 또는 30편 또는 40편이라고 하는데 뒤의 두 숫자는 사튀로스 극들을 합산하지 않은 또는 합산한 10개의 4부작을 말하고, 12란 숫자는 후일 알렉산드레이아에 남아 있던 비극들을 가리키는 것으로 생각된다. 그것은 그의 드라마들 가운데 현재 11편의 제목과 단편만이 알려져 있는 사실과도 대략 일치한다.

이온은 알렉산드레이아 학자들에 의하여 주요 비극 작가의 한 사람으로 연구되고 찬미되었으나, 현재 남아 있는 단편만으로는 그의 비극들에 관하여 타당성 있는 평가를 내리기 어렵다. 그러나 기원후 1세기의 문예비평서(文藝批評書)인 『숭고에 관하여 *Peri hypsous*[3]』의 저자는 이온과 소포클레스의 차이는, 박퀼리데스와 핀다로스[4]의 그것과

---

1) 키몬(기원전 510년경~450년경)은 기원전 490년 마라톤(Marathon) 전투를 승리로 이끈 밀티아데스(Miltiades)의 아들로 아테나이의 친(親)스파르테적 보수 성향의 정치가 겸 장군이다. 그는 기원전 475년 스퀴로스(Skyros) 섬을 정복하여 해적들을 소탕하고 그곳에 묻힌 것으로 알려진 아테나이의 국민적 영웅 테세우스(Theseus)의 유골(遺骨)을 가지고 아테나이로 개선하는가 하면, 기원전 460년에는 소아시아 남쪽의 에우뤼메돈(Eurymedon) 강의 하구(河口)에서 페르시아 함대를 격파하기도 했다.

2) 이스트모스(Isthmos, '지협'이란 뜻) 경기는 올륌피아(Olympia), 퓌토(Pytho, 델포이의 옛 이름) 및 네메아(Nemea) 경기와 더불어 고대 그리스의 4대 경기의 하나로 매(每) 올륌피아기(紀)의 첫째 해와 셋째 해에 코린토스의 지협에서 해신(海神) 포세이돈을 위한 축제의 일환으로 개최되었다.

3) 『숭고에 관하여』는 저자 및 저술 연대를 확실히 알 수 없는 문학비평 논문으로서 지금은 3분의 2 정도만 남아 있다. 19세기 초까지만 해도 캇시우스 롱기누스(Cassius Longinus 기원후 213년경~273년)가 쓴 것으로 알려졌으나, 논문 자체 내에 그것이 기원후 1세기에 쓰여졌음을 암시하는 대목이 있어 롱기누스의 저술이 아닌 것으로 밝혀졌다.

4) 핀다로스(기원전 518년~446년 이후)는 테바이 근처의 마을에서 태어난 그리스의 서정시인으로,

마찬가지로, 오류 없는 유려한 문체와 천재(天才)의 열기 및 격정의 차이라고 말하며 올바른 생각을 가진 사람이라면 이온이 쓴 비극 전체보다도 소포클레스의 비극 『오이디푸스 왕』 1편을 더 높이 평가할 것이라고 단언하고 있다.

이온은 다재다능한 작가로서 『방문기(訪問記) Epidemiai』라는 뛰어난 산문 작품을 남겼으며, 일설에 따르면 비극뿐만 아니라 희극도 썼다고 하는데, 그렇다면 그는 비극과 희극 두 가지를 다 쓴 유일한 그리스 작가일 것이다. 그러나 이에 대해서는 회의적인 견해도 만만치 않다.

아가톤(Agathon, 기원전 445년경~400년)은 플라톤의 『프로타고라스 Protagoras』에서(315e 참조) 뛰어난 재능과 빼어난 용모의 젊은이로 나온다. 그의 작품으로 현재 남아 있는 것은 40행도 안 된다. 그는 기원전 416년 레나이아제의 비극 경연에서 처음 우승했으며, 이때의 우승을 축하하기 위하여 그의 집에서 열렸던 잔치가 바로 플라톤의 『향연』의 배경이 되고 있다.

아가톤은 여러 모로 비극의 개혁을 시도했다. 아리스토텔레스에 따르면 그는 처음으로 신화에서 소재를 취하는 대신 스스로 지어낸 줄거리와 등장 인물들을 토대로 하여 비극을 썼으며(『시학』 제9장 1451b 21 참조), 코로스의 노래들을 플롯과 무관한 막간가(幕間歌, embolima)로 만들었는데(『시학』 제18장 1456 a 30 참조), 이것이 후일 비극이 여러 막(幕)으로 나뉘는 단초가 되었던 것이다. 아가톤은 또 음악의 성격도 변화시켰는데, 이와 관련하여 아리스토파네스의 희극 『테스모포리아 축제의 여인들』의 첫부분(39ff. 및 101ff. 참조)에 나오는, 아가톤

그가 쓴 시들 중에서는 그리스의 4대 경기에서 우승한 자들을 위하여 쓴 승리의 송시(epinikon)들이 특히 유명하다.

의 서정시들에 대한 패러디들은 시사하는 바가 많다. 아가톤의 서정시들은 육감적이고 나약한 느낌을 주는데, 그것은 새로운 경향의 디튀람보스에 영향을 받은 때문으로 생각된다. 그러나 아리스토파네스는 아가톤이 에우리피데스와 마찬가지로 아테나이를 떠나 펠라에 있던 마케도니아 왕 아르켈라오스의 궁전으로 가고 없던 기원전 405년에 공연된 『개구리』에서 그를 가리켜 "친구들이 아쉬워하는 좋은(agathos) 시인이었지"라고 말하고 있다.

크리티아스(Kritias, 기원전 460년경~403년)는 귀족 출신의 철저한 과두정치가(寡頭政治家)로서 나중에 이른바 '30인 참주'의 한 명이 되었으며, 철학자 플라톤의 외가 쪽 아저씨이기도 하다. 그는 왕성한 문학 활동을 하며 정치적 내용의 비가(悲歌)들과 비극들 그리고 『시쉬포스 Sisyphos』 같은 사튀로스 극들을 썼다고 하나 지금은 약간의 단편들만 남아 있다.

2. 그리스 비극의 끝물

아테나이에서의 비극 경연은 기원전 1세기까지 계속되었고, 그때까지도 비극이 많이 쓰여졌음을 알 수 있으나, 현재 남아 있는 작품들이 거의 없어, 기원전 4세기 이후의 비극이 어떤 성격의 것이었는지 확실히 알기는 어렵다.

그러나 만약 『일리아스』 제10권에 나오는 트로이아의 정탐꾼 돌론(Dolon)의 이야기를 드라마화한 『레소스 Rhesos』5)가 지금까지 알려진

5) 『레소스』는 호메로스의 『일리아스』 제10권을 드라마화한 것으로 아킬레우스의 출진 거부로 궁지에 몰린 그리스 군이 오뒷세우스와 디오메데스(Diomedes)를 내보내 트로이아 군의 진

것과는 달리 에우리피데스가 쓴 것이 아니라 사실은 기원전 4세기에 쓰여진 작가 미상의 작품이라면, 그것을 입증하기 위하여 내세우는 논거들이야말로 기원전 4세기 드라마의 특징들을 말해줄 수 있을 것이다.

그 주요 논거들은 523행에 보이오티아 방언이 보인다는 점, 트로이아에 원군을 이끌고 온 트라케 왕 레소스를 Zeus Phanaios('빛을 가져다 주는 제우스'란 뜻)라고 부르는 것은(355행) 기원전 5세기에는 생각할 수 없다는 점, 서정시의 비중이 크다는 점, 비극에서 자주 쓰이는 금언(金言)을 전혀 찾을 수 없다는 점, 그리고 무엇보다도 매끄러운 사건 전개에도 불구하고 이 드라마의 등장 인물에게서는 인생과 운명의 의미에 대한 진지한 모색과 처절한 고뇌 같은 것을 발견할 수 없다는 점 등이다. 그렇다면 에우리피데스가 쓴 동명(同名)의 드라마는 없어지고 대신 이 드라마가 에우리피데스가 쓴 것으로 전해졌다고 보아야 할 것이다.

기원전 4세기의 비극에 관하여 그 밖에 몇 가지 특징들을 추론해 본다면, 먼저 줄거리와 등장 인물들을 임의로 창작하려던 아가톤의 실험은 계속되지 않았다. 시인들은 여전히 전래의 신화들에서 소재를 구했으나, 신화는 이미 그 심오한 세계관적 의미를 상실하고 단순히 소재의 공급원이 되고 말았던 것이다. 그것은 고전 시대의 폴리스(Polis)가 변질되면서 그 토양의 산물인 그리스 비극이 이제는 기술적 · 공간적으로 독자적인 예술로서 발전하기 시작했다는 사실과도 무관하지 않을 것이다. 그리고 테오덱테스(Theodektes)[6]의 『마웃솔로

영을 정탐해오게 하자, 두 장수는 도중에 적장 헥토르가 보낸 정탐꾼 돌론(Dolon)을 사로잡아 그에게서 부대의 배치와 암호를 알아낸 다음 적진에 들어가서는 그날 마침 원군으로 도착하여 곤히 잠들어 있던 트라케 왕 레소스의 막사를 찾아가 그를 죽이고 그의 준마들을 빼앗아간다는 내용이다.

6) 테오덱테스는 기원전 4세기에 활동한 아테나이의 비극 작가 겸 연설가이다. 그는 50편의 드라

스 *Maussolos*[7])나 모스키온(Moschion)[8])의 『테미스토클레스 *Themistokles*』와 『페라이인들 *Pheraioi*』[9])처럼 역사에서 취재한 드라마들과, 쉬라쿠사이(Syrakousai)[10])의 참주 디오뉘시오스(Dionysios) 1세의 『아도니스 *Adonis*』[11])와 마케도니아의 필립포스(Philippos)[12])의 궁전에서 상연되었다고 하는 『키뉘라스 *Kinyras*』처럼 기원전 5세기의 비극에서는 볼 수 없는 이색적인 신화에서 취재한 드라마들도 이런 맥락에서 이해될 수 있을 것이다.

당시의 비극은 또 수사학(修辭學)의 영향을 받았음을 알 수 있다. 아리스토텔레스는 『시학』에서(제6장 1450b 7ff. 참조) 옛날 시인들은 등장 인물들로 하여금 정치가처럼 말하게 했고, 오늘날의 시인들은 수사학자처럼 말하게 한다고 함으로써 이에 대하여 귀중한 증언을 해주고 있다.

마로 13번 경연에 참가하여 8번 우승했다고 한다.

7) 마웃솔로스는 기원전 4세기 전반에 누이이자 아내인 아르테미시아(Artemisia)와 더불어 소아시아의 카리아(Karia) 지방을 통치하던 인물이다.

8) 모스키온은 기원전 3세기경의 아테나이의 비극 작가이다.

9) 페라이(Pherai)는 텟살리아 지방의 도시이다. 『페라이인들』은 텟살리아 지방에서의 페라이의 우월적 지위를 유지하기 위하여 수단과 방법을 가리지 않는 참주 알렉산드로스(Alexandros)의 생애에서 취재했다고 한다.

10) 쉬라쿠사이(라틴명 Syracusae)는 시켈리아 섬의 남동 해안에 기원전 733년 코린토스인들이 세운 식민시이다.

11) 아도니스는 퀴프로스(Kypros) 왕 키뉘라스(Kinyras)와 그의 딸 즈뮈르나(Zmyrna) 또는 뮈르라(Myrrha) 사이에서 태어난 미소년이다. 아프로디테는 즈뮈르나가 자기를 존경하기를 거부한 데 앙심을 품고 이들 부녀(父女)가 본의 아니게 상관(相關)하게 했던 것이다. 키뉘라스가 이 사실을 알고 딸을 죽이려 하자 신들이 그녀를 미르라 나무로 변신하게 했고, 아도니스는 이 나무에서 태어난다. 아도니스의 아름다운 모습에 아프로디테가 반했으나 그가 사냥 나갔다가 멧돼지에게 찢겨 죽자 그가 흘린 피에서는 장미꽃이, 그리고 아프로디테가 흘린 눈물에서는 아네모네가 피어났다고 한다. 아도니스의 이야기는, 신이 매년 죽었다가 새 작물(作物)이 자라나면 다시 부활한다는 식물 생장의 신화로 해석되기도 한다. 아도니스 숭배는 기원전 5세기에 퀴프로스 섬에서 아테나이로 건너간 것으로 추정되고 있다.

12) 알렉산드로스 대왕의 아버지 필립포스 2세(기원전 382년~336년)를 말한다.

기원전 5세기에는 1회씩밖에 공연되지 않던 드라마들이 기원전 386년부터 재공연되기 시작하면서 옛 드라마들이 차지하는 비중이 점점 커졌다고 한다. 비극 작가들의 창작력이 쇠퇴했음을 말해주는 또 다른 징표는 비극 공연에서 연출(演出)과 연기(演技)의 비중이 커졌다는 것이다. 어떤 연출가는 에우리피데스의『오레스테스』를 재공연할 때 서두부(序頭部)에서 헬레네로 하여금 트로이아에서 가져온 엄청난 전리품을 가지고 말없이 등장하게 함으로써 지나치게 호화판 연출을 했다고 한다(『오레스테스』 57행에 대한 고주석 참조). 이 경우 연출은 작품의 사상과 내용을 명확히 전달하는 본연의 임무를 넘어서서 독자적 생존을 추구하고 있다고 말할 수 있을 것이다. 당시의 배우들에 관해서도 많은 일화들이 남아 있으나, 여기서는 당시 시인들보다 배우들이 더 중시되었다는 아리스토텔레스의 진술(『수사학 *Techne rhetorike*』 3, 1. 1403 b 33 참조)로 만족하기로 한다.

또 아리스토텔레스에 따르면(『수사학』 3, 12. 1413 b 12 참조) 공연용이 아니라 독서용 드라마(Lesedrama)가 쓰여지기 시작했는데 그와 동시대인인 카이레몬(Chairemon)이 그런 종류의 시인이었다고 한다.

헬레니즘 시대에도 많은 비극들이 쓰여졌음을 알 수 있으나, 이 시대의 비극들도 현재 남아 있는 것은 거의 없다. 그러나 당시의 비극 작가들 가운데 60여 명의 이름이 알려져 있으며, 그 중 7명은 이른바 '칠성시파(七星詩派, Pleiades)'를 만들었다고 하는데 그 가운데 아이톨리아(Aitolia) 출신의 알렉산드로스와 칼키스(Chalkis) 출신의 뤼코프론(Lykophron)과 케르퀴라(Kerkyra) 출신의 필리코스(Philikos)와 트로아스(Troias) 출신으로 보이는 소시테오스(Sositheos) 등이 유명하다.[13]

---

13) 아이톨리아는 그리스의 중서부 지방이다. 칼키스는 에우보이아(Euboia) 섬의 서해안에 있

헬레니즘 시대의 비극들도 대체로 기원전 4세기의 비극들과 비슷한 특징들을 갖고 있었던 것으로 생각된다. 이 시기에도 필리코스 및 프톨레마이오스 필로파토르(Ptolemaios IV Philopator)의 『아도니스』처럼 생소하고 새로운 소재들이 선호되었고, 필리포스의 『테미스토클레스』처럼 역사에서 비극의 소재를 구했으며, 뤼코프론의 『캇산드레이스 *Kassandreis*』[14]처럼 당대의 역사가 비극의 소재가 되기도 했다. 이것이 후일 로마사에서 취재한 로마의 드라마, 이른바 '파불라 프라이텍스타(fabula praetexta)'[15]에 어떤 영향을 주었는지는 알 길이 없다.

헬레니즘 시대의 비극이 그 뒤 어떻게 발전했는지는 아직도 어둠에 싸여 있다. 그러나 그리스 비극은 고전 시대의 것이든, 헬레니즘 시대의 것이든, 로마의 비극에 직접·간접으로 영향을 주었고, 로마의 비극은 세네카(Seneca)[16]의 작품들을 통하여 후세의 서양 문학에 큰 영향을 주었다는 것을 부인할 사람은 없을 것이다. 그 밖에 메난드로

는 도시이다. 케르퀴라(Kerkyra 또는 Korkyra 오늘날의 Korfu)는 그리스의 북서쪽 에페이로스(Epeiros, 라틴명 Epirus) 지방 앞에 있는 섬이다. 트로아스는 트로이아와 이데(Ide, 라틴명 Ida) 산을 포함하는 소아시아의 서북 지방이다.

14) 『캇산드레이스』의 내용은 확실히 알 수 없으나 마케도니아 왕 안티파트로스(Antipatros)의 장남 캇산드로스(Kassandros)가 에게 해 북안(北岸) 칼키디케 (Chalkidike) 지방의 맨 서쪽에 있는 팔레네(Pallene) 반도로 들어가는 좁은 목에다 세운 도시인 캇산드레이아(Kassandreia, 일명 Potidaia)와 관계가 있는 것으로 생각된다.

15) '파불라 프라이텍스타'에서 fabula는 여기서는 이야기란 뜻이 아니라 드라마란 뜻이며, (toga)praetexta는 관리(官吏)들과 사제(司祭)들이 입던, 가장자리에 자줏빛 장식을 댄 겉옷을 말한다.

16) 세네카(Lucius Annaeus Seneca)란 여기서 이름이 똑같은 아버지 이른바 '수사학자 세네카'가 아니라 그의 아들 이른바 '철학자 세네카' (기원후 4년경~기원후 65년)를 말한다. 그는 한때 클라우디우스(Claudius) 황제에 의하여 코르시카(Corsica) 섬에 유배되었으며(41년~49년), 이후 네로(Nero)의 가정교사가 되어 나중에 네로가 제위에 오르자 막강한 권력을 행사했으나 결국 반(反)네로 역모(逆謀)에 가담했다는 이유로 자살을 강요받는다. 그가 쓴 10편의 비극들과 수사학적 도덕적 에세이들과 도덕철학적 서간들은 수사학적 효과를 노리는 대조법(對照法)과 문장의 리듬을 살린 문체(文體)에 힘입어 후세에 큰 영향을 주었다.

스(Menandros)에 의하여 대표되는 앗티케의 신희극(新喜劇)도 로마의 플라우투스(Plautus)와 테렌티우스(Terentius)의 희극들을 통하여 서양의 희극 문학에 큰 영향을 준 것으로 평가되고 있는데, 신희극이 에우리피데스의 후기 비극들로부터 많은 영향을 받았다는 점에 관해서는 앞서 에우리피데스와 관련하여 설명한 바 있다.

그런 의미에서 우리가 알고 있는 서양의 드라마 문학은 그리스 비극 없이는 성립될 수 없었을 것이라고 해도 지나친 말이 아닐 것이다. 이천수백 년이 지난 지금도 여전히 그리스 비극이 무대 위에 올려지고 수많은 언어로 번역되어 읽히는 것은, 그것이 기원전 5세기의 폴리스라는 토양에서 자라난 일회적인 역사적 현상이면서도 우주 내에서의 인간 존재의 의미에 관한 진지하고 치열한 자기 성찰의 산물이란 점에서 시간과 공간을 초월한 창작물이기 때문일 것이다.

I. 그리스 비극의 텍스트와 그 이해를 돕는 참고서

고대 참고서

Apollodorus, *The Library*, with an English Translation by J. G. Frazer, 2 vols., Loeb Classical Library, Cambridge/Mass.–London 1970, 1976.

Aristoteles, *De arte poetica liber*, ed. R. Kassel, Oxford 1968.

Aristotle, *Poetics. Introduction, Commentary and Appendices*, by D.W. Lucas, Oxford 1968.

Aristoteles, *Poetik*, eingeleitet, übersetzt und erläutert von M. Fuhrmann, Dialog mit der Antike 7, München 1976.

Aristoteles, *Poetik*, griechisch–deutsch, übersetzt und hrsg. von M. Fuhrmann, RUB 7828, Stuttgart 1982.

Dion Chrysostomos, *Sämtliche Reden*, eingeleitet, übersetzt und erläutert von W. Elliger, Zürich–Stuttgart 1967.

Aulus Gellius, *The Attic Nights*, with an English Translation by J. C. Rolfe, 3 vols., Loeb Classical Library, London–Cambridge/Mass. 1952, 1954, 1960.

그리스 비극의 단편(斷片)들

Tragicorum Graecorum Fragmenta, rec. A. Nauck, Leipzig 1856, ²1889, Nachdruck der 2. Aufl. Hildesheim 1964 (*Supplementum continens nova fragmenta Euripidea et adespota apud scriptores reperta adiecit B. Snell*).

Tragicorum Graecorum Fragmenta (TrGF)

Vol. I: *Didascaliae Tragicae, Catalogi Tragicorum et Tragoediarum. Testimonia et Fragmenta Tragicorum Minorum*, ed. B. Snell, Göttingen 1971.

Vol. II: *Fragmenta Adespota, Testimonia Volumini 1 Addenda, Indices ad Volumina 1 et 2*, edd. R. Kannicht und B. Snell, Göttingen 1981.

Vol. III: *Aeschylus*, ed. S. Radt, Göttingen 1985.

Vol. IV: *Sophocles*, ed. S. Radt (F 730 a–g edidit R. Kannicht), Göttingen 1977.

Vol. V: *Euripides*, ed. R. Kannicht (in Preparation).

그리스 비극의 현대어 번역서

Griechische Tragödien, übersetzt von U. v. Wilamowitz-Moellendorff, 4 Bde., Berlin 1899, 1900, 1906, 1923.

Griechisches Theater. Deutsch von W. Schadewaldt, Frankfurt/M. 1964 (Aischylos: *Die Perser, Die Sieben gegen Theben*. Sophokles: *Antigone, König Ödipus, Elektra*, Aristophanes: *Die Vögel, Lysistrata*. Menander: *Das Schiedsgericht*).

The Complete Greek Tragedies, translated by D. Grene/R. Lattimore, 4 vols., Chicago 1958-9.

아이스퀼로스

텍스트 / 주석

Aeschyli Tragoediae edidit U. de Wilamowitz-Moellendorff, Berlin 1914, ²1958; (ed. minor) Berlin 1915.

Aeschyli Septem quae supersunt Tragoedias recensuit G. Murray, accedunt Tetralogiarum ad has fabulas pertinentium fragmenta, elegiae, poetaevita, operum catalogus, Suidae et Marmoris Pariae testimonia, Scriptorum Classicorum Bibliotheca Oxoniensis, Oxford 1938, ²1955.

Aeschyli Septem quae supersunt Tragoedias edidit D. Page, Scriptorum Classicorum Bibliotheca Oxoniensis, Oxford 1972.

Eschyle, texte établi et traduit par Paul Mazon, 2 vols., Paris 1920/25, ⁷1958.

Eschilo, *Le tragedie*, Edizione critica con traduzione e note italiane a cura di M. Untersteiner, 2 vols., Milano 1946/7.

Mette, H.J. (Hrsg). *Die Fragmente der Tragödien des Aischylos*, Deutsche Akademie der Wissenschaften zu Berlin, Schriften der Sektion für Altertumswissenschaft 15, Berlin 1959.

_____ , "Nachtrag zu H.J. Mette, Die Fragmente der Tragödien des Aischylos, Berlin 1959", in: *Lustrum* 13 (1968), 513-534, und 18 (1975), 338-344.

_____, *Der verlorene Aischlos*, Deutsche Akademie der Wissenschaften zu Berlin, Schriften der Sektion für Altertumswissenschaft 35, Berlin 1963.

Tragicorum Graecorum Fragmenta, Vol. III: *Aeschylus*, ed. S. Radt, Göttingen 1985.

H.J. Rose, *A Commentary on the Surviving Plays of Aeschylus*, Verhandelingen der Koninklijke Nederlandse Akademie van Wetenschapen, Afd. Letterkunde, Nieuwe Reeks, Deel LXIV, Nos. 1 u. 2, Amsterdam 1957/58.

「아가멤논 *Agamemnon*」

Aeschylus' Agamemnon met inleiding, critische noten en commentaar uitgegeven door P. Groeneboom, Groningen 1944, repr. Amsterdam 1966.

Aeschylus, *Agamemnon*, edited with Commentary by E. Fraenkel, 3 vols., Oxford 1950, ²1962(revised).

Aeschylus, *Agamemnon*, edited by the Late J.D. Denniston and D. Page, Oxford 1957.

Aeschylus, *Agamemnon*, translated with notes by H. Lloyd-Jones, Englewood Cliffs, N.J. 1970, London 1979.

Bollack, J., u. P. Judet de la Combe (Hrsg.) *L'Agamemnon d'Eschyle. Le texte et ses interpretations*, 2 vols., Cahiers de Philologie 6. 7. 8, Lille 1981.

「제주를 바치는 여인들 *Choephoroi*」

Aeschylus' Choephoroi, met inleiding, critische noten en commentaar uitgegeven door P. Groeneboom, Groningen 1949.

Aeschylus, *The Libation Bearers*, A Translation with Commentary by H. Lloyd-Jones, Englewood Cliffs, N.J. 1970.

Aeschylus, *Choephori*, with Introduction and Commentary by A. F. Garvie, Oxford 1986.

「자비로운 여신들 *Eumenides*」

Aeschylus' Eumeniden, met inleiding, critische noten en commentaar uitgegeven door P. Groeneboom, Groningen 1952.

Aeschylus, *The Eumenides*, A Translation with Commentary by H. Lloyd-Jones, Englewood Cliffs, N. J. 1970.

「오레스테이아 *Oresteia*」

The Oresteia of Aeschylus, edited with an Introduction and Commentary, in which is included the work of the late W. Headlam, by G. Thomson, 2 vols., Cambridge 1938, new edition revised and enlarged Amsterdam-Prag, 1966.

Aischylos' Oresteia, A Literary Commentary, by D. J. Conacher, Toronto 1987.

「탄원하는 여인들 *Hiketides*」

Vürtheim, J., *Aischylos' Schutzflehende mit ausführlicher Einleitung, Text, Kommentar, Exkursen und Sachregister*, Amsterdam 1928.

Aeschylus, *The Suppliants, Volume 1*, The Text with Introduction, Critical Apparatus and Translation by H. F. Johansen, the Scholia with Introduction and Critical Apparatus by O. Smith, Classica et Mediaevalia, Dissertationes VII, Kopenhagen 1970.

Aeschylus, *The Suppliants*, edited by H. F. Johansen and E. W. Whittle, 3 vols., Kopenhagen 1980.

「페르시아인들 *Persai*」

Aeschylus' Perzen, met inleiding en aantekeningen door G. Italie, Griekse en latijnse schrijvers met aantekenigen 64, Leiden 1953.

Aischylos' Perser, hrsg. von P. Groeneboom, aus dem Holländischen von H. Sönnichsen, 2 Tle., Studientexte griechischer und lateinischer Schriftsteller III, Göttingen 1960.

The Persae of Aeschylus, edited with Introduction, Critical Notes and Commentary by H. D. Broadhead, Cambridge 1960.

Eschyle, Les Perses, édition, introduction et commentaire par un groupe de Normaliens sous la direction de J. de Romilly, Paris 1974.

「결박된 프로메테우스 *Prometheus desmotes*」

Aeschylus' Prometheus, met inleiding, critische noten en commentaar uitgegeven door P. Groeneboom, Groningen 1928.

Conacher, D. J., *Aeschylus' Prometheus Bound. A Literary Commentary*, Toronto 1980.

Aeschylus, *Prometheus Bound*, edited by M. Griffith, Cambridge 1983.

「테바이를 공격한 7인 *Hepta epi Thebas*」

Aeschylus' Zeven tegen Thebe, met inleiding, critische noten en commentaar uitgegeven door P. Groeneboom, Groningen 1938, repr. Amsterdam 1966.

Aeschylus' Zeven tegen Thebe, met inleiding en aantekeningen door G. Italie, Grieksche en latijnsche schrijvers met aantekeningen 62, Leiden 1950.

Lupas, L., u. Z. Petre, *Commentaire aux "Sept contre Thèbes" d'Éschyle*, Bukarest-Paris 1981.

Aeschylus, *Septem contra Thebas*, edited with Introduction and Commentary by G. O. Hutchinson, Oxford 1985.

아이스퀼로스의 비극 번역서

Droysen, J. G., *Des Aischylos Werke*, übersetzt von J. G. D., 2 Tle., Berlin 1832 (zahlreiche Neuauflagen, zuletzt 1884).

Aischylos, *Die Tragödien und Fragmente*, auf der Grundlage der Übersetzung von J. G. Droysen bearbeitet, eingeleitet und teilweise neu übersetzt von F. Stoessl, Die Bibliothek der Alten Welt, Griechische Reihe, Zürich 1952.

Aischylos, *Die Tragödien und Fragmente*, übertragen von J. G. Droysen, durchgesehen und eingeleitet von W. Nestle, Nachwort von W. Jens, Stuttgart 1957.

Aischylos, *Tragödien*, übertragen von H. Bogner, Berlin 1926.

Aeschylus, *Tragödien und Fragmente*, verdeutscht von L. Wolde, Sammlung Dieterich 17, Leipzig 1938.

Aischylos, *Tragödien*, übertragen von H. F. Waser, Zürich 1952.

Aeschylus, *Tragödien und Fragmente*, hrsg. und übers. von O. Werner, München 1952, ²1969, ³1980.

Aeschylus with an English Translation by H.W. Smyth, 2 vols., London 1922/26.

Aischylos, *Die Danaostöchter, Prometheus, Thebanische Trilogie. Drei Tragödien*, übertragen und erläutert von E. Buschor, München 1958.

Aeschylus, *Orestie*, übers. von O. Werner, München 1948.

Aischylos, *Die Orestie. Drei Tragödien*, übertragen und erläutert von E. Buschor, Fischer-Bücherei, Frankfurt/M. 1958.

Aischylos, *Die Orestie (Agamemnon, Die Choephoren, Die Eumeniden)*, eine freie Übertragung von W. Jens, München 1979.

Aischylos, *Prometheus in Fesseln*, zweisprachige Ausgabe mit dem griechischen Text, hrsg. u. übers. von D. Bremer, mit Hinweisen zur Deutung und zur Wirkungsgeschichte, it 918, Frankfurt/M. 1988.

Aischylos, *Die Schutzsuchenden*, griechisch und deutsch mit einer erläuternden Abhandlung von W. Kraus, Frankfurt/M. 1948.

고주석(Scholien)

W. Dindorf (Hrsg.), *Aeschyli Tragoediae*, T. III, *Scholia Graeca ex codicibus aucta et emendata*, Oxford 1851.

Scholia Graeca in Aeschylum quae exstant Omnia, Pars I (*Scholia in Agamemnonem*,

Choephoros, Eumenides, Supplices continens), edidit O. L. Smith, Leipzig 1976.

Scholia Graeca in Aeschylum quae exstant Omnia, Pars II, fasc. 2 (*Scholia in Septem adversus Thebas continens*), edidit O. L. Smith, Leipzig 1982.

Scholia in Aeschyli Persas, recensuit, apparatu critico instruxit, cum praefatione de archetypo codicum Aeschyli scripta edidit O. Dähnhardt, Leipzig 1894.

Herington, C. J., *The Older Scholia on the Prometheus Bound*, Mnemosyne Suppl. 19, Leiden 1972.

사전(Lexikon)

Italie, G., Index Aeschyleus, Leiden 1955, ²1964(editio corr. et aucta, cur. S.L. Radt).

소포클레스

텍스트/주석

Sophoclis Fabulae, recognovit brevique adnotatione critica instruxit A. C. Pearson, Oxford 1924.

Sophoclis Tragoediae, Tom. 1 (*Aiax. Electra. Oedipus Rex*), Tom. 2(*Trachiniae. Antigone. Philoctetes. Oedipus Coloneus*), ed. R. D. Dawe, Leipzig 1975, ²1984 und 1979, ²1985.

Tragicorum Graecorum Fragmenta, Vol. IV: *Sophocles*, ed. S. Radt (F 730 a–g edidit R. Kannicht), Göttingen 1977.

Carden, R., und W. S. Barrett, *The Papyrus Fragments of Sophocles*, Texte und Kommentare 7, Berlin 1974.

Sophocles, *The Plays and Fragments*, with Critical Notes, Commentary and Translation in English Prose by R. C. Jebb, 7 vols., Cambridge 1883–1907, repr. Amsterdam 1962/63.

Sophokles, erklärt von F. Schneidewin–A. Nauck, bearb. von Bruhn–Radermacher Leipzig 1909–1914.

The Plays of Sophocles, by J. C. Kamerbeek, Commentaries, 7 vols., Leiden 1953.

「아이아스 *Aias*」

Sophocles, *Ajax*, edited with Introduction, Revised Text, Commentary, Appendixes, Indexes and Bibliography by W. B. Stanford, London 1963, New York 1973.

Sophocle, *Ajax*, edition, introduction et commentaire par un groupe de Normaliens sous la direction de J. de Romilly, Paris 1976.

「안티고네 *Antigone*」

Müller, G., *Sophocles. Antigone*, erläutert und mit einer Einleitung versehen, Wissenschaftliche Kommentare zu griechischen und lateinischen Schriftstellern, Heidelberg 1967.

「엘렉트라 *Elektra*」

Sophoclis Electra in usum scholarum, edidit O. Jahn, editio tertia curata ab A. Michaelis, Bonn [3]1882.

Sophocles, *Electra*, edited by J. H. Kells, Cambridge Greek and Latin Classics, Cambridge 1973.

「오이디푸스 왕 *Oidipous Tyrannos*」

Sophocles, *Oedipus Rex*, edited by R. D. Dawe, Cambridge Greek and Latin Classics, Cambridge 1982.

Odipe Roi de Sophocle. Texte, traduction et commentaire, par J. Bollack, 3. vol., Lille 1988.

「콜로노스의 오이디푸스 *Oidipous epi Kolonoi*」

Sofocle, *Edipo a Colono*, a cura di D. Pieraccioni, Firenze 1956.

「필록테테스 *Philoktetes*」

Sophocles, *Philoctetes*, edited by T. B. L. Webster, Cambridge Greek and Latin Classics, Cambridge 1970.

「트라키스의 여인들 *Trachiniai*」

Sophocles, *Trachiniae*, edited by P. E. Easterling, Cambridge Greek and Latin Classics, Cambridge 1982.

소포클레스의 비극 번역서

Sophokles, Die Tragödien, mit eniem Nachwort von W. Schadewaldt, Fischer Bücherei, Exempla Classica 81, Frankfurt/M.–Hamburg 1963 (*König Ödipus und Elektra* übers. von W. Schadewaldt, weitere Übersetzungen von E. Buschor, K. Reinhardt, E. Staiger).

Sophokles, Tragödien und Fragmente, griechisch und deutsch herausgegeben und übersetzt von W. Willige, überarbeitet von Karl Bayer, München 1966. Mit Anmerkungen und einem Nachwort v. B. Zimmermann, Müchen [2]1985.

Sophokles, Tragödien, herausgegeben und mit einem Nachwort versehen von W. Schadewaldt, Die Bibliothek der Alten Welt, Zürich–Stuttgart 1968 (*Aias,*

Antigone, König Ödipus, Elektra übers. von W. Schadewaldt, *Trachinierinnen, Philoktet, Ödipus auf Kolonos* übers. von E. Buschor).

Sophokles, Tragödien, deutsch von Friedrich Hölderlin, hrsg. und eingeleitet von W. Schadewaldt, Fischer-Bücherei 162, Frankfurt/M. 1957.

Sophokles, Antigone, übersetzt und eingeleitet von Karl Reinhardt mit griechischem Text, Kleine Vandenhoeck-Reihe 116/117, Göttingen 1961, ⁴1966.

Sophokles, *Konig Ödipus,* Übertragung und Einleitung von K. A. Pfeiff (mit griechischem Text), Kleine Vandenhoeck-Reihe 278/279/280. Göttingen 1969.

고주석(Scholien)

Scholia in Sophoclis tragoedias vetera e codice Laurentiano denuo collato, edidit, commentario critico instruxit, indices adiecit, P. N. Papageorgius, Leipzig 1888.

사전(Lexikon)

Ellendt, F., *Lexicon Sophocleum,* editionem alteram emendatam curavit H. Genthe, Berlin 1872, Hildesheim ²1958.

에우리피데스

텍스트/주석

Euripidis Tragoediae, ex recensione A. Nauck, 3 vols., Leipzig 1854, ³1871.

Euripidis Fabulae, recognovit brevique adnotatione critica instruxit G. Murray, 3 vols., Oxford 1902, 1904 (²1908), 1909 (²1913).

Euripidis Fabulae, edidit J. Diggle, 3 vols., Oxford 1981, 1984, 1994.

H. von Arnim, *Supplementum Euripideum,* Bonn 1913.

Van Looy, H., *Zes verloren tragedies van Euripides,* Brüssel 1964.

Nova Fragmenta Euripidea in Papyris Reperta, ed. C. Austin, Kleine Texte für Vorlesungen und Übungen 187, Berlin 1968.

Tragicorum Graecorum Fragmenta, Vol. V: *Euripides,* ed. R. Kannicht (in Preparation).

「알케스티스 Alkestis」

Euripides, *Alcestis,* edidit A. Garzya, Leipzig 1980.

Euripides, *Alkestis,* erklärt von L. Weber, Leipzig-Berlin 1930.

Euripides, *Alcestis,* edited with Introduction and Commentary by A. M. Dale, Oxford 1954.

『안드로마케 *Andromache*』

Euripides, *Andromache*, edidit A. Garzya, Leipzig 1978.

Euripides, *Andromaca*, a cura di A. Garzya, Napoli 1953, ²1963 (riveduta e ampliata).

Euripides, *Andromache*, edited with introduction and commentary by P. T. Stevens, Oxford 1971.

『박코스의 여신도들 *Bakchai*』

Euripides, *Bacchae*, edidit E. C. Kopff, Leipzig 1982.

Euripides, *Bacchae*, edited with Introduction and Commentary by E. R. Dodds, Oxford 1944, ²1960.

Euripides, *Bacchae*, A Translation with Commentary by G. S. Kirk, Englewood Cliffs, N. J. 1970.

『엘렉트라 *Elektra*』

Euripides, *Electra*, edited with Introduction and Commentary by J. D. Denniston, Oxford 1939.

『헤카베 *Hekabe*』

Euripides, *Hecuba*, edidit S. G. Daitz, Leipzig 1973.

Euripides, *Hekabe*, edited with Introduction and Commentary by M. Tierney, Bristol 1979.

『헬레네 *Helene*』

Euripides Helena, edidit K. Alt, Leipzig 1964.

Euripides, *Helen*, edited with Introduction and Commentary by A. M. Dale, Oxford 1967.

Euripides, *Helena*, herausgegeben und erklärt von R. Kannicht, 2 Bde., Wissenschaftliche Kommentare zu griechischen und lateinischen Schriftstellern, Heidelberg 1969.

『헤라클레스 *Herakles*』

Euripides, *Hercules*, edidit K. H. Lee, Leipzig 1988.

Euripides, *Herakles*, erklärt von U. v. Wilamowitz-Moellendorff, 2 Bde., Berlin 1886, ²1895; Nachdr. in 3 Bden. Darmstadt 1959.

Euripides, *Heracles*, with Introduction and Commentary by G. W. Bond, Oxford 1981.

「헤라클레스의 자녀들 *Heraklidai*」

Euripides, *Heraclidae*, edidit A. Garzya, Leipzig 1972.

Euripide, *Eraclidi*, a cura di A. Garzya, Rom 1958.

「탄원하는 여인들 *Hiketides*」

Euripides, *Supplices*, edidit C. Collard, Leipzig 1984.

Euripides, *Supplices*, edited with Introduction and Commentary by C. Collard, 2 vols., Groningen 1975.

「힙폴뤼토스 *Hippolytos*」

Barrett, W. S., *Euripides. Hippolytos*, edited with Introduction and Commentary, Oxford 1964.

「이온 *Ion*」

Euripides, *Ion*, erklärt von U. v. Wilamowitz–Moellendorff, Berlin 1926.

Euripides, *Ion*, edited with Introduction and Commentary by A. S. Owen, Oxford 1939.

「아울리스의 이피게네이아 *Iphigeneia he en Aulidi*」

Euripides, *Iphigenia Aulidensis*, edidit H. C. Günther, Leipzig 1988.

Euripide, *Ifigenia in Aulide*, a cura di G. A. Cesareo, Milano 1962.

「타우리케의 이피게네이아 *Iphigeneia he en Taurois*」

Euripides, *Iphigenia in Tauris*, edidit D. Sansone, Leipzig 1981.

Euripides, *Iphigenia in Tauris*, edited with Introduction and Commentary by M. Platnauer, Oxford 1938.

「퀴클롭스 *Kyklops*」

Euripides, *Cyclops*, edidit W. Biehl, Leipzig 1983.

Euripides, *Cyclops*, Introduction and Commentary by R. G. Ussher, Rom 1978.

Euripides, *Cyclops*, with Introduction and Commentary by R. Seaford, Oxford 1984.

Euripides, *Cyclops*, erklärt von W. Biehl, Wissenschaftliche Kommentare zu griechischen und lateinischen Schriftstellern, Heidelberg 1986.

「메데이아 *Medeia*」

Euripides, *Medea*, mit Scholien herausgegeben von E. Diehl, Kleine Texte für Vorlesungen und Übungen 89, Bonn 1911.

Euripides, *Medea*, the Text edited with Introduction and Commentary by D. L. Page, Oxford 1938, ²1952(with corrections).

Euripides, *Medea*, edited by A. Elliott, Oxford 1969.

Euripide, *Medée*, édition, introduction et commentaire de R. Flacelière, "Érasme", Collection de textes Grecs commentés, Paris 1970.

「오레스테스 *Orestes*」

Euripides, *Orestes*, edidit W. Biehl, Leipzig 1975.

Euripidis Orestes, introduzione, testo critico, commento e appendice metrica a cura di V. di Benedetto, Firenze 1965.

Euripides, *Orestes*, erklärt von W. Biehl, Deutsche Akademie der Wissenschaften zu Berlin, Schriften der Sektion für Altertumswissenschaft 46, Berlin 1965.

Euripides, *Orestes*, with Introduction and Commentary by C. W. Willink, Oxford 1986.

Euripides, *Orestes*, edited with Translation and Commentary by M. L. West, Warminster 1987.

「포이니케의 여인들 *Phoinissai*」

Euripides, *Phoinissai*, edidit D. J. Mastronarde, Leipzig 1988.

Euripides, *The Phoinissai*, edited by A. C. Pearson, Cambridge 1909.

The Phoinissai of Euripides, ed. J. U. Powell, London 1911, repr. New York 1979.

「레소스 *Rhesos*」

Ebener, D. (Hrsg.), *Rhesos, Tragödie eines unbekannten Dichters*, Schriften und Quellen der Alten Welt 19, Berlin 1966.

Euripides, *Rhesos*, translated by R. E. Braun, New York 1978.

「트로이아의 여인들 *Troiades*」

Euripides, *Troades*, edidit W. Biehl, Leipzig 1970.

Euripides, *Troades*, with Introduction and Commentary by K. H. Lee, London 1976.

Euripides, *Troades*, erklärt von W. Biehl, Wissenschaftliche Kommentare zu griechischen und lateinischen Schriftstellern, Heidelberg 1989.

에우리피데스의 비극 번역서

Euripides, with an English Translation by A. S. Way, 4 vols., London 1912.

Euripides, *Tragödien und Fragmente*, deutsch von L. Wolde, 2 Bde., Wiesbaden 1949.

Euripides, *Sämtliche Tragödien in zwei Bänden*, nach der Übersetzung von J. J. Donner bearbeitet von R. Kannicht, Anmerkungen von B. Hagen, Einleitung von W. Jens, 2 Bde., Stuttgart 1958.

Euripides, *Die Tragödien und Fragmente*, bearbeitet und eingeleitet von F. Stoessl, 2 Bde., Die Bibliothek der Alten Welt, Griechische Reihe, Zürich-Stuttgart 1968.

Euripides, *Sämtliche Tragödien und Fragmente, griechisch-deutsch*, übersetzt von E. Buschor, herausgegeben von G. A. Seeck, München 1972 ff. (Bd. 1: *Alkestis, Medeia, Hippolytos* 1972, Bd. 2: *Die Kinder des Herakles, Hekabe, Andromache* 1972, Bd. 3: *Die bittflehenden Mütter, Der Wahnsinn des Herakles, Die Troerinnen, Elektra* 1972, Bd. 4: *Iphigenie im Taurerlande, Helena, Ion, Die Phönikerinnen* 1972, Bd. 5: *Orestes, Iphigenie in Aulis, Die Mänaden* 1977, Bd. 6: *Fragmente (übers. von G. A. Seeck), Der Kyklop (übers. von J. J. C. Donner), Rhesos (übers, von W. Binder)* 1981).

고주석(Scholien)

Scholia in Euripidem, coll. rec. ed. E. Schwartz, *1. Scholia in Hecubam, Orestem, Phoenissas*, Berlin 1887, 2. *Scholia in Hippolytum, Medeam, Alcestim, Rhesum, Andromacham, Troades*, Berlin 1891.

사전(Lexikon)

Allen, J. T., u. Italie, G., *A Concordance to Euripides*, Berkeley-Los Angeles-London 1954.

Collard, C., *Supplement to the Allen and Italie Concordance to Euripides*, Groningen 1971.

시어(詩語)

Nauck, A., *Tragicae dictionis index spectans ad Tragicorum Graecorum Fragmenta*, St. Petersburg-Leipzig 1892.

Edinger, H. E., *Index analyticus Graecitatis Aeschyleae*, Hildesheim 1981.

Clay, D. M., *A Formal Analysis of the Vocabularies of Aeschylus, Sophocles and Euripides*, 2 vols., Athens 1958.

연구 보고

Friis Johansen, H., "Sophokles 1939-1959", in: *Lustrum* 7 (1962), 94-288.

Lesky, A., "Griechische Tragödie. I. Ursprungsfrage und Bühnenaltertümer. II. Aischylos", in: *Anzeiger für die Altertumswissenschaft* 1 (1948), 65-71; 99-108.

———, "Griechische Tragödie. III. Sophokles. IV. Euripides. V. Nachträge", in: *Anzeiger für die Altertumswissenschaft* 2 (1949), 1-11; 34-45; 69-73.

———, "Griechische Tragödie. I. Ursprungsfrage und Bühnenaltertümer. 1.

Fortsetzung", in: *Anzeiger für die Altertumswissenschaft* 3(1950), 195–218.

_____, "Griechische Tragödie. 2. Fortsetzung", in: *Anzeiger für die Altertumswissenschaft* 5 (1952), 131–154.

_____, "Griechische Tragödie. 3. Fortsetzung", in: *Anzeiger für die Altertumswissenschaft* 7 (1954), 129–152.

_____, "Griechische Tragödie. 4. Fortsetzung", in: *Anzeiger für die Altertumswissenschaft* 12 (1959), 1–22.

_____, "Griechische Tragödie. 5. Fortsetzung", in: *Anzeiger für die Altertumswissenschaft* 14 (1961), 1–26.

_____, "Griechische Tragödie. 6. Fortsetzung", in: *Anzeiger für die Altertumswissenschaft* 16 (1963), 129–156.

_____, "Griechische Tragödie. 7. Fortsetzung, 1. (Allgemeines–Ursprünge–Bühnenaltertümer), 2. (Aischylos) und 3. (Sophokles) Teil", in: *Anzeiger für die Alertumswissenschaft* 20(1967), 65–106; 193–216.

_____, "Griechische Tragödie. 7. Fortsetzung, 4. Teil (Euripides)", in: *Anzeiger für die Altertumswissenschaft* 21(1968), 1–30.

Mette, H.-J., "Literaturbericht über Aischylos für die Jahre 1950–1954", in: *Gymnasium* 62(1955), 393–407.

_____, "Euripides (insbesondere für die Jahre 1939–1968). Erster Hauptteil: Die Bruchstücke", in: *Lustrum* 13(1968), 289–403; 565–771.

_____, "Euripides (insbesondere für die Jahre 1939–1968). Erster Hauptteil: Die Bruchstücke (Fortsetzung)", in: *Lustrum* 13(1968), 289–403; 569–571.

_____, "Ergänzungen für 1968–1975", in: *Lustrum* 17(1973/74), 5–26.

_____, "Ergänzungen für 1976–1977", in: *Lustrum* 19(1976/77), 65–78.

_____, "Euripides (insbesondere für die Jahre 1968–1981). Erster Hauptteil: Die Bruchstücke (Fortsetzung)", in: *Lustrum* 23/24(1981/82), 5–448; "Nachtrag", in: *Lustrum* 25(1983), 5–13; "1983", in: *Lustrum* 27(1985), 23–26.

_____, "Literatur zu Euripides 1952–1957", in: *Gymnasium* 66 (1959), 151–158.

Miller, H. W., "A Survey of Recent Euripidean Scholarship 1940–1945", in: *Classical Weekly* 49(1956), 81–92.

_____, "Euripidean Drama 1955–1965", in: *Classical Weekly* 60 (1967), 177–179; 182–187; 218–220.

Morel, W., "Bericht über die Literatur zu Aischylos aus den Jahren 1930–1933",
in: *Bursians Jahresberichte über die Fortschritte der klassischen Altertumswsissenschaft*
259 (1938), 1–34.

Strohm, H., "Griechische Tragödie. 8. Fortsetzung", in: *Anzeiger für die Altertumswissen-schaft* 22 (1969), 129–154.

_____, "Griechische Tragödie. 9. Fortsetzung: Sophokles", in: *Anzeiger für die Altertumswissenschaft* 24 (1971), 130–162.

_____, "Griechische Tragödie. 10. Fortsetzung: Sophokles (Nachtrag)–Euripides
(1. Teil)", In: *Anzeiger für die Altertumswissenschaft* 26 (1973), 1–32.

_____, "Griechische Tragödie. 10. Fortsetzung: Euripides (2. Teil)", in: *Anzeiger
für die Altertumswissenschaft* 27 (1974), 33–54.

_____, "Griechische Tragödie. 11. Fortsetzung: Tragödie allgemein–Aischylos", in:
Anzeiger für die Altertumswissenschaft 29 (1976), 129–154.

_____, "Griechische Tragödie. 12. Fortsetzung: Sophokles–Euripides", in:
Anzeiger für die Altertumswissenschaft 30 (1977), 129–166.

Untersteiner, M., *Guida bibliografica ad Eschilo*, Arona 1947.

Wartelle, A., *Bibliographie historique et critique d' Éschyle et de la tragédie grecque
1518-1974*, Paris 1978.

Webster, T. B. L., "Recent Scholarship on Greek Tragedy", in: *Diogenes* 5 (1954),
85–100.

운율학(韻律學)/ 음악

Chailley, J., *La musique grecque antique*, Paris 1979.

Comotti, G. *La musica nella cultura greca e romana*, Storia della musica 1, 1, Turin
1979.

Conomis, N. C., "The Dochmiacs of Greek Drama", in: *Hermes* 92(1964), 23–50.

Dale, A. M., *The Lyric Metres of Greek Drama*, Cambridge 1948, ²1968.

Drew-Bear, T., "The Trochaic Tetrameter in Greek Tragedy", in: *American
Journal of Philology* 89(1968), 385–405.

Henderson, I., "Ancient Greek Music", in: E. Wellesz (Hrsg.), *Ancient and Oriental
Music*, Oxford 1957.

Imhof, M., "Tetrameterszenen in der Tragödie", in: *Museum Helveticum* 13 (1956),
125–143.

Koller, H., *Musik und Dichtung im alten Griechenland*, Bern–München 1963.

Korzeniewski, D., *Griechische Metrik*, Die Altertumswissenschaft, Darmstadt 1968 (dazu: R. Kannicht, *Gnomon* 45 (1973), 113–134).

Kraus, W., *Strophengestaltung in der griechischen Tragödie, I. Aischylos und Sophokles*, SB Österr. Akad. der Wiss., Phil.-hist. Kl. 231, 4, Wien 1957.

Lawler, L. B., *The Dance in Ancient Greece*, London 1964.

Maas, P., *Griechische Metrik*, Gercke–Norden, Einleitung in die Altertumswissenschaft Abt. I, Heft 7, Leipzig 1923, ³1929.

_____, *Greek Metre*, translated by H. Lloyd–Jones, Oxford 1962.

Michaelides, S., *The Music of Ancient Greece. An Encyclopedia*, London 1978.

Neubecker, A. J., *Altgriechische Musik. Eine Einführung*, Die Altertumswissenschaft, Darmstadt 1977.

Parker, L. P. E., "Greek Metric 1957–1970", in: *Lustrum* 15 (1970), 37–58.

Pöhlmann, E., *Denkmäler altgriechischer Musik. Sammlung, Übertragung und Erläuterung aller Fragmente und Fälschungen*, Erlanger Beiträge zur Sprach und Kunstwissenschaft Bd. 31, Nürnberg 1970.

_____, "Die Notenschrift in der Überlieferung der griechischen Bühnenmusik", in: *Würzburger Jahrbücher* 2 (1976), 53–73.

Pohlsander, H., *Metrical Studies in the Lyrics of Sophocles*, Leiden 1964.

Schein, S. L., *The Iambic Trimeter in Aeschylus and Sophocles*, Leiden 1979.

Schroeder, O., *Aeschyli Cantica*, Leipzig 1906, ²1916.

_____, *Euripidis Cantica*, Leipzig 1910, ²1930.

_____, *Sophoclis Cantica*, Leipzig 1907, ²1923.

Seidler, A., *De versibus dochmiacis tragicorum graecorum*, Leipzig 1811.

Snell, B., *Griechische Metrik*, Studienhefte zur Altertumswissenschaft 1, Göttingen 1955, ⁴1982 (neubearb. Aufl.).

Stinton, T. C. W., "Pause and Period in the Lyrics of Greek Tragedy", in: *Classical Quarterly* 27 (1977), 27–66.

Theiler, W., "Die Gliederung der griechischen Chorliedstrophe", in: *Museum Helveticum* 12 (1955), 181–200.

Webster, T. B. L., *The Greek Chorus*, London 1970.

Wegner, M., *Musikgeschichte in Bildern*, Bd. II, Lieferung 4: Griechenland, Leipzig 1936.

_____, *Das Musikleben der Griechen*, Berlin 1949.

West, M. L., *Greek Metre*, Oxford 1982.

_____, *Introduction to Greek Metre*, Oxford 1987.

Wilamowitz-Moellendorff, U. v., *Griechische Verskunst*, Berlin 1921, Darmstadt 1958.

Winnington-Ingram, R. P., "Ancient Greek Music 1932-1957", in: *Lustrum* 3 (1958), 5-57.

II. 그리스 비극 일반에 관한 연구서

Adkins, A. W. H., "Aristotle and the Best Kind of Tragedy", in: *Classical Quarterly* N. S. 16(1966), 78-102.

Adrados, F. R., *Fiesta, Comedia y Tragedia*, Barcelona 1972; eng.: *Festival, Comedy and Tragedy. The Greek Origins of Theatre*, translated from the Spanish by Christopher Holme, Leiden 1975.

Agard, W. R., "Fate and Freedom in Greek Tragedy", in: *The Classical Journal* 29 (1933), 117-126.

Albracht, F., *Kampf und Kampfschilderung bei Homer*, Programm Schulpforta 1886.

Anderson, M. J. (Hrsg.), *Classical Drama and its Influence*, London 1965.

Arend, W., *Die typischen Szenen bei Homer*, Problemata Heft 7, Berlin 1933.

Arnott, P. D., *Greek Scenic Conventions in the Fifth Cenrtury B. C.*, Oxford 1962.

_____, *An Introduction to the Greek Theatre*, London 1959.

_____, *Public and Performance in the Greek Theatre*, London-New York 1989.

Bacon, H. H., *Barbarians in Greek Tragedy*, New Haven 1961.

Bain, D., *Actors and Audience. A Study of Asides and Related Coventions in Greek Drama*, Oxford Classical & Philosophical Monographs, Oxford 1977.

_____, *Orders, Masters and Servants in Greek Tragedy*, Manchester 1981.

Baldry, H. C., *The Greek Tragic Theatre*, London 1971.

Barbieri, L., *Das Beiseitesprechen im antiken Drama*, Diss. Innsbruck 1966.

Bernays, J., *Zwei Abhandlungen über die aristotelische Theorie des Dramas*, Berlin 1880, Nachdr. Darmstadt ²1968.

Bethe, E., *Homer, Dichtung und Sage. 2. Bd.: Odyssee, Kyklos, Zeitbestimmung nebst den Resten des Troischen Kyklos und einem Beitrag von F. Studniczka*, Leipzig-

Berlin 1922.

Bieber, M., *The History of the Greek and Roman Theatre*, Princeton, NJ 1939, ²1961 (rev. and enl.).

Björck, G., *Das Alpha impurum und die tragische Kunstsprache*, Uppsala 1950.

Blume, H. D., *Einführung in das antike Theaterwesen*, Die Altertumswissenschaft, Darmstadt 1978, ²1984.

Boehm, J., *Die dramatischen Theorien Pierre Corneilles*, Berlin 1901.

Boer, C. W., *The Language of Tragic Humor*, Diss. Buffalo 1967.

Bogner, H., *Der tragische Gegensatz. Seine Entdeckung und Gestaltung in der frühgriechischen Tragödie*, Heidelberg 1947.

Bremer, J. M., *Hamartia. Tragic Error in the Poetics of Aristotle and in Greek Tragedy*, Amsterdam 1969.

Broadhead, H. D., *Tragica. Elucidation of Passages in Greek Tragedy*, Christchurch, New Zealand 1968.

Brommer, F., *Herakles. I. Die zwölf Taten des Helden in antiker Kunst und Literatur*, Münster–Köln 1953, Köln–Wien ²1972 (durchges. u. verändert).

_____, *Herakles*. II. *Die unkanonischen Taten des Helden*, Darmstadt 1984.

_____, "Herakles und Syleus", in: *Jahrbuch des Deutschen Archäologischen Instituts* 59/60 (1944/45), 69–78.

_____, Satyroi, Diss. München 1937, Würzburg 1937.

_____, *Satyrspiele. Bilder griechischer Vasen*, Berlin 1944, ²1959(verb. u. erw.).

_____, "Satyrspielterrakotten", in: *Archäologischer Anzeiger* 1943, 128–131.

Brooke, I., *Costume in Greek Classic Drama*, London 1962.

Brown, A., *A New Companion to Greek Tragedy*, London 1983.

Brown, A. L. B., "Eumenides in Greek Tragedy", in: *Classical Quarterly* N. S. 34 (1984), 260–281.

Bruckmann, F., *Griechische und römische Porträts*, nach Auswahl und Anordnung von H. Brunn und P. Arndt hrsg. von F. Bruckmann und G. Lippold, 2 Bde., München 1892–1912.

Bruns, I., *Das literarische Porträt der Griechen im fünften und vierten Jahrhundert vor Christi Geburt*, Berlin 1896.

Buchwald, W., *Studien zur Chronologie der attischen Tragödie 455–431*, Diss. Königsberg 1939.

Burkert, W., "Aristoteles im Theater. Zur Datierung des 3. Buchs der *Rhetorik* und der *Poetik*", in: *Museum Helveticum* 32 (1975), 67–72.

_____, "Greek Tragedy and Sacrificial Ritual", in: *Greek, Roman and Byzantine Studies* 7 (1966), 87–121.

Butts, H. R., *The Glorification of Athens in Greek Drama*, Iowa Studies in Classical Philology 11, Iowa 1947.

Buxton, R. G. A., *Persuasion in Greek Tragedy: a Study of "Peitho"*, Cambridge 1982.

Class, M., *Gewissensregungen in der griechischen Tragödie*, Diss. Tübingen 1962, Spudasmata 3, Hildesheim 1964.

Corneille, P., *Trois discours sur le poème dramatique*, Paris 1660; jetzt hrsg. von L. Forestier, Paris 1963.

Dale, A. M., "The Chorus in the Action of Greek Tragedy", in: *Classical Drama and Its Influence (Festschrift H. D. F. Kitto)*, London 1965, 15–27.

_____, "Interior Scenes and Illusion in Greek Drama", in: A. M. Dale, *Collected Papers*, Cambridge 1969, 259–271.

_____, "Seen and Unseen on the Greek Stage: a Study in Scenic Conventions", in: *Wiener Studien* 69 (1956), 96–106; now in: A.M. Dale, *Collected Papers*, Cambridge 1969, 119–129; deutsch: "Sichtbares und Unsichtbares auf der griechischen Bühne: Eine Studie über die Konventionen szenischer Darstellung", übersetzt von E. Wollner, in: H. Diller (Hrsg.), *Sophokles*, Wege der Forschung XCV, Darmstadt 1967, 239–251.

Dawe, R. D., "Some Reflections on Ate and Hamartia", in: *Harvard Studies in Classical Philology* 72 (1968), 89–123.

De Falco, V., *Studi sul teatro greco*, Neapel 1943.

Deubner, L., *Oedipusprobleme*, Abhandlungen der Preußischen Akademie der Wissenschaften, Jahrgang 1942, Phil.–hist. Kl. Nr. 4, Berlin 1942; jetzt in: L. Deubner, *Kleine Schriften zur klassischen Altertumskunde*, hrsg. u. mit einer Bibliographie sowie einem ausführlichen Register versehen von O. Deubner, Beiträge zur klassischen Philologie 140, 635–677.

Devereux, G., *Dreams in Greek Tragedy. An Ethno-Psycho-Analytical Study*, Oxford 1976; deutsch: *Träume in der griechischen Tragödie. Eine ethnopsychoanalytische Untersuchung*, übersetzt von K. Staudt, stw 536, Frankfurt/M. 1985.

Diller, H., "Erwartung, Enttäuschung und Erfüllung in der griechischen Tragödie", in: *Serta philologica Aenipontana (Innsbrucker Beiträge zur Kulturwissenschaft 7/8)*, Innsbruck 1962, 93–115; jetzt in: H. Diller, *Kleine Schriften zur antiken Literatur*, hrsg. von H.–J. Newiger und H. Seyffert, München 1971, 304–334.

Dingel, J., "Requisit und szenisches Bild in der griechischen Tragödie", in: W. Jens (Hrsg.), *Die Bauformen der grichischen Tragödie*, Beihefte zu Poetica 6, München 1971, 347–367.

_____, *Das Requisit in der griechischen Tragödie*, Diss. Tübingen 1967.

Dirlmeier, F., "Κάθαρσις παθημάτων", in: *Hermes* 75 (1940), 81–92; jetzt in: F. Dirlmeier, *Ausgewählte Schriften zu Dichtung und Philosophie der Griechen*, hrsg. von H. Görgemanns, Heidelberg 1970, 114–122.

_____, *Der Mythos von König Ödipus*, Mainz–Berlin 1941, Mainz ²1964 (neubearb. u. ergänzt).

Dodds, E. R., *The Greeks and the Irrational*, Berkeley–Los Angeles 1951; deutsch: *Die Griechen und das Irrationale*, aus dem Englischen übers. von H.–J. Dirksen, Darmstadt 1970.

Duncan, T. S., "Gorgias' Theories of Art.", in: *Classical Journal* 33 (1937/38), 402–415.

Effe, B., "Held und Literatur, Der Funktionswandel des Herakles–Mythos in der griechischen Literatur", in: *Poetica* 12 (1980), 145–166.

Else, G. F., *The Origin and Early Form of Greek Tragedy*, Cambridge/Mass. 1965.

_____, "The Origin of ΤΡΑΓΩΙΔΙΑ", in: *Hermes* 85 (1957), 17–46.

Erbse, H., "Überlieferungsgeschichte der griechischen klassischen und hellenistischen Literatur", in: *Die Textüberlieferung der antiken Literatur und der Bibel*, Geschichte der Textüberlieferung der antiken und mittelalterlichen Literatur, Bd. 1, Zürich 1961; jetzt auch separat: dtv WR 4176, München 1975, 207–284.

Ferguson, J., *A Companion to Greek Tragedy*, Austin/Texas 1972.

Fisher, I., *Typische Motive im Satyrspiel*, Göttingen 1958.

Flashar, H. u. a., "Dramentheorie–Handlungstheorie (Bochumer Diskussion)", in: *Poetica* 8 (1976), 321–450.

_____, "Die medizinischen Grundlagen der Lehre von der Wirkung der Dichtung in der griechischen Poetik", in: *Hermes* 84(1956), 12–48.

_____, "Die *Poetik* des Aristoteles und die griechische Tragödie", in: *Poetica* 16 (1984), 1–23.

      , "Rez.: van Boekel, *Katharsis. Een filologische reconstructie van de psychologie van Aristoteles omtrent het gevoelsleven*", in: *Gnomon* 31 (1959), 210–216.

Flickinger, R. C., *The Greek Theater and Its Drama*, Chicago ⁴1936.

Fritz, K. v. *Antike und moderne Tragödie. Neun Abhandlungen*, Berlin 1962.

      , "Tragische Schuld und poetische Gerechtigkeit in der griechischen Tragödie", in: *Studium Generale* 8 (1955), 194–237; jetzt in: K. v. Fritz, *Antike und moderne Tragödie*, Berlin 1962, 1–112.

      , "Rez.: J. M. Bremer, *Hamartia* (1967)", in: *Gnomon* 43 (1971), 551–563.

      , *Untersuchungen zu Senecas dramatischer Technik*, Leipzig 1933.

Fuhrmann, M., *Einführung in die antike Dichtungstheorie*, Darmstadt 1973.

Funke, H., *Die sogenannte tragische Schuld. Studie zur Rechtsidee in der griechischen Tragödie*, Diss. Köln 1962.

Galinsky, G. K., *The Heracles Theme*, Oxford 1972.

Garton, C., "Characterization in Greek Tragedy", in: *The Journal of Hellenic Studies* 77 (1957), 247–254.

Gebhard, E., "The Form of the Orchestra in the Early Greek Theater", in: *Hesperia* 43 (1974), 428–440.

Görgemanns, H., "Wilamowitz und die griechische Tragödie", in: *Wilamowitz nach 50 Jahren*, hrsg. von W. M. Calder III, H. Flashar und T. Lindken, Darmstadt 1985, 130–150.

Golden, L., "The Character of Eteocles and the Meaning of the Septem", in: *Transactions and Proceedings of the American Philological Association* 59 (1964), 79–89.

      , "Hamartia, Ate, and Oedipus", in: *Classical Weekly* 72 (1978), 3–12.

Gould, J., "Dramatic Character and Human Intelligibility in Greek Tragedy", in: *Proceedings of the Cambridge Philological Society* N. S. 24 (1978), 43–63.

Gross, A., *Die Stichomythie in der griechischen Tragödie und Komödie*, Berlin 1905.

Grumach, E., *Goethe und die Antike. Eine Sammlung, mit einem Nachwort von W. Schadewaldt*, 2 Bde., Berlin 1949.

Guépin, J.-P., *The Tragic Paradox. Myth and Ritual in Greek Tragedy*, Amsterdam 1968.

Guggisberg, P., *Das Satyrspiel*, Diss. Zürich 1947.

Halliwell, S., *Aristotele's Poetics*, London 1986.

Hamilton, R., "Announced Entrances in Greek Tragedy", in: *Harvard Studies in Classical Philology* 82 (1978), 63-82.

Hammond, N. G. L., "The Conditions of Dramatic Productions to the Death of Aeschylus", in: *Greek, Roman and Byzantine Studies* 13 (1972), 387-450.

Hekler, A., *Die Bildniskunst der Griechen und Römer*, Stuttgart 1912.

Helg, W., *Das Chorlied der griechischen Tragödie in seinem Verhältnis zur Handlung*, Diss. Zürich 1950.

Herington, J., *Poetry into Drama. Early Tragedy and the Greek Poetical Tradition*, Sather Classical Lectures 49, Berkeley-Los Angeles-London 1985.

Hoermann, G. M., *Gleichnis und Metapher in der griechischen Tragödie*, Leipzig 1934.

Hoffmann, H., *Chronologie der attischen Tragödie*, Diss. Hamburg 1951.

Howald, E., *Die griechische Tragödie*, München 1930.

_____, "Eine vorplatonische Kunsttheorie", in: *Hermes* 54 (1919), 187-207.

Hunningher, B., *Acoustics and acting in the theatre of Dionysus Eleuthereus*, Amsterdam 1956.

Jaskulsky, D., *Die komische Figur in der griechischen Tragödie*, Diss. Tübingen 1968.

Jens, W. (Hrsg.), *Die Bauformen der griechischen Tragödie*, Beihefte zu *Poetica* 6, München 1971.

_____, *Die Stichomythie in der frühen griechischen Tragödie*, Zetemata 11, München 1955.

_____, "Strukturgesetze der frühen griechischen Tragödie", in: *Studium Generale* 8 (1955), 246-253; jetzt in: W. Jens, *Zur Antike*, München 1978, 30-45; auch in: Hommel (Hrsg.), *Wege zu Aischylos*, 1. Bd.: *Zugang. Aspekte der Forschung. Nachleben*, Wege der Forschung LXXXVII, Darmstadt 1974, 86-103.

Joerden, K., *Hinterszenischer Raum und außerszenische Zeit, Untersuchungen zur dramatischen Technik der griechischen Tragödie*, Diss. Tübingen 1960.

Johansen, H. F., *General Reflection in Tragic Rhesis. A Study on Form*, Kopenhagen 1959.

Jones, J., *On Aristotle and Greek Tragedy*, London 1962.

Kaimio, M., *The Chorus of Greek Drama within the Light of the Person and Number Used*, Societas Scientiarum Fennica, Comm. Hum. Litt. 46, Helsinki 1970.

Kannicht, R., " 'Der alte Streit zwischen Philosophie und Dichtung' : Zwei Vorlesungen über Grundzüge der griechischen Literaturauffassung", in: *Der Altsprachliche Unterricht* XXIII 6 (1980), 6–36; überarbeitete Fassung, englisch: *The Ancient Quarrel Between Philosophy and Poetry. Aspects of the Greek Conception of Literature*, The Fifth Broadhead Memorial Lecture 1986, Canterbury 1988.

_____, "Handlung als Grundbegriff der Aeistotelischen Theorie des Dramas", in: *Poetica* 8 (1976), 326–336.

_____, *Untersuchungen zur Form und Funktion des Amoibaion in der attischen Tragödie*, Diss. Heidelberg 1957.

Katsouris, A. G., *Linguistic and Stylistic Characterization in Tragedy and Menander*, Ioannina 1975.

Keesey, D., "On Some Recent Interpretations of Katharsis", in: *Classical World* 72 (1978/79), 193–207.

Kenner, H., *Das Theater und der Realismus in der griechischen Kunst*, Wien 1954.

Kiefer, K., *Körperlicher Schmerz und Tod auf der attischen Bühne*, Diss. Heidelberg 1909.

Kiefner, G., *Die Versparung. Untersuchung zu einer Stilfigur der dichterischen Rhetorik am Beispiel der griechischen Tragödie*, Klassisch-philologische Studien 25, Wiesbaden 1964.

Kindermann, H., *Das Theaterpublikum der Antike*, Salzburg 1979.

Kitto, H. D. F., "Catharsis", in: *The Classical Tradition: Literary and Historical Studies in Honor of Harry Caplan*, Ithaca, N. Y. 1966, 133–147.

_____, *Form and Meaning in Drama. A Study of Six Greek Plays and Hamlet*, London 1956.

_____, Greek *Tragedy. A Literary Study*, London 1939, ³1961.

_____, *Poiesis: Structure and Thought*, Berkeley–Los Angeles 1966.

Knox, B., "Second Thoughts in Greek Tragedy", in: *Greek, Roman and Byzantine Studies 7* (1966), 213–232.

_____, *Word and Action. Essays on the Ancient Theater*, Baltimore–London 1979.

Kommerell, M., *Lessing und Aristoteles. Untersuchung über die Theorie der Tragödie*, Frankfurter wissenschaftliche Beiträge. Kulturwissenschaftliche Reihe Band 2, Frankfurt 1940, ²1957.

Kopperschmidt, J., *Die Hikesie als dramatische Form. Zur motivischen Interpretation des griechischen Dramas*, Diss. Tübingen 1967.

Kranz, W., *Stasimon. Untersuchungen zu Form und Gehalt der griechischen Tragödie*, Berlin 1933.

Kuch, H., "Zur Interpretation der griechischen Tragödie", in: *Philologus* 123 (1979), 202–215.

Kunst, K., *Frauengestalten im attischen Drama*, Wien 1922.

Lammers, J., *Die Doppel-und Halbchöre in der antiken Tragödie*, Diss. Münster 1931.

Lattimore, R., *The Poetry of Greek Tragedy*, Oxford 1958.

_____, *Story Patterns in Greek Tragedy*, London 1964.

Lee, K. H., "The Influence of Metre on Greek Tragedy", in: *Glotta* 46 (1968), 54–56.

Lefkowitz, M. R., *The Lives of the Greek Poets*, Baltimore 1981.

Leo, F., *Die griechisch-römische Biographie nach ihrer litterarischen Form*, Leipzig 1901.

_____, *Der Monolog im Drama. Ein Beitrag zur griechisch-römischen Poetik*, Abhandl., d. königl. Ges. d. Wiss. Göttingen, Phil.-hist. Kl., N. F., Bd. 10, Nr. 5, Berlin 1908.

Lesky, A., *Geschichte der griechischen Literatur*, Bern-München 1957/8, ³1971 (neu bearb. u. erw.).

_____, *Göttliche und menschliche Motivation im homerischen Epos*, Sitzungsberichte d. Heidelberger Akademie d. Wiss., Phil.-hist. Kl. 1961, 4, Heidelberg 1961.

_____, *Die griechische Tragödie*, Kröners Tashenausgabe 143, Stuttgart 1938, ⁵1984 (durchges. u. mit erw. Bibliographie).

_____, *Die tragische Dichtung der Hellenen*, Studienhefte zur Altertumswissenschaft 2, Göttingen 1956, ³1972.

Lippold, G., *Griechische Porträtstatuen*, München 1912.

Listmann, G. F. K., *Die Technik des Dreigesprächs in der griechischen Tragödie*, Diss. Gießen 1910.

Lloyd-Jones, H., "Problems of Early Greek Tragedy", in: *Cuadernos de la Fundación Pastor* 13 (1966), 11–33.

Löhrer, R., *Mienenspiel und Maske in der griechischen Tragödie*, Studien zur Geschichte und Kultur des Altertums 14, 4-5, Paderborn 1927.

Lucas, D. W., *The Greek Tragic Poets*, London ²1959.

Mastronarde, D. J., *Contact and Discontinuity: Some Conventions of Speech and Action on the Greek Tragic Stage*, Univ. of California Publications: Classical Studies 27, Berkeley–Los Angeles 1979.

Meier, Chr., *Die politische Kunst der griechischen Tragödie*, München 1988.

Melchinger, S., *Das Theater der Tragödie. Aischylos, Sophokles, Euripides auf der Bühne ihrer Zeit*, München 1974.

_____, *Die Welt als Tragödie*, 2 Bde. (Bd. 1: *Aischylos. Sophokles*; Bd. 2: *Euripides*), München 1979/80.

Mette, H. J., *Urkunden dramatischer Aufführungen in Griechenland*, Texte und Kommentare 8, Berlin–New York 1977.

Müller, A., *Lehrbuch der griechischen Bühnenaltertümer* (= K. F. Hermann (Hrsg.), *Lehrbuch der griechischen Antiquitäten*, Bd. 3), Freiburg i. Br. 1886.

Müller, G., "Chor und Handlung bei den griechischen Tragikern", in: H. Diller (Hrsg.), *Sophokles*, Wege der Forschung XCV, Dramstadt 1967, 212–238.

Neschke, A. B., *Die Poetik des Aristoteles. Textstruktur und Textbedeutung*, 2 Bde. (Bd. 1: *Interpretationen*, Bd. 2: *Analysen*), Frankfurt/M. 1980.

Nestle, W., "Die Religiosität der griechischen Tragiker", in: *Besondere Beilage des Staatsanzeigers für Württemberg* 1924, Nr. 15, 283 ff.; jetzt in: W. Nestle, *Griechische Weltanschauung in ihrer Bedeutung für die Gegenwart. Vorträge und Abhandlungen*, Stuttgart 1946, 200–226.

_____, *Die Struktur des Eingangs in der attischen Tragödie*, Tübinger Beiträge zur Altertumswissenschaft 10, Stuttgart 1930, repr. Hildesheim 1967.

Newiger, H.-J., "Datierungsfragen der griechischen Tragödie", in: *Göttingische Gelehrte Anzeigen* 219 (1967), 175–194.

_____, "Elektra in Aristophanes' *Wolken*", in: *Hermes* 89(1961), 422–430.

Nilsson, M. P., *Geschichte der griechischen Religion. 1.: Die Religion Griechenlands bis auf die griechische Weltherrschaft*, Handbuch der Altertumswissenschaft V, 2, 1, Müchen 1951, [3]1967.

Norwood, G., *Greek Tragedy*, London 1920, [4]1948.

O'Connor, J. B., *Chapters in the History of Actors and Acting in Ancient Greece*, Chicago 1908.

Page, D. L., *Actor's Interpolation in Greek Tragedy Studied with Special Reference to Euripides' Iphigeneia in Aulis*, Oxford 1934.

Parry, H., *The Lyric Poems of Greek Tragedy*, Toronto 1978.

Patzer, H., *Die Anfänge der griechischen Tragödie*, Schriften der Wissenschaftlichen Gesellschaft an der Johann Wolfgang Goethe-Universität Frankfurt/M., Geisteswissenschaftliche Reihe 3, Wiesbaden 1962.

_____ , "Die dichterischen Formgesetze der Gattung 'Tragödie'", in: *Ainigma, Festschrift für H. Rahn*, hrsg. von F. R. Varwig, Heidelberg 1987, 95–128.

_____ , "Die Entstehung der griechischen Tragödie", in: *Der altsprachliche Unterricht 7*, H. 1 (1965), 4–17.

_____ , "Rez.: H. Schreckenberg, *Drama* (1960)", in: *Gnomon* 37 (1965), 118–131.

Petersen, E., *Die attische Tragödie als Bild und Bühnenkunst*, Wien 1915.

Petersmann, H., "Die Pragmatische Dimension in der Sprache des Chors bei den griechischen Tragikern", in: *Antike und Abendland* 29 (1983), 95–106.

Pfeiffer, R., "Gottheit und Individuum in der frühgriechischen Lyrik", in: *Philologus* 84 (1929), 137–152; jetzt in: R. Pfeiffer, *Ausgewählte schriften. Aufsätze und Vorträge zur griechischen Dichtung und zum Humanismus*, München 1960, 42–54.

_____ , *History of Classical Scholarship from the Beginnings to the End of the Hellenistic Age*, Oxford 1968; deutsch: *Geschichte der klassischen Philologie. Von den Anfängen bis zum Ende des Hellenismus*, rde 344-6, Reinbek bei Hamburg 1970, München ²1978 (durchges.).

Pickard-Cambridge, A. W., *Dithyramb, Tragedy and Comedy*, Oxford 1927, ²1962 (rev. by T. B. L. Webster).

_____ , *The Dramatic Festivals of Athens*, Oxford 1953, ²1968 (rev. by J.Gould and D. M. Lewis), ³1988 (reissued with supplement and corrections).

_____ , *The Theatre of Dionysus at Athens*, Oxford 1946.

Platnauer, M., "Prodelision in Greek Drama", in: *Classical Quarterly* 10 (1960), 140–144.

Pöhlmann, E., "Die Prohedrie des Dionysostheaters im 5. Jahrhundert und das Bühnenspiel der Klassik", in: *Museum Helveticum* 38 (1981), 129–146.

Pohlenz, M., "Furcht und Mitleid? Ein Nachwort.", in: *Hermes* 84 (1956), 49–74; jetzt in: M. Pohlenz, *Kleine Schriften*, hrsg. von H. Dörrie, Bd. 2, Hildesheim 1965, 562–587.

_____ , *Die griechische Tragödie*, 2 Bde., Leipzig-Berlin 1930, Göttingen ²1954.

_____, "Das Satyrspiel und Pratinas von Phleius", in: *Nachrichten der Göttinger Gelehrten Gesellschaft* 1927, 298–321; jetzt in: M. Pohlenz, *Kleine Schriften*, hrsg. von H. Dörrie, Bd. 2, Hildesheim 1965, 473–496.

Popp, H., *Amoibaion. Zur Geschichte einer Dialogform der griechischen Tragödie*, Tübingen 1968.

Radt, S., "Aristotels und die Tragödie", in: *Mnemosyne* 24(1971), 189–205.

Richter, G. M. A., *The Portraits of the Greeks*, 3 vols., London 1965; *Supplement*, London 1972.

_____, *The Portraits of the Greeks*, abridged and revised by R. R. R. Smith, Ithaca/New York 1984.

Robert, C., *Oidipus. Geschichte eines poetischen Stoffes im griechischen Altertum*, 2 Bde., Berlin 1915.

Rösler, W., "Der Chor als Mitspieler. Beobachtungen zur 'Antigone'", in: *Antike und Abendland* 29 (1983), 107–124.

_____, *Polis und Tragödie. Funktionsgeschichtliche Betrachtungen zu einer antiken Literaturgattung*, Konstanzer Universitätsreden 138, Konstanz 1980.

Romilly, J. de, *L'Évolution du pathetique d'Éschyle à Euripide*, Paris 1961.

_____, *Time in Greek Tragedy*, Ithaca N. Y. 1968.

_____, *La tragédie grecque*, Paris 1970, ^{2}1973 (revised).

Rosenmeyer, T. G., *The Masks of Tragedy. Essays on Six Greek Dramas*, Austin 1963.

_____, "Wahlakt und Entscheidungsprozeß in der antiken Tragödie", in: *Poetica* 10 (1976), 1–24.

Schadewaldt, W., "Antike Tragödie auf der modernen Bühne. Zur Geschichte der Rezeption der griechischen Tragödie auf der heutigen Bühne", in: *Sitzungsberichte der Heidelberger Akademie der Wissenschaften, Jahresheft 1955/56*, Heidelberg 1957, 37–64; zugleich selbständig: Heidelberg 1957; auch in: W. Schadewaldt, *Antike und Gegenwart. Über die Tragödie*, dtv 342, München 1966, 67–96; H. Diller (Hrsg.), *Sophokles*, Wege der Forschung 95, Darmstadt 1967; jetzt in: W. Schadewaldt, *Hellas und Hesperien*, 2. Bd., Zürich–Stuttgart ^{2}1970, 622–650.

_____, *Antike und Gegenwart. Über die Tragödie*, dtv 342, München 1966.

_____, *Antikes Drama auf dem Theater heute. Übersetzung Inszenierung. Martin Heidegger zum achtzigsten Geburtstag am 26. September 1969*, Pfullingen 1970;

Jetzt in: W. Schadewaldt, *Hellas und Hesperien*, 2. Bd., Zürich-Stuttgart ²1970, 650-671.

_____, "Das Drama der Antike in heutiger Sicht", in: *Universitas* 8 (1953), 591-599; auch in: W. Schadewaldt, *Antike und Gegenwart. Über die Tragödie*, dtv 342, München 1966, 7-15; jetzt in: W. Schadewaldt, *Hellas und Hesperien*, 1. Bd., Zürich-Stuttgart ²1970, 187-194.

_____, "Furcht und Mitleid? Zu Lessings Deutung des Aristotelischen Tragödiensatzes", in: *Deutsche Vierteljahrsschrift für Literaturwissenschaft und Geistesgeschichte* 30 (1956), 137-140; jetzt in: G. und S. Bauer (Hrsgg.), *Gotthold Ephraim Lessing*, Wege der Forschung 211, Darmstadt 1968, 336-342.

_____, "Furcht und Mitleid? Zur Deutung des Aristotelischen Tragödiensatzes", in: *Hermes* 83 (1955), 129-171; auch in: W. Schadewaldt, *Antike und Gegenwart. Über die Tragödie*, dtv 342, München 1966, 16-60; jetzt in: W. Schadewaldt, *Hellas und Hesperien*, 1. Bd., Zürich-Stuttgart 1970, 194-236.

_____, *Hellas und Hesperien. Gesammelte Schriften zur Antike und zur neueren Literatur*, herausgegeben von R. Thurow und E. Zinn, Zürich-Stuttgart 1960, ²1970 (2 Bde., neugestaltet u. vermehrt).

_____, *Monolog und Selbstgespräch. Untersuchungen zur Formgeschichte der griechischen Tragödie*, Neue philologische Untersuchungen Heft 2, Berlin 1926, Berlin-Zürich-Dublin ²1966(unverändert).

_____, "Ursprung und frühe Entwicklung der attischen Tragödie", in: H. Hommel (Hrsg.), *Wege zu Aischylos*, 1. Bd., Wege der Forschung LXXXVII, Darmstadt 1974, 104-147.

_____, *Von Homers Welt und Werk. Aufsätze und Auslegungen zur homerischen Frage*, Leipzig 1944, Stuttgart ⁴1965 (verb.).

Schefold, K., *Die Bildnisse der antiken Dichter, Redner und Denker*, Basel 1943.

Schlesinger, A. C., *The Gods in Greek Tragedy. A Study of Ritual Survivals in Fifth-Century Drama*, Diss. Princeton, Athen 1927.

Schmid, W., *Geschichte der griechischen Literatur. 1. Teil: Die klassische Periode der griechischen Literatur. 1: Die griechische Literatur vor der attischen Hegemonie*, Handbuch der Altertumswissenschaft VII, 1, 1, München 1929, ³1940.

Schottländer, R., "Eine Fessel der Tragödiendeutung", in: *Hermes* 81 (1953), 22-29.

Schreckenberg, H., *ΔΡΑΜΑ. Vom Werden der griechischen Tragödie aus dem Tanz.*

Eine philologische Untersuchung, Würzburg 1960.

Schweitzer, B., "Der Bildende Künstler und der Begriff des Künstlerischen in der Antike", in: *Neue Heidelberger Jahrbücher* 1925, 28‒132 (auch selbständig erschienen); jetzt in: B. Schweitzer, *Zur Kunst der Antike. Ausgewählte Schriften*, herausgegeben von U. Hausmann, Band I, Tübingen 1963, 11‒104.

Seeck, G. A. (Hrsg.), *Das griechische Drama*. Grundriß der Literaturgeschichten nach Gattungen, Darmstadt 1979.

_____ , "Die griechische Tragödie", in: E. Vogt (Hrsg.), *Griechische Literatur*, Neues Handbuch der Literaturwissenschaft Bd. 2, Wiesbaden 1981, 143‒186.

Segal, E. W. (editor), *Oxford Readings in Greek Tragedy*, Oxford 1983.

Seidensticker, B., *Palintonos Harmonia. Studien zu komischen Elementen in der griechischen Tragödie*, Hypomnemata 72, Göttingen 1982.

_____ , (Hrsg.), *Satyrspiel*, Wege der Forschung, Band 579, Darmstadt 1989.

Sifakis, G. M., "Children in Greek Tragedy", in: *Bulletin of the Institute of Classical Studies of the University of London* 26 (1979), 67‒80.

Silk, M. S., "Herakles and Greek Tragedy", in: *Greece and Rome* 32 (1985), 1‒22.

_____ , *Interaction in Poetic Imagery. With Special Reference to Early Greek Poetry*, Cambridge 1974.

Simon, E., *Das antike Theater*, Heidelberger Texte, Didaktische Reihe 5, Heidelberg 1972.

Snell, B., "Das Bewußtsein von eigenen Entscheidungen im frühen Griechentum", in: *Philologus* 85 (1930), 141‒158; jetzt in: B. Snell, *Gesammelte Schriften*, hrsg. von H. Erbse, Göttingen 1966, 18‒31.

_____ , *Die Entdeckung des Geistes. Studien zur Entstehung des europäischen Denkens bei den Griechen*, Hamburg 1946, Göttingen ⁵1980 (durchges.).

_____ , "Mythos und Wirklichkeit in der griechischen Tragödie", in: B. Snell, *Die Entdeckung des Geistes*, Göttingen ⁵1980, 95‒110.

_____ , *Scenes from Greek Drama*, Sather Classical Lectures Vol. 34, Berkeley‒Los Angeles 1964; deutsch: *Szenen aus grichischen Dramen*, Berlin 1971 (erweitert).

Söffing, W., *Deskriptive und normative Bestimmungen in der* Poetik *des Aristoteles*, Beihefte zu *Poetica* 15, Amsterdam 1981.

Spitzbarth, A., *Untersuchungen zur Spieltechnik der griechischen Tragödie*, Winterthur 1945.

Staehlin, R., *Das Motiv der Mantik im antiken Drama*, Gießen 1912.

Stanford, B., *Greek Tragedy and the Emotions*, London 1983.

Steidle, W., *Studien zum antiken Drama unter besonderer Berücksichtigung des Bühnenspiels*, Studia et testimonia antiqua 4, München 1968.

_____, *Sueton und die antike Biographie*, Zetemata 1, München 1951, ²1963 (durchges).

Stinton, T. C. W., "Hamartia in Aristotle and Greek Tragedy", in: *The Classical Quarterly* N. S. 25 (1975), 221-254.

Stoessl, F., *Die Vorgeschichte des griechischen Theaters*, Darmstadt 1987.

Sutton, D. F., *The Greek Satyr Play*, Beiträge zur Klassischen Philologie 90, Meisenheim am Glan 1980.

Szondi, P., *Versuch über das Tragische*, Frankfurt/M. 1961, ²1964; jetzt in: P, Szondi, *Schriften*, hrsg. von J. Bollack und H. Beese, Frankfurt/M. 1978, Bd. 1, 149-260.

Taplin, O., *Greek Tragedy in Action*, London 1978.

Trendall, A. D., u. T. B. L. Webster, *Illustrations of Greek Drama*, London 1971.

Vernant, J.-P. u. P. Vidal-Naquet, *Mythe et tragédie en Grèce ancienne*, 2 vols., Paris 1972, 1986; engl. translation of the first volume: *Tragedy and Myth in Ancient Greece*, translated from the French by J. Lloyd, European Philosophy and the Human Sciences 7, Brighton 1981.

Vickers, B., *Towards Greek Tragedy*, London 1973.

Volkmann-Schluck, K.-H., "Die Lehre von der Katharsis in der *Poetik* des Aristoteles", in: *Varia Variorum. Festgabe für Karl Reinhardt, dargebracht von Freunden und Schülern zum 14. Februar 1951*, Münster-Köln 1952, 104-117.

Walcot, P., *Greek Drama in Its Theatrical and Social Context*, Cardiff 1976.

Walton, J. M., *The Greek Sense of Theatre*, London 1984.

_____, *Greek Theatre Practice*, Westport 1980.

_____, *Greek Theatre Practice*, London 1980.

Webster, T. B. L., *Art and Literature in Fourth Century Athens*, London 1956.

_____, *The Greek Chorus*, London 1970.

_____, *Greek Theatre Production*, London 1956, ²1970.

_____, *Monuments Illustrating Tragedy and Satyrplay*, Bulletin of the Institute of Classical Studies of the University of London, suppl. XX, London ²1967.

Weinstock, H., *Realer Humanismus. Eine Ausschau nach Möglichkeiten seiner Verwirklichung*, Heidelberg 1955.

_____, *Die Tragödie des Humanismus. Wahrheit und Trug im abendländischen Menschenbild*, Heidelberg 1953, ³1956.

Welcker, F. G., *Die griechischen Tragödien mit Rücksicht auf den epischen Cyclus*, Rheinisches Museum für Philologie, Zweiter Supplementband, 3 Tle., Bonn 1839–1841.

Wendel, T., *Die Gesprächsanrede im griechischen Drama der Blütezeit*, Stuttgart 1929.

Wiesmann, P., *Das Problem der tragischen Tetralogie*, Zürich 1929.

Wilamowitz-Moellendorff, U. v., *Einleitung in die attische Tragödie*, Unveränderter Abdruck aus der ersten Auflage von *Euripides, Herakles I*, Kapitel I–IV, Berlin 1906, ³1921.

_____, "Die griechische Tragödie und ihre Dichter", in: U. von Wilamowitz-Moellendorff, *Die griechischen Tragödien*, Bd. 4, Berlin 1923, 233–394.

Xanthakis-Karamanos, G., *Studies in Fourth-Century Tragedy*, Athen 1980.

Ziegler, K., s.v. "Tragoedia", in: *RE VI A 2* (1937), 1899–2075.

Zimmermann, B., *Die griechische Tragödie*, Artemis-Einführungen Bd. 29, München-Zürich 1986.

III. 개별 작가에 관한 근 · 현대 연구서

아이스퀼로스

Adkins, A. W. H., "Divine and Human Values in Aeschylus' *Seven against Thebes*", in: *Antike und Abendland* 28 (1982), 32–68.

Anderson, M., "The Imagery of the Persians", in: *Greece and Rome* 19 (1972), 166–174.

Beck, R. H., *Aeschylus: Playwright Educator*, La Haye 1975.

Bergson, L., *L'Épithète ornementale dans Éschyle, Sophocle et Euripide*, Uppsala 1956.

_____, "The Hymn to Zeus in Aeschylus' *Agamemnon*", in: *Eranos* 65 (1967), 12–24.

_____ , "Nochmals Artemis und Agamemnon", in: *Hermes* 110 (1982), 137-145.

Bickel, E., "Geistererscheinugen bei Aischylos", in: *Rheinisches Museum* 91 (1942), 123-164.

Bock, M., "Aischylos und Akragas", in: *Gymnasium* 65 (1958), 402-450.

Böhme, R., *Aeschylus Correctus. Grundriß eines Problems der archaischen Tragödie*, Bern-München 1977.

_____ , "Aischylos und der Anagnorismos", in: *Hermes* 73 (1938), 195-212.

Borecky, B., "Die Polarität in der Deutung des Mythus und der Geschichte bei Aeschylus", in: *Dioniso* 48 (1977), 123-134.

Brown, A. L., "The End of the *Seven against Thebes*", in: *Classical Quarterly* N. S. 26 (1976), 206-216.

_____ , "The Erinyes in the *Oresteia*: Real Life, the Supernatural, and the Stage", in: *The Journal of Hellenic Studies* 103 (1983), 13-34.

_____ , "Eteocles and the Chorus in the *Seven Against Thebes*", in: *Phoenix* 31 (1977), 300-318.

_____ , "Some Problems in the *Eumenides* of Aeschylus", in: *The Journal of Hellenic Studies* 102 (1982), 26-32.

Burian, P., "Pelasgus and Politics in Aeschylus' *Danaid* Trilogy", in: *Wiener Studien* 8 (1974), 5-14.

Burke, K., "Form and Persecution in the *Oresteia*", in: *Sewanee Review* 60 (1952), 377-396.

Burnett, A. P., "Curse and Dream in Aeschylus' *Septem*", in: *Greek, Roman and Byzantine Studies* 14 (1973), 343-368.

Burns, A., "The Meaning of the *Prometheus Vinctus*", in: *Classica et Mediaevalia* 27 (1966), 65-71.

Caldwell, R., "The Misogyny of Eteocles", in: *Arethusa* 6 (1973), 197-231.

_____ , "Psychology of Aeschylus' *Supplices*", in: *Arethusa* 7 (1974), 45-70. Cameron, H. D., "The Debt to Earth in the *Seven Against Thebes*, in: *Transactions and Proceedings of the American Philological Association* 95 (1964), 1-8.

_____ , "The Power of Words in the *Seven Against Thebes*", in: *Transactions and Proceedings of the American Philological Association* 101 (1970), 95-118.

_____ , *Studies on the 'Seven against Thebes' of Aeschylus*, Paris-Den Haag 1971.

Clinton, K., "The ʽHymn to Zeus' πάθει μάθος, and the End of the Parodos of

Agamemnon", in: *Traditio* 35 (1979), 1–19.

Cohen, D., "The Theodicy of Aeschylus: Justice and Tyranny in the Oresteia", in: *Greece and Rome* 33 (1986), 13–34.

Conacher, D. J., "Aeschylus' *Persae*: A Literary Commentary", in: *Serta Turyniana*, Urbana 1974, 143–168.

_____, "Interaction Between Chorus and Characters in the *Oresteia*, in: *American Journal of Philology* 95 (1974), 323–343.

Costa, C. D. N., "Plots and Politics in Aeschylus", in: *Greece and Rome* 2, ser. 9 (1962), 22–34.

Croiset, M., *Éschyle. Études sur l'invention dramatique dans son théâtre*, Paris 1928, repr. 1965.

Daube, B., *Zu den Rechtsproblemen in Aischylos' 'Agamemnon'*, Diss. Basel 1939, Zürich und Leipzig 1938.

Davies, M. I., "Thoughts on the *Oresteia* before Aeschylus", in: *Bulletin de Correspondance Hellénique* 93 (1969), 214–260.

Davison, J. A., "The Date of the *Prometheia*", in: *Transactions and Proceedings of the American Philological Association* 80 (1949), 66–93.

Dawe, R. D., *The Collation and Investigation of Manuscripts of Aeschylus*, Cambridge 1964.

_____, "The End of *Seven Against Thebes* Yet Again", in: *Dionysiaca. Nine Studies in Greek Poetry by Former Pupils*, Presented to Sir Denys Page on his Seventieth Birthday, Cambridge 1978, 87–103.

_____, "Inconsistency of Plot and Character in Aeschylus", in: *Proceedings of the Cambridge Philological Society* 189 (N. S. 9) (1963), 21–62; ins Deutsche übersetzt von E. Schmalzriedt: "Widersprüche zwischen Handlungsführung und Charakterzeichnung bei Aischylos", in: H. Hommel (Hrsg.), *Wege zu Aischylos*, 1. Bd., Darmstadt 1974, 175–250.

_____, "The Place of the Hymn to Zeus in Aeschylus' *Agamemnon*", in: *Eranos* 64 (1966), 1–21.

Dirksen, H. J., Die *Aischyleische Gestalt des Orest und ihre Bedeutung für die Interpretation der Eumeniden*, Erlanger Beiträge zur Sprach- und Kunstwissenschaft 22, Nürnberg 1965.

Dodds, E. R., "Morals and Politics in the *Oresteia*", in: *Proceedings of the Cambridge*

Philological Society N. S. 6 (1960), 19–31; ins Deutsche übersetzt von U. W. Scholz: "Die Rolle des Ethischen und des Politischen in der *Orestie*", in: H. Hommel (Hrsg.), *Wege zu Aischylos*, 2. Bd., Darmstadt 1974, 149–172.

Dover, K. J., "The Political Aspect of Aeschylus' *Eumenides*", in: *The Journal of Hellenic Studies* 77 (1957), 233–235.

_____, "Some Neglected Aspects of Agamemnons Dilemma", in: *The Journal of Hellenic Studies* 93 (1973), 58–69.

Droysen, J. G., "Phrynichos, Aischylos und die Trilogie", in: *Kieler Philologische Studien*, Kiel 1841, 43–74; jetzt in: J. G. Droysen, *Kleine Schriften zur Alten Geschichte*, Bd. 2, Leipzig 1894, 75–104.

Earp, F. R., *The Style of Aeschylus*, Cambridge 1948.

Easterling, P. E., "Presentation of Character in Aeschylus", in: *Greece and Rome* 20 (1973), 3–19.

Edwards, M. W., "Agamemnon's Decision: Freedom and Folly in Aeschylus", in: *California Studies in Classical Antiquity* 10 (1977), 17–38.

Egermann, F., "Menschliche Haltung und tragisches Geschick bei Aischylos", in: *Gymnasium* 68 (1961), 502–519.

Erbse, H., "Interpretationsprobleme in den *Septem* des Aischylos", in: *Hermes* 92 (1964), 1–22.

Ewans, M., "Agamemnon at Aulis: A Study in the *Oresteia*", in: *Ramus* 4 (1975), 17–32.

Fink, A., *Die Funktion der Gnomik in den Tragödien des Aischylos*, Diss. Heidelberg 1957.

Finley, J. H., *Pindar and Aeschylus*, Martin Classical Lectures 14, Cambridge, Mass. 1955.

Fischer, U., *Der Telosgedanke in den Dramen des Aischylos. Ende, Ziel, Erfüllung, Machtvollkommenheit*, Diss. Tübingen 1965.

Fitton-Brown, A. D., "Prometheia", in: *The Journal of Hellenic Studies* 79 (1959), 52–60.

Focke, F., "Aischylos' *Prometheus*", in: *Hermes* 65 (1930), 259–304.

Fontenrose, J., "Gods and Men in the *Oresteia*", in: *Transactions and Proceedings of the American Philological Association* 102 (1971), 71–109.

Fowler, B. H., "Aeschylus' Imagery", in: *Classica et Mediaevalia* 28 (1967), 1–74.

Fraenkel, E., "Aeschylea. I. Zu Septem 183. II. Die Schlußverse der *Septem*", in: *Museum Helveticum* 18 (1961), 131–135; jetzt in: E. Fraenkel, *Kleine Beiträge zur klassischen Philologie*, 1. Bd.: *Zur Sprache. Zur griechischen Literatur*, Rom 1964, 266–271.

_____, "Der Einzug des Chors im P*rometheus*", in: *Annali della Scuola Normale Superiore di Pisa*, Ser. II., Vol. 23 (1954), 269–284; jetzt in: E. Fraenkel, *Kleine Beiträge zur klassischen Philologie*, 1. Bd., Rom 1964, 389–406.

_____, *Die Sieben Redepaare im Thebanerdrama des Aeschylus*, Sitz.–Ber. der Bayer. Akademie d. Wiss., phil.–hist. Kl., 1957, Heft 3.

_____, "Der Zeushymnus im *Agamemnon* des Aischylos", in: *Philologus* 86 (1931), 1–17; jetzt in: E. Fraenkel, *Kleine Beiträge zur klassischen Philologie*, 1. Bd., Rom 1964, 353–369.

_____, "Zum Schluß der *Sieben gegen Theben*", in: *Museum Helveticum* 21 (1964), 58–64; jetzt in: H. Hommel (Hrsg.), *Wege zu Aischylos*, 2. Bd., Darmstadt 1974, 38–47.

Fritz, K. v., "Die Danaidentrilogie des Aeschylus", in: *Philologus* 91 (1936), 121–135; jetzt in: K. v. Fritz, *Antike und moderne Tragödie*, Berlin 1962, 160–192.

_____, "Die Gestalt des Eteokles in Aeschylus' *Sieben gegen Theben*", in: K. v. Fritz, *Antike und moderne Tragödie*, Berlin 1962, 193–226.

Gagarin, M., *Aeschylean Drama*, Berkeley–Los Angeles–London 1976.

_____, "The Vote of Athena", in: *American Journal of Philology* 95 (1975), 121–127.

Gantz, T. N., "The Chorus of Aischylos' *Agamemnon*", in: *Harvard Studies in Classical Philology* 87 (1983), 65–86.

_____, "The Fires of the *Oresteia*", in: *The Journal of Hellenic Studies* 97 (1977), 28–38.

_____, "Inherited Guilt in Aischylos", in: *Classical Journal* 78 (1982), 1–23.

Garvie, A. F., "Aeschylus' Simple Plots", in: *Dionysiaca. Nine Studies in Greek Poetry by Former Pupils*, Presented to Sir Denys Page on his Seventieth Birthday, Cambridge 1978, 63–86.

_____, *Aeschylus, Supplices: Play and Trilogy*, Cambridge 1969.

_____, "The Opening of the *Choephori*", in: *Bulletin of the Institute of Classical Studies of the University of London* 17 (1970), 79–91.

Garzya, A., "Le Tragique du *Prométhée enchaîné*", in: *Mnemosyne* 18 (1965), 113–125.

Golden, L., "The Character of Eteokles and the Meaning of the *Septem*", in: *Classical Philology* 59 (1964), 79–89.

———, *In Praise of Prometheus. Humanism and Rationalism in Aeschylean Thought*, Chapel Hill 1962.

Griffith, M., "Aeschylus, Sicily and Prometheus", in: *Dionysiaca. Nine Studies in Greek Poetry by Former Pupils*, Presented to Sir Denys Page on his Seventhieth Birthday, Cambridge 1978, 105–139.

———, *The Authenticity of Prometheus Bound*, Cambridge 1977.

Grossmann, G., *Promethie und Orestie. Attischer Geist in der attischen Tragödie*, Heidelberg 1970.

Grube, G. M. A., "Zeus in Aeschylus", in: *American Journal of Philology* 91 (1970), 43–51; ins Deutsche übersetzt von S. Meyer: "Zeus bei Aischylos", in: H. Hommel (Hrsg.), *Wege zu Aischylos*, 1. Bd., Darmstadt 1974, 301–311.

Gülke, C., *Mythos und Zeitgeschichte bei Aischylos. Das Verhältnis von Mythos und Historie in Eumeniden und Hiketiden*, Beiträge zur klassichen Philologie 31, Meisenheim am Glan 1969.

Haldane, J. A., "Musical Themes and Imagery in Aeschylus", in: *The Journal of Hellenic Studies* 85 (1965), 33–41; ins Deutsche übersetzt von V. Eggers: "Musikalische Motive und Bilder bei Aischylos", in: H. Hommel (Hrsg.), *Wege zu Aischylos*, 1. Bd., Darmstadt 1974, 347–367.

Hammond, N. G. L., "Personal Freedom and its Limitations in the *Oresteia*", in: *The Journal of Hellenic Studies* 95 (1975), 42–55.

Herington, C. J., "A Study in the *Prometheia*", in: *Phoenix* 17 (1963), 180–197; 236–243.

———, "Aeschylus in Sicily", in: *The Journal of Hellenic Studies* 87 (1967), 74–85; deutsch: "Aischylos in Sizilien", aus dem Englischen übersetzt von G. Poeppel, in: H. Hommel (Hrsg.), *Wege zu Aischylos*, 1. Bd., Darmstadt 1974, 16–40.

———, "Aeschylus: the Last Phase", in: *Arion* 4 (1965), 387–403.

———, *The Author of the 'Prometheus Bound'*, Austin und London 1970.

Higgins, W. E., "Double-Dealing Ares in the *Oresteia*", in: *Classical Philology* 73 (1978), 24–35.

Hiltbrunner, O., *Wiederholungs- und Motivtechnik bei Aischylos*, Bern 1950.

Hindrichs, W., *Der Wille im Menschenbild der Tragödien des Aischylos und Sophokles*, Diss. Tübingen 1958.

Hölzle, R., *Zum Aufbau der lyrischen Partien des Aischylos. Untersuchungen über die Bedeutung religiösen Gedanken- und Formengutes für die Gliederung der Lieder*, Diss. Freiburg/Br. 1932, Marbach 1934.

Holtsmark, E. B., "Ring Composition and the *Persae* of Aeschylus", in: *Symbolae Osloenses* 45 (1970), 5–23.

Hommel, H., "Aischylos' *Orestie*. Mythischer Stoff, geistige Voraussetzungen, historischer Rahmen", in: *Antike und Abendland* 20 (1974), 14–24.

_____, (Hrsg.), *Wege zu Aischylos*, 2 Bde. (1. Bd.: *Zugang. Aspekte der Forschung. Nachleben*; 2. Bd., *Die einzelnen Dramen*), Wege der Forschung LXXXVII u. CCCCLXV, Darmstadt 1974.

Ireland, S., "Stichomythia in Aeschylus: the Dramatic Role of Syntax and Connecting Particles", in: *Hermes* 102 (1974), 509–524.

Jarcho, V. N., "Zum Menschenbild der Aischyleischen Tragödie", in: *Philologus* 116 (1972), 167–200.

Kaufmann–Bühler, D., *Begriff und Funktion der Dike in den Tragödien des Aischylos*, Diss. Heidelberg 1951, Bonn 1955.

Keller, J., *Struktur und dramatische Funktion des Botenberichts bei Aischylos und Sophokles*, Diss. Tübingen 1959.

Knox, B., "Aeschylus and the Third Actor", in: *American Journal of Philology* 93 (1972), 104–124; jetzt in: B. Knox, *Word and Action*, Baltimore 1979, 39–55.

Kossatz–Deismann, A., *Dramen des Aischylos auf westgriechischen Vasen*, Mainz 1978.

Kraus. W., "Die Begegnung der Gatten in Aischylos' *Agamemnon*", in: *Wiener Studien* N. S. 12(1978), 43–66.

Lattimore, R., "Aeschylus on the Defeat of Xerxes", in: *Classical Studies in Honor of W. A. Oldfather*, Urbana, Ill, 1943, 82–93.

Leahy D. M., "The Representation of the Trojan War in Aeschylus' *Agamemnon*", in: *American Journal of Philology* 95 (1974), 1–23.

_____, "The Role of Cassandra in the *Oresteia* of Aeschylus", in: *Bulletin of the John Rylands Library Manchester* 52 (1969), 144–177.

Lebeck, A., *The Oresteia, a Study in Language and Structure*, Cambridge/Mass.

1971.

Lennig, R., *Traum und Sinnestäuschung bei Aischylos, Sophokles, Euripides*, Diss. Tübingen 1969.

Lesky, A., "Die Datierung der *Hiketiden* und der Tragiker Mesatos", in: *Hermes* 82 (1954), 1–13; jetzt in: A. Lesky, *Gesammelte Schriften. Aufsätze und Reden zu antiker und deutscher Dichtung und Kultur*, hrsg. von W. Kraus, Bern–München 1966, 220–232; auch in: H. Hommel (Hrsg.), *Wege zu Aischylos*, 2. Bd., Darmstadt 1974, 83–100.

_____, "Decision and Responsibility in the Tragedy of Aeschylus", in: *The Journal of Hellenic Studies* 86 (1966), 78–85; deutsch: "Entscheidung und Verantwortung in der Tragödie des Aischylos", in: H. Hommel (Hrsg.), *Wege zu Aischylos*, 1. Bd., Darmstadt 1974, 330–346.

_____, "Eteokles in den *Sieben gegen Theben*", in: *Wiener Studien* 74 (1961), 5–17; jetzt in: A. Lesky, *Gesammelte Schriften. Aufsätze und Reden zu antiker und deutscher Dichtung und Kultur*, hrsg. von W. Kraus, Bern–München 1966, 264–274; auch in: H. Hommel (Hrsg.), *Wege zu Aischylos*, 2. Bd., Darmstadt 1974, 23–37.

_____, *Der Kommos der Choephoren*, Sitz.-Ber. der Akad. Wien, Hist.-philos. Kl. 221 (1943), 1–127.

_____, "Die *Orestie* des Aischylos", in: *Hermes* 66 (1931), 190–214.

_____, "Die Schuld der Klytaimnestra", in: *Wiener Studien* 1(1967), 5–21.

Livingstone, R. W., "The Problem of the *Eumenides*", in: *The Journal of Hellenic Studies* 35 (1925), 129–131.

Lloyd-Jones, H., "The End of the *Seven aganist Thebes*", in: *Classical Quarterly* 9 (1959), 80–115.

_____, "The Guilt of Agamemnon", in: *Classical Quarterly* N. S. 2 (1952), 187–199.

_____, *The Justice of Zeus*, Sather Classical Lectures 41, Berkeley–Los Angeles–London 1971.

_____, "The 'Supplices' of Aeschylus: the New Date and Old Problems", in: *Antiquité Classique* 33 (1964), 356–374; ins Deutsche übersetzt von B. Mannsperger: "Die *Hiketiden* des Aischylos: Das neue Datum und die alten Problems", in: H. Hommel (Hrsg.), *Wege zu Aischylos*, 2. Bd., Darmstadt 1974, 101–124.

_____, "Zeus in Aeschylus", in: *The Journal of Hellenic Studies* 76 (1956), 55–67; jetzt aus dem Englischen übersetzt von B. Mannsperger: "Zeus bei Aischylos", in: H. Hommel (Hrsg.), *Wege zu Aischylos*, 1. Bd., Darmstadt 1974, 265–300.

Macleod, C. W., "Clothing in the *Oresteia*", in: *Maia* N. S. 27 (1975), 201–203.

_____, "Politics in the *Oresteia*", in: *The Journal of Hellenic Studies* 102 (1982), 122–144; jetzt in: C. W. Macleod, *Collected Essays*, ed. by O. Taplin, Oxford 1983, 20–40.

McCall, M. H. (Hrsg.), *Aeschylus. A Collection of Critical Essays*, Englewood Cliffs, N. J. 1972.

_____, "The Secondary Choruses in Aeschylus' *Supplices*", in: *California Studies in Classical Antiquity* 9 (1977), 117–131.

Melchinger, S., "Aischylos auf der Bühne der Neuzeit", in: H. Hommel (Hrsg.), *Wege zu Aischylos*, 1. Bd., Darmstadt 1974, 443–475.

Mellon, P. S., *The Ending of Aeschylus' 'Seven against Thebes' and its Relation to Sophocles' 'Antigone' and Euripides' 'Phoenissae'*, Diss. Stanford 1974.

Mielke, H., *Die Bildersprache des Aischylos*, Diss. Breslau 1934.

Moritz, H. E., "Refrain in Aeschylus", in: *Classical Philology* 74 (1979), 187–213.

Murray, G., *Aeschylus. The Creator of Tragedy*, Oxford 1940 (repr. 1951, 1958, 1962); dtsch. (u. gekürzt): *Aischylos*, Eingeleitet und herausgegeben von S. Melchinger, Friedrichs Dramatiker des Welttheaters 47, Velber/Hannover 1969.

Murray, R. D., *The Motif of Io in Aeschylus' Suppliants*, Princeton 1958.

Musenides, T., *Aischylos und sein Theater*, Berlin 1937.

Myers, J. L., "The Structure of Stichomythia in Attic Tragedy", in: *Proceedings of the British Academy* 36 (1948), 199–231.

Neitzel, H., "Artemis und Agamemnon in der Parodos des aischyleischen Agamemnon", in: *Hermes* 107 (1979), 10–32.

_____, "Funktion und Bedeutung des Zeus-Hymnus im *Agamemnon* des Aischylos", in: *Hermes* 106 (1978), 406–425.

_____, " πάθει μάθος-Leitwort der aischyleischen Tragödie?", in: *Gymnasium* 87 (1980), 283–293.

Nes, D. van, *Die martitime Bildersprache des Aischylos*, Groningen 1963.

Nestle, W., "Rez.: Walther Kranz, *Stasimon. Untersuchungen zu Form und Gehalt der Griechischen Tragödie.* 1933", in: *Gnomon* 10 (1934), 404–415; jetzt in: H.

260 그리스 비극의 이해

Hommel (Hrsg.), *Wege zu Aischylos*, 1. Bd., Darmstadt 1974, 71–85.

_____, *Menschliche Existenz und politische Erziehung in der Tragödie des Aischylos*, Tübinger Beiträge zur Altertumswissenschaft 23, Stuttgart 1934.

_____, "Die Religiosität des Aischylos", in: W. Nestle, *Griechische Religiosität von Homer bis Pindar und Aischylos* 1, Sammlung Göschen Nr. 1032, Berlin 1930, 117–132; jetzt in: H. Hommel (Hrsg.), *Wege zu Aischylos*, 1. Bd., Darmstadt 1974, 251–264.

_____, "Die Weltanschauung des Aischylos", in: *Neue Jahrbücher für das Klassische Altertum* 1907, 225ff., 305ff.,; jetzt in: W. Nestle, *Griechische Studien. Untersuchungen zur Religion, Dichtung und Philosophie der Griechen*, Stuttgart 1948, 61–132.

Newiger, H.-J., "Die *Orestie* und das Theater", in: *Dioniso* 48 (1977), 319–340.

Nicolai, W., *Zum doppelten Wirkungsziel der aischyleischen 'Orestie'*, Bibliothek der klassischen Altertumswissenschaften N. F., 2. Reihe, Bd. 80, Heidelberg 1988.

Nicolaus, P., *Die Frage nach der Echtheit der Schlußszene von Aischylos' Sieben gegen Theben*, Diss. Tübingen 1967.

Otis, B., "The Unity of the *Seven against Thebes*", in: *Greek, Roman and Byzantine Studies* 3 (1960), 153–174.

Owen, E. T., *The Harmony of Aeschylus*, Toronto 1952.

Patzer, H., "Die dramatische Handlung der *Sieben gegen Theben*", in: *Harvard Studies in Classical Philology* 63 (1958), 97–119.

Peradotto, J. J., "The Omen of the Eagles and the HΘΟΣ of Agamemnon", in: *Phoenix* 23 (1969), 237–263.

_____, "Some Patterns of Nature Imagery in the *Oresteia*", in: *American Journal of Philology* 85 (1964), 378–393.

Petrounias, E., *Funktion und Thematik der Bilder bei Aischylos*, Hypomnemata 48, Göttingen 1976.

Pfeiffer, R., "Die *Niobe* des Aischylos", in: *Philologus* 89 (1934), 1–18.

Pfeufer, H., *Die Gnomik in der Tragödie des Aischylos*, Diss. München 1940.

Podlecki, A. J., "The Aeschylean Chorus as Dramatic *Persona*", in: *Studi classici in onore di Q. Cataudella*, Bd. 1, Catania 1972, 187–204.

_____, "The Character of Eteocles in Aeschylus' *Septem*", in: *Transactions and Proceedings of the American Philological Association* 95 (1964), 283–299.

_____, *The Political Background of Aeschylean Tragedy*, Ann Arbor 1966.

_____, "Reciprocity in *Prometheus Bound*", in: *Greek, Roman and Byzantine Studies* 10 (1969), 287-292.

_____, "Reconstructing an Aeschylean Trilogy", in: *Bulletin of the Institute of Classical Studies of the University of London* 22 (1975), 1-19.

Pötscher, W., "Die Funktion der Anapästpartien in den Tragödien des Aischylos", in: *Eranos* 56 (1958), 80-98.

_____, "Zum Schluß der *Sieben gegen Theben*", in: *Eranos* 56(1958), 140-154.

Porzig, W., *Aischylos. Die Attische Tragödie*, Staat und Geist 3, Leipzig 1926.

Prag, A. J. N., *The Oresteia, Iconographic and Narrative Tradition*, Warminster 1985.

Quincey, J. H., "The Beacon-Sites in the *Agamemnon*", in: *The Journal of Hellenic Stidies* 83 (1963), 118-132.

Rabinowitz, N. S., "From Force to Persuasion: Aeschylus' *Oresteia* as Cosmogonic Myth", in: *Ramus* 10 (1981), 159-191.

Regenbogen, O., "Bemerkungen zu den *Sieben* des Aischylos. I. Textkritisches. II. Zu Eteokles' Entschließungsszene 631ff.", in: *Hermes* 68 (1933), 51-69; jetzt in: O. Regenbogen, *Kleine Schriften*, hrsg. von F. Dirlmeier, München 1961, 36-56.

Reinhardt, K., *Aischylos als Regisseur und Theologe*, Bern 1949.

_____, "*Prometheus*", in: *Eranos-Jahrbuch* 25, Zürich 1957, 241-283: jetzt in: K. Reinhardt, *Tradition und Geist. Gesammelte Essays zur Dichtung*, hrsg. von C. Becker, Göttingen 1960, 191-226.

_____, "Vorschläge zum neuen Aischylos. I. Zu den *Isthmiastai*. II. Zum *Prometheus*", in: *Hermes* 85 (1957), 1-17; 123-126; jetzt in: K. Reinhardt, *Tradition und Geist. Gesammelte Essays zur Dichtung*, hrsg. von C. Becker, Göttingen 1960, 167-190.

Reithmaier, L., *Die Rolle des Chores in den Tragödien des Aischylos und Sophokles*, Diss. Wien 1939.

Riele, G. J. M. J. te, *Les femmes chez Éschyle*, Diss. Utrecht 1955.

Rivier, A., "Éschyle et le tragique", in: *Études de Lettres. Bulletin de la Fac. des Lettres Lausanne et de la Soc. des Études de Lettres* 6 (1963), 73-112.

_____, "Remarques sur le 'nécessaire' et la 'nécessité' chez Éschyle", in: *Revue des Études Grecques* 81 (1968), 5-39.

Rode, J., *Untersuchungen zur Form des aischyleischen Chorliedes*, Diss. Tübingen 1965.

Rösler, W., *Reflexe vorsokratischen Denkens bei Aischylos*, Beiträge zur Klassischen Philologie 37, Meisenheim am Glan 1970.

Romilly, J. de, *La crainte et l'angoisse dans le théâtre d'Éschyle*, Paris 1958.

_____, ˝Vengeance humaine et vengeance divine: Remarques sur l' *Orestie* d'Éschyle˝, in: K. Gaiser (Hrsg.), *Das Altertum und jedes neue Gute. Für Wolfgang Schadewaldt zum 15. März 1970*, Stuttgart 1970, 65-77.

Rose, H. J., ˝Aeschylus the Psychologist˝, in: *Symbolae Osloenses* 32 (1956), 1-22; ins Deutsche übersetzt von B. Mannsperger: ˝Aischylos als Psychologe˝, in: H. Hommel (Hrsg.), *Wege zu Aischylos*, 1. Bd., Darmstadt 1974, 148-174.

_____, ˝On an Epic Idiom in Aeschylus˝, in: *Eranos* 45 (1947), 88-99.

_____, Theology and Mythology in Aeschylus˝, in: *Harvard Theological Review* 39 (1946), 1-24.

Rosenmeyer, T. G., *The Art of Aeschylus*, Berkeley-Los Angeles-London 1982.

_____, ˝*Seven Against Thebes*: A Tragedy of War˝, in: *Arion* 1 (1962), 48-78.

Sansone, D., *Aeschylean Metaphors for Intellectual Activity*, Hermes Einzelschriften 35, Wiesbaden 1975.

Schadewaldt, W., ˝Aischylos' *Achilleis*˝, in: *Hermes* 71 (1936), 25-69; jetzt in: W. Schadewaldt, *Hellas und Hesperien*, 1. Bd., Zürich-Stuttgart ²1970, 308-354.

_____, ˝Kleiderdinge. Zur Analyse der *Odyssee*˝, in: *Hermes* 87 (1959), 13-26; jetzt in: W. Schadewaldt, *Hellas und Hesperien*, 1. Bd., Zürich-Stuttgart ²1970, 79-93.

_____, ˝Der Kommos in Aischylos' *Choephoren*˝, in: *Hermes* 67 (1932), 312-354; jetzt in: W. Schadewaldt, *Hellas und Hesperien*, 1. Bd., Zürich-Stuttgart ²1970, 249-284.

_____, ˝Ursprung und frühe Entwicklung der attischen Tragödie. Eine morphologische Struktur-Betrachtung des Aischylos˝, in: H. Hommel (Hrsg.), *Wege zu Aischylos*, 1. Bd., Darmstadt 1974, 104-147.

_____, ˝Die Wappnung des Eteokles˝, in: *Eranion. Festschrift für Hildebrecht Hommel, dargebracht von seinen Tübinger Freunden und Kollegen*, unter Mitwirkung von E. Zinn hrsg. von J. Kroymann, Tübingen 1961, 105-116; jetzt in: W. Schadewaldt, *Hellas und Hesperien*, 1. Bd., Zürich-Stuttgart ²1970, 357-367.

Schinkel, K., *Die Wortwiederholung bei Aischylos*, Diss. Tübingen 1972.

Schmid, W., *Untersuchungen zum Gefesselten Prometheus*, Tübinger Beiträge zur Altertumswissenschaft 9, Stuttgart 1929.

Schmidt, E. G. (Hrsg.), *Aischylos und Pindar: Studien zu Werk und Nachwirkung*, Schriften zur Geschichte und Kultur der Antike 19, Berlin 1981.

_____, "Das Menschenbild bei Aischylos und Sophokles", in: R. Müller (Hrsg.), *Der Mensch als Maß der Dinge. Studien zum griechischen Menschenbild in der Zeit der Blüte und Krise der Polis*, Berlin 1976, 93-135.

Schulz, P.-R., *Göttliches und menschliches Handeln bei Aischylos*, Diss. Kiel 1962.

Schweizer-Keller, R., *Vom Umgang des Aischylos mit der Sprache: Interpretationen zu seinen Namensdeutungen*, Aarau 1972.

Seeck, G. A., *Dramatische Strukturen der griechischen Tragödie. Untersuchungen zu Aischylos*, München 1984.

Seewald, J., *Untersuchungen zu Stil und Komposition der aischyleischen Tragödie*, Greifswalder Beiträge 14, Greifswald 1936.

Sider, D., "Stagecraft in the *Oresteia*", in: *American Journal of Philology* 99 (1978), 12-27.

Sideras, A., *Aeschylus Homericus. Untersuchungen zu den Homerismen der aischyleischen Sprache*, Hypomnemata 31, Göttingen 1971.

Simpson, M., "Why Does Agamemnon Yield?", in: *Parola del Passato* 137 (1971), 94-101.

Smith, O. L., "Some Observations on the Structure of Imagery in Aeschylus", in: *Classica et Mediaevalia* 26 (1965), 10-72.

Smith, P., *On the Hymn to Zeus in Aeschylus' Agamemnon*, American Classical Studies 5, Chicago 1980.

Smyth, H. W., *Aeschylean Tragedy*, Sather Classical Lectures 2, Berkeley 1924, repr. New York 1969.

Snell, B., *Aischylos und das Handeln im Drama*, Philologus Supplementband XX, Heft 1, Leipzig 1928.

Solmsen, F., *Electra and Orestes: Three Recognitions in Greek Tragedy*, Mededeelingen Nederl. Akad., Afd. Letterk., N. S. 30.2, Amsterdam 1967.

_____, "The Erinys in Aischylos' *Septem*", in: *Transactions of the American Philological Association* 58(1937), 199-211; jetzt in: F. Solmsen, *Kleine Schriften I*,

Collectanea IV 1, Hildesheim 1968, 106-120.

_____, *Hesiod and Aeschylus*, Cornell Studies in Classical Philology 30, Ithaca, New York 1949.

Srebrny, S., *Wort und Gedanke bei Aischylos*, Breslau-Warschau-Krakau 1964.

Stanford, W. B., *Aeschylus in his Style*, Dublin 1942.

Stinton, T. C. W., "The First Stasimon of Aeschylus' *Choephori*", in: *Classical Quarterly* 29 (1979), 252-262.

Stoessl, F., "Aeschylus as a Political Thinker", in: *American Journal of Philology* 73 (1952), 113-139.

_____, "Aischylos 13)", in: *RE Suppl.* XI (1968), 1-8.

_____, *Die Hiketiden des Aischylos als geistesgeschichtliches und theatergeschichtliches Phänomen*, Sitzungsberichte der Akademie der Wissenschaften Wien, Phil.-hist. Kl. 356, Wien 1979.

_____, "Die *Phoinissen* des Phrynichos und die *Perser* des Aischylos", in: *Museum Helveticum* 2 (1945), 148-165.

_____, *Der Prometheus des Aischylos als geistesgeschichtliches und theatergeschichtliches Phänomen*, Palingenesia 24, Wiesbaden-Stuttgart 1988.

_____, Die *Trilogie des Aischylos. Formgeschichte und Wege der Rekonstruktion*, Baden bei Wien 1937.

Taplin, O., "Aeschylean Silences and Silences in Aeschylus", in: *Harvard Studies in Classical Philology* 76 (1972), 57-97.

_____, *The Stagecraft of Aeschylus: Observations on the Dramatic Use of Exits and Entrances in Greek Tragedy*, Oxford 1977.

Thalmann, W. G., *Dramatic Art in Aeschylus's* Seven against Thebes, Yale Classical Monographs 1, New Haven und London 1978.

Thomson, G., *Aeschylus and Athens. A Study in the Social Origin of Drama*, London 1941, ²1946; deutsch: *Aischylos und Athen. Eine Untersuchung der gesellschaftlichen Ursprünge des Dramas*, Berlin 1957.

Tsagarakis, O., "Zum tragischen Geschick Agamemnons bei Aischylos", in: *Gymnasium* 86 (1979), 16-38.

Turyn, A., *The Manuscript Tradition of the Tragedies of Aeschylus*, New York 1943; repr. Hildesheim 1967.

Unterberger, R., '*Der gefesselte Prometheus' des Aischylos. Eine Interpretation*, Tübinger

Beiträge zur Altertumswissenschaft 45, Stuttgart 1968.

Ussher, R. G., "The Other Aeschylus", in: *Phoenix* 31 (1977), 287–299.

Vandvik, E., *The Prometheus of Hesiod and Aeschylus*, Oslo 1943.

Van Looy, H., "Aeschyli *Supplices* ... und kein Ende", in: *Anamnesis, Gedenkboek Leemans*, Brügge 1970, 369–384.

_____, "Tragica I. Aeschyli *Supplices* ... und ein Ende", in: *Antiquité Classique* 38 (1969), 489–496.

Van Nes, D., *Die maritime Bildersprache des Aischylos*, Groningen 1963.

Vellacott, P., "Has Good Prevailed? A Further Study in the *Oresteia*", in: *Harvard Studies in Classical Philology* 81 (1977), 113–122.

_____, *The Logic of Tragedy: Morals and Integrity in Aeschylus' Oresteia*, Durham NC 1984.

Vidal-Naquet, P., *Classe et Sacrifice dans l'Orestie*, Paris 1972.

Vogt, J., "Die Hellenisierung der Perser in der Tragödie des Aischylos", in: *Antike und Universalgeschichte. Festschrift H. E. Stier*, Münster 1972, 131–145.

Von der Mühll, P., "Der Zweikampf der Ödipussöhne im dritten Epeisodion der *Septem*", in: *Museum Helveticum* 21 (1964), 225–227.

Wartelle, A., *Histoire du texte d' Éschyle dans l'antiquité*, Paris 1971.

Welcker, F. G., *Die Aeschylische Trilogie Prometheus und die Kabirenweihe zu Lemnos nebst Winken über die Trilogie des Aeschylus überhaupt*, Darmstadt 1824.

West, M. L., "The *Prometheus* Trilogy", in: *The Journal of Hellenic Studies* 99 (1979), 130–148.

Wilamowitz-Moellendorff, U. v., *Aischylos. Interpretationen*, Berlin 1914; Nachdr. Dublin-Zürich 1966.

_____, "Drei Schlußszenen griechischer Dramen", in: *Sitz.-Ber. der Akad. der Wiss. Berlin, Phil.-hist. Kl.* (1903), Berlin 1903, 436–455, 587–600.

Wilkens, K. *Die Interdependenz zwischen Tragödienstruktur und Theologie bei Aischylos*, Bochumer Arbeiten zur Sprach- und Literaturwissenschaft 11, München 1974.

Winnington-Ingram, R. P., "A Religious Function of Greek Tragedy: A Study of the *Oedipus Coloneus* and the *Oresteia*", in: *The Journal of Hellenic Studies* 74 (1954), 16–24.

_____, "Clytemnestra and the Vote of Athena", in: *The Journal of Hellenic Studies*

68 (1948), 130–147; revised in: R. P. Winnington–Ingram, *Studies in Aeschylus*, Cambridge 1983, 101–131.

_____ , "The *Danaid* Trilogy of Aeschylus", in: *The Journal of Hellenic Studies* 81 (1961), 141–152; ins Deutsche übersetzt von V. Eggers: "Die *Danaiden*–Trilogie des Aischylos", in: H. Hommel (Hrsg.), *Wege zu Aischylos*, 2. Bd., Darmstadt 1974, 57–82.

_____ , "Rez.: A. J. Podlecki: The Political Background of Aeschylean Tragedy", in: *Gnomon* 39 (1967), 641–646.

_____ , "*Septem contra Thebas*", in: *Yale Studies in Classical Philology* 25 (1977), 1–45.

_____ , *Studies in Aeschylus*, Cambridge 1983.

_____ , "Zeus in the *Persae*", in: *The Journal of Hellenic Studies* 93 (1973), 210–219.

Wolff, E. A., "The Date of Aeschylus' *Danaid* Tetralogy", in: *Eranos* 56 (1958), 119–139; *Eranos* 57 (1959), 6–34.

Wolff, E., "Die Entscheidung des Eteokles in den *Sieben gegen Theben*", in: *Harvard Studies in Classical Philology* 63 (1958) (Festschrift für W. Jäger), 89–95.

Yorke, E. C., "The Date of the *Prometheus Vinctus*", in: *Classical Quarterly* 30 (1936), 153–154.

Zeitlin, F., "The Dynamics of Misogyny: Myth and Myth–Making in the Oresteia, in: *Arethusa* 11 (1978), 149–184.

_____ , "The Motif of the Corrupted Sacrifice in Aeschylus' *Oresteia*", in: *Transactions and Proceedings of the American Philological Association* 96 (1965), 463–508.

_____ , "Postscript to Sacrificial Imagery in the *Oresteia, Ag.* 1235–37", in: *Transactions and Proceedings of the American Philological Association* 97 (1966), 645–653.

_____ , *Under the Sign of the Shield: Semiotics and Asechylus' Seven Against Thebes*, Rom 1982.

소포클레스

Adams, S. M., "The *Ajax* of Sophocles", in: *Phoenix* 9 (1955), 93–110.

_____ , *Sophocles the Playwright*, Tronto 1957.

Alt, K., "Schicksal und Φύσις im *philoktet* des Sophokles", in: *Hermes* 89 (1961),

141-174; jetzt auch in: H. Diller (Hrsg.), *Sophokles*, Darmstadt 1967, 412-459.

Ax, W., "Die Parodos des *Oedipus Tyrannos*", in: *Hermes* 67 (1932), 413-437.

Barlow, S. A., "Sophocles' *Ajax* and Euripides' *Heracles*", in: *Ramus* 10 (1981), 112-128.

Bates, W. N., *Sophokles: Poet and Dramatist*, New York 1940, ²1969.

Becker, C., *Studien zum sophokleischen Chor*, Diss. Frankfurt/M. 1950.

Blumenthal, A. v., *Sophokles. Entstehung und Vollendung der griechischen Tragödie*, Stuttgart 1936.

Boeckh, A., *Des Sophokles Antigone, griechisch und deutsch herausgegeben, nebst zwei Abhandlungen über diese Tragödie im Ganzen und einzelne Stellen*, Berlin 1943 (=Schriften der Preuß. Akademie d. Wiss. von 1824 bzw. 1828).

Bowra, C. M., *Sophoclean Tragedy*, Oxford 1944.

_____ , "Sophocles on his own Development", in: C. M. Bowra, *Problems in Greek Poetry*, Oxford 1953, 108-125; deutsch; "Sophokles über seine eigene Entwicklung", übersetzt von M.-L. Gülzow, in: H. Diller (Hrsg.), *Sophokles*, Darmstadt 1967, 126-146.

Bröcker, W., *Der Gott des Sophokles*, Wissenschaft und Gegenwart, Geisteswissenschaftliche Reihe H. 50/51, Frankfurt/M. 1971.

Burian, P., "Suppliant and Saviour: *Oedipus at Colonus*", in: *Phoenix* 28 (1974), 408-429.

_____ , "Supplication and Hero Cult in Sophocles' *Ajax*", in: *Greek, Roman and Byzantine Studies* 13 (1972), 151-156.

Burton, R. W. B., *The Chorus in Sophocles' Tragedies*, Oxford 1980.

Buxton, R. G. A., "Blindness and Limits: Sophokles and the Logic of Myth", in: *The Journal of Hellenic Studies* 100 (1980), 22-37.

Calder III, W. M., "Sophocles' Political Tragedy, *Antigone*", in: *Greek, Roman and Byzantine Studies* 9 (1968), 389-407.

_____ , "Die Technik der Sophokleischen Komposition im *Philoktet*", in: E. C. Welskopf (Hrsg.), *Hellenische Poleis: Krise-Wandlung-Wirkung*, Bd. III, Darmstadt 1974, 1382-1388.

Camerer, R., *Zorn und Groll in der sophokleischen Tragödie*, Diss. Freiburg 1932, Leipzig, 1936.

_____ , "Zu Sophokles' *Aias*", in: *Gymnasium* 60 (1953), 289-327.

Cameron, A., *The Identity of Oedipus the King*, New York 1968.

Champlin, M. W., "*Oedipus Tyrannus* and the Problem of Knowledge", in: *The Classical Journal* 64 (1968), 337–345.

Dawe, R. D., *Studies on the Text of Sophocles*, Leiden (Bd. 1 u. 2) 1974, (Bd. 3) 1978.

Deckinger, H., *Die Darstellung der persönlichen Motive bei Aischylos und Sophokles*, Diss. Tübingen 1911.

Diller, H. (u. a.). *Gottheit und Mensch in der Tragödie des Sophokles*, Darmstadt 1963.

_____, *Göttliches und menschliches Wissen bei Sophokles*, Kieler Universitätsreden, Heft 1; jetzt in: Diller, H., u. a., *Gottheit und Mensch in der Tragödie des Sophokles*, Darmstadt 1963, 1–28; auch in: H. Diller, *Kleine Schriften zur antiken Literatur*, hrsg. von H.-J. Newiger und H. Seyffert, München 1971, 255–271.

_____, "Menschendarstellung und Handlungsführung bei Sophokles", in: *Antike und Abendland* 6 (1957), 157–169; jetzt in: H. Diller (Hrsg.), *Sophokles*, Wege der Forschung XCV, Darmstadt 1967, 190–211; auch in: H. Diller, *Kleine Schriften zur antiken Literatur*, hrsg. von H.-J. Newiger und H. Seyffert, München 1971, 286–303.

_____, (Hrsg.), *Sophokles*, Wege der Forschung XCV, Darmstadt 1967.

_____, "Über das Selbstbewußtsein der sophokleischen Personen", in: *Wiener Studien* 69 (1956), 70–85; jetzt in: H. Diller, *Kleine Schriften zur antiken Literatur*, hrsg. von H.-J. Newiger und H. Seyffert, München 1971, 272–285.

Dirlmeier, F., "Der *Aias* des Sophokles. Ein Beitrag zur Deutung", in: *Neue Jahrbücher* 1 (1938), 297–319; jetzt in: F. Dirlmeier, *Ausgewählte Schriften zu Dichtung und Philosophie der Griechen*, hrsg. von H. Görgemanns, Heidelberg 1970, 13–30.

Dodds, E. R., "On Misunderstanding the *Oedipus Rex*", in: *Greece and Rome* 13 (1966), 37–49; jetzt in: M. J. O'Brien (Hrsg.), *Twentieth Century Interpretations of Oedipus Rex*, Englewood Cliffs, N. J. 1968, 17–29.

Dönt, E., "Zur Deutung des Tragischen bei Sophokles", in: *Antike und Abendland* 17 (1971), 45–55.

Earp, F. R., *The Style of Sophocles*, Cambridge 1943.

Easterling, P. E., "Oedipus and Polynices", in: *Proceedings of the Cambridge*

Philological Society 13 (1967), 1-13.

_____, "*Philoctetes* and Modern Criticism", in: *Iowa Classical Studies* 3 (1978), 27-39.

_____, "The Second Stasimon of the *Antigone*", in: *Dionysiaca. Nine Studies in Greek Poetry (Festschrift D. Page)*, Cambridge 1978, 141-158.

_____, "Sophocles' Trachiniae", in: *Bulletin of the Institute of Classical Stusies of the University of London* 15 (1968), 58-69.

Eberlein, E., "Über die verschiedenen Deutungen des tragischen Konflikts in der Tragödie *Antigone* des Sophokles", in: *Gymnasium* 68 (1961), 16-34.

Ehrenberg, V., *Sophocles and Pericles*, Oxford 1954; deutsch: *Sophokles und Perikles*, München 1956.

Eicken-Iselin, E., *Interpretationen und Untersuchungen zum Aufbau der Sophokleischen Rheseis*, Diss. Basel 1942.

Erbse, H., "Neoptolemos und Philoktet bei Sophokles", in: *Hermes* 94 (1966), 177-201.

Errandonea, I., "Les Quatre Monologues de l'*Ajax* et leur Signification Dramatique", in: *Les Études Classiques* 26 (1958), 21-40.

Flashar, H., "Die Handlungsstruktur des *König Ödipus*", in: *Poetica* 8 (1976), 355-359.

_____, "*König Ödipus*. Drama und Theorie", in: *Gymnasium* 24 (1977), 120-136.

Fritz, K. v., "Haimons Liebe zu Antigone", in: *Philologus* 93 (1934), 19-34; jetzt in: *Antike und moderne Tragödie. Neun Abhandlungen*, Berlin 1962, 227-240.

_____, "Zur Interpretation des *Aias*", in: *Antike und moderne Tragödie. Neun Abhandlungen*, Berlin 1962, 241-255.

Fuqua, C., "Studies in the Use of Myth in Sophocles' *Philoctets* and Euripides' *Orestes*", in: *Traditio* 32 (1976), 29-95.

Gellie, G. H., *Sophocles: a Reading*, Carlton, Victoria 1972.

Goheen, R. F., *The Imagery of Sophocles' Antigone: a study of Poetic Language and Structure*, Princeton 1951.

Goth, J., *Sophokles' Antigone. Imterpretationsversuche und Strukturuntersuchungen*, Diss. Tübingen 1966.

Greiffenhagen, G., "Der Prozeß des Oedipus. Strafrechtliche und strafprozessuale Bemerkungen zur Interpretation des *Oedipus Rex* des Sophokles", in: *Hermes* 94

(1966), 147–176.

Grossmann, G., "Das Lachen des Aias", in: *Museum Helveticum* 25 (1968), 65–85.

Gundert, H., "Größe und Gefährdung des Menschen. Ein sophokleisches Chorlied und seine Stellung im Drama (Sophokles, *Antigone* 332–375)", in: *Antike und Abendland* 22 (1976), 21–39.

Hamburger, K., *Von Sophokles zu Sartre. Griechische Dramenfiguren antik und modern*, Stuttgart 1962, ³1965.

Hausmann, U., "Ödipus und die Sphinx", in: *Jahrbuch der staatlichen Kunstsammlungen in Baden-Württemberg* 9 (1972), 7–36.

Heinz, J., "Zur Datierung der *Trachinierinnen*", in: *Hermes* 72 (1937), 270–300.

Helmbold, W. C., "The Paradox of the *Oedipus*", in: *American Journal of Philology* 72 (1951), 293–300.

Hester, D. A., "Sophocles the Unphilosophical. A Study in the *Antigone*", Mnemosyne IV 24 (1971), 11–59.

Hölscher, U., "Wie soll ich noch tanzen", in: *Sprachen der Lyrik, Festschrift Hugo Friedrich*, Frankfurt/M. 1975, 376–391.

Hösle, V., *Die Vollendung der Tragödie im Spätwerk des Sophokles*, Stuttgart-Bad Cannstadt 1984.

Hoppin, M. C., "What Happens in Sophocles' *Philoctetes?*", in: *Traditio* 37 (1981), 1–30.

Imhof, M., "Euripides' *Ion* und Sophokles' *Oedipus auf Kolonos*", in: *Museum Helveticum* 27 (1970), 65–89.

Jaene, H. E., *Die Funktion des Pathetischen im Aufbau sophokleischer und euripideischer Tragödien*, Diss. Leipzig 1929.

Johansen, H. F., "Die *Elektra* des Sophokles: Versuch einer neuen Deutung", in: *Classica et Mediaevalia* 25 (1964), 8–32.

Kapsomenos, S. G., *Sophokles' Trachinierinnen und ihr Vorbild. Eine literargeschichtliche und textkritische Untersuchung*, Athen 1963.

Kirkwood, G. M., "The Dramatic Role of the Chorus in Sophocles", in: *Phoenix* 8 (1954), 1–22.

———, *A Study of Sophoclean Drama*, Cornell Studies in Classical Philology 31, Ithaca 1958.

Kitto, H. D. F., "The Idea of God in Aeschylus and Sophocles", in: *Entretiens sur l'Antiquité Classique 1, Fondation Hardt*, Genf 1952, 169-201.

_____, *Sophokles. Dramatist and Philosopher: Three Lectures*, London 1958.

Klimpe, P., *Die Elektra des Sophokles und Euripides' Iphigenie bei den Taurern*, Göppingen 1970.

Knox, B. M. W., "The *Ajax* of Sophocles", in: *Harvard Studies in Classical Philology* 65 (1961), 1-37; now in: T. Woodard (Hrsg.), *Sophocles: A Collection of Critical Essays*, Englewood Cliffs, N. J. 1966, 29-61; und in: B. M. W. Knox, *Word and Action. Essays on the Ancient Theater*, Baltimore-London 1979, 125-160.

_____, *The Heroic Temper. Studies in Sophoclean Tragedy*, Sather Classical Lectures 35, Berkeley-Los Angeles 1964.

_____, *Oedipus at Thebes. Sophocles' Tragic Hero and His Time*, New Haven 1957, repr. 1971.

Kremer, G., *Strukturanalyse des Oidipus Tyrannos von Sophokles*, Diss. Tübingen 1963.

Lesky, A., "Der Herren eigner Geist: Zur Deutung der Chorlieder des Sophokles", in: *Das Altertum und jedes neue Gute. Für W. Schadewaldt zum 15. März 1970*, Stuttgart 1970, 79-97.

_____, "Sophokles und das Humane", in: *Almanach der Österreichischen Akademie der Wissenschaften* 101 (1957), 222-247; auch in: Diller, H., u. a., *Gottheit und Mensch in der Tragödie des Sophokles*, Darmstadt 1963, 61-86; jetzt in: A. Lesky, *Gesammelte Schriften. Aufsätze und Reden zu antiker und deutscher Dichtung und Kultur*, hrsg. von W. Kraus, Bern-München 1966, 190-203.

Letters, F. J. H., *The Life and Work of Sophocles*, London 1953.

Linforth, I. M., *Philoctetes. The Play and the Man*, University of California Publications in Classical Philology 15. 3 (1956), 95-156.

_____, *Religion and Drama in 'Oedipus at Colonus'*, University of California Publications in Classical Philology 14. 4 (1951).

Long, A. A., *Language and Thought in Sophocles*, London 1968.

Machin, A., *Cohérence et continuité dans le théâtre de Sophocle*, Quebec 1981.

Matthiessen, K., "Philoktet oder die Resozialisierung", in: *Würzburger Jahrbücher für die Altertumswissenschaft* N. F. 7 (1981), 11-26.

Méautis, G., *Sophocle. Essai sur le héros tragique*, Paris 1957.

Mette, H. J., "Die *Antigone des Sophokles*", in: *Hermes* 84 (1956), 129–134.

Moorhouse, A. C., *The Syntax of Sophocles*, Leiden 1982.

Müller, C. W., *Zur Datierung des sophokleischen Ödipus*, Abhandlungen der Akademie der Wissenschaften und Literatur in Mainz, geistes- und sozialwiss. Klasse 1984, Nr. 5, Wiesbaden 1984.

Müller, G., "Überlegungen zum Chor der *Antigone*", in: *Hermes* 89 (1961), 398–422.

Murray, G., "Heracles, 'The Best of Men'", in: G. Murray, *Greek Studies*, Oxford 1946; deutsch: "Herakles, 'Der Trefflichste der Männer'", übersetzt von O. Jakob, in: H. Diller (Hrsg.), *Sophokles*, Darmstadt 1967, 325–347.

Musurillo, H., *The Light and the Darkness: Studies in the Dramatic Poetry of Sopholcles*, Leiden 1967.

Nestle, W., "Das Rechtsbewußtsein der *Antigone*", in: *Aus Unterricht und Forschung* 1930, 97ff.: jetzt in: W. Nestle, *Griechische Studien. Untersuchungen zur Religion, Dichtung und Philosophie der Griechen*, Stuttgart 1948, 186–194.

_____, "Sophokles und die Sophistik", in: *Classical Philology* 5 (1910), 129 ff.; jetzt in: W. Nestle, *Griechische Studien. Untersuchungen zur Religion, Dichtung und Philosophie der Griechen*, Stuttgart 1948, 195–225.

O'Brien, M. J., (Hrsg.), *Twentieth Century Interpretations of Oedipus Rex*, Englewood Cliffs, N. J. 1968.

Patzer, H., *Hauptperson und tragischer Held in Sophokles' Antigone*, Sitzungsberichte der Wissenschaftlichen Gesellschaft an der Johann Wolfgang Goethe-Universität Frankfurt am Main. Bd. 15, Nr. 2, Wiesbaden 1978.

_____, "Methodische Grundsätze der Sophoklesinterpretation", in: *Poetica* 15 (1983), 1–33; jetzt in: H. Patzer, *Gesammelte Schriften*, hrsg. von R. Leimbach und G. Seidel, Wiesbaden 1985, 433–469.

Petersmann, H., "Die Haltung des Chores in der Sophokleischen *Antigone*", in: *Wiener Studien* N. S. 16 (1982), 56–70.

Poe, J. P., *Heroism and Divine Justice in Sophocles' Philoctetes*, Mnemosyne, Supplementum XXXIV, Leiden 1974.

Pöhlmann, E. "Bühne und Handlung im *Aias* des Sophokles", in: *Antike und Abendland* 32 (1986), 20–32.

Post, C. R., "The Dramatic Art of Sophocles", in: *Harvard Studies in Classical*

Philology 23 (1912), 71-127.

Reinhardt, K., *Sophokles*, Frankfurt/M, 1933, ⁴1976.

Rieger, G., *Die Bildersprache des Sophokles*, Diss. Breslau 1934.

Rohdich, H., *Antigone. Beitrag zu einer Theorie des sophokleischen Helden*, Bibliothek der Klassischen Altertumswissenschaften N. F., 2. Reihe, Bd. 69, Heidelberg 1980.

Ronnet, G., *Sophocle poète tragique*, Paris 1969.

Rosenmeyer, T. G., "The Wrath of Oedipus", in: *Phoenix* 6 (1952), 92-112.

Rosivach, V., "The Two Worlds of the *Antigone*", in: *Illinois Classical Studies* 3 (1979), 16-26.

Schadewaldt, W., "Einleitung zur *Antigone* des Sophokles von Hölderlin in der Vertonung von Carl Orff", in: W. Schadewaldt, *Hellas und Hesperien*, 1. Bd., Zürich-Stuttgart ²1970, 434-465.

_____, "Hölderlins Übersetzung des Sophokles", in: *Sophokles, Tragödien, deutsch von Friedrich Hölderlin,* hrsg. und eingeleitet von W. Schadewaldt, Fischer-Bücherei 162, Frankfurt/M. 1957, 9-95 und 258-261; ohne den Anhang auch in: W. Schadewaldt, *Antike und Gegenwart. Über die Tragödie*, dtv 342, München 1966, 113-174; gekürzt, ohne den Anhang: J. Schmidt (Hrsg.), *Über Hölderlin*, Frankfurt/M. 1970, 237-293; jetzt in: W. Schadewaldt, *Hellas und Hesperien*, 2. Bd., Zürich-Stuttgart ²1970, 275-332.

_____, "Der *König Ödipus* des Sophokles in neuer Deutung", in: *Schweizer Monatshefte* 36 (1956), 21-31; jetzt in: W. Schadewaldt, *Hellas und Hesperien*, 1. Bd., Zürich-Stuttgart ²1970, 466-476.

_____, "Shakespeare und die griechische Tragödie. Sophokles' *Elektra* und *Hamlet.* Vortrag, gehalten auf der Jahresversammlung der Deutschen Shakespeare-Gesellschaft zu Bochum am 16. April 1955", in: *Jahrbuch der Deutschen Shakespeare-Gesellschaft* 96 (1960), 7-34; jetzt in: W. Schadewaldt, *Hellas und Hesperien*, 2. Bd., Zürich-Stuttgart ²1970, 7-27.

_____, "Shakespeares *König Lear* und Sophokles' *König Ödipus*, in: *Das neue Forum*, hrsg. von Egon Vietta und Gustav Rudolf Sellner, Heft 1, Darmstadt 1956, 5-12; jetzt in: W. Schadewaldt, *Hellas und Hesperien*, 2. Bd., Zürich-Stuttgart ²1970, 28-36.

_____, "Sophokles, *Aias* und *Antigone*", in: *Neue Wege der Antike* 8 (1929), 61-

109.

_____, "Sophokles, Leben und Werk", in: *Sophokles, Tragödien. Herausgegeben und mit einem Nachwort versehen von W. Schadewaldt*, Die Bibliothek der Alten Welt, Zürich-Stuttgart 1968, 415-454; jetzt in W. Schadewaldt, *Hellas und Hesperien*, 1. Bd., Zürich-Stuttgart ²1970, 402-434.

_____, *Sophokles und Athen*, Antrittsrede, gehalten an der Universität Leipzig im Januar 1935, Wissenschaft und Gegenwart 7, Frankfurt/M. 1935; jetzt in: W. Schadewaldt, *Hellas und Hesperien*, 1. Bd., Zürich-Stuttgart ²1970, 370-385.

_____, *Sophokles und das Leid*, Potsdamer Vorträge 4, Potsdam 1944, überarbeitete Fassung ³1947; auch in: *Gottheit und Mensch in der Tragödie des Sophokles*, Vorträge von H. Diller, W. Schadewaldt, A. Lesky, Darmstadt 1963; jetzt in: W. Schadewaldt, *Hellas und Hesperien*, 1. Bd., Zürich-Stuttgart ²1970, 385-401.

_____, "Der *Zerbrochene Krug* von Heinrich v. Kleist und Sophokles' *König Ödipus*", in: *Schweizer Monatshefte* 37 (1957), 311-318; jetzt in: W. Schadewaldt, *Hellas und Hesperien*, 2. Bd., Zürich-Stuttgart ²1970, 333-340.

_____, "Zum zweiten Stasimon des *König Ödipus*", in: *Studi Italiani di Filologia Classica* 27/28 (1956), 489-497; jetzt in: W. Schadewaldt, *Hellas und Hesperien*, 1. Bd., Zürich-Stuttgart ²1970, 476-483.

Scheer, R., *Regiebemerkungen in den Tragödien des Aischylos und Sophokles*, Diss. Wien 1937.

Schein, S., "*Electra*. A Sophoclean Problem Play", in: *Antike und Abendland* 28 (1982), 69-80.

Schlesinger, E., "Erhaltung im Untergang. Sophokles' *Aias* als 'pathetische' Tragödie", in: *Poetica* 3 (1970), 359-387.

_____, "Die Intrige im Aufbau von Sophokles' *Philoktet*", in: *Rheinisches Meseum* 111 (1968), 97-156.

Schmidt, H. W., *Das Spätwerk des Sophokles*, Diss. Tübingen 1961.

Schmidt, J.-U., *Sophokles: Philoktet. Eine Strukturanalyse*, Bibliothek der klassischen Altertumswissenschaften N. F., 2. Reihe, Bd. 49, Heidelberg 1973.

Schmitt, A., "Bemerkungen zu Charakter und Schicksal der tragischen Hauptpersonen in der *Antigone*", in: *Antike und Abendland* 34 (1988), 1-16.

_____, *Charakter und Schicksal in Sophokles' 'König Ödipus'*, Hermes-Einzelschrift, Stuttgart (erscheint demnachst).

_____ , "Menschliches Fehlen und tragisches Scheitern. Zur Handlungsmotivation im Sophokleischen *König Ödipus*", in: *Rheinisches Museum* 131 (1988), 8–30.

Schwinge, E.-R., "Die Rolle des Chors in der sophokleischen *Antigone*", in: *Gymnasium* 78 (1971), 294–321.

_____ , *Die Stellung der Trachinierinnen im Werk des Sophokles*, Hypomnemata 1, Göttingen 1962.

Seale, D., *Vision and Stagecraft in Sophocles*, London 1982.

Segal, C. P., "The *Electra* of Sophocles", in: *Transactions and Proceedings of the American Philological Association* 97(1966), 473–545.

_____ , "Sophocles' Praise of Man and the Conflicts of the *Antigone*", in: *Arion* 3.2 (1964), 46–66; now in: T. Woodard (Hrsg.), *Sophocles: A Collection of Critical Essays*, Englewood Cliffs, N. J., 1966, 62–85.

_____ , "Sophocles' *Trachiniae*: Myth, Poetry, and Heroic Values", in: *Yale Classical Studies* 25 (1977), 99–158.

_____ , *Tragedy and Civilisation. An Interpretation of Sophocles*, Cambridge/Mass.–London 1981.

Seidensticker, B., "Beziehungen zwischen den beiden Oedipusdramen des Sophokles", in: *Hermes* 100 (1972), 255–274.

Sicherl, M., "The Tragic Issue in Sophocles' *Ajax*", in: *Yale Classical Studies* 25 (1977), 67–98.

Sigg, H., *Die Aktionsart des Hauptspielers und der Nebenpersonen in den sophokleischen Dramen, dargestellt am Oedipus Tyrannus*, Diss. Bern 1916.

Simpson, M., "Sophocles' *Ajax*; his Madness and Transformation", in: *Arethusa* 2 (1969), 88–109.

Solmsen, F., *Electra and Orestes: Three Recognition Scenes in Greek Tragedy*, Amsterdam 1967.

Spira, A., *Untersuchungen zum Deus ex machina bei Sophokles und Euripides*, Diss. Frankfurt/M. 1957, Kallmünz 1960.

Stevens, P. T., "Sophocles: *Electra*, Doom or Triumph", in: *Greece and Rome* N. S. 25 (1978), 111–120.

Stoessl, F., "Sophokles 1)", in: *RE Suppl. XI* (1968), 1247–1250.

Sutton, D. F., *The Lost Sophocles*, Lanham–London 1984.

Szlezák, T. A., "Sophokles' *Elektra* und das Problem des ironischen Dramas", in:

Museum Helveticum 38 (1981), 1–21.

_____, "Zweiteilige Dramenstruktur bei Sophokles und Euripides", in: *Poetica* 14 (1982), 1–23.

Taplin, O., "Significant Actions in Sophocles' *Philoctetes*", in: *Greek, Roman and Byzantine Studies* 12 (1971), 25–44.

Turyn, A., *Studies in the Manuscript Tradition of the Tragedies of Sophocles*, Illinois Studies in Language and Literature XXXVI 1–2. Urbana 1952.

Vögler, A., *Vergleichende Studien zur sophokleischen und euripideischen Elektra*, Bibliothek der Klassischen Altertumswissenschaften N. F., 2. Reihe, Bd. 19, Heidelberg 1967.

Waldock, A. J. A., *Sophocles the Dramatist*, Cambridge 1951, repr. 1966.

Webster, T. B. L., *An Introduction to Sophocles*, Oxford 1936, London ²1969.

Welcker, F. G., "Über den *Ajas* des Sophokles", in: *Rheinisches Museum (hrsg. von Niebuhr und Brandis)* 3 (1829), 43–92 und 229–271; auch in: F. G. Welcker, *Kleine Schriften. Zweyter Theil. Zur griechischen Litteraturgeschichte*, Bonn 1845, 264–355.

Whitman, C. H., *Sophocles. A Study of Heroic Humanism*, Cambridge, Mass. 1951.

Wigodsky, M. M., "The 'Salvation' of *Ajax*", in: *Hermes* 90 (1962), 149–158.

Wilamowitz-Moellendorff, T. v., *Die dramatische Technik des Sophokles*, Aus dem Nachlaß hrsg. von E. Kapp. Mit einem Beitrag von U. v. Wilamowitz-Moellendorff, Philologische Untersuchungen Bd. 22, Berlin 1917.

Wilson, E., "The Wound and the Bow", in: E. Wilson, *The Wound and the Bow*, Boston 1941, 272–295.

Winnington-Ingram, R. P., "The Second Stasimon of the *Oedipus Tyrannus*", in: *The Journal of Hellenic Studies* 91 (1971), 119–135.

_____, *Sophocles. An Interpretation*, Cambridge 1980.

Wolf, E., *Sentenz und Reflexion bei Sophokles. Ein Beitrag zu seiner poetischen Technik*, Diss. Tübingen 1910, Leipzig 1910.

Woodard, T., "*Electra* by Sophocles: the Dialectical Design", Part 1 and 2, in: *Harvard Studies in Classical Philology* 68 (1964), 163–205 und 70 (1965), 195–233.

_____, (Hrsg.), *Sophocles: A Collection of Critical Essays*, Englewood Cliffs, N. J. 1966.

Woodbury L., "Sophocles among the Generals, in: *Phoenix* 24 (1970), 209-224.

Zuntz, G., "Oedipus und Gregorius: Tragödie und Legende", in: *Antike und Abendland* 4 (1954), 191-203; jetzt in: H. Diller (Hrsg.), *Sophokles*, Darmstadt 1967, 348-369.

에우리피데스

Abrahamson, E. L., "Euripides' Tragedy of *Hecuba*", in: *Transactions and Proceedings of the American Philological Society* 83(1952), 120-129.

Adkins, A. W. H., "Basic Greek Values in Euripides' *Hecuba* and *Hercules Furens*", in: *Classical Quarterly* 16 (1966), 194-219.

Albini, U., "*L'Alcesti* di Euripide", in: *Maia* 13 (1961), 3-29.

Aldrich, K. M., The *Andromache of Euripides*, University of Nebraska Studies N. S. 25, Lincoln 1961.

Alt, K., *Untersuchungen zum Chor bei Euripides*, Diss. Frankfurt/M. 1952.

_____, "Zur Anagnorisis in der *Helena*", in: *Hermes* 89 (1961), 141-179.

Appleton, R. B., *Euripides the Idealist*, Toronto 1927.

Arnoldt, R., "The Curse of Civilization: the Choral Odes of the *Phoenissae*", in: *Harvard Studies in Classical Philology* 81 (1977), 163-185.

Arnott, P. D., "Line-Repetition and Diptychal Structure in Euripides", in: *Philological Quarterly* 40 (1961), 307-313.

_____, "The Overworked Playwright. A Study in Euripides' *Cyclops*", in: *Greece and Rome* 8 (1961), 164-169.

Arnott, W. G., "Euripides and the Unexpected", in: *Greece and Rome* 20, (1973), 49-64.

_____, "Parody and Ambiguity in Euripides' *Cyclops*", in: *Antidosis für W. Kraus*, Wien 1972, 21-30.

Arrowsmith, W. A., *The Conversion of Herakles. An Essay in Euripidean tragic Structure*, Diss. Princeton 1954.

_____, "Euripides' Bacchae", in: G. L. Beede (Hrsg.), *Greek Drama. A Collection of Festival Papers*, Vermillion 1967, 61-74.

Arthur, M., "The Choral Odes of the *Bacchae* of Euripides", in: *Yale Classical Studies* 22 (1972), 145-179.

Bain, D., "The Prologues of Euripides' *Iphigeneia in Aulis*, in: *Classical Quarterly* N. S. 27 (1977), 10-26.

Barlow, S. A., *The Imagery of Euripides. A Study in the Dramatic Use of Pictorial Language*, London 1971.

_____, "Structure and Dramatic Realism in Euripides' *Heracles*", in: *Greece and Rome* 29 (1982), 115-125.

Bates, W. N., *Euripides. A Student of Human Nature*, Philadelphia 1930.

Bengl, H., *Staatstheoretische Probleme im Rahmen der attischen, vornehmlich euripideischen Tragödie*, Diss. München 1929.

Betts, G. G., "The Silence of *Alcestis*", in: *Mnemosyne* 18 (1965), 181-182.

Beye, C. R., "*Alcestis* and Her Critics", in: *Greek, Roman und Byzantine Studies* 2 (1959), 109-127.

Biehl, W., "Zur Darstellung des Menschen in Euripides' *Orestes*", in: *Helikon* 8 (1968), 197-221.

Blaiklock, E. M., *The Male Characters of Euripides*, Wellington, N. Z. 1952.

Boulter, P. N., "Sophia and Sophrosyne in Euripides' *Andromache*", in: *Phoenix* 20 (1966), 51-58.

Brandt, H., *Die Sklaven in den Rollen von Dienern und Vertrauten bei Euripides*, Hildesheim 1973.

Breitenbach, W., *Untersuchungen zur Sprache der euripideischen Lyrik*, Tübinger Beiträge zur Altertumswissenschaft 20, Stuttgart 1934.

Bretzigheimer, G., *Die Medeia des Euripides. Struktur und Geschehen*, Diss. Tübingen 1968.

Burgess, D. L., "The Teichoskopia in the *Phoinissae*", in: *Classical Journal* 83 (1988), 103-113.

Burian, P. (Hrsg.), *New Directions in Euripidean Criticism*, Durham, U. S. A. 1985.

Burkert, W., "Die Absurdität der Gewalt und das Ende der Tragödie: Euripides' *Orestes*", in: *Antike und Abendland* 20 (1974), 97-109.

Busch, G., *Untersuchungen zum Wesen der τύχη in den Tragödien des Euripides*, Diss. Heidelberg 1937.

Buxton, R. G. A., "Euripides' *Alkestis*: Five Aspects of an Interpretation", in: Rodley, L. (Hrsg.), *Papers given at a Colloquium on Greek Drama in honour of R. P. Winnington-Ingram*, The Society for the Promotion of Hellenic Studies,

Supplementary Paper No. 15, London 1987, 17–31.

Caldwell, R., "Tragedy Romanticized: The *Iphigenia Taurica*", in: *Classical Journal* 70 (1974/75), 23–40.

Castellani, V., "Notes on the Structure of Euripides' *Alcestis*", in: *American Journal of Philology* 100 (1979), 487–496.

_____, "That Troubled House of Pentheus in Euripides' *Bacchae*", in: *Transactions and Proceedings of the American Philological Association* 106 (1976), 61–83.

Ceadel, E. B., "Resolved Feet in the Trimeters of Euripides and the Chronology of the Plays", in: *Classical Quarterly* 35 (1941), 66–89.

Chalk, H. H. O., "APETH and BIA in Euripides' *Herakles*", in: *The Journal of Hellenic Studies* 82 (1962), 7–18.

Chromik, C., *Göttlicher Anspruch und menschliche Verantwortung bei Euripides*, Diss. Kiel 1967.

Collard, C., *Euripides*, "Greece and Rome", New Surveys in the Classics 14, Oxford 1981.

_____, "The Funeral Oration in Euripides' *Supplices*, in: *Bulletin of the Institute of Classical Studies of the University of London* 19 (1972), 39–53.

Comotti, G., "Words, Verse and Music in Euripides' *Iphigenia in Aulis*", in: *Museum Philologum Londinense* 2 (1977), 69–84.

Conacher, C. H., *Euripidean Drama: Myth, Theme and Structure*, Toronto 1967.

_____, "The Paradox of Euripides' *Ion*", in: *Transactions and Proceedings of the American Philological Association* 90 (1959), 20–39.

_____, "Religious and Ethical Attitudes in Euripides' *Suppliants*", in: *Transactions and Proceedings of the American Philological Association* 87 (1956), 8–26.

Conradie, P. J., "Contemporary Politics in Greek Tragedy: A Critical Discussion of Different Approaches", in: *Acta Classica* 24 (1981), 23–35.

Cropp, M., u. G. Fick, *Resolutions and Chronology in Euripides*, Bulletin of the Institute of Classical Studies, Suppl. 43, London 1985.

Daitz, S., "Concepts of Freedom and Slavery in Euripides' *Hecuba*", in: *Hermes* 99 (1971), 217–226.

Delebecque, E., *Euripide et la guerre du Péloponnèse*, Paris 1951.

Devereux, G., "The Psychotherapy Scene in Euripides' *Bacchae*", in: *The Journal of Hellenic Studies* 90 (1970), 35–48.

Di Benedetto, V., *Euripide: teatro e società*, Turin 1971.

Diggle, J., *Studies on the Text of Euripides*, Oxford 1981.

Dihle, A., *Euripides' Medea*, Sitzungsberichte der Heidelberger Akademie der Wissenschaften, Phil.-hist. Kl. 1977, 5 Heidelberg 1977.

_____, *Der Prolog der Bacchen und die antike Überlieferungsphase des Euripidestextes*, Sitz-Ber. der Heidelberg Akad. d. Wiss., Phil.-hist. Kl. 1981, 2, Heidelberg 1981.

_____, "Zum Streit um die *Medea* des Euripides", in: *Catalepton. Festschrift für B. Wyss zum 80. Geburtstag*, hrsg. von C. Schäublin, Basel 1985, 19-30.

Diller, H., *Die Bakchen und ihre Stellung im Spätwerk des Euripides*, Abhandlungen der Akademie der Wissenschaften Mainz, Phil.-hist. Kl. 1955, Nr. 5, Wiesbaden 1955; jetzt in: H. Diller, *Kleine Schriften zur antiken Literatur*, hrsg. von H.-J. Newiger und H. Seyffert, München 1971, 369-387.

_____, "Rez.: E. Fraenkel, *Zu den Phoenissen des Euripides*", in: *Gnomon* 36 (1964), 641-650; jetzt in: H. Diller, *Kleine Schriften zur antiken Literatur*, hrsg. von H.-J. Newiger und H. Seyffert, München 1971, 402-415.

_____, "Rez.: G. Zuntz, *The Political Plays of Euripides*, u. G. Norwood, *Essays on Euripidean Drama*", in: *Gnomon* 32 (1960), 229-236; jetzt in: H. Diller, *Kleine Schriften zur antiken Literatur*, hrsg. von H.-J. Newiger und H. Seyffert, München 1971, 391-401.

Dodds, E. R., "Euripides the Irrationalist", in: *Classical Review* 43 (1929), 97-104; deutsch: "Euripides und das Irrationale", übersetzt von G. Bayer, in: E.-R. Schwinge (Hrsg.), *Euripides*, Darmstadt 1968, 60-78.

Doerrie, H., "Zur Dramatik der euripideischen *Alkestis*", in: *Neue Jahrb. f. Antike und deutsche Bildung* (1939), 174-189.

Dyer, R. R., "Image and Symbol. The Link between the Two Worlds of the *Bacchae*", in: *Journal of the Australasian Universities Language and Literature Association* 21 (1964), 15-26.

Ebener, D., "Die Helenaszene der *Troerinnen*", in: *Wissenschaftliche Zeitschrift Halle-Wittenberg* 3 (1954), 691-722.

_____, "Der humane Gehalt der *Taurischen Iphigenie*", in: *Altertum* 12 (1966), 97-103.

_____, "Die *Phönizierinnen* des Euripides als Spiegelbild geschichtlicher

Wirklichkeit", in: *Eirene* 2 (1963), 71–79.

_____, "Selbstverwirklichung des Menschen im euripideischen *Herakles*", in: *Philologus* 125 (1981), 176–180.

Ehrenberg, V., "Tragic Heracles", in: *Durham University Journal* 35 (1943), 51–62; now in: V. Ehrenberg, *Aspects of the Ancient World*, Oxford 1946, 144–166.

Erbse, H., "Beiträge zum Verständnis der Euripideischen *Phoinissen*", in: *Philologus* 110 (1966), 1–34.

_____, "Euripides' *Andromache*", in: *Hermes* 94 (1966), 176–297; jetzt in: E.–R. Schwinge (Hrsg.), *Euripides*, Darmstadt 1968, 275–304.

_____, "Euripides' *Alkestis*", in: *Philologus* 116 (1972), 32–52.

_____, "Der Gott von Delphi im *Ion* des Euripides", in: *Teilnahme und Spiegelung. Festschrift für H. Rüdiger*, Berlin–New York 1975, 40–54.

_____, *Studien zum Prolog der euripideischen Tragödie*, Untersuchungen zur antiken Literatur und Geschichte 20, Berlin 1984.

_____, "Zum *Orestes* des Euripides", in: *Hermes* 103 (1975), 434–459.

Erdmann, G., *Der Botenbericht bei Euripides. Struktur und dramaturgische Funktion*, Diss. Kiel 1964.

Falkner, T. M., "Coming of Age in Argos. Physis and Paideia in Euripides' *Orestes*", in: *Classical Journal* 78 (1983), 289–300.

Fauth, W., *Hippolytos und Phaidra. Bemerkungen zum religiösen Hintergrund eines tragischen Konflikts I*, Abhandl. der Akad. der Wiss. u. Literatur Mainz, Geistes–u. sozialwiss. Klasse 1958, 9, Wiesbaden 1959.

Feaver, D. D., "The Musical Setting of Euripides' *Orestes*", in: *American Journal of Philology* 81 (1960), 1–15.

Finley, J. H., "Euripides and Thucydides", in: *Harvard Studies in Classical Philology* 49 (1938), 23–68.

Fitton, J. W., "The Suppliant Women and the *Herakleidai* of Euripides", in: *Hermes* 89 (1961), 430–461.

Förs, H., *Dionysos und die Stärke der Schwachen im Werk des Euripides*, Diss. Tübingen 1964.

Foley, H. P., "The Masque of Dionysus", in: *Transactions and Proceedings of the American Philological Association* 110 (1980), 107–133.

_____, *Ritual Irony: Poetry and Sacrifica in Euripides*, Ithaca, N. Y. 1985.

Fowler, B. H., "Lyric Structure in Three Euripidean Plays", in: *Dioniso* 49 (1978), 13-51.

Fraenkel, E., *Zu den Phoenissen des Euripides*, Sitz.-Ber. der Bayerischen Akademie der Wissenschaften, Phil.-hist. Kl. 1963, 1, München 1963.

Friedrich, W. H., *Euripides und Diphilos. Zur Dramaturgie der Spätformen*, Zetemata 5, München 1953.

———, "Medeas Rache", in: *Nachrichten der Akademie der Wiss. Göttingen, Phil. - hist. Kl.* 1960, 4, 67-111; jetzt in: W.-H. Friedrich, *Vorbild und Neugestaltung. Sechs Kapitel zur Geschichte der Tragödie*, Kleine Vandenhoeck-Reihe 249 S, Göttingen 1967, 7-56; auch in: E.-R. Schwinge (Hrsg.), *Euripides*, Darmstadt 1968, 117-238.

———, "Prolegomena zu den *Phoinissen*", in: *Hermes* 74 (1939), 265-300.

Fritz, K. v., "Die Entwicklung der Iason-Medea-Sage und die *Medea* des Euripides", in: *Antike und Abendland* 8 (1959), 33-106; jetzt in: K. v. Fritz, *Antike und moderne Tragödie*, Berlin 1962, 322-429.

———, "Euripides' *Alkestis* und ihre modernen Nachahmer und Kritiker", in: *Antike und Abendland* 5 (1956), 27-69; jetzt in: K. v. Fritz, *Antike und moderne Tragödie*, Berlin 1962, 256-321.

Fuqua, C., "The World of Myth in Euripides' *Orestes*", in: *Traditio* 34 (1978), 1-28.

Gamble, R. B., "Euripides' *Suppliant Women*: Decision and Ambivalence", in: *Hermes* 98 (1970), 385-404.

Gerstinger, H., "Satyros' ΒΙΟΣ ΕΥΡΙΠΙΔΟΥ", in: *Wiener Studien* 38, (1916), 54-71.

Gmür, P. A., *Das Wiedererkennungsmotiv in den Dramen des Euripdes*, Diss. Fribourg 1920.

Golden, L., "Euripides' *Alkestis*; Structure and Theme", in: *Classical Journal* 66 (1970/71), 116-125.

Gollwitzer, I., *Die Prolog und Expositionstechnik der griechischen Tragödie mit besonderer Berücksichtigung des Euripides*, Diss. München 1937.

Graf, G., *Die Agonszenen bei Euripides*, Diss. Göttingen 1950.

Greenberg, N. A., "Euripides' *Orestes*. An Interpretation", in: *Harvard Studies in Classical Philology* 66 (1962), 157-192.

Greenwood, L. H. G., *Aspects of Euripidean Tragedy*, Cambridge 1953.

Gregory, J., "Euripides' *Alcestis*", in: *Hermes* 107 (1979), 259–270.

Grube, G. M. A., "Dionysus in the *Bacchae*", in: *Transactions and Proceedings of the American Philological Association* 66 (1935), 37–54.

_____, *The Drama of Euripides*, London–New York 1941, ³1973.

Halleran, M. R., *Stagecraft in Euripides*, London 1985.

Harbsmeier, D., *Die alten Menschen bei Euripides. Mit einem Anhang über Menelaos und Helena bei Euripides*, Diss. Göttingen 1968.

Heitsch, E., *Zur lyrischen Sprache des Euripides*, Diss. Göttingen 1955.

Hourmouziades, N. C., *Production and Imagination in Euripides: Form and Function of the Scenic Space*, Athens 1965.

Howald, E., *Untersuchungen zur Technik der euripideischen Tragödien*, Leipzig 1914.

Hübner, U., "Text und Bühnenspiel in der Anagnorisisszene der *Alkestis*", in: *Hermes* 109 (1981), 156–166.

Huggle, P., *Symmetrische Form und Verlauf des Gesprächs in der späteuripideischen Stichomythie*, Diss. Freiburg 1957.

Hunger, H., "Realistische Charakterdarstellung in den Spätwerken des Euripides", in: *Commentationes Vindobonenses* 2 (1936), 5–28.

Imhof, M., *Bemerkungen zu den Prologen der sophokleischen und euripideischen Tragödien*, Winterthur 1957.

_____, *Euripides' Ion. Eine literarische Studie*, Bern/München 1966.

Ingenkamp, H.-G. "Zwei Studien zum Handeln euripideischer Gestalten", in: *Wiener Studien* 84 (1971), 74–90.

Jens, W., *Euripides-Büchner*, Opuscula aus Wissenschaft und Dichtung Nr. 21, Pfullingen 1964; S. 5–34 = Einleitung zu: *Euripides Sämtliche Tragödien*, Kröners Taschenausgabe Band 284/285, S. VII–XXXIX; jetzt auch in: E.-R. Schwinge (Hrsg.), *Euripides*, Darmstadt 1968, 1–35.

Kamerbeek, J. C., "L'*Andromaque* d'Euripide", in: *Mnemosyne* s. 3, vol. 11, 1943, 47–67.

_____, "Individualiteit bij Euripides", in: *Forum der Letteren* 4 (1963), 191–206.

_____, "Mythe et réalité dans l'œuvre d'Euripide", in: *Euripide. Entretiens sur l'Antiquité Classique VI*, sept exposés et discussions par J. C. Kamerbeek etc., Geneve 1960, 3–41.

Kannicht, R., "Das erste Stasimon der *Iphigenie bei den Taurern*", in: *Festschrift O. Regenbogen zum 65. Geburtstag*, Heidelberg 1956, 100-116.

Kirkwood, G., "Hecuba and Nomos", in: *Transactions and Proceedings of the American Philological Society* 78 (1947), 61-68.

Kleinstück, J., *Der 'Orestes' als euripideisches Spätwerk*, Diss. Leipzig 1945.

Knox, B. M. W., "Euripides' *Iphigenia in Aulide* 1-163 (in that order)", in: *Yale Classical Studies* 22 (1972), 239-261.

_____, "Euripidean Comedy", in: B. M. W. Knox, *Word and Action*, Baltimore-London 1979, 250-274.

_____, "New Perspectives in Euripidean Criticism", in: *Classical Philology* 67 (1972), 270-279.

Kovacs, P. D., *The Andromache of Euripides. An Interpretation*, American Classical Studies 6, Ann Arbor 1980.

Krieg, W., "Der trochäische Tetrameter bei Euripides", in: *Philologus* 91 (1936), 42-51.

Kroeker, E., *Der Herakles des Euripides*, Diss. Leipzig 1938.

Kubo, M., "The Norm of Myth: Euripides' *Electra*", in: *Harvard Studies in Classical Philology* 71 (1966), 15-31.

Kuch, H., "Formen des Menschenbildes bei Euripides", in: R. Müller (Hrsg.), *Der Mensch als Maß der Dinge, Studien zum griechischen Menschenbild in der Zeit der Blüte und Krise der Polis*, Berlin 1976, 282-307,

_____, *Kriegsgefangenschaft und Sklaverei bei Euripides. Untersuchungen zur Andromache, zur Hekabe und zu den Troerinnen*, Berlin 1974.

_____, "Krisenerscheinungen der Polis in der Euripideischen Tragödie", in: E. C. Welskopf (Hrsg.), *Hellenische Poleis*, Berlin 1974, 1372-1381.

_____, "Die troische Dramengruppe des Euripides und ihre historischen Grundlagen", in: H. Kuch, *Die gesellschaftliche Bedeutung des antiken Dramas für seine und für unsere Zeit*, Berlin 1973, 105-123.

Kullmann, W., "Zum Sinngehalt der euripideischen *Alkestis*", in: *Antike und Abendland* 13 (1967), 127-149.

Lee, K. H., "Euripides' *Andromache*: Observations on Form and Meaning", in: *Antichthon* 9 (1975), 4-16.

_____, *The Indication of Entrances and Exits in the Text of Euripides*, Diss. Armidale/

Australia 1978.

Leimbach, R., *Euripides' Ion. Eine Interpretation*, Diss. Frankfure/M. 1971.

Lennep, D. F. W. van, "De *Alkestis* van Euripides", in: *Hermeneus* 38 (1967), 157–173.

_____, *Euripides ΠΟΙΗΤΗΣ ΣΟΦΟΣ*, Amsterdam 1935.

Leo, F., "Satyros ΒΙΟΣ ΕΥΡΙΠΙΔΟΥ", in: *Nachr. d. Göttinger Ges. d. Wiss., Phil.–hist. Kl.* 1912, 273–290; jetzt in: F. Leo, *Ausgewählte kleine Schriften*, hrsg. u. eingel. v. E. Fraenkel, 2. Bd., Roma 1960, 365–383.

Lesky, A., "Der Ablauf der Handlung in der *Andromache* des Euripides", in: *Anz. Akad. Wien* 84 (1947), 99–115; jetzt in: A. Lesky, *Gesammelte Schriften. Aufsätze und Reden zu antiker und deutscher Dichtung und Kultur*, hrsg. von W. Kraus, Bern–München 1966, 144–155.

_____, *Alkestis, der Mythus und das Drama*, Sitz.–Ber. Akad. Wien, Phil.–hist. Kl. 203/2 (1925).

_____, "Alkestis und Deianeira", in: *Miscellanea tragica in honorem J. C. Kamerbeek*, Amsterdam 1976, 213–223.

_____, "Der angeklagte Admet", in: *Maske und Kothurn* 10 (1964), 203–216; jetzt in: A. Lesky, *Gesammelte Schriften. Aufsätze und Reden zu antiker und deutscher Dichtung und Kultur*, hrsg. von W. Kraus, Bern–München 1966, 281–294.

_____, "Psychologie bei Euripides", in: *Entretiens sur l'Antiquité Classique VI: Euripide*, Genf 1960, 125–150.

_____, "Zur Problematik des Psychologischen in der Tragödie des Euripides", in: *Gymnasium* 67 (1960), 10–26.

_____, "Zum *Orestes* des Euripides", in: *Wiener Studien* 53 (1953), 37–47; jetzt in: A. Lesky, *Gesammelte Schriften. Aufsätze und Reden zu antiker und deutscher Dichtung und Kultur*, hrsg. von W. Kraus, Bern–München 1966, 131–138.

Lloyd, M., "Divine and Human Action in Euripides' *Ion*", in: *Anike und Abendland* 32 (1986), 33–45.

Lombard, D. B., 'Hippolytus' πάθει μάθος–the lesson portrayed in the *Hippolytus* of Euripides", in: *Antike und Abendland* 34 (1988), 17–27.

Ludwig, W., *Sapheneia. Ein Beitrag zur Formkunst im Spätwerk des Euripides*, Diss. Tübingen 1954.

McLean, J., "The *Heraclidae* of Euripides", in: *American Journal of Philology* 55

(1934), 197-224.

Manuwald, B., "Der Mord an den Kindern. Bemerkungen zu den *Medea*-Tragödien des Euripides und des Neophron", in: *Wiener Studien* N. S. 17 (1983), 27-61.

Matthiessen, K., *Elektra, Taurische Iphigenie und Helena. Untersuchungen zur Chronologie und zur dramatischen Form im Spätwerk des Euripides*, Hypomnemata 4, Göttingen 1964.

Meissner, B., *Mythisches und Rationales in der Psychologie der Euripideischen Tragödien*, Diss. Göttingen 1951.

Mellert-Hoffmann, G., *Untersuchungen zur 'Iphigenie in Aulis' des Euripides*, Bibliothek der klassischen Altertumswissenschaften N. F., 2. Reihe, Bd. 28, Heidelberg 1969.

Merklin, H., *Gott und Mensch in 'Hippolytus' und den 'Bakchen' des Euripides*, Diss. Freiburg 1964.

Michelini, A. N., *Euripides and the Tragic Tradition*, Wisconsin Studies in Classics, Madison 1987.

Moeller, C., *Vom Chorlied bei Euripides*, Diss. Göttingen 1933.

Moline, J., "Euripides, Socrates and Virtue", in: *Hermes* 103 (1975), 45-67.

Morin, A., "Evolution du comique dans l'œuvre d'Euripide", in: *Cahiers des Études Anciennes* 3 (1974), 37-72.

Mueffelmann, G. *Interpretationen zur Motivation des Handelns im Drama des Euripides*, Diss. Hamburg 1964.

Müller, G., "Beschreibung von Kunstwerken im *Ion* des Euripides", in: *Hermes* 103 (1975), 25-44.

_____, "Interpolationen in der *Medea* des Euripides", in: *Studi Italiani di Filologia Classica* 25 (1951), 65-82.

Mueller-Goldingen, C., *Untersuchungen zu den Phoenissen des Euripides*, Palingenesia 22, Stuttgart 1985.

Mullens, H. G., "The Meaning of Euripides' *Orestes*", in: *Classical Quarterly* 34 (1940), 153-158.

Murray, G., *Euripides and his Age*, The Home University Library of Modern Knowledge 76, London 1913, [13]1947(= 2. enlarged edition); deutsch: *Euripides und seine Zeit*, übers. v. G. u. E. Bayer, Darmstadt 1957.

Musurillo, H., "*Alcestis*: The Pageant of Life and Death", in: *Studi classici in onore di Q. Cataudella*, 1, Catania 1972, 275–288.

_____, "Euripides and Dionysiac Piety", in: *Transactions and Proceedings of the American Philological Association* 97 (1966), 299–309.

Neitzel, H., *Die dramatische Funktion der Chorlieder in den Tragödien des Euripides*, Diss. Hamburg 1967.

Nestle, W. *Euripides. Der Dichter der griechischen Aufklärung*, Stuttgart 1901.

_____, "Die Legende vom Tod des Euripides", in: *Philologus* 57 (1898), 134–149.

Norwood, G., *Essays on Euripidean Drama*, London 1954.

_____, *The Riddle of the Bacchae–The Last Stage of Euripides' Thought*, Manchester 1908.

O'Brien, M. J., "Orestes and the Gorgon: Euripides' *Elektra*", in: *American Journal of Philology* 85 (1964), 13–39.

Orban, M., "*Hécube*, drame humain", in: *Les Études Classiques* 38 (1970), 316–330.

Ortkemper, H., *Szenische Techniken des Euripides. Untersuchungen zur Gebärdensprache im antiken Theater*, Diss. Berlin 1969.

Page, D. L., "The Elegiacs in Euripides' *Andromache*", in: C. Bailey u. a., *Greek Poetry and Life: Essays Presented to G. Murray*, Oxford 1936, 206–223.

Parry, H., *The Choral Odes of Euripides. Problems of Structure and Dramatic Relevance*, Berkeley 1963.

_____, "Euripides' *Orestes*. The Quest for Salvation", in: *Transactions and Proceedings of the American Philological Association* 100 (1969), 337–353.

Pauer, K., *Die Bildersprache des Euripides*, Diss. Breslau 1934.

Pippin, A. N., "Euripides' *Helen*: A Comedy of Ideas", in: *Classical Philology* 55 (1960), 151–163.

Podlecki, A. J., "Individual and Group in Euripides' *Bacchae*", in: *Antiquité Classique* 43 (1974), 143–165.

Pot, E. E., *De maritieme Beeldspraak bij Euripides*, Diss. Utrecht 1943.

Rawson, E., "Aspects of Euripides' *Orestes*", in: *Arethusa* 5 (1972), 155–167.

Regenbogen, O., "Randbemerkungen zur *Medea* des Euripides", in: *Eranos* 48 (1950), 21–56.

Reinhardt, K., "Die Sinneskrise bei Euripides", in: *Die Neue Rundschau* 68 (1957), 615–646; auch in: *Eranos-Jahrbuch* 26, Zürich 1958, 279–313; jetzt in: K.

Reinhardt, *Tradition und Geist. Gesammelte Essays zur Dichtung*, hrsg. von C. Becker, Göttingen 1960, 227–256; auch in: E.–R. Schwinge (Hrsg.), *Euripides*, Darmstadt 1968, 507–542.

Riemschneider, W., *Held und Staat in Euripides' Phönissen*, Würzburg 1940.

Ritchie, W., *The Authenticity of the Rhesus of Euripides*, Cambridge 1964.

Rohdich, H., *Die Euripideische Tragödie. Untersuchungen zu ihrer Tragik*, Bibliothek der Klassischen Altertumswissenschaften. N. F., 2. Reihe, Bd. 24, Heidelberg 1968.

Romilly, J. de, "L'assemblé du peuple dans l'*Oreste* d'Euripide", in: *Studi classici in onore di Q. Cataudella*, 1. Bd., Catania 1972, 237–251.

_____, *La Modernité d'Euripide*, Paris 1986.

_____, "Les *Phéniciennes* d'Euripide ou l'actualité dans la tragédie grecque", in: *Revue de Philologie, de Littérature et d'Histoire Anciennes*, 3e série, 39 (1965), 28–47.

_____, "Le thème du bonheur dans les *Bacchantes*", in: *Revue des Études Grecques* 76 (1963), 361–380.

Rosenmeyer, T. G., "*Bacchae* and Ion. Tragedy and Religion", in: T. G. Rosenmeyer, *The Masks of Tragedy. Essays on Six Greek Dramas*, Austin 1963, 103–152; abridged: "Tragedy and religion. The *Bacchae*", in: E. W. Segal (Hrsg.), *Euripides. A Collection of Critical Essays*, Englewood Cliffs, N. J. 1968, 150–170; repr. in: E. W. Segal (Hrsg.), *Oxford Readings in Greek Tragedy*, Oxford 1983, 270–389.

Ruck, C. A. P., "Duality and the Madness of Heracles", in: *Arethusa* 9 (1976), 53–75.

Sale, W., *Existenitialism and Euripides*, Berwich, Victoria 1977.

_____, "The Psychoanalysis of Pentheus in the *Bacchae* of Euripides", in: *Yale Classical Studies* 22 (1972), 63–82.

Sansone, D., "The *Bacchae* as Satyr-Play?", in: *Illinois Classical Studies* 3 (1978), 40–46.

_____, "The Sacrifice-Motif in Eruipides' *Iphigenia Taurica*", in: *Transactions and Proceedings of the Philological Association of America* 105 (1975), 282–295.

Scarcella, A. M., "L'*Oreste* e il problema dell'unità", in: *Dioniso* 19 (1956), 266–276.

Schein, S. L., "Mythical Illusion and Historical Reality in Euripides' *Orestes*", in:

Wiener Studien 9 (1975), 49–66.

Schlesier, R., "Der Stachel der Götter. Zum Problem des Wahnsinns in der Euripideischen Tragödie", in: *Poetica* 17 (1985), 1–45.

Schmidt, W., *Der deus ex machina bei Euripides*, Diss. Tübingen 1963.

Schmitt, A., "Zur Charakterdarstellung des Hippolytos im *Hippolytos* von Euripides", in: *Würzburger Jahrbücher* N. F. 3 (1977), 17–42.

Schmitt, J., *Freiwilliger Opfertod bei Euripides*, Religionsgeschichtliche Versuche und Vorarbeiten 17, 2, Gießen 1921.

Schreiber, H.–M., *Iphigenies Opfertod. Ein Beitrag zum Verständnis des Tragikers Euripides*, Diss. Frankfurt 1963.

Schuster, H., *Interpretationen der Hekabe des Euripides*, Diss. Tübingen 1954.

Schwinge, E.–R. (Hrsg.), *Euripides*, Wege der Forschung LXXXIX, Darmstadt 1968.

_____, "Euripides", in: *Lexikon der Alten Welt*, Zürich–Stuttgart 1965, 920–925.

_____, *Die Verwendung der Stichomythie in den Dramen des Euripides*, Bibliothek der Klassischen Altertumswissenschaften N. F., 2. Reihe, Bd. 27, Heidelberg 1968.

Schwinge, M., *Die Funktion der zweiteiligen Komposition im 'Herakles' des Euripides*, Diss. Tübingen 1972.

Seeck, G. A., "Rauch im *Orestes* des Euripides", in: *Hermes* 97 (1969), 9–22.

_____, *Unaristotelische Untersuchungen zu Euripides. Ein motivanalytischer Kommentar zur 'Alkestis'*, Bibliothek der klassischen Altertumswissenschaften N. F., 2. Reihe, Bd. 75, Heidelberg 1985.

Segal, C., *Dionysiac Poetics and Euripides' Bacchae*, Princeton 1982.

_____, "Euripides' *Bacchae*: Conflict and Mediation", in: *Ramus* 6 (1977), 103–120.

_____, "The Menace of Dionysus. Sex Roles and Reversals in Euripides' *Bacchae*", in: *Arethusa* 11 (1978), 185–202.

_____, "The Two Worlds of Euripides' *Helen*", in: *Transactions and Proceedings of the American Philological Association* 102 (1971), 553–614.

Segal, E. W. (Hrsg.), *Euripides. A Collection of Critical Essays*, Englewood Cliffs, N. J. 1968.

Seidensticker, B., "Comic Elements in Euripides' *Bacchae*", in: *American Journal of Philology* 99 (1978), 303–320.

_____, "Pentheus", in: *Poetica* 5 (1972), 35–63.

Senoner, R., *Der Redeagon im euripideischen Drama*, Diss. Wien 1961.

Shelton, J., "Structural Unity and the Meaning of Euripides' *Herakles*", in: *Eranos* 77 (1979), 101–110.

Silk, M., "Heracles and Greek Tragedy", in: *Greece and Rome* 32 (1985), 1–22.

_____, "Euripides' *Alkestis*", in: *Lampas* 2 (1970), 322–340.

Smith, W. D., "Disease in Euripides' *Orestes*", in: *Hermes* 95 (1967), 291–307.

_____, "Expressive Form in Euripides' *Suppliants*", in: *Harvard Studies in Classical Philology* 71 (1966), 151–170.

_____, "The Ironic Structure in *Alcestis*", in: *Phoenix* 14 (1960), 127–145.

Snell, B., "Das früheste Zeugnis über Sokrates", in: *Philologus* 97 (1948), 125–134; erweitert aufgenommen in: B. Snell, *Scenes from Greek Drama*, Berkeley–Los Angeles 1964, 47–69.

Solmsen, F., "Euripides' *Ion* im Vergleich mit anderen Tragödien", in: *Hermes* 69 (1934), 390–419; jetzt in: F. Solmsen, *Kleine Schriften 1*, Collectanea IV 1, Hildesheim 1968, 158–187.

_____, "Zur Gestaltung des Intriguenmotivs in den Tragödien des Sophokles und Euripides", in: *Philologus* 87 (1932), 1–10.

Spira, A., *Unterschungen zum Deus ex machina bei Sophokles und Euripides*, Kallmünz/Opf. 1960.

Spranger, J. A., "The Political Element in the *Heraclidae* of Euripides", in: *Classical Quarterly* 19 (1925), 117–129.

_____, "The Problem of the *Hecuba*", in: *Classical Quarterly* 21 (1927), 154–158.

Stanley-Porter, D. P., "Mute Actors in the Tragedies of Euripides", in: *Bulletin of the Institute of Classical Studies of the University of London* 20 (1973), 68–93.

Steffen, V., "The Satyr-Dramas of Euripides", in: *Eos* 59 (1971), 203–226.

Stephanopoulos, T. K., *Umgestaltung des Mythos durch Euripides*, Athen 1980.

Stevens, P. T., "Colloquial Expressions in Euripides", in: *Classical Quarterly* 31 (1937), 181–191; jetzt deutsch in: E.-R. Schwinge (Hrsg.), *Euripides*, Darmstadt 1968, 104–123.

_____, "Euripides and the Athenians", in: *The Journal of Hellenic Studies* 76 (1956), 87–94.

Stinton, T. C. W., *Euripides and the Judgement of Paris*, The Journal of Hellenic

Studies Suppl. 11, London 1965.

Stockert, W., "Eine Komödienszene in Euripides' aulischer *Iphigenie*", in: *Wiener Studien* N. F. 16 (1982), 71-78.

Stoessl, F., "Euripides 4)", in: *RE Suppl. XI* (1968), 658-670.

_____, "Die *Herakliden* des Euripides", in: *Philologus* 100 (1956), 207-234.

Strachan, J. G. C., "Iphigeneia and Human Sacrifice in Euripides' *Iphigeneia Taurica*", in: *Classical Philology* 71 (1976), 131-140.

Strohm, H., *Euripides-Interpretationen zur dramatischen Form*, Zetemata 15, München 1957.

_____, "Zum Problem der Einheit des euripideischen Bühnenwerkes", in: *Wiener Studien* 15 (1981), 135-155.

Sutton, D. F., *The Date of Euripides' Cyclops*, Ann Arbor 1975.

_____, "The Satyric Elements in the *Alcestis*", in: *Rivista di studi classici* 21 (1973), 384-391.

_____, "Satyric Qualities in Euripides' *Iphigenia at Tauris* and *Helen*", in: *Rivista di Studi Classici* 20 (1972), 321-330.

Synodinou, K., *On the Concept of Slavery in Euripides*, Ioannina 1977.

Szlezák, T. A., "Mania und Aidos. Bemerkungen zur Ethik und Anthropologie des Euripides", in: *Antike und Abendland* 32 (1986), 46-59.

Tarkow, T. A., "The Glorification of Athens in Euripides' *Heracles*", in: *Helios* 5 (1977), 27-35.

Tietze, F., *Die euripideischen Reden und ihre Bedeutung*, Diss. Breslau 1933.

Tschiedel, H. J., "Natur und Mensch in den *Bakchen* des Euripides", in: *Antike und Abendland* 23 (1977), 64-76.

Tuilier, A., *The Byzantine Manuscript Tradition of the Tragedies of Euripides*, Urbana 1957.

_____, *Étude comparée du texte et des scholies d'Euripide*, Paris 1972.

_____, *Recherches critiques sur la tradition du texte d'Euripide*, Études et commentaires 68, Pairs 1968.

Turyn, A., *The Byzantine Manuscript Tradition of the Tragedies of Euripides*, Illinois Studies in Language and Literature 43, Urbana 1957.

Ussher, R. G., "The *Cyclops* of Euripides", in: *Greece and Rome* 18 (1971), 166-179.

Vellacott, P., *Ironic Drama: A Study of Euripides' Method and Meaning*, London 1975.

Verrall, A. W., *The Bacchants of Euripides*, Cambridge 1910.

_____, *Essays on Four Plays of Euripides. Andromache, Helen, Heracles, Orestes*, Cambridge 1905.

_____, *Euripides the Rationalist. A. Study in the History of Art and Religion*, Cambridge 1895, repr. 1913.

Vincenzi, O., "Alkestis und Admetos", in: *Gymnasium* 67 (1960), 517-533.

Vögler, A., *Vergleichende Studien zur sophokleischen und euripideischen Elektra*, Heidelberg 1967.

Walsh, G. B., "Public and Private in Three Plays of Euripides", in: *Classical Philology* 74 (1979), 294-309.

Wassermann, F. M., "Divine Violence and Providence in Euripides' *Ion*", in: *Transactions and Proceedings of the Philological Association of America* 71 (1940), 587-604.

Webster, T. B. L., "Chronological Notes on Euripides", in: *Wiener Studien* 79 (1966), 112-120.

_____, "Three Plays by Euripides", in: *The Classical Tradition. Literary and Historical Studies in Honor of Harry Caplan*, Ithaca, N. Y. 1966, 83-97.

_____, *The Tragedies of Euripides*, London 1967.

West, S., "Satyrus: Peripatetic or Alexandrian", in: *Greek, Roman and Byzantine Studies* 15 (1974), 279-286.

Whitman, C. H., *Euripides and the Full Circle of Myth*, Cambridge/Mass. 1974.

Will, F., "The Concept of χαρακτήρ in Euripides", in: Glotta 39 (1960/61), 233-238.

_____, "Remarks on Counterpoint Characterization in Euripides", in: *The Classical Journal* 55 (1959), 338-344.

_____, "Tyndareus in the *Orestes*", in: *Symbolae Osloenses* 37 (1961), 96-99.

Willets, R. F., "Action and Character in the *Ion* of Euripides", in: *The Journal of Hellenic Studies* 69 (1973), 201-209.

Willink, C. W., "The Prologue of *Iphigenia at Aulis*", in: *Classical Quarterly* N. S. 21 (1971), 342-364.

Wilson, J. R. (editor), *Twentieth-Century Interpretations of Euripides' Alcestis. A*

Collection of Critical Essays, Englewood Cliffs, N. J. 1968.

Winnington-Ingram, R. P., *Euripides and Dionysus: An Interpretation of the Bacchae,* Cambridge 1948.

_____ , "Euripides: *Poietes Sophos*", in: *Arethusa* 2 (1969), 127-142.

Wolff, C., "Aspects of the Later Plays of Euripides", in: *Harvard Studies in Classical Philology* 69 (1965), 353-356.

_____ , "The Design and Myth in Euripides' *Ion*", in: *Harvard Studies in Classical Philology* 69 (1965), 169-194.

_____ , "*Orestes*", in: E. W. Segal (editor), *Euripides. A Collection of Critical Essays,* Englewood Cliffs, N. J. 1968, 132-149; now in: E.W. Segal (editor), *Oxford Readings in Greek Tragedy,* Oxford 1983, 340-356.

Wuhrmann, W., *Strukturelle Untersuchungen zu den beiden Elektren und zum Euripideischen Orestes,* Diss. Zürich 1940.

Zeitlin, F. I., "The Argive Festival of Hera and Euripides' *Electra*", in: *Transactions and Proceedings of the American Philological Association* 101 (1970), 645-649.

_____ , "The Closet of Masks: Role-playing and Myth-making in the *Orestes* of Euripides", in: *Ramus* 9(1980), 51-77.

Zürcher, W., *Die Darstellung des Menschen im Drama des Euripides,* Schweizerische Beiträge zur Altertumswissenschaft 2, Basel 1947.

Zuntz, G., *An Inquiry into the Transmission of the Plays of Euripides,* Cambridge 1965.

_____ , "Contemporary Politics in the Plays of Euripides", in: *Acta Congressus Madvigiani, Proceed. of the Second Internat. Congr. of Class. Studies,* Vol. 1, General Part, Kopenhagen 1958, 155-162; now in: G. Zuntz, *Opuscula Selecta. Classica. Hellenistica. Christiana,* Manchester 1972, 54-61; deutsch: "Euripides und die Politik seiner Zeit", in: E.-R. Schwinge (Hrsg.), *Euripides,* Darmstadt 1968, 417-427.

_____ , *The Political Plays of Euripides,* Manchester 1955, ^{2}1963.

_____ , "Die taurische *Iphigenie* des Euripides", in: *Antike* 9 (1933), 245-254.

_____ , "Über Euripides' *Hiketiden*", in: *Museum Helveticum* 12 (1955), 20-34; jetzt in: E.-R. Schwinge (Hrsg.), *Euripides,* Darmstadt 1968, 305-325.

그리스 비극의 이해

1판 1쇄 발행 2002년 3월 5일
1판 9쇄 발행 2023년 6월 10일

지은이 천병희
펴낸곳 (주)문예출판사 | 펴낸이 전준배
출판등록 2004. 02. 12. 제 2013-000360호 (1966. 12. 2. 제 1-134호)
주소 04001 서울시 마포구 월드컵북로 21
전화 393-5681 | 팩스 393-5685
홈페이지 www.moonye.com | 블로그 blog.naver.com/imoonye
페이스북 www.facebook.com/moonyepublishing | 이메일 info@moonye.com

ISBN 978-89-310-0178-5 03800